世界侦探小说漫谈

常大利◎著

内容提要

本书主要介绍侦探小说的发展历史，着重研究侦探小说的流派和名家名作，探索侦探小说的内涵，揭示那些鲜为人知的秘密和故事。通过漫谈的形式，全面叙述侦探小说涉及的有关问题，使读者们开阔视野、增加知识，帮助更多的读者走入侦探小说的世界。

责任编辑：蔡 虹　刘雅溪

图书在版编目(CIP)数据

世界侦探小说漫谈/常大利著. —北京：知识产权出版社，2013.11
ISBN 978-7-5130-2499-0

Ⅰ.①世… Ⅱ.①常… Ⅲ.①侦探小说—小说研究—世界 Ⅳ.①I106.4

中国版本图书馆 CIP 数据核字（2013）第 291299 号

世界侦探小说漫谈

SHIJIE ZHENTAN XIAOSHUO MANTAN

常大利　著

出版发行：	知识产权出版社		
社　　址：	北京市海淀区马甸南村1号	邮　编：	100088
网　　址：	http://www.ipph.cn	邮　箱：	bjb@cnipr.com
发行电话：	010-82000893	传　真：	010-82000860
责编电话：	010-82000860 转 8324	责编邮箱：	caihong@cnipr.com
印　　刷：	保定市中画美凯印刷有限公司	经　销：	新华书店及相关销售网点
开　　本：	787mm×1092mm　1/16	印　张：	17.75
版　　次：	2014年1月第1版	印　次：	2014年1月第1次印刷
字　　数：	320 千字	定　价：	45.00 元

ISBN 978-7-5130-2499-0

出版权专有　侵权必究

如有印装质量问题，本社负责调换。

前　言

　　侦探小说，也叫侦探文学。自侦探小说出现后，160多年来一直被人们所喜爱，尤其得到社会和文学界的关注。我国最早有公案小说，讲的故事中必有古代官吏断案、审案，及查破各种冤案、假案、疑案。1840年，美国作家爱伦·坡以一篇《莫格街凶杀案》开创了世界侦探小说的模式，被文学界誉为美国哥特式小说和侦探推理小说的创始人及世界侦探小说的开山鼻祖，以至侦探小说在欧美得到最先的发展，此后又有日本的推理小说红红火火，到现在中国以及世界各国侦探小说出现和发展。

　　说实在的，我很喜欢文学，在读的众多文学作品中，不免含了大量的侦探小说。我最初读侦探小说应在"文革"期间，也是我的中小学时期。那时找书读很难，我从一位大朋友那儿借到了前苏联泽姆利亚科夫等著的《琥珀项链》、中国李月润著的《秃鹰崖擒匪记》等小薄册子。那时，我还不知有侦探小说这个名词，只知道惊险小说和反特小说。但从那时起，我就对反特破案的小说极感兴趣。1979年年末或是1980年年初，我在派出所当民警，不知谁弄到几本群众出版社出版的《福尔摩斯探案集（一）》，我得到了一本，利用几个晚上将这本书读完。我完全被福尔摩斯的探案神力所征服，羡慕他的智慧和渊博的知识。从那时起，我才知道世界上还有这样的大侦探，也才知道柯南·道尔。《福尔摩斯探案集（一）》出现后，不但我愿意看，我周围的人也都愿意看，这本书你看我借，不久被借丢了。这期间，我还看到了由群众出版社出版的内部发行的《色彩间谍》，从而了解到间谍的特征、习性及本能，以及侦破间谍案件要比侦破凶杀等刑事案件难度要大得多，间谍小说属侦探小说的分支，也是侦探小说。20世纪80年代初，正是我国经历"文化大革命"后、文化解放的初期，一些新内容的外国侦探小说相继在我国被翻译出版，例如1979年群众出版社出版的日本松本清张的《点与线》和前苏联沃斯托柯夫等的《追踪记》，浙江人民出版社出版

1

的英国克里斯蒂的《东方快车谋杀案》，黑龙江人民出版社出版的前苏联阿达莫夫的《圈套》；1980年群众出版社出版了瑞士杜仑马特的《法官和他的刽子手》、英国柯林斯的《月亮宝石》，同年上海译文出版社也翻译出版了《月亮宝石》，广东人民出版社出版的德国朗克的《最后的女证人》；1981年群众出版社出版了法国玛里埃尔的《圈套》，外语教学与研究出版社出版了《哑证》、《阿尔巴特案件》等。后来各出版社相继出版了克里斯蒂的大量作品，一些由她的作品改编的电影也在我国陆续放映，如《东方快车谋杀案》、《尼罗河的惨案》、《阳光下的罪恶》等。日本一些推理小说也在我国社会上流行，有些小说被拍成电影，后来在我国也得到上映，如根据松本清张小说《砂器》改编的电影《砂器》，根据森村诚一小说《人性的证明》改编的电影《人证》，根据西村寿行小说《涉过愤怒的河》改编的电影《追捕》等。我利用一定的时间读了上述作品，当时仅是作为一种爱好和消遣。

20世纪80年代后，我国拍了很多侦破电影，如《黑三角》、《猎字99》、《熊迹》等，这些电影对当时国内侦探小说创作也起到了推动作用，一些作者开始参照外国的一些侦探小说来创作中国的侦探小说，一些此类作品首先在一些报刊上得以发表，如兰玉文在《铁岭日报》上相继发表了侦探小说《一枚桔瓣形鞋钉》、《替身》，后来这些作品得以出版；计红绪在《辽宁工人》杂志上发表的侦探小说《九马疑踪》后来也出版了。一些报纸杂志将发表侦探小说作为一种热点内容，当时侦探小说是我国拥有读者最多的作品类别，《啄木鸟》等杂志每期都有侦探小说。但到20世纪80年代后期至90年代中后期，武侠、言情小说冲击了侦探小说，侦探小说不断降温，被众人冷淡。直到20世纪90年代末，一些出版社相继推出侦探小说精品和国内作家创作的一批新的侦探小说，小说从内容、封面设计到印刷又重新吸引了一些老读者和一批青年读者。此前出版的一些侦探小说大多印刷简易，书前仅有内容介绍，有的连内容介绍都没有，而现在出版的侦探小说不但有内容介绍，还有作者简介或作品评介，印刷精良，其出版发行也讲究包装和装饰，如珠海出版社、群众出版社等出版社所出版的大量侦探小说。在这些小说的封面中，人们不但能了解到故事内容简介，还能阅读作者简介，能够从自己的兴趣出发，去寻找符合自己口味的作品。

多年来，我有意或无意地收藏了一些侦探小说。然而，真正想到有系统地收集一些世界各国的侦探小说应是从20世纪90年代初开始。我曾为寻找侦探小说到过全国很多地方，其中包括众多旧书摊，算是煞费苦心，到现在共收集到中文版的世界各国侦探小说六千多种，其中间谍小说四百多种，凡是世界有影响或有名的作品几乎都有涉猎。如柯南·道尔、克里斯蒂、江户川乱步、松本清张、森村诚一、加德纳、西默农、哈梅特、奎恩、勒布郎、阿达莫夫、金圣钟、程小青等名家的全部或大部作品。在收集到的间谍小说中，也有很多名篇或名家的作品，如英国布坎的《三十九级台阶》、勒布雷的《寒风孤影》与《伦敦谍影》、福赛特的《针眼》、奥尔布里的《不惜代价》、希金斯的《鹰从天降》，美国华莱士的《R密件》、韦杰的《电话行动》，前苏联奥瓦洛夫的《一颗铜纽扣》、纳西波夫的《易北河畔的秘密》，西班牙玛达的《天鹅行动》等。

侦探小说属于通俗文学，也是一种社会发展的必然产物。它不仅仅是消遣的读物，也是一种集智慧、科学、哲学、伦理、道德、社会知识和法律知识等为一体的综合性课本。我想，读者在读这些小说时也应该注重对其内涵进行研究，了解侦探小说的历史、作家、名篇及小说中的人物，这也是对社会和文学的一种研究。有关侦探小说研究的书籍，我国已出版了一些，如曹正文的《世界侦探推理小说大观》、《世界侦探小说史略》，黄泽新、宋安娜的《侦探小说学》，任翔的《文学的另一道风景——侦探小说史论》，孟犁野的《中国公案小说艺术发展史》，于洪笙的《重新审视侦探小说》等。上述作品，是研究侦探小说最好的理论书籍，我们在阅读侦探小说时有必要读些有关其理论的书。

通过阅读侦探小说，我曾对一些作品做过一些粗浅的研究，如侦探小说的起源、发展和历史，侦探小说的写作模式和特点，侦探小说知名作家和他们塑造的侦探形象，侦探小说的派别和创作风格，侦探小说中的哲理、文学性、美学价值、法制思想、道德观、社会教育意义等，并曾与有关人士探讨过有关侦探小说的理论，也曾写过一些短小的文章在相关报刊上发表。

我的《世界侦探小说漫谈》，是通过阅读一部分侦探小说和侦探小说的理论书籍整理而成，有些是自己认为有兴趣的东西，有些是凡读侦探小说的读者都应知的知识性东西，如侦探小说的起源、发展、形成，虽然很多理论书中已说到此问题，本书也要简要地重复一下。"漫谈"中有些知识是一些侦探小说理论书中已介绍过的东西，但绝大多数是其他理论书中没有的，有些甚至可以填补侦探小说理论的空白，如清末和民国侦探小说目录、20世纪50年代至60年代初我国到底出版了多少侦探反特小说、50年代到60年代初期我国侦探反特除奸等小说目录，还有"文革"期间我国侦探小说的出版情况、70年代末至今我国侦探小说的发展情况等，以及少儿侦探小说的特点、手抄本侦探小说的流传、密室杀人的种类、特殊手段的作案研究等。作为一种"漫谈"，此书既是自己关于侦探小说读书笔记的加工整理，也是对侦探小说进一步研究的点滴成果。此部作品的出版是为了帮助一些喜爱侦探小说的读者，特别是青年读者，对世界侦探小说有一个大概的了解，同时也有助于读者开阔视野、丰富思维、启迪智慧，对于写侦探小说的作家也应会有些用处。

目 录

上篇 侦探小说的起源发展及种类

第一章 何为侦探小说 …………………………………………… 3
一、侦探小说的特征 ……………………………………… 3
二、侦探小说的种类 ……………………………………… 5
三、侦探小说与一些边缘小说的比较 …………………… 8
四、S.S. 凡迪恩的《探案小说二十条守则》 ………… 10

第二章 中国公案小说 ………………………………………… 14
一、中国公案小说的起源和发展 ………………………… 14
二、中国公案小说的一些代表作 ………………………… 17
三、中国公案小说的特点 ………………………………… 21
四、中国公案小说的艺术特色 …………………………… 23

第三章 世界侦探小说的起源与发展概况 …………………… 25
一、世界侦探小说的起源 ………………………………… 25
二、欧美侦探小说 ………………………………………… 26
三、日本的推理小说 ……………………………………… 33
四、其他国家的侦探小说 ………………………………… 36
五、中国的侦探小说 ……………………………………… 37

第四章 中国清末、民国侦探小说书目和侦探期刊简述 …… 46
一、清末侦探小说（1885—1911 年） …………………… 46
二、民国侦探小说 ………………………………………… 55
三、民国侦探小说期刊 …………………………………… 82
四、对《大侦探》的简述 ………………………………… 84

1

五、清末及民国侦探小说特征和种类 ………………………………… 86

第五章　20世纪五六十年代我国出版的反特惊险小说 ……………… 88
　　一、概述 ……………………………………………………………… 88
　　二、中国原创反特锄奸肃反剿匪侦探小说 ………………………… 89
　　三、前苏联惊险反特侦探类小说 …………………………………… 91
　　四、同名版本小说 …………………………………………………… 94
　　五、书名用成语或俗语的小说及短篇成集等特点 ………………… 95
　　六、代表作品选谈 …………………………………………………… 112

第六章　侦探小说的"手抄本" ……………………………………… 118

第七章　少年儿童侦探小说 …………………………………………… 122

第八章　间谍小说 ……………………………………………………… 127
　　一、何为间谍小说 …………………………………………………… 127
　　二、间谍小说与侦探小说的比较 …………………………………… 128
　　三、间谍与间谍小说的起源 ………………………………………… 129
　　四、世界间谍小说发展概况 ………………………………………… 130
　　五、间谍小说名家选谈 ……………………………………………… 135
　　六、根据自己亲身经历写成的回忆录及纪实小说 ………………… 139

━━━━━━　中篇　侦探小说名家及其笔下的侦探　━━━━━━

第一章　世界侦探小说名家简介（上） ……………………………… 145
　　一、爱伦·坡 ………………………………………………………… 145
　　二、柯南·道尔 ……………………………………………………… 146
　　三、克里斯蒂 ………………………………………………………… 147
　　四、勒布朗 …………………………………………………………… 148
　　五、江户川乱步 ……………………………………………………… 149
　　六、西默农 …………………………………………………………… 150
　　七、松本清张 ………………………………………………………… 151
　　八、森村诚一 ………………………………………………………… 152
　　九、奎恩 ……………………………………………………………… 153
　　十、程小青 …………………………………………………………… 154

第二章 世界侦探小说名家简介（下） ······ 156
- 一、柯林斯 ······ 156
- 二、凡迪恩 ······ 157
- 三、昌德勒 ······ 158
- 四、哈梅特 ······ 158
- 五、加德纳 ······ 159
- 六、横沟正史 ······ 160
- 七、卡尔 ······ 160
- 八、华雷斯 ······ 162
- 九、孙了红 ······ 162
- 十、陆澹安 ······ 162
- 十一、俞天愤 ······ 163
- 十二、高木彬光 ······ 163
- 十三、赤川次郎 ······ 163
- 十四、西村寿行 ······ 164
- 十五、阿达莫夫 ······ 164
- 十六、列昂诺夫 ······ 165
- 十七、西村京太郎 ······ 166
- 十八、金圣钟 ······ 167
- 十九、鲇川哲也 ······ 167
- 二十、曼凯尔 ······ 168
- 二十一、内田康夫 ······ 169
- 二十二、布洛克 ······ 169
- 二十三、康奈利 ······ 170
- 二十四、岛田庄司 ······ 170
- 二十五、东野圭吾 ······ 171
- 二十六、绫辻行人 ······ 172
- 二十七、笹泽左保 ······ 173
- 二十八、有栖川有栖 ······ 173
- 二十九、蓝玛 ······ 173
- 三十、翼浦 ······ 174

第三章　女性侦探小说作家 ······································· 176

第四章　作家笔下的侦探形象 ··································· 184

　　一、杜宾 ··· 184

　　二、福尔摩斯 ··· 185

　　三、罗宾 ··· 185

　　四、波洛 ··· 185

　　五、马普尔小姐 ··· 186

　　六、艾勒里·奎恩与理查德·奎恩 ····························· 186

　　七、梅格雷 ·· 186

　　八、梅森 ··· 186

　　九、奥普 ··· 187

　　十、陈查理 ·· 187

　　十一、明智小五郎 ·· 187

　　十二、金田一耕助 ·· 187

　　十三、雾岛三郎 ··· 188

　　十四、十津川 ·· 188

　　十五、霍桑 ·· 188

　　十六、鲁平 ·· 188

　　十七、李飞 ·· 189

　　十八、欧阳清 ·· 189

　　十九、霍格 ·· 189

　　二十、布朗神父 ··· 189

　　二十一、金西 ·· 189

　　二十二、布鲁内蒂 ·· 190

　　二十三、娜斯佳 ··· 190

　　二十四、麦克恩 ··· 190

　　二十五、凡斯 ·· 190

　　二十六、科恩 ·· 191

　　二十七、瓦兰德 ··· 191

　　二十八、古罗夫 ··· 191

　　二十九、御手洗洁 ·· 191

  三十、吉敷竹史 ·· 192

  三十一、艾哈迈德 ·· 192

  三十二、桑楚 ·· 192

  三十三、司徒川 ·· 192

  三十四、雷鸣 ·· 193

第五章　漫谈"福尔摩斯"形象的塑造 ···················· 195

下篇　侦探小说的研究、审美价值与社会效应

第一章　侦探小说的流派 ····································· 207

  一、古典派侦探小说 ·· 207

  二、现代派侦探小说 ·· 207

  三、硬汉派侦探小说 ·· 208

  四、心理悬念派侦探小说 ···································· 208

  五、新悬念派侦探小说 ······································ 208

  六、本格派侦探小说 ·· 209

  七、变格派侦探小说 ·· 209

  八、日本社会派推理小说 ···································· 209

  九、日本青春派推理小说 ···································· 210

  十、幽默派侦探小说 ·· 210

  十一、写实派侦探小说 ······································ 210

  十二、法庭派侦探小说 ······································ 210

  十三、正统派侦探小说 ······································ 211

  十四、怪异荒诞派侦探小说 ·································· 211

第二章　神秘的"密室杀人" ································ 212

  一、爱伦·坡的《莫格街凶杀案》 ···························· 213

  二、柯南·道尔的《斑点带子案》 ···························· 214

  三、奎恩的《高层旅馆杀人案》 ······························ 215

  四、横沟正史的《本阵杀人案》 ······························ 216

  五、加斯顿·鲁鲁的《黄屋奇案》 ···························· 217

  六、佩尔·瓦廖迈·肖娃的《反锁的房间》 ···················· 217

  七、山村美纱的《舞妓之死》 ································ 218

八、乔纳森·拉苇默的《谁是杀妻者》 ………………………… 219
　　九、程小青的《单恋》 ……………………………………………… 220
　　十、陈舜臣的《长安日记》 ………………………………………… 221

第三章　构思奇特的作案手段和方法 …………………………………… 225

第四章　关于侦探小说的研究（概述） ………………………………… 231
　　一、侦探小说的起源与历史 ………………………………………… 231
　　二、侦探小说的研究文章和专著 …………………………………… 232
　　三、关于反侦探小说的探讨 ………………………………………… 235
　　四、侦探小说的创作模式及其他 …………………………………… 235
　　五、侦探小说的真实性与艺术性的结合 …………………………… 236
　　六、侦探小说中的逻辑推理 ………………………………………… 238
　　七、没有侦探的侦探小说 …………………………………………… 241
　　八、侦探的悲哀 ……………………………………………………… 243
　　九、翻译作品的译者 ………………………………………………… 245
　　十、侦探小说的阅读与欣赏 ………………………………………… 246

第五章　侦探小说的审美价值与社会效应 ……………………………… 248
　　一、侦探小说的审美价值 …………………………………………… 248
　　二、侦探小说的社会效应 …………………………………………… 253

第六章　侦探小说协会和侦探小说奖 …………………………………… 256
　　一、侦探小说协会及相关组织 ……………………………………… 256
　　二、侦探小说奖项 …………………………………………………… 257

附录　关于侦探小说的收藏 ……………………………………………… 265
　　一、侦探小说的五个阶段 …………………………………………… 266
　　二、公案小说和间谍小说的收藏 …………………………………… 267
　　三、侦探小说杂志的收藏 …………………………………………… 268
　　四、怎样收藏侦探小说 ……………………………………………… 268

后　记 ……………………………………………………………………… 271

上 篇

侦探小说的起源发展及种类

第一章　何为侦探小说

一、侦探小说的特征

侦探小说属通俗文学，也叫通俗小说。

多年来，侦探小说在世界各国都拥有大量的读者，作为通俗文学的一种文体，也得到了进一步的发展。现在几乎各国都有侦探小说作家，侦探小说被人们喜爱。它不仅仅是一种消遣读物，也是一种社会综合科学读物，成为启迪人们智慧的一种教材。曹正文在《世界侦探小说史略》中说道："读侦探小说，可以帮助读者认识社会制度的弊病，明确人间是非观念。"他将侦探小说的文体艺术概括为五个方面：一题材，即犯罪现象与侦探活动；二布局，即构思巧妙与结构严谨；三人物，即侦探与罪犯；四情节，即扑朔迷离，高潮迭起；五思维方式，即形象思维与逻辑思维。

由此，我们可以看到，侦探小说的主要特征表现在以下5个方面。第一，侦探小说必须有鲜明的主题，它以惩恶扬善，宣传法制，维护伦理、道德为主题。第二，必须以侦探和罪犯为主要人物，以突出侦探的侦察破案主线。第三，必须有曲折惊险的故事情节和完整的故事内容。第四，必须有合乎情理的逻辑推理及科学的破案手段和相应的各种方法。第五，小说的布局必须有悬疑性，结构要严谨，背景要真实可信。

侦探小说的出现，应该说是由于社会产生了犯罪才出现了犯罪的克星侦探而产生的，也就是说有了侦探这一社会特定人物之后，才出现了侦探小说。侦探主要有3种，即公家侦探（包含警察，多为刑事警察，还有检察机关人员、军方人员等）；私家侦探、业余侦探（包括一些专业人员如法医、律师、科学家等）；其他参与破案解谜的人员（包括老人、少儿、侠盗、非刑侦专业的人员等）。

那么，何为侦探小说？此概念在世界各国曾有很大的争议和不同说法。为什么会有此现象？这与一些国家的社会、民俗、法律、制度等有一定关系。美国作家威廉姆·达白利所著的《神秘小说的要素》中提及："侦探小说由六个要素构成：谜团、侦查方法、英雄侦探、可取的坏人、公平游戏、真实与合理。"

W. H. 欧登在《侦探小说》一书中提及："侦探小说是由背景、被害人、凶犯、嫌疑人、侦探五个要素构成的。"前苏联侦探小说作家阿达莫夫提及："侦探小说以某种危险的及错综复杂的犯罪秘密为主题，而且它的整个情节、全部事态都是围绕着揭示这一秘密的方向发展的。"程盘铭在他的论文《侦探小说的定型、定位及定义》中总结了多名作家对侦探小说的评论后说："现在我个人依照上述各家意见，选择之，归纳之，拟成侦探小说的定义如下：侦探小说者，乃是以遵从道义、崇扬法制为主题，侦探为主角，谋杀犯罪为故事，运用推理方法缉捕凶犯、科学技术确定证据，人犯受罚，故事结束，并求布局悬疑，结构紧密，背景真实，文辞简洁之小说也。"我很赞成这个定义。我国评论家杜渐在《西欧侦探小说两大家》一文中认为："侦探小说是追捕凶手、经过逻辑的科学推理，将凶手缉捕归案，绳之以法。"曹正文在1997年第3期的《啄木鸟》中发表的《世界侦探小说家经验及经历介绍》一文中论证了侦探小说的模式，也论证了一些侦探小说家的经历和特点。他引用了美国作家凡迪恩从理论上总结出的侦探小说20条守则。大致写有以下内容：罪犯施计、侦探靠逻辑推理、应写谋杀、破案方法要合情合理、凶手身份、小说的社会背景、犯罪和破案的方法都要合乎科学、罪犯真相、情节与人物的刻画等。黄泽新、宋安娜著有《侦探小说学》，在《侦探小说纵横谈》一文中，宋安娜从美学的观点要求侦探小说叙事应该遵循3个最基本的原则，即精细原则、跌宕原则和紧凑原则。

这里我还要引用一个说法，关于侦探小说的解释，在《辞海》中是这样说的："产生和盛行于欧美资本主义社会的一种通俗小说，描写刑事案件的发生和破案经过，常以协助司法机关专门从事侦察活动的侦探作为中心人物，描绘他们的巧诈和冒险，情节曲折多奇，著名的侦探小说有英国柯南·道尔的《福尔摩斯探案》。中国在二十世纪初，即有模仿之作。"这里的解释，说出了侦探小说的特征，但其所说的小说中心人物给人的印象就是私人侦探，起码不是刑警人员，这从后来的侦探小说发展状况看是不全面的。根据各国国情，小说的中心人物不但是私人侦探，也有从事刑侦工作的人员和非从事侦探工作的人员。而《苏联百科词典》用最简捷的方式给侦探小说下了定义，即"描写破案过程的小说"。

从上面的论述中，我们可以对侦探小说的概念有个初步的印象。但是，什么是侦探小说呢？我认为，凡是以描述侦探侦破案件为主要内容，同时以反映侦探与罪犯斗智斗勇揭露罪犯及犯罪、揭开案件谜底、惩恶扬善为主线的小说都是侦探小说。侦探小说通过布局来设谜、解谜，它必须具有一定的神秘性、悬疑性、惊险性和故事性，还要有启迪性、审美性和趣味性，以逻辑推理和科技手段加之各种专业知识为侦破方法。侦探小说的构成要素应当如此：第一，小说中要反映一起或多起案件。它可以是刑事案，也可以是政治案，这些案件也许是现案，也许是积案，当然也包括各种形形色色的案件，如悬案、隐案、谜案。我们现在看到的侦探小说绝大多数反映的是各种凶杀案，有一小部分反映的是间谍案。第二，必有侦探和作案人。侦探可以是警察、检察官、军方侦察人员、情报或反间谍人员，可以是专职的私人侦探或业余侦探，也可以是律师和受害人及有关联的人，还可以是富有正义感的其他人。侦探可以是一人，也可以是多人。作案人或是有职业，或是无业人员；也许是高层的官员，也许是低层的小市民；也许是国内人，也许是国外人。甚至有特殊的现象，作案人与受害人也许是同一人，参与破案的人也许就是作案人。总之，可以是任何一个人。第三，必须有破案方法。可以利用各种直接或间接的证据、逻辑推理、正确的判断分析、现代的科学技术、坚实的专业技能、丰富的社会知识，加之认真的调查走访等。第四，曲折惊险的故事情节和给人印象深刻的人物。侦探小说的素材可以来自现实的生活，但它绝不是现实生活的直接速写，也不是一起案件的直接记录。它虽来源于生活，但必须高于生活。它是将一件粗糙的原料经过精雕细刻使之成为一件艺术品，也是一种原料的深加工。故事应该完整，结果应在人们意料之外或使人惊叹。通过一件件事、一个个情节、一个个人去展示故事。情节应跌宕起伏，有的平静中隐藏杀机，有的惊奇中又出惊奇，或险象环生，或一波四起。人物刻画应栩栩如生，主要人物让人们记住他的形象。不但要细致地刻画侦探形象，也要细致地刻画罪犯的形象，因为他们都是小说中的主要人物，只有他们出现才有小说的故事。在人物刻画上，也要突出心理的描写，爱与恨、情与仇、伦理与道德、法制与文明等。在逻辑推理上要符合科学，用好关键的证据。推理应层次分明，层层深入，环环相扣，滴水不漏。第五，给人以收获或启迪。一篇小说读完，应给人以收获或启迪，尽量不让人白浪费时间去读一篇庸作。人们也许能从中得到教训或道理，也许能学到知识或经验，它让人们相信正义终会战胜邪恶、法律应该得到公正执行。一篇好的小说读后应该让人联想和沉思，一篇好的小说读后应该让人惊叹和回味。

传统侦探小说的模式由4部分构成：一是案件的神秘性和故事情节的严密性；二是犯罪的具体情况和事实；三是侦探形象和侦破过程以及人物间的关系；四是故事特定的背景和环境。

二、侦探小说的种类

1. 智力型惊险侦探小说。它以设谜的巧妙、解谜的奇特、运用各种现象启迪智力，而在一定条件下进行逻辑推理，来揭示神秘的事实真相。这种侦探小说是较普遍的。以逻辑推理为主要破案手段的侦探小说，可以说都属智力型侦探小说，如英国柯南·道尔、克里斯蒂等众多名家的侦探小说。

2. 幽默滑稽型侦探小说。以语言、行动、姿态或解决问题的方法幽默滑稽来展示主人公的形象，这类小说可称为幽默滑稽类侦探小说，如法国勒布朗、日本赤川次郎等作家的一些推理小说。还有些侦探小说为的是达到喜剧效果而创造此类内容。

3. 律师侦探小说。以律师为侦探主角的侦探小说都可称为律师侦探小说，如美国加德纳创作的派瑞·梅森为主角的"梅森探案系列"小说，我国何家弘创作的"洪律师探案"系列小说等。

4. 心理侦探小说。是指在侦破案件中注重于心理描写，寻求于犯罪的根源和借此研究犯罪心理的侦探小说。如比利时西默农等作家的侦探小说；克里斯蒂的侦探小说通过大侦探波洛研究犯罪的心理，阐明犯罪动机，也属于心理侦探小说；凡迪恩的侦探小说也可以说是心理侦探小说。

5. 少儿侦探小说。以少年儿童作为侦探或写给少年儿童读者的侦探小说，有的是以童话的形式写作的，这样的小说都可称为少儿侦探小说。如我国严霞峰的《大侦探鼻特灵》、杨红樱的《神犬探长和青蛙博士》，德国埃·克斯特纳的《埃米尔捕盗记》，瑞典阿·林格伦的《大侦探小卡莱》、《大侦探小卡莱新冒险记》、《大侦探小卡莱和小不点儿》，前苏联马特维也夫的《绿锁链》、《秘密的战斗》、《毒蜘蛛》等反间谍的惊险小说，埃及马罕茂德·萨里姆的《夜半火车》、《偷太阳的人》、《水獭的秘密》、《恐怖的城堡》等50多本"十三个小魔鬼"系列，埃及胡达·舍拉高维的《珊瑚岛的秘密》，英国凯·菲勒等著的小说集《荒岛擒魔》、格里姆沙的侦探小说《印佗罗的痕迹》，日本的《柯南探案》等。

6. 历史探案小说。以揭示历史事件中的神秘案件和久远历史中的案件为侦破主线的侦探小说。如美国马克思·艾伦·科林斯的历史探案小说，他的主要作品有《伊甸园的诅咒》、《放纵时刻》、《死亡旅行》、《泰坦尼克号谋杀案》、《铁血侦探》。此外，还有英国约瑟芬·铁伊的有关侦探小说、西班牙孟坦涅斯的《哥伦布之墓》等。

7. 恐怖侦探小说。这类小说虽是以侦破案件为主，但在小说中过于强调对犯罪手段的一些恐惧现象的细致描述。如法国奥贝尔的侦探小说、英国伦斯和日本岛田庄司关于描写杀人魔王杰克的作品及美国哈里斯的《沉默的羔羊》等。

8. 间谍小说。这属于侦探小说的一个分支，虽以侦破案件为主，但多为涉及国家机密、国家安全的大背景的小说。其多以窃取、传送情报信息机密为主要内容，一般出于国家的政治或军事目的，从而采取一些凶杀、爆炸、投毒、破坏等必要的手段和高级的策略。世界上的间谍小说很多，如英国布坎的《三十九级台阶》、前苏联奥瓦洛夫的《一颗铜纽扣》、英国希金斯的《鹰从天降》、美国韦杰的《电话行动》等。

9. 科幻侦探小说。这是以科学幻想的构思和方法写出的以侦破案件为故事内容的小说，有的以现代为背景，有的以将来或古远的历史为背景，如我国叶永烈的《杀人伞案件》、《球场外的间谍案》、《国宝奇案》、《碧岛谍影》，罗丹的《神秘的电波》，美国作家贝斯特的《南小姐巧破摄魂案》、阿西莫夫的《谁是凶手》，德国图瑟的《神秘的马希纳》，英国亚力山大的《秘密行动》，前苏联格里戈里·阿达莫夫的《两个海洋的秘密》等。

10. 悬疑侦探小说。这是近些年流行的名词，即将悬疑贯穿场景和气氛，突出悬念和案件的神秘感，运用错综复杂的叙事方式写成的小说。这类小说虽然在柯南·道尔和克里斯蒂以及美国麦克唐纳的小说中早就有了，但近些年出版的特别多，如国内宋忠明的悬疑侦探小说《下一个是谁》、王希泉的《无法预料》等，英国詹姆斯的《庄园诊所之谜》、《头骨》、《原罪》等多部悬疑侦探小说。

11. 网络侦探小说。随着电脑的普及，出现在电脑网络上的各种侦探小说。

12. 纪实侦探小说。以某起案件或事件为依据，以纪实的手法创作的侦探小说，小说中涉及的时代背景、人物、地点、故事情节等，基本是原来的真实情况，甚至涉及的主要人物也是原型或真名实姓。如前苏联玛哈姆·纳塞布林的中篇侦探小说《哑证》、别祖格洛夫等著的《当今奇案》等就是纪实侦探小说。1997年北方文艺出版社出版了一套共6本的由庄彦、田原主编的美国新纪实丛书，也是一套纪实侦探小说，即《在阿拉加斯的冰雪覆盖下》、《来自迈阿密的追猎》、《血溅费城》、《好莱坞疑案》、《新泽西州的复仇者》、《纽约自由女神下的文明》。

13. 反侦探小说，也叫"空想"和"形而上学侦探小说"。它与传统的侦探小说在写法上是对立的，是以另一种构思而完全不遵照侦探小说的模式来写作的侦探小说。关于反侦探小说，现在有很大的争议。有人说侦探小说是逃避现实的文学，但它必然来自现实，是以现实的素材由作家构思、加工而成的小说。侦探小说的要件之一要有侦破与推理，然而反侦探小说则认为小说更应反映现实，仅仅靠推理是解决不了所有问题的。如余华的反侦探小说《河边的错误》和程善的反侦探小说《偶然》是两种截然不同的写作构思和写作方法。而英国本特利的反侦探小说《特仑特的最后一案》，则使逻辑推理变成一种错误。

此外，还有其他类别的侦探小说，例如观念推理小说，它是以现实生活为背景，注重于伦理冲突与人际关系的侦探小说，如莫怀戚的小说《隐身代理》等。还有武侠侦探小说，如民国侦探小说《奇侠恐怖党》等。也有侠义侦探小说，如民国侦探小说《铁手》。在言情小说中加进侦破的内容，称为言情侦探小说，如民国侦探小说《喋血情鸳》等。在民国小说中还有艳情侦探小说、奇情侦探小说等。近年来，又出现一种侦探小说称为魔法侦探小说，如美国罗丝玛丽·埃吉尔

所创作的以魔法科幻探案为主题的小说集《谋杀游戏》等。还有校园侦探小说，是以校园为背景、以中小学生为读者对象的侦探小说，属少儿侦探小说类。

三、侦探小说与一些边缘小说的比较

边缘小说指与侦探小说有关联的小说，既有可容侦探小说在内的广泛性小说，又有与侦探小说有连带关系的另一种独立成体的小说。这些小说非常容易与侦探小说混在一起，甚至让人难以分辨。而我们的一些侦探小说又常常是这些小说的结合，或含这些小说的特征。这些边缘小说中也大多含有侦探小说的成分。在此我将这些体裁的小说与侦探小说作一下比较或说明。

1. 侦探小说与神秘小说。神秘小说主要以描写令人迷惑的事件、神魔鬼怪故事、悬疑离奇案件为重点，使人在读这种小说时有一种神秘感，在人的心理上构成一种疑惑。但是，神秘小说有广义和狭义之分。广义的神秘小说包括惊险小说、侦探小说、警察谜案小说、间谍小说、神魔鬼怪小说、恐怖小说及达夫妮·杜莫里埃的现代哥特小说。狭义的神秘小说就是专指悬疑小说。由此看，侦探小说也是神秘小说，但神秘小说不能说都是侦探小说。因为有些神秘小说所描写的内容不是侦查破案，例如以描写神魔鬼怪为内容，以描写自然现象为内容，以描写古代悬疑事件或历史某一不解事件为内容等，因此不能说它们是侦探小说。有的虽也描写了案件，但不是以侦破案件为主线，而在众多的让人难解的现象上精雕细刻，最后揭开谜底。有的为增添小说的情节有案件出现，但小说描写和叙述的目的不是侦破案件，而是为刻画某一人物的需要而设的谜，这也不是侦探小说。美国专门成立了神秘小说协会，他们将神秘小说又称为悬念小说。但这个协会研究的神秘小说专指描写谋杀、侦查、破案的小说，实际上就是一个侦探小说的研究组织，曾出版过《美国神秘小说大观》一书，书中选编的神秘小说基本都是侦探小说。

2. 侦探小说与犯罪小说。犯罪小说主要揭示社会犯罪现象，描写犯罪活动，包括对犯罪者的性格、思想、行为进行的描写和探究，还以对犯罪的惩治、教育、改造为写作目的，是文学化的犯罪心理学。它鞭笞犯罪给社会和人们带来的危害，刻画犯罪者的形态和行为，重在表现犯罪心理、犯罪动机等状况，虽有侦探破案的情景，但不是主线，所以说它不是侦探小说。如前苏联格里戈里·麦登斯基所著的《荣誉》一书，就是一本犯罪小说。还有法国弗·达尔的《败类》、《死亡三重奏》、《杀手泪》、《晨梦消魂》等，虽有破案情节，但以描写犯罪为主，也是犯罪小说。

3. 侦探小说与警察小说。警察小说是指专门以描写警察工作、生活、业绩、历史、警察与社会、警察与家庭、警察与爱情、警察与各种人的交往等为主线的小说，其主要形象是某一个警察或某一警察群体。其中有一部分重点描述破案活动的是侦探小说，而其他的就不是侦探小说。有的虽也描写警察破案，但通篇主要内容不是反映案件的，也不能说是侦探小说。如海岩的《便衣警察》就是一部优秀的警察小说。

4. 侦探小说与法庭小说。法庭小说多指写法庭审判、法官、检察官、律师工作生活为主线的小说，它表现在法庭调查、辩论、审判等活动，确定被告是否有罪、是否起诉等，从而揭示社会与人生，宣扬法制教育。此类小说有时也有很多案例，有的也包含一些侦破过程，但这种小说主要以反映法庭工作及连带关系的事件为主，主线不在侦查破案，因此不是侦探小说。

5. 侦探小说与惊险小说。惊险小说是指以制造各种悬念和惊险的事件、情节来推动故事发展的小说。有人认为惊险小说就是侦探小说，这是不对的，侦探小说可以说是惊险小说，但惊险小说不全是侦探小说。它还包括一些政治阴谋小说、刀光剑影的武侠小说、人与自然搏斗的探索小说和惊心动魄的战争小说等。

6. 侦探小说与恐怖小说。一提到恐怖小说，人们自然会想到恐怖小说之王——美国的史蒂芬·金，他写了大量的恐怖小说，也有人称为惊悚小说，如《神秘的火焰》、《厄兆》、《死亡区域》、《宠物公墓》、《死光》、《黑暗的另一半》、《玫瑰疯狂者》等；美国的本特利·利特是另一位有名恐怖小说大师，他的作品既有惊险小说的特征又有侦探小说的风格，如《博尼塔山庄》、《城镇》、《西部峡谷》、《致命本能》等；20世纪末布拉姆·史特卡的《吸血鬼》也属恐怖小说。日本的铃木光司所著的《午夜凶铃》系列属恐怖小说。还有近期美国R.L.斯坦的"鸡皮疙瘩系列"，多为描写鬼神的小说，有人说是惊险小说，实是被人称为无害的恐怖少儿读物。我国在"文革"期间的一些手抄本多为恐怖小说，如张宝瑞的《一只绣花鞋》、田茂盛抄录的《绿色尸体》等，既是惊险小说又是恐怖小说，也是侦探小说。近年来出版的丁天的《脸》、余以健的《死者的眼睛》、李西闽的《蛊之女》等，都属恐怖小说。21世纪后恐怖小说大有流行的趋势，作品也很多，除一些外国的作品外，中国的恐怖小说也很多，恐怖小说同时有所发展，又有了新概念恐怖小说的出现，如蔡骏的《幽灵客栈》、于天的《灰色微笑》、鬼金的《沉睡谷》等。还有一种称为恐怖体验小说，如魏晓霞的《老宅魔影》、《恐怖的星期三》等系列小说。恐怖小说是指以制造各种谜奇惊悚现象，从而给人一种刺激，让人们的心理出现一种紧张而又恐惧、刺激感觉的小说。侦探小说虽有些故事带有恐怖的气氛，但仍是以侦破案件为主线，小说中的恐怖场面及情节是为了烘托小说的背景、现场的真实和一些人的心理感觉，为小说的悬念打下基础。恐怖小说虽有部分破案的情节，但不是主线，不能都称为侦探小说。还有的恐怖小说是以描写人们恐惧的一些自然不解现象为主的小说。

7. 侦探小说与社会问题小说。社会问题小说主要指以反映社会诸多问题为旨的小说。当前我国出现的诸多反腐和打黑、打假、打盗版、扫黄，及婚姻、家庭等问题的小说就是社会问题小说，它在其中也反映各种案件及侦破过程，但立意不在此。如一些反腐小说，通过这些案件来反映社会现象，社会上为什么有腐败现象，它的根源是什么，怎样去铲除这种毒瘤。社会小说与政治小说有相似的地方，但又不同于政治小说，此间有明显的区别。

此外，还有与侦探小说有关或相近的小说类别，在此就不一一列举了。

四、S.S.凡迪恩的《探案小说二十条守则》

美国的S.S.凡迪恩一生仅写了12部侦探小说，但他在研究侦探小说上花费了大量的精力，并总结出《探案小说二十条守则》，在世界上有一定的影响。他把侦探小说看成是一种智力游戏，读者在阅读同时也在进行一种智力游戏，在智力中讲公平、诚信。他也认为，侦探小说应独成一体，应是纯粹的，有固定的模式。凡侦探小说都应符合他的20条守则中的模式。

从侦探小说发展历史来看，20条守则起到一定的作用。但是，从整个发展过程来看，特别是在社会快速发展的今天，这20条守则似乎已很不适用了。当今，侦探小说从古典式走入现代式，社会在发展，文化在发展，犯罪的形式和种类也在发展，作案的手段更是在发展，所以，现今的侦探小说各成一局一派，各有特色。但是，无论是否遵循这20条守则，侦探小说的特征必存。这就是案件—侦探—罪犯—破案。下面将凡迪恩的20条守则介绍给大家，以便研究和参考。

《探案小说二十条守则》

探案小说是一种智力游戏，更像一种竞赛，作者必须公平地和读者玩这场比赛，他必须在运用悬念和推理过程中，保持诚实并以智取胜。因此探案小说有着非常明确的守则存在，虽然是不成文的规定，但约束力是非常明显的。每一个渴求成功的侦探小说作者，都应该服从这些守则。

在此，特别列出这些理应称之为"戒律"的条文，它是伟大的探案小说作家所遵行的原则，同时也来自所有诚实作家内心的信念。

1. 探案小说必须给读者与侦探同等的机会去推理，因此所有的线索要交代清楚。

2. 除凶手对侦探布置的谜团外，作者不应故意向读者设置诡计，诱导读者发生混乱。

3. 探案小说不应加入恋爱故事，因为这容易使纯粹的斗智游戏渗透不纯的情绪，以致引起推理的混乱。

4. 侦探本人或警方搜查人员不可摇身变成凶手。因为这样做，有愚弄读者之嫌。

5. 凶手必须从严格的逻辑推理中得出。不可偶然或巧合，以及无推理根据的自供。

6. 探案小说需要设定侦探，由他来侦查案情及收集解谜的线索，并从而找出真凶。

7. 探案小说绝对要有杀人事件，事件显露的疑点越多越好。因为杀人案件最易引起读者兴趣。

8. 探案小说的谜团必须以严格而自然的方式去解决。不可使用占卜、魔术以及诸如读心术、降灵术、水晶术等超自然的方法解谜。

9. 侦探只应有一人。过多侦探往往会分散读者的注意力，搅乱读者逻辑思考的脉络。

10. 凶手在故事中必须是主要人物之一。作者不可故意将凶手定为与故事毫无瓜葛的局外人或无足轻重的小角色。

11. 应设定那些极有可能被怀疑为凶手的人为凶手，如秘书、马夫、园丁、佣人、守门人、厨师等人。凶手在故事中须具社会地位，最好是以常识判断不会犯案的人物。

12. 不管被害者有多少人，凶手只有一个。不过可以设定共犯，只是案件的全部责任必须由一个凶手承担。

13. 不可用秘密结社、黑社会犯罪组织等作为探案小说的主体。这类小说应属政治小说。

14. 杀人方法须合理且具科学根据。如杜撰发现一种科学元素，或发明了一种新奇毒药并以此作为杀人方法，是对读者不公平的戏弄。

15. 案件自发生到侦察到破案，须保持连贯性，以便供读者参与推理。作者不可以故意隐藏重要的破案线索，那无异于欺骗读者。

16. 不需要用长篇幅来描述与案件进展无关的事物。比如文学性的粉饰、完美的写景等。因为读者只想参与案件的智力游戏，其余皆无关紧要。

17. 不可将凶手最终设为强盗、山贼、海盗等职业犯罪者。如此的设定，对于破案毫无斗智的魅力可言。

18. 解决案件时，应避免未到最后关头，以凶手自杀或意外死亡的情节做结束。这样做是虎头蛇尾，纯粹是拿读者开玩笑。

19. 探案小说中的犯罪动机必须是纯个人性的。如国际阴谋、政变、战争等等，属于间谍小说的范围而不在探案小说范畴。

20. 最后列举几项凡是认真的探案作家都应竭力避免的几种用滥的手法：
  (1) 犯罪现场留有烟蒂，借此找出凶手；
  (2) 假造受害者鬼魂显灵，以使嫌疑犯自白；
  (3) 故意留下假指纹在犯罪现场；
  (4) 找替身制造不在现场的证明；
  (5) 犯罪现场的狗没叫，以此断定凶手和被害者是熟人；
  (6) 揭开谜底时，才告知读者凶手是双胞胎之一。

凡迪恩的20条守则自称为20条"戒律"，从凡迪恩的小说写作方式上看，他正是遵循了这20条守则。在他的20条守则出现后，很多作者也正是在按他的守则来写作，也有人研究他的守则。但是，随着时间的推移，人们发现凡迪恩的戒律并不能完全照抄，这样会使全部侦探小说千篇一个模式、一个面孔，过于局限。于是一些作者仍按自己的路子写作，虽说有的能合乎20条守则的条款，但其中也有了改变。例第二条，也有作者故意向读者设置诡计，让谜中有谜。第三条，侦探小说中有很多写爱情故事的，为了爱情来杀人，为了爱情去犯罪。第四条，侦探本人或警方搜查人员不可摇身一变为凶手，然而一些侦探小说中，有的参与破案者或最先出场的警方破案者，竟是制造一系列案件的凶手，例美国谢尔顿的《裸脸》。第七条，探案小说绝对要写杀人事件，然而有的小说并没有写杀人事件，但小说的确是在写对一起或多起案件的侦破，而且就是以破案为主线，最后经过侦探的调查推理，找到了真正的作案人。绑架案子不可以吗？各种严重的破坏案件及窃取国家重大机密案件不可以吗？所以说，侦探小说应该专写杀人或谋杀案件，我不赞同这一观点。社会犯罪不单单是杀人，而是多种多样的，如抢劫、绑架、纵火、爆炸、破坏、投毒、贩毒、制造假币等都是社会上较为严重刑事犯罪，出现这样的案件必须侦破。无论哪个国家都绝不会允许这些犯罪的出现和横行猖獗。其次，重特大盗窃案、诈骗案等犯罪也不容忽视，其危害性也很大，在破案上也不容易。我认为这些都是侦探小说可以表现的主题犯罪内容，可以使侦探小说内容和故事情节更加丰富多彩，发展前景也是可观的。第九条，侦探只应有一人，从现代的侦探小说中看，似乎已打破了这个定律，有多名侦探的小说很多，有的是有一名主角侦探，有的则有多名主角侦探，各显身手，平分秋色。如法国勒布朗作品中让亚森·罗宾和福尔摩斯同时出现，其他名家的作品也有类似的，我国近年来的小说也有多名侦探出现的情景。"戒律"以后的各条都有打破。再例第十八条，结尾以杀手自杀或意外事件死亡的结果是很多的，如日本森村诚一的作品有几个这样的结局。第十九条，凡迪恩坚决不允许间谍小说列入侦探小说的行列，但间谍小说的确是侦探小说的同类，或分支。间谍小说是否可以单独成为小说中的一个独立体系，成立也好，不成立也好，它必然与侦探小说有紧密的联系，其特性是一致的，都是有发案、有侦探、有作案人、有破案。

还有一些侦探小说的作者，从来就不知道凡迪恩的 20 条守则，所以他们在写侦探小说时无拘无束。有的为迎合时代和一些读者的口味，创造出各种新颖的侦探小说。

凡迪恩能研究出侦探小说的 20 条守则，是对侦探小说的一个贡献。他能够成为美国古典侦探小说的奠基者，与其研究侦探小说理论和按 20 条守则写出的作品产生的影响是有直接关系的。他力求侦探小说的纯粹性，所以经过精心的研究，才能为侦探小说立下严格的定律界限。这 20 条守则影响了以后的众多侦探小说作家，就是在今天我们研究侦探小说理论，这 20 条守则也有相当重要的意义。人们虽然没有完全按他的守则去做，但能读到此守则的人，起码在写侦探小说时知道应注意些什么，怎样能把侦探小说写得更好。打破这种守则也是一个开拓，能够使自己的创作思路和视野更加宽阔。

第二章 中国公案小说

公案小说是中国古典小说中的一个重要派别。"公案"一词，原指官府的案牍，即旧时官吏审理案件用的桌子。张国风著《公案小说概述》中说，宋元时，"公案"一词有如下五种含义：一指官府案牍；二指案件；三指官员审案时所用的桌子；四指禅宗用教理解决疑难问题，如官府判案；五指话本小说一类。公案小说，就是围绕旧时案犯作案和官吏破案、断案、结案而创作的故事，是中国古代小说的一种体裁，也是中国古代旧体侦探小说。它在我国有着相当长的历史，作品众多，在中国及世界上都有着极其广泛而深远的影响，是我国珍贵的传统文化遗产。

一、中国公案小说的起源和发展

中国公案小说的起源，从追溯的观点看，源于春秋战国时期的刑事案件、现场勘查、鉴定记录和后来的各种案例，加之一些审案、断案故事。我国最早的公案小说或说是公案故事，都非常短，有的仅几百字，且多是文言文。早在1500多年前东晋干宝编撰的《搜神记》中有一篇《东海孝妇》，就是一个公案故事，全文如下：

> 汉时，东海孝妇，养姑甚谨。姑曰："妇养我勤苦。我已老，何惜余年，久累年少。"遂自缢死。其女告官云："妇杀我母。"官收系之，拷掠毒治。孝妇不堪苦楚，自诬服之。时于公为狱吏，曰："此妇养姑十余年，以孝闻彻，必不杀也。"太守不听。于公争不得理，抱其狱词，哭于府而去。自后郡中枯旱，三年不雨。后太守至，于公曰："孝妇不当死，前太守枉杀之，咎当在此。"太守即时身祭孝妇冢，因表其墓。天立雨，岁大熟。长老传云："孝妇名周青，青将死，车载十丈竹竿，以悬五幡。立誓于众曰：'青若有罪，愿杀，血当顺下；青若枉死，血当逆流。'既行刑已，其血青黄，缘幡竹而上标，又缘幡而下云。"

这个故事不到300字，是一个冤狱的故事，其对后来的戏剧和公案小说创作影响很大。元代关汉卿创作的悲剧《窦娥冤》就源于这个故事。然而，真正形成中国公案小说作品之时应是唐代。唐高宗初年考上进士的张鷟曾写过一部判词集《龙筋凤髓判》，从中显示了他的文学才华。后来他写了很多公案短篇小说和小品，如小说《王璥篇》，说在唐贞观年间，左丞李行廉长子与后母通奸，并把她隐藏起来，对其父说后母被宫中传去了。其父见后妻多日没有回家，便上告到宫中，后妻见此便颈系巾绳倒于街上。县令得此对李行廉的后妻进行审问，其称宫中一不知其姓名的官员令她陪伴多日，后又将她捆绑驱逐出宫。正当县令询问李行廉的后妻之时，李的长子坐不住了，心情紧张，便就此案找人算吉凶。此事被人告发，县衙王璥对李的长子和他后母进行讯问，二人都不承认有不正当关系。于是王根据李的长子问卜的心理，让人事先藏于案下，然后再传讯二人，审讯中借故锁上门离去，李的长子和他后母见室内无人，心情松动，便对他们通奸一事订立了攻守同盟。正在此时，案下的吏衙出来，二人不得不供认他们通奸及制造假案的事实。这是一篇利用犯罪心理破案的一个早期作品，后来的《包公案》也引用了此案例的手法。唐代李公佐的小说《谢小娥传》也是比较早的公案小说。唐代小说《苏无名》，既有公案小说的特征，又有现代侦探小说的特点，因为他成功地塑造了一个侦探的形象。后来，荷兰作家，也是汉学家的高罗佩所著《狄仁杰断案传奇》也叫《狄公断案大观》（1999年时代文艺出版社出版此书为《狄仁杰断案全集》）就是依据《苏无名》以及后来的《狄公案》所著。我们常见的版本通叫《狄公案》，这也是部公案小说，狄仁杰先后侦破了铜钟案、迷宫案、御珠案、断指案、黄金案等十几个案件。此小说将西方侦破方法巧妙地融入到中国古代的故事中，布局奇特，案件迷离，令人莫测，犯罪痕迹隐蔽，但通过狄公的精细勘查和高明的推理，最终都使案件真相大白。五代时期的范资著有《杀妻者》一篇，也是既有公案小说的特征，又有现代侦探小说的特点，他是靠推理破获一起无头案的。宋代郑克编著的《折狱龟鉴》里的故事，都是古代审案、探案、断案故事，后来的一些公案小说和戏剧有很多采用了这里边的故事和情节。明代冯梦龙的《错斩崔宁》（即《十五贯》）是一篇比较好的公案小说，此文对后来的公案小说创作有着一定的影响，其是根据宋代的话本改编的。

宋代，我国的公案小说已见成熟，虽有一些公案小说，但仍是以短篇为主，以评词话本为主，像《三现身包龙图断案》这样篇幅的还很少。从春秋到宋代这么大的跨度，公案小说的发展是非常慢的。而且，作品极少，纯公案小说更少。有的虽写的是人命官司，但不是以侦破案件为主，不是纯粹的公案小说。但从现存的早期话本公案小说看，这些小说虽篇幅不长，但叙述生动，人物形象也鲜明。这为后来创作的真正公案小说打下了基础和提供了素材，对其发展也起到了推动作用。

明末清初，是我国公案小说的发展时期，而清代则是公案小说的鼎盛和繁荣时期。而且，多是白话文，深受社会群众的喜爱。人们一边看这些小说，一边当作故事传播这些小说，促进了公案小说的发展。

明万历二十二年出现的《新刊京本通俗演义全像百家公案全传》，是我国比较早的长篇公案小说。明万历年间，还出现了《包公案》、《海公案》，这些小说中的故事多来源于以往的有关包公和海瑞的故事，有史书的记载，有民间的传说，有话本、戏剧中的内容。但大多数的公案小说还是来源于民间，如海瑞活着的时候，他的事迹就已传遍朝野，民间就有很多关于他秉公办案、刚正不阿的传说。在他去世不久，万历年间的学者李春芳就编有公案小说《海忠介公居官公案》，共六卷七十一回；以后又编了《海公大红袍全传》。到清代又出现十卷本四十二回的《海公小红袍全传》。在明代，还有《龙图神断公案》、《廉明公案》、《皇明诸司公案》、《新民公案》、《详刑公案》、《律条公案》、《法林灼见》、《详情公案》、《明镜公案》、《海刚峰先生居官公案》等。明末清初，冯梦龙著有《喻世明言》、《醒世恒言》、《警世通言》；凌濛初著有《初刻拍案惊奇》、《二刻拍案惊奇》，里边的故事大都是公案故事。明代梦觉道人、西湖浪子著有《幻影》，全书共三十回，也是以公案为主的小说，后经整理出版名为《三刻拍案惊奇》。清乾隆、嘉庆年间出现了公案小说《清风闸》；嘉庆年间，出现了《施公案》；在这以后，公案小说逐渐增多。例如《七尸八命案》、《海公小红袍奇案》、《百断奇观》、《狄梁公四大奇案》、《彭公案》、《李公案》、《蓝公案》、《郭公案》、《龙公案》、《于公案》、《林公案》、《刘公案》、《三侠五义》、《七侠五义》（也叫《忠烈侠义传》）、《小五义》、《续小五义》、《警官新书》、《儿女英雄传》、《善恶图》、《九命奇冤》、《八贤传》、《满汉斗》、《双龙传》、《青龙传》等。明代公案小说多为短篇连缀体小说，到清代多为长篇章回小说。其中有些小说是由一人口述，另一个人成书的，例如《龙公案》，说的是开封龙宝山办案的故事，全书共八十六回，由刘浩鹏口述，闻逸整理。从明代开始，我国公案小说由短篇走向长篇，以真实人物传奇办案为素材，例如《包公案》中的包拯，《海公案》中的海瑞，以至后来清代的《于公案》中于成龙等，他们都是历史中的真实人物。

施耐庵著有《水浒》，虽是描写农民起义的故事，但其中也有一些断案故事；蒲松龄著有《聊斋志异》，虽是神怪小说，但其中也有一些断案故事，如《冤狱》、《胭脂》、《诗谳》等。可见，清代是我国公案小说的鼎盛时期，原来多为单篇短小的文言文公案故事，已向章回、武侠化的白话文长篇小说方向发展。其中典型的有《施公案》、《彭公案》、《七侠五义》等。将侠客义士引进公案小说，从而使故事情节更加曲折生动，结构紧凑惊险，跌宕起伏，悬念连绵，引人入胜。

鲁迅在《中国小说史略》第二十七篇中专谈了清代的侠义小说和公案小说，并重点提到《三侠五义》、《龙图公案》、《小五义》、《续小五义》、《施公案》、《彭公案》、《英雄大八义》、《英雄小八义》、《七剑十三侠》、《七剑十八义》、《刘公案》、《李公案》、《七侠五义》等。

二、中国公案小说的一些代表作

我国公案小说有几百部，但有名的仅限于几十部或是几部书。在此，我将一些有影响的代表作简要地介绍一下。

1. 《包龙图判百家公案》和《包公案》。

《包龙图判百家公案》是明代安遇时所编，属章回长篇小说。共分十卷，一百回。卷一第一回之前有《国史本传》和《包待制出身源流》两篇。全书主要讲的是宋代包拯审案、断案的故事。一百回是一百个故事，每回独立成章。

《包公案》是明万历年间的小说，根据民间传说整理而成，作者没有标明，后编著注上佚名著。此书共十卷，每卷十篇，每篇也是一个独立的故事。全书也是写宋代包拯审案、断案的故事。但其内容和《包龙图判百家公案》（也称为《百家公案》）不一样。

包拯，字希仁，宋代庐州（今安徽省）合肥人。曾任龙图阁直学士。他为人正直，刚正不阿，而断案公正，秉公执法，不畏权霸，为民做主，被人称为"包青天"，他的事迹广泛流传。

2. 《狄公案》。

《狄公案》大约是明代的小说，作者不详。此书在创作时与唐代小说《苏无名》有关，加之民间传说整理而成。主要是写唐武则天时，名相狄仁杰断案的故事。其中包括民间流传的著名的铜钟案、迷宫案、御珠案、断指案、黄金案等，狄仁杰由此也成为侦探推理文学史上的传奇人物。此书为章回小说，共三十六回。另有六十四回版本，内容较为丰富。

3. 《海公大红袍全传》和《海公案》。

《海公大红袍全传》系明代李春芳编著，说的是明代大臣海瑞从出生到病故，一生为民行侠仗义，不畏强暴、秉公办案的故事。他一生清正廉洁，历任封疆，却未曾受民间一丝一线。死时竟无分文，只有一个大红袍蔽尸。全书共六十回，属章回小说。

《海公案》是明代万历年间的小说，原作者不详，后由敏秀、大川改编。也是写明代大臣海瑞在任职期间不畏强恶、秉公断案的故事。海瑞曾任过右佥都御史巡抚、南京右都御史等职，曾因给皇帝直言上疏被贬。全书由《玉龙》、《白梅亭》、《一顶巾》、《金兰会》、《美人坊》、《忠孝缘》、《满堂荣》、《桃花舄》八部组成，除《桃花舄》分为八卷，其余每部都是七卷，实是七章，属章回小说。

4.《施公案》。

《施公案》共有两种，一种是九十八回本，一种是四百零二回本的长篇巨著，都属章回小说，是清代嘉庆年间的小说，作者不详。主要是写清代大臣施仕伦在任期间断案的故事。施仕伦，康熙年间人，曾任扬州知府、苏州知府、湖南按察使、安徽布政使、天府府尹、左副都御史兼管府尹事、云南巡抚、陕西佐总督等职。

5.《彭公案》。

《彭公案》是清代小说，作者贪梦道人。主要写康熙年间清代大官员彭朋断案的故事。彭朋，福建莆田人。康熙年间曾任三河知县、刑科给事中、贵州按察使、广西巡抚等职。全书一百回，属章回小说。

6.《于公案》。

《于公案》共有两种，都是清代小说，作者不详。一是十回本，属章回小说，也是一部中短篇小说，主要是写康熙年间房山县按院于成龙通过私访，破获一起图财杀人案和恶僧残害百姓作恶称霸的案件。二是六回本，也是写于成龙，主要是写他到乐亭县走马上任当知县时，一只鹦鹉落在轿扶手上报它的主人被人害命的案件，于成龙设计破案的故事，也是章回小说，属短篇小说。但是，在中国清代历史上共有两个叫于成龙的官员。一位于成龙（1617—1684年），山西永宁人，曾任广西罗城知县、四川合州知州、湖广黄州府同知知府、福建布政使、两江总督、安徽巡抚等职。在他任两江总督时曾举荐另一位于成龙。他以"清官"著称，康熙南巡考察回京后，称于成龙"居官清正，实天下廉吏第一"。十回的《于公案》就是写的山西的于成龙。另一位于成龙（1638—1700年），曾任直隶乐亭知县、滦州知州、通州知州、江宁知府、安徽按察使、复擢直隶巡抚、左都御史，兼镶红旗汉军都统、河道总督等职。六回的《于公案》就是写这个于成龙的。

7.《刘公案》。

《刘公案》是清代小说，作者不详。主要是写清代大臣刘墉断案的故事。刘墉，江苏武进人，曾任山丁太原知府、内阁学士、湖南巡抚、左都御史、协办大学士等职。全书共三十九回，属章回小说。

8.《李公案》。

《李公案》是清代小说，作者不详，但《李公奇案》的作者是惜红居士，不知是否为一书。主要是写清代官员李秉衡在任期间断案的故事。李秉衡，奉天（现沈阳）海城人。曾任知县、山东巡抚等职。全书为中篇，共三十四回，属章回小说。

9. 《林公案》。

《林公案》是清代小说，作者不详。主要写清代官员林则徐查禁鸦片、断案的故事。全书共六十回，属章回小说。

10. 《毛公案》。

《毛公案》有可能是明代小说，作者不详。主要写明嘉靖年间，直隶巡抚毛登科奉旨私访查破一起杀弟弑母和贪污受贿的大案。全书共六回，属章回小说，也属短篇小说。

11. 《新民公案》。

《新民公案》，也叫《郭青螺六省听讼新民公案》，共四卷，计八类四十三个公案故事，约八万字，是明代刊行较早的短篇小说集，作者不详。主要写明代官员郭子章断案的故事，但书中有些案子并不是郭子章断案的实录，而是抄自《廉明公案》和《诸司公案》等书中的案例。此书突出郭子章一个主角，有似现代的侦探小说，并用智慧破案、断案，很有特色。

12. 《七侠五义》。

《七侠五义》，也叫《忠烈侠义传》，是清道光、同治年间著名说书艺人石玉昆所作。他根据公案小说《包公案》及民间传说的有关宋代大臣龙图阁大学士包拯断案折狱的故事，以唱本的形式写成。后人又将石玉昆的唱本记录整理成《龙图耳录》一书。不久，问竹主人、入迷道人以《龙图耳录》为蓝本，再次加工、改编、创作成为《三侠五义》，于清光绪五年首次刊印。同代著名文人俞樾对该书再次改写、加工、斧正，重点又塑造了南侠展昭、北侠欧阳春等七侠，故更名《七侠五义》。《七侠五义》共一百二十回，属章回小说。前二十回以"狸猫换太子"故事为引子，叙述包拯成长、入仕、断案、折狱，平反冤案，迎回"国母"，惩治了李保。第二十八回至六十八回写猫鼠争雄，"五义"归包的故事。后五十二回写众侠义同叛逆襄阳王及他的党羽斗争的故事。小说较好地塑造了包拯刚正不阿、不畏豪贵的形象。故事结构离奇曲折，情节惊险玄幻，人物性格鲜明，文学语言风趣流畅。后有《三侠五义》及《小五义》、《续小五义》。特别是《小五义》是根据清代说书艺人石玉昆的说书旧本润色而成，共六卷一百二十四回，说的是卢方之子卢珍、韩彰之子韩天瑞、徐庆之子徐良、白玉堂之侄芸生等，聚义结盟，除暴安良、行侠仗义的故事。

13. 《七尸八命》和《九命奇冤》。

《七尸八命》是清代安和所著，主要写清雍正年间，广东番禺县谭村富甲凌贵兴听信半仙的鬼话，认为本地表亲梁天来的石屋挡了他家的风水，要出重金买下此房，梁不同意，由此结下仇怨，凌将梁家七名女眷活活烧死。知县、知府、按察、巡抚等大小官员都受了凌贵兴的重金贿赂，使梁天来告状无门，写状词的

施智伯被气死，仗义作证的张凤几乎丧生。最后，新任按察苏沛之不受贿赂，明察暗访，伸张正义，终使梁家的案件昭雪沉冤。全书共四十四回，属章回小说。

《九命奇冤》是清代吴趼人所著，其故事内容与《七尸八命》可以说完全一样，只是个别情节有些变动。也是写清雍正年间，凌兴贵与梁天来两家的恩怨，尽管梁家退让，凌家仍不罢休，纵火烧死梁家八口。梁天来逐级上诉，乞丐张凤仗义作证，却因官府受凌家贿赂，正义得不到伸张，张凤反被打死成为九命。后来张义到京城遇到清官孔大鹏，暗访时化名苏沛之，此案才得以昭雪。全书共三十六回，属章回小说。

此外，公案章回小说《警富新书》也是写的"七尸八命案"。

14.《清风闸》。

《清风闸》是清代乾隆、嘉庆年间成书的长篇公案小说，作者是清代的浦琳，此书又名《绣像春风得意缘》。主要讲述两个乞儿的命运，浙江台州府定远县衙吏孙大理收养乞儿小继为义子，然而小继忘恩负义，与大理妻通奸，暗杀了大理，沉入井底，后制造成大理发疯跳河自杀的假象，并赶出大理的女儿孝姑。孝姑与流浪于市井的乞丐皮奉山结亲，皮奉山赢得大注银子，又在一空宅内发现窖银，从而成为暴发户，捐官生子事事如意。包公出巡定远县，孝姑上堂为父鸣冤，包公经查孝姑说的都是事实，冤案得以昭雪，案犯受到严惩。全书共四卷三十二回，属章回小说。

15.《鹿洲公案》。

《鹿洲公案》是清雍正年间出现的纯属根据个人的亲身办案经历撰写的公案小说，也是一部笔记小说。作者蓝鼎元，清代福建人，曾任广东普宁县令。全书分偶纪上和偶纪下两部分，上部十三篇，下部十一篇，全书总计二十四篇，约七万字，书中的二十四篇小说主人公都以"我"为称，即鹿洲先生。书中展示了作者集侦探与审判、惩处犯罪为一体的故事情节，从而也塑造了一个秉公办案、清正刚直的体察民情的县官。

16.《荆公案》。

清代章回小说，作者系佚名，共二十回，主要描述荆知州办案的故事。

17.《郭公案》。

作者系佚名，共八编四十一则。属清代武侠公案小说，主要讲述建宁府理刑馆郭爷断案的故事。

18.《详情公案》、《详刑公案》、《律条公案》。

这三部公案小说都是明代的作品，属短篇小说集。《详情公案》作者不详，是明崇祯年间的作品，原书共八卷，有一卷已遗佚。现编的全书加首卷共是七卷，小说中叙述的多为盗抢奸杀案、搜缉刑狱之事。《详刑公案》由明代宁静子编辑，原书全称是《新镌国朝名公神详刑公案》，全书共八卷四十则十六类，分成"谋害类"、"奸情类"、"婚姻类"、"奸拐类"、"威逼类"、"除精类"、"除害类"、"窃盗类"、"抢劫类""妒杀类"等。全书以断案故事为主，也有些杂类。《律条公案》，全称为《新刻海若汤先生集古今律条公案》，由明代陈玉秀选校。全书正文七卷，共分十四类案件，多为断案和冤狱的故事。附《六律总括》、《五刑定律》、《执照类》三种古代法律。

除此，我国的公案小说《案中奇冤》、《百家公案》、《海刚峰公案》、《廉明公案》、《诸司公案》、《神明公案》、《明镜公案》、《冤狱缘》、《血豆腐》、《八贤传》、《满汉斗》、《双龙传》、《青龙传》、《蓝公案》、《永庆生平全传》、《跻春台》、《警富新书》、《小五义》、《续小五义》、《中国侦探案》等也是很有影响的作品。

三、中国公案小说的特点

中国公案小说历史悠久，其形成到发展，以及写作方法上都有着不同于其他小说的特点。

1. 写实性和传说相结合。在小说中，有一部分是历史史实，多为民间传说，有一部分是作者虚构的故事。从一些"公案"小说中看到，"公案"小说的故事来源，多为中国的史书、笔记，有的还进行了实际的调查，除此便是作者搜集的一些民间传说。以《包公案》为例，其中一些故事可见于《宋史》等宋代的各类史书记载。《清风闸》中的故事，实为宋代发生的一个真实故事，书中的人物也是实有其人。《七命八尸》与《九命奇冤》、《警富新说》讲的是同一个故事，看来在清雍正年间确有此案。

在众多的公案小说中，有些故事内容来自古代的案例。例如宋代郑克所著《折狱龟鉴》卷五中的《双钉案》被《包公案》所引用。此外，《北史》、《后汉书》、《魏史》、《晋书》、《唐书》、《隋唐嘉话》、《宋史》、《春秋后语》、《明史》、《洗冤录》、《洗冤集录》、《独异志》、《风俗录》、《玉堂闲话》等史书中的案件都被后来的公案小说中改编引用，有的是采用移花接木的方式，有的把别人办的案子也移接到这些被人们赞颂的清官身上，从包公的故事中我们就能发现很多。在早期的公案小说中，笔记案例小说和宋代以来的话本中的公案故事，也有很多被一些长篇移花接木到某个人身上，变成新的公案小说，随着时间的变化，被人们认可。除此，明代以前的《疑狱集》、《折狱龟鉴》、《棠阴比事》、《晰狱龟鉴》、《法林灼见》、《萧曹遗笔》、《耳谭类增》、《良谳篇》、《折狱明珠》、《折狱奇闻》、《名公书判清明集》等书和"清平堂话本"、"三言二拍"等话本小说也被引用和改写成一些公案小说。

2. 以执法办案为主线，塑造公正的真实官吏人物形象。在介绍的上述公案

小说中，小说都是以旧时的官吏执法办案为小说的主线，小说中的主人公都是中国历史中的真实人物。我们从这些公案小说中得知，《包公案》中的主人公是宋代的包拯，《狄公案》中的主人公是唐代的狄仁杰，《海公案》中的主人公是明代的海瑞，《刘公案》中的主人公是清代的刘墉，《林公案》中的主人公是清代的林则徐等。由此我们可以看到，公案小说中的主人公与现代侦探小说有明显的区别，前者的主人公全部是中国历史的真实人物，而后者的主人公全部是或基本是虚构的人物。

3. 小说带有侠义的色彩。公案小说虽是以写破案、断案为主，但其中有很多是写侠士的，他们不但能破案，而且武艺高强，关键时刻必出现，为小说增加了紧张、惊险、活泼的特色，例如《三侠五义》、《七侠五义》等。可以说中国的公案小说是侠义小说与公案小说的结合。在一些公案小说中，主角运用逻辑推理侦破案件，而他的护卫亲随大多是武艺高强的人，同他一起伸张正义，并使主角在关键时刻化险为夷。《施公案》、《彭公案》等都有侠客豪杰去破案的情景。

4. 神魔鬼怪的出现与破案。神魔鬼怪充占小说的一定篇幅，有的成为破案辅助工具。中国古代侦破案件，一是靠审讯；二是靠调查、走访取证；三是靠有限的科学（法医检验、化验分析、现象比对等）。除此，有时也要借用鬼神的力量来侦破案件，这在公案小说中是常见的事。公案小说中关于神魔鬼怪的描写需要占一定的篇幅，不是用来破案，便是用来救人或惩治邪恶。有的公案小说并没有真正的神鬼出现，但为了破案，不得不人为去装神弄鬼来破案。我们从《包龙图判百家公案》、《包公案》、《于公案》等书中都可以看到。甚至人鬼能沟通或人能见到鬼，例如《包龙图判百家公案》第一百回《劝诫买纸钱之客》中写道："话说包拯守郑州之日，词明理直，百姓安生。只因判几桩没头脑的公案，倒惊动数处怀奸诈官家，府门前日日民钦众仰，案牍上夜夜鬼哭神号，果是天上文曲星君降作世间庶民主宰。"此处既有鬼的描写又有神的叙述。而在《包公案》中，多篇在办案中涉及神灵和梦幻，例《偷鞋》、《虫蛀叶》、《割牛舌》、《死酒实死色》。我们从《于公案》第四回《风险财起意害妹夫，素真拯救复还魂》中也能看到。李尽忠被刘家兄弟用绳勒死，移尸于王家门口，想陷害王家。李尽忠已是魂灵出窍，飘于空中。万松山有一熊仙，已有两千年的道业，号为素真仙子，打坐中就知李被害，并驾云而来，用仙丹将李救活背回山洞。《于公案》并不长，但也出现了一定篇幅的鬼神描述。《毛公案》中逆子姚庚正在残害亲母之时，突然一阵大风将他母亲高氏安人刮走，是太白金星救了安人。这一刮，从涿州良乡县一下子刮到离此两千五百里的杭州，与小儿子姚义见了面，叙说家中的冤情。《新民公案》有四分之一的篇幅是依靠神明破案的故事。除此，有的还靠梦中的神仙来点化或死者给活人托梦。有时动物也能说话来诉冤，实为荒唐。例如《毛公案》中嘉靖梦见白额猛虎跪于殿上吼叫，认定有大臣被害有冤，并证明灵验。《清风闸》在办案中也加入了鬼魂给包公托梦的情节。《海公大红袍全传》从一开始就出现神魔鬼怪，海瑞的父亲海玉衡四十三岁前无子，到四十三岁的一天，雷雨交加，一闪着金光的狰狞怪物从天而降，躲避案下半个时辰便进了夫人的房间不见了，从此夫人有了身孕，十月生下海瑞。少年海瑞到雷州赶考时住在旅店，夜里三更听到鬼说话，从而知道当地土地受贿，鬼王小三欺缠张家女儿宫花，由此他到土地庙教育了土地神，又到张家抓获鬼王小三，解救了宫花。

5. 一些审案和定案要靠用刑。这在《包公案》等众多公案小说中都能发现，但是否有冤案或冤打成招，经这些"公"办的案中还没有体现，在小说中往往被用刑的都是受到指控或有证可查而本人不交代的刁顽之徒。

纵观公案小说，不免有很多是封建迷信的内容，这与作者当时所处的社会和人们的封建迷信思想、当时的风俗信仰有一定的关联。我们在读公案小说时要注意区分出这些糟粕。

四、中国公案小说的艺术特色

1. 鲜明的人物形象，富有个性化。中国的公案小说注重对主要人物形象的刻画，特别是对小说主人公的形象的刻画。如对包公从外形到内心的刻画，让我们看到一个铁面无私、执法如山而又刚正不阿的包公形象。公案小说塑造了众多的古代公正执法的清官形象，但个个人物又不雷同，包公有包公的特点，海公有海公的特点，很富有个性化和历史文化的内涵。

2. 通俗的语言，有一定的艺术魅力。纵观众多的公案小说，大多语言通俗易懂。作者不单单讲故事情节，而且大都重视语言的描写和词汇的运用，讲究文词和笔法，注重小说的艺术特色。

3. 特有的文体结构，带有传统性的写作方式。公案小说在写法和文体结构上与现代的小说及后来的侦探小说有着很大的区别。公案小说多为章回小说，带有说评的起头与结尾。而且，有一部分小说将诗词插于文中。大多为文章的开头或结尾要用引诗或证诗，借此道出一个哲理或用诗叙述这段故事的大意或全书的故事概况，结尾的诗词多为对事物的评论、看法及感叹。章回小说大多于书中每章前后都有诗或词。每章前面都用却说或话说，沿章都有且听下回分解或且看下文分解。这是中国古代小说的一种传统写法。公案小说也正是采用了这种写法。例如《包龙图判百家公案》正文一开始便是诗曰"世事悠悠自酌量，吟诗对酒日初长。韩彭功业消磨尽，李杜文章正显扬。庭下月来花弄影，槛前风过竹生凉。不如暂把新编玩，公案从头逐一详"。这是一首引诗，从此来说包公所断的各种案件。此书一百回，除第一回《国史本传》无诗外，其余九十九回都有诗，全书

近两百首诗词。《浄公大红袍全传》一开始便是词曰："人生南北多歧路，将相神仙也是凡人做。百代兴亡朝复暮，江风吹倒前朝树。功名贵显无凭据，费尽心机，总把流光误。浊酒三杯沉醉去，水流花谢知何处。"此诗描绘人生与社会，由此引出海公的故事。《于公案》每章都有诗，《施公案》开头和书中插诗，而《刘公案》是每章都有一首词或几首词，而且，都是《西江月》。

公案小说无论是有诗词或无诗词，在写法上大致相同，这既是我国古代小说的一种传统写法，也是一种当时被社会认可和被人们接受的文体结构。再以《七尸八命》和《九命奇冤》为例，虽然两者不是一个作者，但写作方式几乎一样，文体结构也相似，只是叙事方式和故事情节有别。

4. 带有传奇与神化的色彩。公案小说中的故事，有些是史实，有些是民间的传说，有些是移花接木。作者在着力刻画人物形象的同时，注重人物的命运和他们离奇曲折的经历，往往带着众多的传奇色彩，例如《三侠五义》从第一回开始到第十九回有众多的情节是围绕"狸猫换太子"展开的。公案小说中多有神魔鬼怪的描述，一是由此吸引读者，推进故事的发展，特别是体现善有善报、恶有恶报的因果关系和一种天意，这是作者和一些读者的愿望。二是迎合一些读者的心理，这与当时的社会、民间风俗、人们的思想意识、迷信思想等有关。三是从中国公案小说的传奇性与神化色彩，我们也能看到它体现的一种带有中国古代传统的文化和美学。只有公案小说中有这些特点，在现代侦探小说中是不会有这些内容出现的，这也是中国公案小说的一个文化特色。

第三章　世界侦探小说的起源与发展概况

关于侦探小说的发展史，在很多书中都有详细的介绍，我这里只是简略地和大家谈一下，个别小说引用一点故事梗概。此外，这一章有些内容是自己在研究中整理出来的，特别是对近年来的一些侦探小说的发展情况也做了简要搜集，有些内容在以往的发展史上是没有的。

一、世界侦探小说的起源

在爱伦·坡《莫格街凶杀案》问世之前，世界上已有很多侦探小说的雏型了。除中国的公案小说外，欧洲很多作家都创作过类似侦探小说的小说。如1774年英国作家威廉·高德温发表的长篇小说《事实如此》、1794年发表的《卡列布·威廉斯》，1841年狄更斯发表的长篇小说《巴纳比·鲁德奇》等，这些小说有的写谋杀，有的写警长探案。

1841年，美国作家爱伦·坡（1809—1849年）发表了《莫格街凶杀案》。他把侦探作为小说的主题，把凶杀作为构成小说的主要因素，从而塑造了一个侦探的形象，创造了犯罪的不同模式，运用逻辑推理来揭示事实真相。

《莫格街凶杀案》大意是：在巴黎郊区一所楼中住着两个中年人，一个是私家侦探杜邦，另一个是杜邦的助手琼斯，他们是在图书馆认识后住在一起的。一天，琼斯从报纸上看到一起"血案"，上写着"莫格街大血案，凶杀犯逃遁无踪"。凌晨三时，巴黎圣罗克匹城莫格街一幢四层的楼房中传出一阵凄惨的尖叫声，人们被惊醒，警察和附近的人们来到这所房子前，发现这所房子的门窗都从里边锁着，警察撬开门，发现室内凌乱，椅子上放着一把带血的剃头刀。人们在壁炉的烟囱中发现一具尸体，这是这家的女儿——莱斯帕纳耶小姐，她是被人掐死的。在房后的小院中发现了这家主人莱斯帕纳耶太太的尸体，她身上伤痕累累，喉咙已被人切断。房子的门窗都从里边锁着，凶手是怎么出入的呢？警方只找到一名嫌疑人，没有破案。

杜邦从报纸上获知此案后，和琼斯去了现场，他仅勘查现场就用了四小时，对此案进行了认真的调查走访，并进行分析和逻辑推理，发现此案非人所

为，但琼斯却不以为然。杜邦在这幢房子的避雷针柱脚下发现一小块用来系头发的缎带，从带上的打结认定是马耳他商船水手的物品，并从法国动物学家居维叶的著作中得知东印度群岛上有一种褐色大猩猩，此猩猩体格魁伟、力量巨大、跳跃敏捷、性情凶残、善于模仿。于是他茅塞顿开，猜测此案是商船上水手跑丢的大猩猩所为。于是在报纸上登了一条称他拾到一只大猩猩的招领启事。果然有一个水手找到他要认领大猩猩，但此人神态有些惊恐。在杜邦的劝慰下，他说出了实情。原来，这个水手在不久前从东印度群岛带回一只大猩猩，带回巴黎藏在家中卧室的隔壁。不料，这夜大猩猩竟破门而出，闯进他的卧室拿起他的剃须刀，坐在梳妆台前，脸上抹满肥皂沫，原来它在模仿人在刮胡须。水手见此拿起鞭子，大猩猩手拿剃刀跳窗逃跑，水手沿街追赶。大猩猩跑到莫格街，见四楼莱斯帕纳耶太太的房子亮着灯，便顺着避雷针爬到四楼，从敞开的窗户跳进去。水手也顺着避雷针爬上去，当他从窗口看到室内的情景时，吓坏了。只见大猩猩正在抓着莱斯帕纳耶太太的头发用剃刀为她刮脸，她的女儿已吓昏了。很快太太的喉咙被割断，大猩猩又掐住她女儿的喉咙，将她塞进壁炉的烟囱，又将太太的尸体从后窗中抛出。水手吓坏了，惊慌地逃回家。大猩猩在从窗户出来时，碰撞了窗户，使窗户自动落下，从里边锁上。真相大白了，这只大猩猩后来被水手亲手抓到，卖给了巴黎动物园。

后来，爱伦·坡又写出了侦探小说《玛丽·罗杰之谜》、《金甲虫》、《失窃的信》、《凶手就是你》。除《凶手就是你》以外，每篇小说中都塑造了侦探杜邦的形象，并借助蛛丝马迹进行推理破案。小说还有个"我"，或者说是杜邦的助手。这些小说创造了侦探小说新的模式，其后被一些侦探小说作家沿用。《莫格街凶杀案》发表后，在世上影响很大，在这以前虽说有很多写破案的故事，但没有像爱伦·坡这样将侦探及探案写得这样生动、形象、具体的。他将侦探作为小说的主题专门来写，为侦破案件而设谜、布谜、解谜，故而创立了侦探小说的一种写作模式。爱伦·坡一生发表的侦探小说并不多，可以说以谋杀和破案为主题的侦探小说仅仅就是上述的5个短篇。然而，就5篇为后来的侦探小说创建了5种常用的模式，无论是大名鼎鼎的柯南·道尔、克里斯蒂，还是后来的一些侦探小说作家，无不受其影响，爱伦·坡由此被称为"世界侦探小说家的鼻祖"。

二、欧美侦探小说

自爱伦·坡之后，英国出现一位侦探小说家柯林斯，他的主要作品是《月亮宝石》、《白衣女人》等。《月亮宝石》作于1868年，书中塑造了一位克夫探长的形象。柯林斯后来认识了狄更斯，并成为朋友，他在写侦探小说上受到狄更斯的影响和鼓励，一生共写出30多部侦探小说，对侦探小说的发展作出了一定的贡献，影响也很大。他将侦探小说从短篇推向了长篇，使侦探小说的内容越来越丰富。1885年，英国的柯南·道尔写出了他的第一部侦探小说《血字研究》，第一次将他塑造的大侦探福尔摩斯和他的助手华生介绍给世人，此时柯南·道尔仅29岁。小说一发表，即引起人们的注意。两年后，他又写出了侦探小说《四签名》，再次引起轰动。1891年，柯南·道尔弃医从文，正式当上了专业作家。以后相继写出了大量的侦探小说。如《巴斯克维尔的猎犬》、《空屋》等，后在英国最先出版《福尔摩斯探案全集》。19世纪，《福尔摩斯探案全集》风靡欧美，柯南·道尔被称为"世界侦探小说之父"。于是，世界上出现一股"侦探小说热"，各国的侦探小说家也相继出现，如法国的勒布朗，他写了众多侦探小说，塑造了侠盗侦探亚森·罗宾的形象。美国的奎恩，是费雷德里克·达奈和曼弗雷德·李两位表兄弟合作所用的笔名，他们的主要作品有《希腊棺材之谜》、《荷兰鞋之谜》等50多部侦探小说，他们的小说塑造了侦探艾勒里·奎恩父子的形象。继柯南·道尔之后，在英国还有一位侦探小说家埃德加·华雷斯，他的侦探小说多为长篇，主要作品有《天网恢恢》、《四义士》、《蒙面人》、《幽屋血案》等几十部。柯南·道尔在他的侦探小说中塑造了侦探福尔摩斯，而华雷斯每部小说的主角都不同，尽管小说中的故事曲折惊险，又有大量作品，但是由于人物众多繁杂，难以给读者留下深刻的印象，加之人们习惯和喜爱柯南·道尔的写作手法，所以对华雷斯的作品不太在意。在此值得一提的是美国作家S.S.凡迪恩，他于20世纪初开始写侦探小说，一生写了24部侦探小说，都以"杀人案件"命名，例《女神杀人案件》、《水怪杀人案件》、《艳星杀人案件》等。他的小说里也塑造了类似福尔摩斯的侦探形象，即菲洛·凡斯，也有一个助手叫凡迪恩，即他本人。此写作方法与柯南·道尔和克里斯蒂有些地方相似，属古典侦探小说。他提出的《探案小说二十条守则》，在侦探小说研究学上有一定的影响。他主张要重视罪犯的犯罪心理和犯罪动机，提出以心理分析为中心的分析推理法，将破案重心放在心理层面的探索上。由于凡迪恩在美国侦探小说发展史上的地位和贡献，他被誉为"美国古典探案小说之父"。

　　英国作家G.K.切斯特顿耗时24年，于1935年写出推理小说集《布朗神父探案集》，小说描述了貌不惊人的布朗神父如何用其敏锐的直觉洞察蛛丝马迹，深入推理、侦破疑案的故事。但是，由于作者信仰宗教，神父成了神通广大的侦探英雄，他凭着自己异乎寻常的头脑，创造了无数奇迹。这类作品完全与侦探小说中的推理方法脱轨，有些推理是脱离实际的。英国作家奥希兹女男爵著有侦探小说集《角落里的老人》，主角是一位经常坐在咖啡馆里无所事事的老人，他天天看看报纸，手上不停地把一条细绳结成各种结，然后又将它解开。他既不是公家警探，也不是私家侦探，只是个"场外评论家"，或"墙边评论家"。他根据公

众皆可获得资料的报纸社会新闻版，通过逻辑推理，判断出各种疑案的真相。他的破案方法与福尔摩斯完全不同，被人称为"安乐椅神探"。实际上，这种纯属思辨式"解密破案"的方法是一种心智游戏，是不符合实际的，更不符合侦探小说的特征，会将人们引向歧途。

英国作家爱德蒙·克莱里休·本特利创作了一部反侦探小说《特仑特的最后一案》，故事大意是美国金融巨头曼德森遭谋杀，头部中弹身亡，曼德森的好友卡普尔请来著名侦探特仑特，特仑特表示一定要破案。曼德森的秘书马洛向特仑特介绍了情况，特仑特询问了曼德森夫人和涉及此案的邦纳先生一些情况，并和默奇警长一同查看了现场。3天后，特仑特写出一份报告，说曼德森死前曾喝过酒，一早到花园，中弹前曾与人搏斗过；凶手一定与他很熟，他的鞋被人穿过，那个人的脚比他大，因此将鞋撑坏了；曼德森的夫人是他的财产合法继承人，事后她的表情不自然；曼德森死于昨夜11时，很可能是被凶手打死后移尸于花园的。特仑特的结论是，曼德森的秘书马洛是凶手，曼德森的夫人是帮凶，因曼德森夫人并不爱她的丈夫，而是憎恨他。曼德森生前是一个冷酷的男人，曾做过伤天害理的事。特仑特将报告给了卡普尔一份，卡普尔对特仑特的推理佩服得五体投地，他约特仑特面谈一次，并说："曼德森是我杀死的。"原来在晚上11时半，卡普尔与曼德森在花园门口相遇，发生了争吵，曼德森喝酒过多十分激动，并拔枪威胁卡普尔，卡普尔不得已与他厮打，并夺过枪，曼德森发疯地扑过来，卡普尔在惊乱中开了一枪，不料打中曼德森。特仑特听完卡普尔的话惊呆了，自以为天衣无缝的推理居然是错误的，他喃喃地说："我想我的侦探工作该改行了，这大概是我的最后一案了。"特仑特是一个有名的侦探，他运用逻辑推理来侦破案件，逻辑很严密，结论却是错误的，导致了一个冤案，从而反证逻辑推理毫无价值。本特利的这部小说是和福尔摩斯开了一个玩笑，也表现了一部分作家对"侦探小说热"的不满。

20世纪20年代初开始，英国的克里斯蒂在侦探小说上取得了很大的成就，受柯南·道尔的影响，于1921年出版了她的第一部侦探小说《别墅奇案》，以后相继写出大量在世界上有影响的侦探小说，如《东方快车谋杀案》、《尼罗河的惨案》、《云中奇案》、《孤岛奇案》等。她的小说塑造了大侦探波洛和另一位女侦探马普尔小姐。克里斯蒂一生写了80多部侦探小说。与克里斯蒂同时代的英国女作家多萝茜·塞耶斯于1923年开始写侦探小说，主要作品有《烈性毒药》、《九个裁缝》、《绞刑人的假日》、《索命》等。塞耶斯一生写了50多部侦探小说。英国女作家马杰里·阿林厄姆在英国侦探小说发展史上起了一定的作用，她一生写了多部侦探小说，塑造了一个业余侦探艾伯特·坎皮恩的形象，主要作品有《葬礼中的警察》、《布华里德谋杀案》、《幽灵之死》等。几乎与克里斯蒂同时代的美国侦探小说家厄尔·斯坦利·加德纳，也是一位高产的作家。他一生写了100多部侦探小说，一是以派瑞·梅森大侦探为主角的"梅森系列"，如《作伪证的鹦鹉》、《超市窃贼的鞋》等；二是以地方检察官 Dough Selby 为主角的"DA系列"；三是以私家侦探柯白莎和赖唐诺为主角的"妙探奇案系列"，如《初出茅庐破大案》、《失踪的妇人》、《黑夜中的猫群》、《最后一张牌》等。他在美国是一位影响相当大的作家，其作品被译成28种文字，书评家们称赞他的作品为美国有史以来最好的侦探及法庭小说，他本人被誉为世界最畅销"侦探小说之王"。比加德纳早出生一年的美国侦探小说家昌德勒在美国的影响也很大。他的主要作品有《长眠不醒》、《高高的窗户》、《浮肿的美人》、《长久的告别》等10余部长篇、20多个短篇，后编为《五个凶手》和《雨中杀人》等集子。生于1930年，毕业于哥伦比亚大学的，与钱德勒和詹姆士·M.凯恩一起成为"黑色体裁"小说创始人之一的康奈尔·伍尔里奇在大学时就开始侦探小说的写作，主要作品有《死后》、《后窗》、《三点钟》、《谋杀的变更》、《我嫁给一个死人》等。于1930年开始文学创作的美国约翰·狄克逊·卡尔以写侦探而闻名于世，特别是以写密室杀人和历史推理小说而著名，他的作品既机智又阴森可怖。他一生写了120部小说，主要作品有《遗失的绞刑台》、《夜间行走》、《铁网笼谜题》、《疯帽商之谜》、《三副棺材》、《埃德蒙·戈弗雷爵士谋杀案》、《福尔摩斯的业绩》、《鬼敲门》等。此外，还有美国侦探小说家哈梅特，他的主要作品有《马耳他黑鹰》、《血腥的收获》、《达因的诅咒》、《玻璃钥匙》、《戴恩家的祸祟》、《瘦子》等，被称为硬汉侦探派，对后来美国侦探小说的发展有一定影响。还有麦克唐纳，他的作品多以西海岸为背景，侧重心理分析，主要作品有《高尔顿案件》、《地下人》、《别时的一瞥》、《活动目标》、《没顶之池》、《寒气》、《黑钞》、《睡美人》、《蓝锤》、《苦难》、《爱情与罪恶》等。在20世纪30年代，英籍女作家约瑟芬·铁伊几乎与克里斯蒂齐名，她一生仅写出8部侦探小说，但部部可以说都是上乘的作品。主要作品有《时间女儿》、《法兰柴思事件》、《排队的人》等。她与克里斯蒂、塞伊尔斯被称为推理史最辉煌的第二黄金期三大女杰，也是古典推理最高峰的第二黄金期的三大女杰。美国的厄尔·德尔·比格斯也写了一些侦探小说，主要作品有《中国鹦鹉》、《没有钥匙的房间》、《秃头旅馆的七把钥匙》、《黑骆驼》、《广告栏》、《守护神》等，他小说塑造了侦探陈查理的形象。美国三四十年代著名作家克莱顿·劳森创作出版了多部侦探小说，他的小说塑造了一个魔术师侦探马里尼的形象，主要作品有《死亡飞出大礼帽》、《天花板上的足迹》、《断项之案》、《无棺之尸》，短篇集《伟大的马里尼》等。美国的爱德华·霍克被称为侦探、科幻小说传奇作家，主要作品有《不可能犯罪的诊断书》、《铁血天使》、《妙贼怪克》、《老间谍俱乐部》等。美国作家雷克斯·斯托特的主要作品有《毒蛇》、《门铃响起》、

《三重危机》、《被埋葬的恺撒》等。这期间美国的侦探小说家还有黑克·塔伯特、海伦·麦克洛伊等。英国的奥斯汀·弗里曼是一位早期的作家，他也写过轰动一时的推理小说，如《红拇指印》等，他主要讲的是科学办案，由此塑造了侦探"宋戴克医师"的系列形象，创造了"反叙式推理"形式。英国女作家克里斯蒂安娜·布兰德，20年代中期就创作侦探小说，她的作品主要塑造了两个侦探的形象，一个是查尔斯沃斯探长，另一个是考克瑞尔探长，主要作品有《高跟鞋之死》、《晕头转向》、《绿色危机》、《寓所之骤死》、《耶洗别之死》、《绝枝》等。英国的安东尼·伯克莱被称为幽默作家，主要作品有《莱登庭神秘事件》、《毒巧克力命案》、《皮卡迪力命案》、《事实之前》、《裁判有误》等。被称为谨守"侦探小说十诫"的英国侦探小说作家罗纳德·诺克在英国侦探小说史上也占有一定地位，主要作品有《路桥谋杀案》、《闸边足迹》、《筒仓陈尸》、《仍然死亡》、《双重反间》等。瑞士侦探小说家杜伦·马特的主要作品有《法官和他的刽子手》、《诺言》。比利时侦探小说家西默农的主要作品是《麦格雷探案》，他的小说塑造了一个叫麦格雷探长的形象。西默农是一位高产的作家，他一生写了200多部侦探小说，其小说中的侦探靠推理破案，更注重在犯罪心理上的分析。因此，西默农和他的作品在欧美一直影响很大。英国作家克里斯平的作品多为侦探小说，在英国有很大的影响，主要作品有《流动玩具店》、《挽歌》、《为取乐而埋葬》、《夜间世界》等。法国的加斯东·勒鲁以写侦探小说《"黄屋"奇案》出名。以杜伦·马特、西默农为代表的侦探小说家开创了侦探小说新的时代。克里斯蒂开创了第二个侦探小说时代。

此后，美国、加拿大、英国、德国、法国、比利时、意大利、奥地利、瑞士、波兰、前苏联、瑞典、荷兰、罗马尼亚、西班牙、冰岛等国都有大量的侦探小说问世，而且塑造固定的侦探形象为小说的主人公，并出了系列性的侦探小说。如美国的大卫·汉德勒近年来塑造了以侦探霍格为主人公的《霍格探案系列》几十部，其中有《午夜孤行》、《连环杀手》、《妙笔神探》、《危险角色》等。美国的温迪·霍恩斯比创作了系列侦探小说《七十街安魂曲》、《真相大白》、《居心叵测》、《午夜宝宝》等，书中塑造了一位精明、干练、性感、漂亮的女新闻影视制片人兼侦探玛吉·麦戈温的形象。美国的苏·格拉夫顿出版了几十部以女侦探金西为主人公的系列侦探小说，如《他不在现场》、《游手好闲者》、《圈套》、《变容夜盗》、《悬案》、《赖账者》等。美国的唐纳·莱昂著有多部以侦探圭多·布鲁内为主人公的系列侦探小说，如《运河奇案》、《红鞋疑案》、《死亡与报应》等。美国的玛西亚·缪勒以莎伦·麦克恩和埃琳娜·奥利弗雷兹两位女侦探为主人公的系列侦探小说，如《风眼》、《街头枪击案之谜》、《图发湖的秘密》、《鸽房女尸案》、《阴影中的狼》、《爱之祸》等。美国的玛格丽特·米勒出版了多部以心理分析侦探保罗·普赖博士和桑兹探长为主人公的多部侦探小说，如《看不见的蠕虫》、《弱视蝙蝠》、《魔鬼爱我》、《墙眼》、《火焰凝固》、《铁门》、《谋杀米兰达》、《善恶园中的猎手》等。美国作家芭芭拉·派克著有《有罪的嫌疑》、《复仇的嫌疑》等多部以"嫌疑"命名的侦探推理小说。英国的柯林·德克斯特被人称为操纵神探的解谜大师，他的主要作品有《通往森林的末班车》、《死亡效力》、《三英里之谜》、《三号建筑的秘密》、《少女之死》、《我们的宝石》、《最后的衣着》、《昆恩的静默世界》等。在他的作品中可见一个名叫莫尔思的神探。为此，他在1979年、1981年两度获得英国推理作家协会颁赠的银匕首奖，1989年获得金匕首奖。在此值得一提的是英国侦探小说家和推理小说评论家基亭，他曾在英国陆军中服役，1960年成为自由作家，写了大量的侦探推理小说和论著，主要作品有《这个人及他的世界》、《罪恶与神秘最畅销的100本书》、《罪恶故事描述》、《完美的谋杀》、《入室行窃之奇人》、《警官的财牌》、《正点死亡》、《冰点罪恶》等。意大利皮托鲁著有侦探小说《阿尔巴诺湖畔的罪恶》。近年来一些现实主义的侦探小说不断出现，一些名作家也开始写侦探小说，如美国的西德尼·谢尔顿著有侦探小说《裸面》、南希·泰勒·罗森堡著有《黑色警局》、内瓦达·巴尔著有《火山迷案》等。美国的汤玛斯·哈里斯以写侦探加恐怖小说《沉默的羔羊》而闻名，此小说后被拍成电影。他的主要作品还有《黑色星期日》、《红色的龙》等。20世纪50年代初，一个不愿透露姓名的匿名作家写出了一部反映美国联邦调查局特工维护正义、打击犯罪的侦探小说《神探科顿》，一出版就受到社会的好评和广大读者的欢迎。1956年，《神探科顿》作为一个独立的侦探小说系列出版，最初是每两星期一本，然后是每星期出一本，40多年来，《神探科顿》已被翻译成14种文字，在世界上60多个国家出版发行，总销量达6亿多册。有人说科顿是德国人，他的全名叫杰瑞·科顿。现在《神探科顿》系列侦探小说已出了几百部，但作者并不是一个人。罗马尼亚作家哈拉朗布·金凯著有侦探小说《"维纳斯女神"的末日》，小说在情节上写得很惊险。美国的玛格丽特·杜鲁门是近年来在美国很有影响的女作家，她是美国前总统哈里·杜鲁门的女儿，主要作品有《白宫疑案》、《国会山谋杀案》、《发生在联邦调查局的谋杀案》等十几部，以写高层人物事件及重大政治事件的案件而著称。美国的谢里尔·伍兹写了多部关于女记者阿曼达探案的故事，例如《致命柔情》、《浴室命案》、《穷追不舍》、《蛛丝马迹》等。美国的劳伦斯·布洛克是近些年成就较大的侦探小说大师，被誉为当代硬汉派侦探小说最杰出的代表。主要作品有《八百万种死法》、《捕猎者的终结》等，他曾三捧"爱伦·坡奖"、四获"夏姆斯奖"、两夺"马耳他之鹰奖"，并于1994年获"爱伦·坡终身大师奖"、2004年获"钻石匕首奖"。美国迈克尔·康奈利著有《血型拼图》、《黑冰》、《犯罪一线》、《黑色回声》等多部侦探小说，也多次获奖。仅在美国有影响的侦探小说作家就有百余人，而近年来在欧美还有连继性的多部侦探小说。法国女作家布吉特·奥贝尔著有《森林死神》、《杰克逊维尔布上空的阴影》、《黑线》、《雪山惨案》、《马歇医生的四个儿子》、《铁玫瑰》等多部恐怖探案小说。法国让·迪夏托著有《爱丽舍宫谋杀案》，属政治侦探小说，在法国影响很大，此书有类似美国玛格丽特·杜鲁门的侦探小说写法。法国作家让·克里斯多夫·格朗热近年来写了多部有影响的惊悚侦探小说并拍成电影，如《鹳的飞翔》、《暗流》、《死亡黑线》等。法国作家保罗·霍尔特于1984年开始写侦探小说，他的《第四扇门》、《血色迷雾》都曾获奖，他本人被誉为法国侦探文学大师。此外，法国的加波利奥、费雷德·瓦尔加、马克西姆·夏丹等影响也很大。20世纪70年代，瑞典的亨宁·曼克尔开始创作以瓦兰德警长为侦探主角的系列侦探小说，至今已出版了《金字塔》、《神秘的杀手》、《一步之差》、《错误的轨迹》等十几部，在欧美影响很大。瑞典的人口并不多，然而在瑞典却产生了40多位侦探小说作家，他们的很多作品被推荐到国外，出现了很多知名的侦探小说作家。近年来，德国也涌现出一大批侦探小说作家，如弗里德利希·阿尼、菲德勒·罗格尔、耶尔格·尤雷茨卡、皮克·比尔曼、沃夫冈·埃克等一百多位有影响的侦探小说作家，他们的很多作品在国内外获过奖。如阿尼的《神秘的失踪者》、《堕落的天使》、《日耳曼恐惧》等。西班牙作家巴斯克斯·蒙塔尔万著有《南方的海》、《浴场谋杀案》等多部侦探小说，并获得过国际侦探小说奖。20世纪90年代后，美国女作家帕特丽夏·康薇尔开始创作法医系列的侦探小说，著有《尸体会说话》、《残骸线索》、《失落的指纹》等，至今已出版十多部侦探小说。英国的女作家米涅·渥特丝也是在90年代初开始侦探小说创作，著有《冰屋》、《女雕刻家》、《毒舌头》等。康微尔、渥特丝两名女士的侦探小说都曾多次获奖。冰岛犯罪推理小说作家阿诺德·英德里达松也是近年来开始推理小说创作的，他的犯罪推理小说《污血之坫》和《沉默的墓地》于2002年、2003年获得北欧犯罪推理小说最高奖——玻璃钥匙奖，而《沉默的墓地》又于2005年获得英国犯罪推理小说最高奖——金匕首奖。

在20世纪50年代和60年代初，前苏联的惊险小说（有一部分属侦探小说）曾经很兴旺，对中国影响也很大。我国的一些译者曾翻译过大量的前苏联惊险小说及侦探小说，但在这一时期翻译的侦探小说，多以反特、剿匪、反间谍为主要内容。同时也出现了像阿达莫夫、别祖格洛夫、列昂诺夫、利帕托夫等一些侦探小说作家，这些作家的侦探小说多反映现实的刑事案件，充满了法制思想。在这一时期有影响的反特、剿匪侦探作品有布良采夫的《匪巢覆灭记》、《秘密路》、《蓝色邮包》等，米哈伊诺夫的《冒名顶替》，奥瓦洛夫的《一颗铜纽扣》，托曼的《暗中发生的事情》、《前线附近的车站》，赛依宁的《将计就计》，费奥多罗夫的《坐标没有暴露》，泽姆利亚科夫的《琥珀项链》等。中国青年出版社曾出版了多种苏联的反特或剿匪的中、短篇小说集，如《无形的战斗》、《红色保险箱》、《打靶场上的秘密》、《在宁静的海岸边》等。在侦探小说作家中，阿达莫夫和别祖格洛夫在苏联是最有名的。阿达莫夫从事侦探小说创作和研究20多年，除写了大量的侦探小说，还有侦探小说的研究专著。他的主要作品有《形形色色的案件》、《圈套》、《恶风》、《黑娥》、《狐狸的足迹》、《侦察在进行》、《案中案》、《白墙一角》、《空位》、《半夜一点钟》、《驱魔记》、《疑团》、《最后的交易》、《错综复杂》等。他的小说语言精彩，故事富于传神，文学功底很强。别祖格洛夫以写法制小说著称，但他也写了大量的侦探小说，或者说是法制与侦探相融的小说，主要作品有《侦察员的良心》、《当今奇案》、《要案侦察员》、《意外的证据》、《柳暗花明》、《捕蛇者》、《您被称为迪科斯》、《检察官札记》、《罪人》、《强盗》、《一个律师的笔记》等。别祖格洛夫在写作上始终忠于自己的艺术原则，又注重于小说的法制思想，其小说影响很大。在侦探小说作家中，列昂诺夫也有很多作品，如《死亡陷阱》、《同室操戈》、《拳击手》、《注定胜利》、《背后一枪》、《豺狼恶人》、《部长在黄昏后死去》、《直播室谋杀案》、《跑马场》、《眼镜蛇的一次猛扑》、《马戏团的幽灵》、《迷离毒案》、《天堂魔鬼》、《义救死囚》、《嗜血豹狼》、《美色陷阱》、《佣用杀手》等，小说从文笔到故事内容的描写都很精彩，在一些小说中塑造了神探古罗夫的形象。利帕托夫以写《斯托列托夫案件》而著名，这部小说后被拍成电影，但它不是一部完全的侦探小说，而是一部社会问题小说。利帕托夫的中篇小说《乡村侦探》可以说是一部侦探小说，在前苏联影响很大，后也被拍成了电影。小说中塑造了一个忠厚、善良、纯朴、憨直的乡村公安特派员阿尼斯金的形象。阿尼斯金是一名公安人员，也是一名有勇有谋的侦探，他破获了很多刑事案件。在塑造了阿尼斯金的形象后，利帕托夫又写了10多部有关阿尼斯金的中、短篇小说，如短篇小说《鄂毕河上》、《一块鹿骨》、《有人去有人留》等。在这以后又出现了很多有影响的侦探小说作家，如卡列林、亚历山罗夫、科列茨基、玛丽尼娜等。卡列林的主要作品有《捕蛇者》、《末路胡同》等；亚历山罗夫的主要作品有《真实的代价》等；科列茨基的主要作品有《杀手的克星》等。玛丽尼娜是20世纪90年代出现的一位高产的俄罗斯女作家，被人称为"俄罗斯的克里斯蒂"，我国翻译了她的大量作品，如《在别人的场地上游戏》、《死亡与薄情》、《阳光下的死神》、《追逐死亡》等。

三、日本的推理小说

日本的推理小说拉开了第三个侦探小说的时代。它也是从引进外国侦探小说开始萌芽，其中包括中国的公案小说。最初应从井原西鹤模仿中国公案小说和黑

岩泪香等翻译了大量的外国侦探小说开始。最早井原西鹤用散文的形式写了社会小说《好色一代男》，1688年又写了市井小说《日本永代藏》。井原西鹤从小就酷爱中国文学，并周游了日本各地。1689年他模仿中国公案小说写出一部《本朝樱阳比事》。他采用中国公案小说的形式和模式反映了日本的侦探小说文化，由此，一个新的文学样式在日本产生，对后来的日本推理小说有一定的影响。日本的侦探小说正是从模仿起步的，不仅模仿中国，还模仿欧美。1868年，日本进行了明治维新，日本人的视觉由中国转向西方，并引进了大量的西方文化，其中一部分是欧美的侦探小说。1886年，时任几家大报主编的黑岩泪香开始翻译西洋作品，其中有编译的《法庭的美人》，含30多部外国侦探小说。这期间他又创办了《万朝报》，为介绍侦探小说、日本侦探小说兴起立下了不朽的功勋。1889年他创作了日本最早的一部侦探小说《残忍》，书中借鉴了西方的侦探方法。其后，日本的谷崎润一郎发表了《两个艺术家的故事》、《白蛋鬼话》、《柳汤事件》、《动机犯罪》、《途中》等侦探小说，佐藤春夫发表了《指纹》、《陈述》、《被烧死的女人》等侦探小说，芥川龙之介发表了《草丛》、《影》、《开化的杀人》等侦探小说。这些侦探小说都不够成熟，说是社会小说还比较合适，因为他们的小说不是全部写侦探活动，而是把侦探作为构成小说情节的一个部分。但是，他们的作品对刚刚起步的日本侦探小说产生了一定的影响。

真正使日本的侦探小说登上文坛，并使日本的推理小说创作得到兴起的应从江户川乱步开始，他可以说是日本侦探小说的祖师和"日本侦探小说之父"。他写了大量的侦探推理小说，塑造的侦探主要是明智小五郎。他曾任日本推理作家俱乐部首任会长，还出版过评论集《海外推理小说作家和作品》、《侦探小说四十年》等。由于江户川的出现，日本推理小说奠定了其在日本现代文坛的历史地位。其次是横沟正史。他和江户川都出现在1925年前后，江户川开创了"本格派"侦探小说，横沟正史开创了"变格派"侦探小说，他通过作品中形形色色的案件塑造了大侦探金田一耕助的形象。到后期出现了在世界影响非常大的侦探推理作家松本清张和森村诚一，他们每人都写出100多部推理小说。20世纪70年代至今他们的作品走红日本和一些国家。松本清张的《点与线》、《砂器》、《隔墙有眼》、《零的焦点》、《雾之旗》和森村诚一的《人性的证明》、《野性的证明》、《青春的证明》、《高层的死角》影响都很大。其次还有西村京太郎、赤川次郎、西村寿行、大树春彦、夏树静子、水上勉、笹泽左保、五木一宽、三彻好、斋藤荣、清水一行、大谷洋太郎、石泽英太郎、佐野洋等。日本的推理小说影响了众多的文学爱好者，木木高太郎本是位医学博士、副教授，却也成为了推理小说名家，他的小说《愚人》还获得了直木奖。20世纪50年代，松本清张、水上勉、笹泽左保被誉为日本推理小说史上的"文坛三杰"。

日本推理小说的真正兴起，应该是在第二次世界大战之后。日文的当用汉字取消了"侦"字，这给印刷排版带来了不便，1946年曾任日本侦探小说作家俱乐部会长的木木高太郎主张将"侦探小说"改称为"推理小说"。在他的倡导下，"推理小说"这一概念逐渐被人们接受而沿用至今。在此值得一提的是鲇川哲也，他的推理小说在日本一直有着一定的影响，为日本本格派的发展作出了巨大贡献，日本因此设立了鲇川哲也推理小说奖。鲇川哲也原名中川透，1919年生于东京，在中国东北长大。在战后疗养期间执笔创作，1948年在侦探小说杂志《ROCK》上发表了短篇《月檀》（以那珂川透为笔名），首次登场亮相。1950年，以《彼得罗夫案件》一文参加《宝石》杂志的长篇小说百万元大奖赛，以第一名的资格入选。主要作品有《咒缚再现》、《密室》、《红色的密室》、《碑文谷事件》、《黑色的皮箱》等。1960年，他以《黑色的天鹅》、《憎恶的化石》两部长篇获得日本侦探作家俱乐部奖（日本推理作家协会奖的前身），作为本格推理作家牢牢站住了脚。到了20世纪70年代后，日本的推理小说又有新的发展，除名家外，不断出现新人新作。日本文艺界和民间对侦探小说都很重视，除了成立各种协会外，还设了各种奖项，以鼓励推理小说的创作。西村寿行著有《涉过愤怒的河》，后改编成电影，他的小说《犬笛》后来改成电视连续剧。西村京太郎的《天使的伤痕》、乃南朝的《复仇的牙》、夏树静子的《青春的悬崖》、水上勉的《大海獠牙》、黑吾重吾的《象牙之穴》等作品深受人们喜爱。近年来，继森村诚一之后，日本的推理小说家内田康夫是最引人注意的，他以奇特的构思创作推理小说，到目前已创作出《本冈坊杀人事件》、《天河杀人传说事件》、《透明的遗书》、《风葬之城》、《沉睡的记忆》、《蓝色长廊之谜》等130多部推理小说，在日本和东南亚地区都有很大的影响。此外，绫辻行人也有《十角馆幻影》、《钟表馆的幽灵》等带"馆"字的多部推理小说。后起之秀有栖川有栖，他著有《魔镜》、《第四十六号密室》、《英国庭园之谜》等多部侦探小说。日本推理小说作家东野圭吾近年来也创作了多部推理小说，如《湖边杀人案》、《侦探伽利略》、《秘密》、《白夜行》、《嫌疑人X的献身》、《预知梦》、《十一字杀人案》、《名侦探的诅咒》、《变身》、《恶意》、《宿命》、《放学后》等。其中《秘密》获得过日本第52届日本推理作家协会奖，《嫌疑人X的献身》获得过直木奖。在推理小说创作上，岛田庄司有一定的影响，他曾当过占星术师，也是音乐爱好者，1980年凭借一部以占星师御手洗洁为主角侦探的《占星术杀人事件》开始了他的职业写作生涯，主要作品有《斜屋敷的犯罪》、《异邦骑士》、《魔神的游戏》、《寝台特急"隼"1/60秒的壁》、《黑暗坡的食人树》、《出云传说7/8的杀人》、《展望塔上的杀人》、《水晶金字塔》、《龙卧亭杀人事件》、《光鹤》等，长短篇共几十部，被人誉为新本格派的开山祖师、推理之神。现代推理小说家歌野晶午在东京农工大学环境保护学科毕业

后,曾在一家周刊社当编辑。一天,他在杂志上读了崇拜的推理小说作家岛田庄司的随笔,受到了很大震动,于是未事先联系就登门拜访,从此,在岛田的指导下走上写作推理小说的道路。1988年以《长房子里的杀人案》一举成名。此后陆续写出《白房子里的杀人案》、《活动房子里的杀人案》、《买尸体的男人》、《想被绑架的女人》、《ROMMY》、《安达原的鬼密室》、《生存者一名》、《樱的圈套》(原名《想你,在樱花树长满绿叶的季节》)等多部推理小说,并有一定的影响。推理作家西克已有《吸血之家》、《地狱的奇术师》等作品,在他的推理小说中共有三位系列侦探,分别是二阶堂兰子、涉柿信介和水乃纱杜流,《吸血之家》获得第一届"鲇川哲也"奖佳作,高达400万字的《恐怖的人狼城》是世界最长的推理小说,获得了"喜国雅彦"侦探小说奖。

近年来日本涌现出一大批女作家,如夏树静子,山村美纱、仁木悦子、户川昌子、乃南朝、小林美子等。日本的推理小说出现了多派化,可分为江户正统派、横沟正史社会派、松本清张、森村诚一、水上勉新社会派。此外还有惊险恐怖派、新正统派、历史派、逍遥游戏派、城市派、风俗派等。

总之,日本的推理小说发展至今,作品数量在各国可以说是领先的。

四、其他国家的侦探小说

欧美的侦探小说在世界上占领先地位,日本的推理小说为后起之秀,独占鳌头。中国的侦探小说从20世纪20年代起到40年代是一个兴隆时期,到50年代反特、剿匪、肃反小说出了一些作品,60年代至70年代的侦探小说寥寥无几,直到80年代、90年代中国侦探小说才再次兴起,这些年也涌现了大量的作品。

亚洲除日本、中国的侦探小说和韩国金圣钟的作品外,其他国家也有一些侦探小说作家,但作品都很少。近些年韩国的侦探小说作家也有很多,如韩国的金圣钟著有《复仇的迷途》、《欲望的深渊》、《美妙的幽会》、《七朵玫瑰》、《第五纵队》、《迷路的彼岸》、《悲恋的火印》、《刑警吴炳浩》、《浮浪的江》、《我要活下去》、《白色人间》、《失迷背后》、《钢琴杀人事件》、《国际列车谋杀案》、《风流寡妇复仇记》、《情梦》等几十部推理侦探小说,是一位高产作家,在韩国及亚洲地区影响非常大。此外,韩国李秀光的侦探小说主要作品是《死者的脸》,金相宪的主要作品是《梦幻游戏》,黄世鸢的主要作品是《美女猎人》,韩东金的主要作品是短篇集《京城侦探录》,李垠的主要作品是《谁杀死了斯宾诺莎》,吴有权的主要作品是《枕畔血影》等。

拉丁美洲的侦探小说起步较晚,20世纪初他们只是翻译外国的侦探小说,自己没有创作。20年代至30年代,读侦探小说在这些国家形成一个高潮,有人开始研究侦探小说,也有人仿照外国的侦探小说开始创作与本国国情有关的侦探小说，并塑造了一些类似福尔摩斯、波洛的侦探形象。在任翔的《文学的另一道风景——侦探小说史论》第四章中，专门写了前苏联、东欧和拉丁美洲的侦探小说发展状况，对墨西哥、古巴、哥伦比亚等国的作家和作品作了简介和研究。如墨西哥作家拉法埃尔·协拉纳，主要作品有《三帮歹徒的罪行》；玛丽亚·埃尔维拉·贝穆德斯，主要作品是《表的圈套》、《不同的死因》；阿塞·马丁内斯·德拉维加，主要作品是《沙丁鱼罐头的秘密》；贝尔纳尔，主要作品有《在坟墓中的一个死人》、《蒙古人的阴谋》；乌西格利，主要作品有《一个罪恶的实验》等。古巴作家阿曼多·克里斯瓦尔·佩雷斯，主要作品有《恶作剧的巡逻》；帕拉西多·埃尔南德斯·富思特斯，主要作品有《死者在松树林中窥伺》；阿塞·拉马德里，主要作品有《亲自复仇》；鲁道夫·佩塞斯·巴莱罗，主要作品有《不是举行典礼的时候》；阿尔维托·莫利纳，主要作品有《沉默的人们》；安特尔·卡迪，主要作品有《美洲的谋杀方式》等。古巴革命后，还有大量的短篇侦探小说。

埃及的马罕茂德·萨里姆写了大量的适合儿童读的惊险小说，其中大部分是侦探小说，最有名的属系列惊险小说《十三个小魔鬼》，共50本。其中《夜半火车》、《恐怖的城堡》、《北极贼》、《偷太阳的人》、《水獭的秘密》、《沉艇之谜》、《无名潜艇的秘密》、《失窃的密信》写得都很好。埃及的胡达·舍拉高维著有《珊瑚岛的秘密》，迈哈富兹著有《尼罗河畔的悲剧》。

印尼的乌玛·努·扎因著有《雅都秘窟》。

其他一些国家也有侦探小说作家，如希腊的萨马拉基斯著有《漏洞》，坦桑尼亚的卡塔拉姆布拉著有《匿名电话》，马来西亚的黄崖著有《迷蒙的海峡》，澳大利亚的阿卜菲尔德著有《警察之死》。

在美国，有一批非洲后裔黑人侦探小说作家，如波琳·霍普金斯著有《夏甲的女儿》、布鲁斯著有《黑人侦探》、鲁道夫·费希尔著有《男巫死了》、约翰·D.马尔著有《夜晚的高温》。20世纪以来最著名的黑人侦探小说作家当属沃尔特·莫斯利，主要作品有《穿蓝裙子的魔鬼》、《红色死亡》、《白色蝴蝶》、《坏男孩布罗斯·布朗》、《六个易日片断》、《小斯嘎利特》、《桂之吻》、《白色之信仰》等。

五、中国的侦探小说

曹正文在《世界侦探小说史略》中说道，中国的侦探小说的起源，可以追溯到古书上记载的各种案例，如《三国志》中有"蜜中鼠矢"，《魏书》中有"刀鞘得贼"、"妄认死尸"、"破鸡得情"，这些案例中都讲述悬念与破获凶犯。可以说是中国侦探小说的雏形与素材。在第二章我谈到中国的公案小说，从唐代的《谢

小娥传》到清末的一些公案小说，这些可以说都是中国的古代侦探小说，只是写作格局和手法上与现代侦探小说不同。公案小说多是沿用中国的章回小说的传统写法，这在当时是被人们习惯接受的，也是中国文学文体中的特有写法。至于中国的侦探小说究竟出现于何时，至今仍有一定的争议。据有关资料记载，在光绪十一年，即1885年我国修竹社出版了一本《冤狱缘》八回石印本，题为"知非子"著，此书写法属侦探小说，如果能确定此书的出版时间，要比柯南·道尔的《血字研究》还早两年，此时我国还没有外国侦探小说翻译到国内。只是此书在出版时间上一直有争议。

中国人接受西方文化和西方的侦探小说应从19世纪大量翻译欧美的一些文学作品正式开始，大约在1900年前后，以前虽有一些但是数量非常少。发表外国侦探小说是从1896年8月9日梁启超主编的《时务报》第一册开始，当时翻译了《福尔摩斯探案》中的4个故事，分别在第1册、第6册、第9册、第10册、第12册上发表，为丁杨杜等人所译，其中《英包探勘盗密约案》分两期刊发。1897年《时务报》继续刊发丁杨杜所译的柯南·道尔等人的侦探小说。1899年素隐书屋出版丁杨杜所译的《新译包探案》，内收在《时务报》内发表的侦探小说译作和与人合译的篇目，这是中国最早的翻译外国的侦探小说成书本。此后《新小说》也介绍了外国侦探小说。有更多的译者来翻译外国侦探小说，余学斋、文明书局、商务印书馆、中华书局、通社、小说林社、开明书店、昌明出版公司、有正书局、上海时报馆、广智书局、新民丛报社、飞鸿阁、一新书局等都相继出版了外国侦探小说，其中有福尔摩斯系列和单行本，还有其他欧美作家的作品如《聂格卡脱侦探案》、《多那文包探案》、《高龙侦探案》、《复朗克侦探案》、《裴狄杰奇案》等。从清末到民国初年，《福尔摩斯探案》在中国读者中引起了广泛的兴趣，被翻译了多次，并从文言文改为白话文。我国作家中侦探小说家程小青、孙了红，文学家周作仁、周瘦鹃、沈禹钟等都翻译过外国的侦探小说，连著名的新文学家刘半农也曾翻译过外国的侦探小说。刘半农不仅翻译外国侦探小说，还写了大量的短篇侦探小说，他最早发表的侦探小说是《匕首》。1906年由上海时报馆印行包笑天译的《毒蛇牙》。

彼时，我国引进翻译作品非常多，吴趼人因为不满意中国人一味颂扬外国侦探小说，创作了一本《中国侦探案》，是用中国传统的笔记体写的，此书在1906年由广智书局出版，虽然无法和《福尔摩斯探案》相比，但这是比较早的中国原创侦探小说。同年，吕侠出版了《中国侦探》，内含他的中短篇侦探小说《血帕》等3篇，由商务印书馆出版发行，这也是对外国侦探小说的挑战。翻译的小说多了，一些中国作家开始模仿外国侦探小说创作中国的侦探小说。民国初年，就有陈蝶仙、李定夷、程小青等人创作侦探小说。当时虽说有一些中国侦探小说，但还没有形成热潮。1914年,程小青发表了他的一篇侦探小说《灯光人影》,以后便不断有侦探小说问世,发表了塑造霍桑大侦探形象的大量侦探小说。1915年,他翻译了英国作家柯南·道尔的《福尔摩斯探案》。周作仁等人翻译了爱伦·坡等人的侦探小说。1917年程小青创办了《侦探世界》杂志,并开始刊登中国的侦探小说。当时有50多人写侦探小说,作品达200多部,侦探小说的创作形成一股热潮。著名作家张天翼也加入了创作侦探小说的队伍,他从15岁就开始练习写侦探小说,17岁正式发表侦探小说,他的侦探小说以塑造大侦探徐常云为主角,分别发表在《礼拜六》、《半月》、《星期》、《侦探世界》等鸳鸯蝴蝶派杂志上。民国的小说中,还有一种嘲笑侦探的小说,如程善之的小说《偶然》,写一位教员喜欢看侦探小说,也想当侦探,他在酒店里看到一个老头与一少年约会,断断续续听到他们的话语,便怀疑他们是杀人凶手。于是他跟在少年的身后,却被少年发现,吓得逃回家中。他在家中先想侦探怎能不冒险,不可自馁,又想这一奇功被我一人所得,再想那少年口袋中必有手枪,手指上的瘢痕是打枪打出来的,等等。而事实上是老头给少年介绍对象而已。人们将这种小说称为"反侦探小说",实际小说中的侦探是一种用空想来破案的侦探,这种小说不是侦探小说的"正宗"。

　　在中国侦探小说史上乃至世界史上占有重要地位,也为侦探小说发展作出卓越贡献的是我国著名侦探小说作家程小青,他曾被誉为"中国侦探小说第一人",他的侦探小说被称为创新派侦探小说或新社会派侦探小说。因为他不仅创作了众多的侦探小说,而且翻译侦探小说的数量也最多,他的"霍桑探案"在中国影响极大,几乎是家喻户晓。他提倡写中国的侦探小说,最早的侦探小说期刊《侦探世界》就由他主编,他几乎将全部生涯都献给了侦探小说。《霍桑探案》开始是以多种单行本出版,1932年大众书局出版了程小青的《霍桑探案集》6册。1933年上海文华美术图书公司出版了程小青的《霍桑探案汇刊》12册,他在前后17年的时间里,创作了以大侦探霍桑为主要人物的长、中、短篇侦探小说73篇,组成《霍桑探案集》,外加74集《霍桑的童年》,计300多万字,1942至1945年世界书局陆续出版了《霍桑探案汇刊》30册。1987年吉林文史出版社以"晚清民国小说研究丛书"出版了《霍桑探案集》共10卷,1988群众出版社也出了《霍桑探案集》,分成13卷。程小青,祖籍安徽省安庆,1893年出生于上海,因家庭困难中途辍学,曾当过钟表店学徒,后定居苏州,当过教师,23岁开始侦探小说创作,1914年发表侦探小说《灯光人影》,并使霍桑在此诞生。可以说,程小青从小就喜爱侦探小说,特别对欧美的一些侦探小说非常熟悉,后来翻译了很多欧美的侦探小说,如《福尔摩斯探案全集》,后来又翻译了美国作家范达痕的《斐洛凡士探案全集》、英国作家杞德烈斯的《圣徒奇案》等。程小青在侦探

小说创作上继承和采用了柯南·道尔的有些手法和写作模式，但他更使外来的形式尽量民族化，并成功地塑造了"中国的福尔摩斯——霍桑"的形象。他的系列侦探小说在中国和世界上都有一定的影响，其作品也可和世界名家的作品媲美。

在程小青的那个时代，创作侦探小说的还有在鸳鸯蝴蝶派作家中被称为"智囊"的陆澹安，主要作品有《棉针里》、《古塔孤囚》、《隔墙人面》、《夜半呼声》、《怪函》等，书中塑造了李飞的侦探形象，后编为《李飞探案》系列；还有一位有影响的侦探小说作家俞天愤，他的主要作品有《镜中人》、《薄命碑》、《中国侦探谈》、《剑胆琴心》等。1924年，上海大书局出版了法国勒布朗的《亚森罗宾探案》全集，译者为周瘦鹃、沈禹钟、孙了红。孙了红模仿《亚森罗宾探案》创作了中国的侦探小说《侠盗鲁平奇案》，书中塑造了一个既是侠盗又是侦探的人物鲁平，在当时有一定的影响，也成为当时侦探小说中别出心裁的一家。此外，这时期的张碧梧著有侦探小说《双雄斗智记》、《家庭侦探宋悟奇新探案》，后面的小说集中含22篇中短篇小说，书中塑造了一位叫宋悟奇的侦探形象。从清末到20世纪40年代，鸳鸯蝴蝶派的众多报刊都刊登侦探小说，如《小说月报》、《礼拜六》、《小说大观》、《半月》、《星期四》、《侦探世界》、《大侦探》、《申报》、《福尔摩斯报》、《申报》、《新闻报》等。此外《时务报》也刊载了大量的翻译国内作品和侦探小说。特别值得一提的是，《小说大观》曾发表了多部的长篇侦探小说。《小说大观》为季刊，创刊于1915年8月，终刊于1921年6月，共15期，主编包天笑。在《小说大观》上发表的长篇侦探小说有毅汉、天笑的《覆车》（第三期），碧梧、倚虹的《断指手印》（第五期），半农的《髯侠复仇记》（第八期），天虚我生的《车窗幻影》（第八期），范本烟、陈坚的《意孝女飞艇雪仇录》（第十三期）。那一时期，发表侦探小说较多的期刊还有《红皮书》、《红玫瑰》、《新侦探》、《蓝皮书》等。我们可以从这些报刊上经常发现这些名字，如程小青或小青、陆澹安、俞天愤、孙了红、刘半农或半农、张天翼、包天笑、毅汉、李定夷、观弈、秋山、微尘、陈坚、倚江碧梧、天虚我生、查孟词女士等五六十人。但虽说侦探小说作家众多，可较为有名的还属程小青、陆澹安、俞天愤、孙了红、张碧梧、赵苕狂等人。同时期，徐疾编选过《侦探小说精选》若干集，都是短篇侦探小说。清末，我国以翻译外国侦探小说为主，很少有原创，而在民国期间，不但翻译作品多，特别是在20世纪30年代和40年代我国的侦探小说创作达到了一个高潮，侦探小说被大众所接受而成为人们喜闻乐见的作品。

20世纪50年代，我国翻译了大量的苏联反特惊险小说，除十几部长篇外，多为中短篇。如奥瓦洛夫的《一颗铜纽扣》、阿列夫耶夫等的《红色保险箱》、亚莱菲也夫的《打靶场的秘密》、米哈依洛夫的《冒名顶替》、托曼的《前线附近的车站》、赛依宁的《军事秘密》、阿尔达马茨基的《危险的航线》等。同时，我国的反特、剿匪、肃反惊险小说相继出现，并出了很多作品，如陆石、文达的《双铃马蹄表》，白桦的《猎人的姑娘》、《山间铃响马帮来》，沈默军的《荣军除奸记》，李月润等的《秃鹰崖擒匪记》，洪洋、刘岱的《伸向设计图的魔手》，张起的《移花接木》，张志民的《飞云港》，曹大徵、曹德徵的《113号烟头》，宛石、咏晨的《空山不见人》，吴逸的《法网难逃》，李月润的《一网打尽》，史超的《黑眼圈的女人》，叶一峰的《一件杀人案》，张庐隐的《碎骨命案》等。可以说20世纪50年代我国的反特及肃反小说的创作达到了一个高峰。

20世纪60年代初，我国仍然有部分反特和破案小说，但到中期至"文化大革命"结束，很少有侦探小说出版了，社会上流行一些反特或破案的手抄本小说。"文革"期间出版的反特或侦探小说都带有阶级斗争的气息或从某一角度歌颂"文化大革命"，共有10余种，如龚成的《红石口》、闵国库的《风云岛》、董海的《铁壁岛》、周肖的《霞岛》、李良杰和俞云泉的《较量》、尚弓的《斗熊》、陈定兴的《壁垒森严》、李伯屏的《黄海红哨》、丁鑫川的《"04"号产品》、陈顺根的《水下尖兵》、辛刚和卞方赞的《海防线上》等。

"文革"结束后，1977年赵延年出版了反特小说《第二方案》，邹尚慧、朱美伦出版了反特小说《罕达犴的足迹》。1978年，徐本夫出版了反特长篇小说《降龙湾》，虽带有阶级斗争的气息，但以发动群众、注重调查为工作方法，使侦破工作顺利进行，将特务一网打尽。书中着力塑造了公安田英和保卫干部岳刚良的形象。1979年闵国库出版一本反映海岛反特的小说《桅影》，同年应泽民执笔的《A、P案件》，在侦破上使用了推理的方法，从而体现了我国的侦探小说的生机。1981年李云良出版了《投向四〇一的魔手》。20世纪70年代末至90年代初，我国翻译了大量外国的侦探小说，如群众出版社出版的《福尔摩斯探案集》（共5册），阿加莎·克里斯蒂的《东方快车谋杀案》、《尼罗河的惨案》、《孤岛奇案》等，柯林斯的《月亮宝石》，前苏联沃斯托柯夫等的《追踪记》、什捷英巴赫的《阿尔巴特案件》、阿达莫夫的《圈套》，法国玛里埃尔的《圈套》，瑞士杜仑马特的《法官和他的刽子手》，日本松本清张的《点与线》、森村诚一的《人性的证明》等。20世纪80年代中期日本的推理小说在我国翻译的侦探小说中占主导地位，松本清张、森村诚一、西村京太郎、西村寿行、大树春彦等人的作品在我国大量流行，当时有大量的读者群，但后来又被言情和武侠小说所争夺去一大部分读者。由于文化的解放，20世纪70年代末80年代初我国的侦探小说又有了新的生机，一些侦探小说相继问世，如王亚平写出了短篇小说《神圣的使命》和长篇小说《刑警队长》、赵延年的《第二方案》、计红绪的《九马疑案》、陆杨烈和周朝栋的《九龙御佩》、肖士太等人所作的中短篇侦探小说《蔷薇花案件》、宗岱的《邮花皇后》、张长杯的《智获金麒麟》、张长杯与郝敏的《她在黄昏时报警》、吕文的《前边已是公海》、郭震的《通向海关的小路》、陈葆琛的《新复职的侦察处长》、万寒的《不漏的网》、《丁香公园疑案》、王咏虹与徐雅雅的《沉默的持剑官》、郭雪波的《锡林河女神》、照日格图的《一个失踪的人》、魏军的《海滨奇案》、张志民的《赵全一案件》、李瑞的《罪恶的遗产》、张笑天的《黑十字架》、武和平与张望亮的《血案疑踪》等。这些作品中有写历史案件或"文革"中的遗案，也有现实的凶杀案件等刑事案件，还有写打击走私、盗窃文物等新的犯罪的作品。继这些作品之后，又有刘敏、彭祖贻的《亿万美元遗案》，徐本夫的《出山第一案》、《第四者》，尹万发的《运河桥案件》、《神奇命案》等，陈杰的《海葬》、《捉鹰》、《鬼影》、《渤海疑案》，李迪的《傍晚敲门的女人》，洪顺利的《谁是谋杀者》，蓝玛的《珍邮之谜》侦探楚桑系列等多部侦探小说。特别是在20世纪80年代，我国似乎出现了一种侦探小说热，除上述作品外，还有邢月铭的《生死之间》、梁存喜的《生命与罪犯》、刘亚洲的《大母山别墅》、余小沅《微笑的女郎》、王咏虹的《隐形蜈蚣》、刘士俊的《梦影》、张展超的《盗墓者之梦》、王贺军的《苦涩的果实》、杨立新《失踪的男孩》、逆风与丁雨雨的《山中，有一伙神秘的马帮》、赵大年的《麝香大案》等。此后，还有钟源、叶永烈、汤保华、孙丽萌、曹正文、尹一之、王朔、余华、海岩、张策、尹曙生、孙丽萌、莫怀戚、何家弘、郑炳南等人的大量作品。何家弘的律师侦探小说和汤保华的侦探司徒川系列，在读者中影响很大。曹正文已出版《秋香别墅的阴影》、《佛岛迷踪》、《四十岁男人的困惑》、《金色的陷阱》、《紫色的诱惑》、《红房子迷宫》等6部侦探推理小说。我国台湾地区作家乔奇创作了黑猫女侠系列，是武侠兼间谍特色的侦探小说，主要有《黑猫女侠》、《黄金船》、《鬼爪》、《古墓历险》、《雪岭谋影》、《跛足人》、《幽谷冤魂》、《黑海沉冤》、《空中陷阱》等10多种。

20世纪90年代间我国作家出的侦探小说总数不多、精品更少。直到90年代末、21世纪初，由于举办两届侦探小说的评奖活动，对侦探小说又有了新的推进，近年来侦探小说作家较以前多了，一些新的作品相继问世，如翼浦的《血浸的轮痕》、《美女作家的毁灭》等"雷鸣探案"系列的多部作品，蓝玛的《雨夜怪梦》等系列小说，欧平也出版了一部叫《刑警队长》的侦探小说，叶桢的《黑蝴蝶度假村的谋杀》等，新的作者不断增多。一些作家已形成自己的风格和特点，有的写出了系列小说，有的已出多本或几十部侦探小说，面对现实、构思新颖、布局巧妙、不落俗套，很受读者欢迎，成果可喜。1996年群众出版社出版了《当代中国公安文学大系》，将新中国以来的多部侦探小说收录进去，2002年任翔女士选编的《20世纪中国侦探小说精选》，是从1920年到2000年间我国众多的侦探小说中精选出36部具有代表性的优秀作品，其中有程小青、孙了红、陆澹庵、俞天愤、白桦、王亚平、翼浦、张策、蓝玛等人的作品，从中可以看到我国侦探小说的特色和发展状况。

进入21世纪，我国侦探小说再度出现兴旺的趋势，又出现一批侦探小说作家，如叶桢、冯华、穆玉敏、陈菲、杨斌、时建成、欧阳平、兰景林、朱维坚、张道华、刘桐、周正刚（即白天）、龚成、童玉云、雪涅、康焕龙、魏秋星等，其中有一些是公安作家，他们既有生活，又能写作，其作品更真实而贴近生活。如广东的张道华、安徽的杨老黑（杨永超）、湖北的彭祖贻、北京的胡玥与穆玉敏、内蒙古的孙丽萌、黑龙江的艾明波与兰景林、朱维坚、库玉祥、云南的冯伟、辽宁的常大利等都已出版多部侦探小说，他们都是公安作家。杨老黑除写成人侦探小说外，还写了大量的少儿侦探小说。2006年至2009年中国人民公安大学出版社相继推出一大批名为"公安前沿作家侦探小说系列"的小说，有十几名公安作家的侦探小说出版，其中有张策的《无悔追踪》、颜永江的《生死在凤滩》、陈玉岭的《风生水起》、彭祖贻的《圈套与网》和《平安夜的枪声》、但远军的《穿越死亡线》和《滴血的承诺》、范东峰的《风雨太平镇》、穆玉敏的《疼痛的河》、孟扬的《天眼》、王希泉的《无法预料》等。近年来，郑炳南出版了十多部中、长篇小说，如《杀戮战场》、《犀牛阴谋》、《开弓没有回头箭》、《强中自有强中手》、《圈套》等，有的是带有间谍性质的侦探小说，有的属当代斗智侦探小说。这一时期，我国有很多作家也在着力推出和刻画自己塑造的侦探形象，他们出现在一系列作品中，如费克申的神探古洛侦破系列小说《交叉点》、《假钞疑云》、《日本怪客》、《欲河》、《历史悬案》，师承燕的女刑警文静侦探系列小说《不在现场的谋杀》等。还有的作品在寻求一种新的特色，如龚成的粤味长篇侦探小说《玩命女人》、童玉云的以中国私家侦探为主角侦探的侦探小说《私家侦探》等。近年来，我国出现了大量的短篇和微型侦探小说，并深受一些读者的欢迎。在发展短篇侦探小说上，北京的于洪笙老师做出了很大的努力。她曾在一些报刊上发表了多篇理论文章，在北京一家报刊上倡导主办了"侦探世界"，推动侦探小说评奖活动，并主编了2003中国年度最佳《侦探小说》，主编了中国当代微型侦探小说《非典型谋杀》和《猫腻》，使微型侦探小说的创作得到进一步发展。

在侦探小说作家中，加拿大华裔作家文亦奇曾作品颇丰，主要作品有《血手观音》、《蓝煞星》、《夺魂索》、《微笑的丽莎》、《恐怖怪病》、《鬼符》、《魔女》、《神龙甲》、《蛇谷》等几十部，他的侦探小说大多塑造了被称为"江南浪子"的侦探欧阳清的形象。小说故事情节悬疑曲折、紧张激烈，作者在写作上笔墨纵横，想象丰富，兼具武侠和间谍小说的特色。

我国台湾籍著名作家陈舜臣自1961年处女作《枯草的根》获第七届江户川乱步奖后，又发表了《三色之家》、《弓的房间》、《愤怒的菩萨》、《黑色的喜马拉

雅》、《青玉狮子香炉》、《孔雀之路》、《长安日记》等多篇推理小说。

总的看，中国侦探小说的发展可以分为5个阶段，即清末民初到新中国建国前、20世纪50年代到"文革"前、"文革"期间、"文革"结束后到90年代中期、20世纪90年代中期到现在。

我曾与一些作家和出版社的编辑探讨过中国侦探小说的出版发行和前景问题，他们认为总的看现在的情况是比较好的，但侦探小说精品少，形成经典的更少，与欧美、日本相比，我国的侦探小说名家也比较少，现在的侦探小说从出版到发行量也不大，出版也要看市场和读者群。近年来我国侦探小说作家多了起来，侦探小说也出了一些，这与一些外国的侦探小说在我国翻译出版发行有关，也可以说是外国的侦探小说带动了中国的侦探小说或影响着中国的侦探小说。一些侦探小说读者希望能看到更多的中国侦探小说，也希望中国能有像柯南·道尔、克里斯蒂、松本清张、森村诚一等那样的作家，更希望有中国有福尔摩斯、波洛等那样的大侦探。中国应采取一些积极措施，鼓励和支持国内的侦探小说创作和出版，让侦探文化形成自己的特色，健康、繁荣发展，丰富人们的精神文化生活，提高人们的法制思想意识。

有人从侦探小说的起源到发展将侦探小说的创作和流行分为三大区域，即亚洲区域，其黄金地段在日本，其次是中国和韩国；欧洲区域，以英国为中心，影响波及欧洲各国；美国区域，以美国为基地，向周边国家辐射。这种区域的分法很有道理。

从上述我们看到了各国侦探小说发展的概况，从起源到发展以及衍变，如果从爱伦·坡的《莫格街凶杀案》算到至今，已有160多年的历史。从中我们可以把侦探小说的发展史分为四个阶段。第一阶段从爱伦·坡的《莫格街凶杀案》到第一次世界大战前。这一阶段发表的侦探小说为早期侦探小说，主要代表人物有爱伦·坡、狄更斯、柯林斯、柯南·道尔，但影响大、发表作品多的当属柯南·道尔。这一时期的作家多以业余为主，侦探小说也是多发短篇为主。第二阶段从第一次世界大战开始到第二次世界大战期间，这一时期可以说是侦探推理小说的黄金时代。主要代表作家有克里斯蒂、塞伊尔斯、铁伊、凡迪恩、阿灵厄姆、卡尔、奎恩、克利斯宾、加德纳等。这一时期的侦探小说多为中长篇，从写作技巧上也有发展，并形成一种固定的格式。第三阶段从第二次世界大战结束到20世纪60年代初，这一时期的作品多为反映现实和犯罪为主，并出现了大量的间谍小说，日本盛行推理小说，美国、英国、法国、德国、瑞士、加拿大等国家出现了推理小说热。前苏联以侦破各种刑事犯罪案件的小说和间谍、反特小说占优势。这一时期的侦探小说在内容、体裁、技巧上较以往都有新的突破，也是推理小说的繁荣时期。主要代表作家有西默农、勒布朗、杜伦马特、松本清张、阿达莫夫、程小青等。第四阶段从 20 世纪 60 年代初至今，主要是对以往的侦探、推理小说的巩固发展、创新。随着社会的发展，多以当今的社会制度、法律、现实犯罪为背景，在侦探破案上除用常规性的推理外，加之现代化科技手段，体裁仍是多样化。这一时期的代表作家有森村诚一、西村京太郎、夏树静子、缪勒、米勒、玛格丽娜·杜鲁门、玛丽尼娜、康薇尔、奥贝尔、曼凯尔、内田康夫及我国的蓝玛、翼浦等。同时，女性侦探小说作家在不断地增多。

第四章　中国清末、民国侦探小说书目和侦探期刊简述

清末，我国侦探小说从创作到翻译上都属于最初时期，到民国时期是中国侦探小说创作的鼎盛时期和翻译外国侦探小说的繁荣时期，国内的原创和翻译作品都取得了很大的成绩。其创作和发展情况，我在第三章中已做了简要的总结。这里是想让大家多了解一些中国侦探小说的发展史，其中更重要的是在清末和民国期间，我国都出了哪些作品以及翻译作品，这里指成书的作品而言。其次，在那个时期，我国都有哪些以发表侦探小说为主要内容的期刊。在此，我列了一些书目。关于期刊，我列出几种主要的，对影响比较大的《大侦探》作了些简述。但需要说明的是，这些书目并不是全部，因资料有限，有些书目还待考证。

一、清末侦探小说（1885—1911年）

我国最早出版的侦探小说，当属1885年（光绪十一年乙酉）修竹社出版的《冤狱缘》八回石印本，它比柯南·道尔创作的《血字的研究》还早两年，因此，学界对出版时间有怀疑。在清末这段时间，我国共出版约200种侦探小说，但绝大多数是翻译作品，原创作品极少。商务印书馆和小说林社出版的小说最多。一些作品由于受到读者的喜爱，多次再版，如《福尔摩斯再生案》已到六版，《福尔摩斯探案》出到七版。

根据网络"中国侦探小说编年清末、民国（1885—1912年）"、《民国图书总目录》、《中国近代小说编年》等有关资料，下面将清末各出版社出版情况列序如下，有些书目由于年代久远，一些具体资料从缺待考。

修竹社

《冤狱缘》。（1885年）

素隐书屋

《新译包探案》，时务报馆译，丁杨杜译，内收《英国包探访喀迭医

生奇案》、《英包探勘盗密约案》、《继父诳女破案》、《记伛者复仇事》。(1899年)

《呵尔唔斯缉案被戕》（英）柯南·道尔著，时务报馆译，丁杨杜译。(1899年)

《泰西说部丛书》，（英）柯南·道尔著，黄鼎、张在新合译，内收《毒蛇案》、《宝石案》、《拨斯夸姆案》、《希腊诗人》、《红发会》、《绅士》、《海姆》。(1900年)

余学斋出版署

《议探案》木活字本，（英）柯南·道尔著，黄鼎、张在新合译。(1902年)

文明书局

《华生包探案》七种，（英）柯南·道尔著。(1902年)

《续译华生包探案》，（英）柯南·道尔著，警察学生译，内收《亲父囚女案》、《修机断指案》、《贵胄失妻案》、《三K字五橘核案》、《跋海渺王照片案》、《鹅腹蓝宝石案》、《伪乞丐案》。(1903年)

《新译包探案》，（英）柯南·道尔著，丁杨杜译。(1903年)

《唯一侦探谭四名案》，《新译包探案》，柯南·道尔著，嵇长康、吴梦鹤合译。(1903年)

《血手印》，（日）茂原周辅译，陶懋立重译。(1904年)

新民丛报社

《最新侦探案汇刊》，内收《毁拿破仑遗像案》（（英）陶高能著，知新子（周桂笙）译）、《失女案》（知新室主人（周桂笙）译）、《毒药案》（无歆羡斋主译）、《双公使》（知新室主人（周桂笙）译）。(1906年)

上海时报馆

《毒蛇牙》小说丛书第一集第九编，标"侦探小说"，包天笑译。(1906年)

《莫爱双丽花》，标"侦探小说"，（日）泪香小史（黑岩泪香）著，上海时报馆记者（陈景韩）译。(1906年)

中国小说社

《血手印》，（日）东平太郎译，中国小说社著述。(1909年)

改良小说社

《幻梦奇冤》（四卷）改良小说社编著。（1909 年）

商务印书馆

《补译华生包探案》，（英）柯南·道尔著，上海商务印书馆译印，内收《哥利亚司考得船案》、《银光马案》、《孀妇匿女案》、《墨斯格力夫礼典案》、《书记被骗案》、《旅居病夫案》。（1903 年）

《夺嫡奇案》，（日）柴四郎著，商务印书馆编译所译。（1903 年）

《案中案》，署（英）柯南达利著，商务印书馆译印。（1904 年）

《案中案》，署（英）屠哀尔士著，商务印书馆编译所译。（1904 年）

《黄金血》，标"侦探小说"，（美）乐林司郎治著，商务印馆编译所译。（1904 年）

《降妖记》，标"侦探小说"，（英）屠哀尔士著，陆康华、黄大钧译。（1905 年）

《指环党》，标"侦探小说"，商务印书馆编译所译。（1905 年）

《车中毒针》，标"侦探小说"，（英）勃来雪克著，吴涛译。（1905 年）

《伊兰案》，（英）奥姐著，商务印书馆译。（1905 年）

《三疑案》，（英）男爵夫人奥姐著，商务印书馆译。（1907 年）

《妖塔奇谈》上、下卷，标"侦探小说"，无歝美斋译。（1906 年）

《寒桃记》二卷，标"侦探小说"，（日）黑岩泪香原著，吴梼译述。（1906 年）

《桑伯勒包探案》，标"侦探小说"，商务印书馆编译所译。（1906 年）

《白巾人》二卷，（英）歇复克著，中国商务印书馆编译所译。（1906 年）

《阱中花》二卷，（英）巴尔勒斯著，中国商务印书馆编译所译（此即《彼德警长》之另一译本）。（1906 年）

《香囊记》，标"侦探小说"，（英）斯旦来威门著，商务印书馆编译所译。（1906 年）

《华生包探案》，标"侦探小说"，商务印书馆译印，内收《哥利亚司考得船案》、《银光马案》、《孀妇匿女案》、《墨斯格力夫礼典案》、《书记被骗案》、《旅居病夫案》。（1906 年）

《帘外人》，标"侦探小说"，（英）格利吾著，商务印书馆编译所译。（1906 年）

《铁锚手》，标"侦探小说"，（英）般福德论纳著，商务印书馆编译

所译。(1906年)

《中国侦探》,吕侠著,内收《血帕》、《白玉环》、《枯进石》。(1906年)

《狡兔窟》,"聂格卡脱探案"之一,(美)尼楷忐著,商务印书馆译。(1907年)

《神枢鬼藏录》二卷,标"侦探小说",(英)阿瑟毛利森著,林纾、魏易译。(1907年)

《中国女侦探》,吕侠著,内收《白玉环》、《枯井石》、《血帕》。(1907年)

《毒药樽》,标"侦探小说",(法)嘉波留著,商务印书馆编译。(1907年)

《金丝发》,标"侦探小说",(英)格利痕著,商务印书馆编译所译。(1907年)

《圆室案》,标"侦探小说",(英)葛雷著,商务印书馆编译所译。(1907年)

《一万九千镑》,标"侦探小说",(英)般福德伦纳著,商务印书馆编译所译。(1907年)

《鸳盟离合记》二卷,(日)黑岩泪香原译,汤尔和重译。(1907年)

《指中秘录》上、下卷,标"侦探小说",(英)麦区兰著,商务印书馆编译所译。(1907年)

《多那文包探案》,标"侦探小说",(英)狄克多那文著,商务印书馆编译所译。(1907年)

《三人影》,标"侦探小说",(英)谭伟著,商务印书馆编译所译。(1908年)

《海卫侦探案》,(英)模利孙著,商务印书馆编译所译。(1908年)

《歇洛克奇案开场》,标"侦探小说",(英)科南达利著,林纾、魏易同译。(1908年)

《剧场奇案》,标"侦探小说",(英)格得奇斯休姆著,商务印书馆编译所译。(1908年)

《剖脑记》,标"新译侦探小说",(英)查普林著,商务印书馆编译所译。(1908年)

《怪医案》,(美)企格林著,商务印书馆译。(1908年)

《纳里雅侦探谭》,(法)哈伦斯著,商务印书馆译,内收《七粒珠》、《三水手》、《鼓琴图》、《寄电匣》。(1908年)

《青酸毒》,(英)格理民著,商务印书馆译。(1908年)

《双环案》，（美）尼古拉著，商务印书馆译。（1908年）

《拿破仑忠臣传》二卷，标"侦探小说"，（法）佛蔡斯著，曾宗巩、钟濂译。（1909年）

《藕孔避兵录》，标"侦探小说"，（英）蜚立伯倭本翰著，林纾、魏易同译。（1909年）

《秘密社会》，标"新译侦探小说"，（美）尼古喇著，商务印书馆编译所译。（1909年）

《贝克侦探谈》初编续编全二册，（英）马克丹诺保德庆著，林纾、陈家麟译。（1909年）

时中书局

《侦探谭》一、二册，冷血（陈景韩）译，内收（法）西余谷著《游皮》、（日）中村贞吉著《大村善言》、（日）渡道为藏著《关口太三郎》、（法）彭脱著《格儿奇谈》、（日）上野和夫著《松野贯一》、（英）皮登著《梅脱》与《落勃脱》。（1903年）

通社

《二金台》（一名《新包探案》）十五回，叶启标译。（1903年）

尊业辑业书馆

《法国地利花奇案》（英）佚名著，江西尊业辑业书馆译。（1903年）

昌明公司

《侦探新语》，索公译，内收《塔尖之自缢》（夫概著）、《邮票案》（华士曼著）、《诱拐公司》（雷比著）、《异形之腕》（穆尔斯著）、《复仇》（原著佚名）、《暗杀党》（葛史克著）、《石灰窟中之侦探》（恺陀斯敦著）、《试金石之秘密》（皤兰德著）。（1904年）

小说林社

《福尔摩斯再生案》第一册，（英）柯南·道尔著，奚若译，内收《再生第一案》。（1904年）

《恩仇血》，标"福尔摩斯侦探小说"，陈彦译。（1904年）

《大复仇》，标"福尔摩斯侦探第一案，侦探小说"，（英）柯南·道尔著，黄人润辞，奚若译意。（1904年）

《福尔摩斯再生案》第二册至第四册，（英）柯南·道尔著，奚若译，第二册收《亚特克之楚尸案》、《却令登自转车案》；第三册收《麦克来登之小学校奇案》、《宓尔逢登之被螫案》；第四册收《毁拿破仑像

案》、《黑彼得被杀案》、《密码被杀案》、《陆圣书院窃题案》、《虚无党案》。(1904年)

《奇狱》第一册,(美)麦枯淮尔特著,林盖天译,内收《假死伪葬》、《邮书之奇祸》、《金刚石之颈健》、《箴票》、《金网》、《万金之革带》。(1904年)

《银行之贼》,标"侦探小说",署谢慎冰译述。(1905年)

《日本剑》上册,标"侦探小说",(英)屈来珊鲁意著,沈伯甫译,黄摩西润。(1905年)

《玉虫缘》,(美)安仑坡著,碧罗(周作人)译,初我(丁祖荫)润。(1905年)

《福尔摩斯再生案》第二至五册,(英)华生笔记,周桂笙等译。(1905年)

《马丁休脱侦探案》第一、二、三册,(英)玛利孙著,奚若译,第一册收《克落夫脱邸第失窃案》、《枪毙福拉脱命案》、《黑人被杀失尸案》;第二册收《查失鱼雷艇图案》、《以维考旦共之秘密案》、《烧手案》;第三册收《疯人奇案》、《银箱案》、《银行失窃案》、《遗嘱案》。(1905年)

《福尔摩斯再生案》第六至八册,(英)华生笔记,周桂笙等译。(1905年)

《彼德警长》上、中、下卷,(英)佚名著,吴步云译。(1906年)

《福尔摩斯再生案》第九至十册,(英)华生笔记,周桂笙等译。(1906年)

《深浅印》,(英)华生笔记,鸳水不因人译述。(1906年)

《巴黎秘密案》上、下册,君毅译。(1906年)

《黄金骨》,标"华尔金刚石,福尔摩斯侦探案",(英)华生笔记,马汝贤译。(1906年)

《福尔摩斯再生案》第十一至十三册,(英)华生笔记,周桂笙译。(1906年)

《聂格卡脱侦探案》第一册,(美)访克著,华子才译,内收《银行主人被杀案》、《猎太拒捕案》。(1906年)

《印雪簃译丛》,标"探案录之一",(英)维多夫人著,陈鸿璧译。(1907年)

《三疑狱》,冉泾童子、海虞少年同译。(1907年)

《窃电案》(一名《英日同盟电被窃案》),曼陀(杨增?)译。(1907年)

《雾中案》，（英）哈定达维著，笑我生译。（1907年）

《聂格卡脱侦探案》第二册，（美）讫克著，华子才译，内收《双生记》、《觊产案》。（1907年）

《奇狱》第二册，麦枯淮尔特著，华之才译，内收《西门特被杀案》、《假死窃产案》、《银柄斧译》、《虚无党之秘密会》。（1907年）

《聂格卡脱侦探案》第三册，（美）讫克著，华子才译，内收《车尸案》、《蓄音案》。（1907年）

《聂格卡脱侦探案》第四册，（美）讫克著，华子才译，内收《复仇案》。（1907年）

《聂格卡脱侦探案》第五册，（美）讫克著，海沧渔郎、延陵伯子合译，内收《宝刀影案》。（1907年）

《聂格卡脱侦探案》第六册，（美）讫克著，延陵伯子译，内收《奇窟记》。（1907年）

《聂格卡脱侦探案》第七册，（美）讫克著，华子才译，内收《大里斯案》。（1907年）

《聂格卡脱侦探案》第八册，（美）讫克著，华子才译，内收《戕姐案》。（1907年）

《少年侦探》上、中、下册，（法）爱米加濮鲁著，寄生虫、无肠合译。（1907年）

《镜中人》（一名《女侦探》），（美）乌尔司路斯著，俞箴墀、嵇长康合译。（1907年）

《海门奇案》，标"侦探小说"，（英）福格斯兴著，穷汉译。（1907年）

《聂格卡脱侦探案》第九册，（美）讫克著，华子才译，内收《假面女子案》、《续假面女子案》。（1907年）

《色谋图财记》二册二十回，（日）泪香小史（黑岩泪香）著，黄山子译。（1907年）

《聂格卡脱侦探案》第十册，（美）讫克著，华子才译，内收《疯子劫杀案》、《飞刀案》。（1907年）

《聂格卡脱侦探案》第十一册，（美）讫克著，华子才译，内收《戕父劫女案》、《假王案》。（1907年）

《聂格卡脱侦探案》第十二册，（美）讫克著，华子才译，内收《雷护所案》、《炸弹案》。（1907年）

《聂格卡脱侦探案》第十三册，（美）讫克著，华子才译，内收《姓名名姓案》、《姓名名姓案解决案》。（1907年）

《电感》，标"侦探小说"，（英）哈本著，临桂木子译。（1908年）

《聂格卡脱侦探案》第十四册，（美）讫克著，华子才译，内收《红面党案》。（1908年）

《聂格卡脱侦探案》第十五册，（美）讫克著，华子才译，内收《一钱酬劳案》、《五玉黍案》。（1908年）

《聂格卡脱侦探案》第十六册，（美）讫克著，华子才译，内收《飞箭案》、《飞艇案》。（1908年）

《砒霜案》，标"中国侦探案"，傲骨著（1908年）。

《鸦片案》，标"中国侦探案"，傲骨著。（1908年）

开明书店

《侦探谭》第三册，内收《三缕发》，泪香女史著，冷血（陈景韩）译。（1904年）

《血杀俱乐部》，（英）吐司爱沙著，冷血（陈景韩）译。（1904年）

《虚无党》，署冷血（陈景韩）译。（1904年）

北京第一书局

《车中死人》，（法）海德著，北京第一书局译印。（1906年）

有正书局

《火里罪人》二卷，标"侦探小说"，上海时报馆记者（陈景韩）译述。（1906年）

《秘密党》，标"侦探小说"，（英）顾能著，杨心一译述。（1907年）

《土里罪人》，陈冷（陈景韩）译。（1908年）

《销金窟》，包天笑译。（1908年）

《雌蝶影》包柚斧（李涵秋）译。（1908年）

《毒蛇牙》，包天笑译。（1906年）

广智书局

《侠男儿》（英）因凡痕斯著，中国燕翼少年译。（1903年）

《美人手》上册，（法）朱保高比著，凤仙女史译。（1906年）

《中国侦探案》，南海吴趼人述（吴沃尧）。（1906年）

《地中秘》，标"侦探小说"，（日）江见忠功著，香叶阁主人凤仙女史译。（1906年）

《美人手》中册，（法）朱保高比著，凤仙女史译。（1906年）

《毒蛇圈》陈景韩（冷血）著。（1906年）

《剧场大疑狱》，标"侦探小说"，无敌美斋主人译。(1907年)

《司底芬侦探案》，颜茗琴、董漱珠合译。(1907年)

《侦探案汇刻》。(1907年)

《薛蕙霞》，标"女子侦探"，(法)嘉宝尔著，陈鸿璧译。(1909年)

《一百十三案》，陈鸿璧译。(1909年)

《美人手》下册，(法)朱保高比著，凤仙女史译。(1909年)

《裴逎杰奇案之一》，(英)查克著，张默君、陈鸿璧译。(1911年)

飞鸿阁

《福尔摩斯最后之奇案》，(英)柯南·道尔著，白侣鸿译。(1907年)

一新书局

《聂格卡脱侦探案》初、二编，(美)讫克著，初编顾明卿译，二编顾明卿、顾鹏举合译。(1907年)

香港书局

《男装侦探》，古田太郎译。(1907年)

《双侦探》，李应雄译。(1908年)

文宝书局

《秘密结婚案》，葛增庠译。(1907年)

中国图书公司

《美人唇》，(美)讫克著，冶孙、不才(许指严)译。(1908年)

《奇瓶案》，吴紫崖译。(1908年)

集成图书公司

《三捕爱姆生》，(英)柯南·道尔著，西泠悟痴生译。(1908年)

群学社出版

《复朗克侦探案》，标"侦探小说"，(英)麦伦笔记，觉一译。(1909年)

《海漠侦探案》，标"译本短篇小说"，(英)哈德华，杨心一译。(1907年)

《新庵九种》，内收周桂笙所译《红痣案》、《妒妇谋夫案》、《上海侦探案》等。(1910年)

《巴黎五大奇案》，（美）白髭拜著，仙友译，内收《双尸祭》、《断袖》、《珠宫会》、《情姬》、《盗马》。(1910年)

《盗侦探》（又名《金齿记》），解朋著，迪斋译述。(1910年)

小说进步社

《红发案》，（英）柯南·道尔著，汤心存、戴鸿蕖合译。(1909年)

《女魔王》（聂格卡脱探案之一），（美）讫克著，小说进步社编译。(1909年)

中西报馆

《明珠血》，标"侦探小说"，石庵氏述。(1909年)

上海印书公会

《血指印》，东平太郎编译，中国小说社著述。(1909年)

图书旬报馆

《一粒珠》，海上漱石（孙家振）著。(1909年)

中兴社

《佳人泪》，标"侦探小说"，编者者：藤侯。(1906年)

《少年侦探》，林少琴译（1910年）。

练石书局

《难中福》，标"最新侦探小说"（不详）。

二、民国侦探小说

在清末，我国出了大量的侦探小说，除《福尔摩斯再生记》为13册本、《聂格卡脱侦探案》为16册本外，还有其他多种系列或多本的，但多为单行本。而民国期间的侦探小说成系列的还是较多，如柯南·道尔的《福尔摩斯探案》、程小青的《霍桑探案》等多为成套的系列书。世界书局曾一次出版《霍桑探案》最多达30集。在这一阶段，我国有160多家图书出版部门出过侦探小说，共计一千种左右，这里基本是指一种在一个出版单位首印的，个别的含清末已出书的再版本，而中国原创占一定的比例。从出书情况看，世界书局出版发行的书不但多，而多为系列或成套的侦探小说，其次商务印书馆、广益书局、三民图书公司、大东书局、文明书局等都出了大量的侦探小说。

天津华新印刷局

《风流镜》(第一册),李济岩著。(1913年)

广智书局

《捉鬼奇案》,(法)加宝尔奥著,陈鸿壁译。(1912年)

《怪水手》,标"世界著名侦探小说",冬政主编。(1941年)

智益书局

《金刚钻》,程小青著,宋小濂改编。(1912年)

上海中西书局

《秘密奇函》,标"侦探小说",中国少年编著。(1913年)

《沪滨神探录》(四册),标"近代著名包探案",徐洁庐、绣虎生著。(1928年)

上海新智书局

《伪票案》,标"福尔摩斯侦探案",小说编辑部编著。(1915年)

《失珠案》,标"福尔摩斯侦探案",小说编辑部编著。(1915年)

《怪医生》,标"侦探小说",(美)迭尔司逊著,哲生译。

清华书局

《中国侦探谈》(短篇侦探小说集),俞天愤著。(1918年)

华亭书局

《江南燕》(东方福尔摩斯探案之一),程小青著。(1921年)

益明书局

《铁手》,标"侠义侦探小说",巴江主人编译。(1921年)

《铁手党》,标"侦探小说",巴江主人编译。(1927年)

正气书局

《恐怖的棋局》上下册,标"凡士探案",(美)范达痕著,林俊千译。(1946年)

《鲁平的胜利》,赵苕狂著。(1948年)

《玉腿奇案》,标"梅逊探案",(美)加德纳著,林俊千译。

《急富党》,标"侦探小说"。

《纵火恶魔》,标"侦探名著",汉烈生卡脱著,黄华译述。(1949年)

大众书局

《霍桑探案外集》六册，程小青著。（1932 年）

《白纱巾》，程小青著。（1936 年）

《强盗女侦探》，标"福尔摩斯新探案大全集"。

大明书局

《左轮森探案》上下册，二先生著。

益明书局

《野人党》，标"侦探小说"，凌剑雅著。（1922 年）

上海进步书局

《盗盗》，标"侦探小说"，（法）大仲马著，贡少芹译。（1915 年）

《秘密女子》，标"奇情侦探小说"，贡少芹著。（1915 年）

《覆车》，包天笑、毅汉同译。

《黄金舌》，蒋景缄著。（1915 年）

《情谍》，标"艳情侦探小说"，梅魂著。（1916 年）

《六十万之惨史》，标"侦探小说"，蒋景缄著。（1916 年）

《车中女郎》，标"侦探小说"，星河口述，闲笔述。（1917 年）

《一粒钻》，标"侦探小说"，贡少芹著、石心耻译述。（1923 年）

上海文立书局

《怪侦探》，邹雅明著。（1949 年）

广益书局

《情魔》，标"侦探长篇说部"，我佛山人著。（1912 年）

《罗丝探案：女僵尸》，艾珑著。（1939 年）

《怪富人》，俞笠松译。（1940 年）

《怪富人》，俞笠松译。（1946 年新一版）

《空门血案》（侦探奇情小说），红绡著。（1940 年）

《圈套》（短篇侦探小说之七），程小青编译。（1937 年）

《宝刀遗恨》，标"卡脱探案"。茜蒂编译。（1941 年）

《天刑》（侦探系列之八），程小青著。（1942 年）

《红巾党》，标"侦探香艳小说"，艾珑著。（1943 年）

《国际大秘密》，（法）勒布朗著，艾珑译。（1946 年）

《新婚大血案》，艾珑著。（1947 年）

《石像之谜》（短篇侦探小说之一），程小青编译。（1947 年）

《幕面人》（短篇侦探小说之二），程小青编译。（1948年）

《谁是奸细》（短篇侦探小说这三），程小青编译。（1948年）

《黑手党》（短篇侦探小说之四），程小青编译。（1949年）

《漏点》（短篇侦探小说之五），程小青编译。（1948年）

《黑窑中》（短篇侦探小说之六），程小青编译。（1946年）

《圈套》（短篇侦探小说之七），程小青编译。（1949年）

《天刑》（短篇侦探小说之八），程小青编译。（1948年）

《红幔下》（短篇侦探小说选之九），程小青编译。（1948年）

《三跛子》（短篇侦探小说选之十），程小青编译。（1948年）

《毒蛇惨案》，汪剑鸣著。（1940年）

《箱尸案》，标"侦探奇情小说"，艾珑著。（1940年）

《黑手党》，程小青编译。（1947年）

《中国侦探奇案》，许慕羲著。（1946年）

《幕面人》，程小青编译。（1949年）

《石像之谜》，程小青译。（1949年）

《三跛子》，程小青译。（1949年）

《圈套》，程小译。（1949年）

《落魂崖》，标"福尔摩斯侦探奇案代表作"，汪剑鸣著。（1942年）

《艳尸奇案》，就是我元集，白荻编。（1947年）

《柳暗花明》，就是我利集，白荻编。（1947年）

《密罗重罗》，就是我亨集，白荻编。（1947年）

《飞刀案》，茜蒂编译。（1947年）

《奇杀案》，标"卡脱探案"，编译者茜蒂。（1937年初版，1948年再版）

《五兄弟》上、下册，标"惊险离奇侦探小说"，红绡著。（1935年）

《谁为凶手》，红绡著。

《珍珠衫》，标"中国大侦探陈查理回国第一次探案"，艾珑著。（1946年）

《神秘的杀人针》，标"福尔摩斯侦探奇案代表作"，汪剑鸣编著。（1947年）

《两世冤仇》，标"福尔摩斯侦探奇案代表作"，汪剑鸣编著。（1947年）

《半张残照》，标"福尔摩斯侦探奇案代表作"，汪剑鸣著。（1947年）

《摩登奴隶》（1—10册），程小青译。（1949年）

上海公记书局

《无名之尸》，查普霖著，创虹氏译。(1924 年)

上海美华书局

《神秘刀》（侦探小说选集），武承扬选编。

上海文业书局

《恐怖人》，标"福尔摩斯侦探小说"，文业书编辑部编著。(1937 年)

《恐怖窟》，标"福尔摩斯侦探小说"，文业书编辑部编著。(1937 年)

《一粒珠》，标"中国侦探小说"，孙家振著。(1939 年)

业文书局

《红手套》（上下集），标"侦探小说"，陆澹盦著。(1939 年)

上海春江书局

《神出鬼没》（侦探小说精选第一集），徐疾编。(1943 年)

《借刀杀人》（侦探小说精选第二集），徐疾编。(1943 年)

《真假宝石》（侦探小说精选第三集），徐疾编。(1943 年)

《蝙蝠之女》（侦探小说精选第四集），徐疾编。(1943 年)

《媚娇之女》（侦探小说精选第五集），徐疾编。(1943 年)

《窗外尸影》（侦探小说精选第六集），徐疾编。(1943 年)

《古塔疑案》（侦探小说精选第七集），徐疾编。(1943 年)

《恶贯满盈》（侦探小说精选第八集），徐疾编。(1943 年)

《九死一生》（侦探小说精选第九集），徐疾编。(1943 年)

《箱尸奇案》（侦探小说精选第十集），徐疾编。(1943 年)

《华雷斯侦探小说集》，秦瘦鸥译，内收《四义士》、《泰山岛》、《万事通》、《幽屋血案》、《残烛遗痕》、《蓝牙》、《蒙面人》、《天罗地网》、《不义之财》、《华雷斯自传》。(1941 年)

《世界著名侦探小说丛刊》，许席珍编译，内含《化身博士》、《中国红橙奇案》、《大侦探亚克》、《上海血案》、《画声真情》、《神探记》、《杯酒狂欢》、《Y 字的悲剧》、《叔母之死》、《龙牙》。

《天网恢恢》，Edgar Wallace 著，秦瘦鸥译。(1942 年)

上海春明书局

《亚森罗苹大狱记》上、下册，标"名著侦探小说"，（法）勒布朗著。(1937 年)

《亚森罗萍伪公爵》上、下册，徐哲生译。(1937年)

《福尔摩斯探案》上、下册。(1935年)

《查理新探案》上、下册，何可人编著。(1938年)

《幽屋血案》，（英）华雷斯著，秦瘦鸥译。(1942年)

《符绿缥》上、下集，徐哲身著。(1947年)

《怪手印》，标"陈查礼探案"，茜蒂著。(1941年)

《聂克卡脱侦探案正集》上、下卷，标"名著侦探小说"，华子才译述。(1947年)

《双生案银行之贼》，标"世界侦探名著"，永康、胡济涛译。(1941年)

启明书局

《血字研究》，（英）柯南·道尔著，庄稼译。(1937年)

《福尔摩斯探案集》，（英）柯南·道尔著，朱蔚文、杨启瑞译。(1940年)

《福尔摩斯全集》十集，（英）柯南·道尔著，程小青主译。第一集《冒险史》、第二集《回忆录》、第三集《血字研究》、第四集《四签名》、第五集《归来记》、第六集《古邸之怪》、第七集《恐怖谷》、第八集《新探案》（上、下）。(1940—1941年)

《亚森罗宾全集》六集。第一集《在监狱中》、第二集《亚森罗宾与福尔摩斯》、第三集《移花接木》、第四集《神秘的钟声》、第五集《无穷恨》、第六集《身后事》。

南京育才书局

《公子失踪》，（英）柯南·道尔著，南甫小隐译。(1947年)

上海新民书局

《中国侦探奇案》上、下册，许墓义著。(1934年)

上海大地书局

《蓝色响尾蛇》，孙了红著。(1948年)

《夜猎记》，标"侠盗鲁平新案"，孙了红著。(1948年)

《紫色游泳衣》，标"侠盗鲁平奇案"，孙了红著。(1948年)

南关书局

《福尔摩斯探案》，（英）柯南·道尔著，程小青译。(1943年)

上海鸿文书局

《古物院惨案》二册全,标"斐洛凡士探案",(美)范达痕著,林俊千译。(1941年)

《双枪王》,标"社会侦探言情小说",冯玉奇著。(1947年)

上海三星书局

《福尔摩斯新探案大全集》十二集,(英国)柯南·道尔著,西泠悟痴生译、平湖沈莲侬等译,含"女强盗"、"侠女探险记"、"黑衣女怪侠"、"强盗女侦探"、"木足盗"、"侠女复仇记"等。(1933年)

《红手套》上、下册,标"侦探小说",陆澹盦著。(1934年)

文明书局

《吴田雪冤记》(小本小说),淦铭溥著。(1915年)

《秘密女子》(奇情侦探小说),贡少芹。(1915年)

《夏春娘》,标"奇情侦探小说",沈肝若著。(1916年)

《探中探》,标"侦探小说",祝华编著。(1916年)

《奇童侦探案》,徐哑钵著。(1916年)

《奇情侦探案》(奇情侦探小说)。(1916年)

《玉环外史》(奇情侦探小说)。(1916年)

《猿幻奇案》(言情侦探小说)蒋景缄著。(1916年)

《盗花》(小本小说)(言情侦探小说)。(1916年)

《车中女郎》(小本小说),星河口述,闲笔述。(1918年)

《银楼局骗案》(小本小说)。(1918年)

《一粒钻》(小本小说)。(1918年)

《醋海风潮》(小本小说),静一、半禅著。(1918年)

《一粒钻》,标"侦探小说",贡少芹、石知耻译述。(1917年)

《雌魔影》,(英)L. J. Beeston著,常觉、常迷译。(1924年)

《盗窟花》,白福庇著。(1924年)

《醋海风潮》,静一、半禅著。(1926年)

《凶杀案》,程小青著。(1928年)

《车中女郎》,标"侦探小说",星河口述,闲笔述。(1929年)

中华书局

《福尔摩斯侦探全集》(1—12册)(英)柯南·道尔著,周瘦鹃、程小青等译。(1916年)

《鲍亦登侦探案》（1—3册），标"中华短篇小说"。（1917年）

《犹太灯》，（法）玛利瑟、勒勃朗著，周瘦鹃译。（1917年）

《桑狄克侦探案》，（英）奥斯登著，常觉、觉迷、天虚我生译。（1918年）

《亚森罗苹奇案》，（法）勒布朗著，常觉、常迷译。（1918年）

《水晶瓶案》，（法）勒布朗著，常觉、常迷译。（1918年）

《杜宾侦探案》，（美）爱伦·坡著，常觉、常迷译。（1918年）

《秘密结婚案》（含"侦探克耳哥敦盗案"），嘉兴阁微汀编译。（1918年）

《怪手》（上、下）（克雷探案集）。（1945年）

《特甫侦探谈》，标"中华短篇小说"。

《特甫侦探谈三集》，吴肱介译。（1917年）

《特甫侦探谈二集》，吴肱介译。（1918年）

《夺产案》，（美）达拉斯著，许金源译。（1917年）

《侦探之敌》，标"中华短篇小说"，李新甫、吴匡予译。（1917年）

《石麟移月记》，标"侦探小说"。（1915年）

《鲍亦登侦探案二集》，标"中华短篇小说"，仪徵陈大镫、静海陈家麟著。（1917年）

《窃中窃》，中华书局著述。（1914年）

《纪克麦再生案》，包天笑译。（1915年）

《窃中窃》，（法）布丽古特·奥贝尔著。（1938年）

《八一三》（上、下册），包天笑、徐卓呆著。（1928年）

沈鹤记书局

《姊妹花》，桃花散人编。（1919年）

《闺房镜》，标"侦探小说"，（美）史德鸥著，吴门华生译。（1921年）

马锦记书局

《罗拔探案全集》，劳半生著。

《老千探案》，周白苹著。

上海育才书局

《福尔摩斯新探案》，（英）柯南·道尔著，小隐、鲁人寿译。（1946年）

上海会文堂新记书局

《惊人奇案》，王艺著。(1921年)

《中国大侦探案》，王艺编著。(1930年)

上海求石斋书局

《强婚案》（又名《不自由的姻缘》），标"侦探小说"。(1922年)

广州大新书局

《福尔摩斯大侦探》。

上海亚华书局

《浪漫女魔》上下册，标"福尔摩斯侦探小说"，周佩仁著。(1929年)

《三角党》。(1929年)

《侦探侠盗》标"武林侦探"，朱文凡。(1928年)

上海吼声书局

《夜窗尸影》，沈茵编。

《杀人的模特儿》，沈茵著。

世界书局

《中国侦探案全集》，沈莲侬编。(1919年)

《福尔摩斯探案大全集写真图》。(1920年)

《江湖怪异传》，平江不肖生杰者。(1923年)

《福尔摩斯新探案全集》（上、中、下），程小青译。(1924年)

《福尔摩斯探案大全集》（1—13册），（英）柯南·道尔著，程小青等译。(1927年)

《铁假面》上中下三册，（法）波殊古碧著，听荷女士译。(1924年)

《滑稽探案集》，赵苕狂编，收《大侦探与毕三党》、《留心第三者》、《特别侦探术》等12篇。(1924年)

《钟声》（侦探小丛书之四），赵苕狂编辑。(1929年)

《金刚钻》（侦探小丛书之七），赵苕狂编辑。(1929年)

《古甲虫》（全二册），（美）凡达痕著，程小青译。(1934年)

《贝森血案》（斐洛凡士探案之一），（美）凡达痕著，程小青译。(1932年)

《金丝鸟》（斐洛凡士探案之二），（美）凡达痕著，程小青译。(1932年)

《姊妹花》（斐洛凡士探案之三），（美）凡达痕著，程小青译。

（1932年）

《黑棋子》（斐洛凡士探案之四），（美）凡达痕著，程小青译。（1933年）

《古甲虫》（斐洛凡士探案之五），（美）凡达痕著，程小青译。（1943年）

《神秘之犬》（斐洛凡士探案之六），（美）凡达痕著，程小青译。（1934年）

《龙池惨案》（斐洛凡士探案之七），（美）凡达痕著，程小青译。（1943年）

《紫色屋》（斐洛凡士探案之八），（美）凡达痕著，程小青译。（1943年）

《花园枪声》（斐洛凡士探案之九），（美）凡达痕著，程小青译。（1943年）

《赌窟奇案》（斐洛凡士探案之十），（美）凡达痕著，程小青译。（1947年）

《咖啡馆》（斐洛凡士探案之十一），（美）凡达痕著，程小青译。（1947年）

《霍桑探案》"袖珍丛刊"三十集，程小青著，第一集《珠项圈》、第二集《黄浦江中》、第三集《八十四》、第四集《轮下血》、第五集《裹棉刀》、第六集《恐怖的活剧》、第七集《舞后的归宿》、第八集《白衣怪》、第九集《催命符》、第十集《矛盾圈》、每十一集《紫信笺》、第十二集《摩窟双花》、第十三集《两粒珠》、第十四集《灰衣人》、第十五集《夜半呼声》、第十六集《霜刃碧血》、第十七集《新婚劫》、第十八集《难兄难弟》、第十九集《江南燕》、第二十集《活尸》、第二十一集《案中案》、第二十二集《青春之火》、第二十三集《五福党》、第二十四集《舞宫魔影》、第二十五集《狐裘女》、第二十六集《断指团》、第二十七集《沾泥花》、第二十八集《逃犯》、第二十九集《血指印》、第三十集《黑地牢》。（1941—1945年）

《李飞探案集》，陆澹安著，内含《梅里针》、《古塔孤囚》、《隔窗人面》、《夜半钟声》、《怪函》。（1924年）

《福尔摩斯探案全集》八集，（英）柯南·道尔著，程小青主译。第一集《冒险史》、第二集《回忆录》、第三集《归来记》、第四集《新探案》、第五集《血字的研究》、第六集《四签名》、第七集《古邸之怪》、第八集《恐怖谷》。

《福尔摩斯探案全集》，（英）柯南·道尔著，程小青等译。短篇集《冒险史》、《回忆录》、《归来记》；长篇《血字研究》、《四签名》、《古邸之怪》。(1943年)

《龙虎关》（福尔摩斯与亚森罗宾的搏斗）。

《圣徒奇案》共十集，（英）杞德烈斯著，程小青主译。第一集《赤练蛇》、第二集《假警士》、第三集《窝藏大王》、第四集《神秘丈夫》、第五集《怪旅店》、第六集《女首领》、第七集《惊人的决战》、第八集《百万钞》、第九集《发明家》、第十集《摩登奴隶》。(1937—1943年)

《陈查礼探案全集》，（美）比格斯著。第一集《幕后秘密》、第二集《百乐门血案》、第三集《夜光表》、第四集《歌女之死》、第五集《黑骆驼》、第六集《鹦鹉的呼声》。(1939—1941年)

《侦探小说丛书》共十册，赵苕狂编辑，内含《怪学生》、《不可思议》、《钟声》、《金钢钻》等。(1929年)

《柯柯探案集》。

《赌窟奇案》，（美）范·达痕著，程小青译。(1935年)

《老虎堂》，陆澹安著。(1924年)

《情场侦探案》，编辑者吴门陶啸秋（封面为中国第一书局出版）。(1926年)

《中国侦探大观》，吴门陶啸秋编。(1928年)

《秘中密》。

《神秘之犬》，（美）范达痕著，程小青译。(1946年)

《赌博大王》。(1937年)

《不可思议》，标"侦探小说第五种"。

《金刚钻》，标"侦探小说第七种"。

《怪家庭》，标"侦探小说第八种"。

《百万镑》，（英）杞德烈斯著，程小青译。(1946年)

《惊人的决战》，（英）杞德烈斯著，程小青译。(1946年)

《戒子的秘密》，标"民国侦探小说丛刊"。(1948年)

《火油井》，标"侦探小说"，郑筹伯著。(1926年)

《情魔》，标"侦探小说"，无歝美斋编译。(1927年)

《歼仇记》，标"侦探小说"，程小青著。(1926年)

奉天大东书局

《大拇指》（上、下），标"鲍尔顿新探案之一"，程小青译。(1943年)

上海大东书局

《中国女强盗》，赵苕狂著。（1923年）

《第三手》，徐卓呆著。（1923年）

《空屋人语》，周瘦鹃著。（1923年）

《尸变》，张舍我、李无咎著。（1923年）

《福尔摩斯新探案》（英）柯南·道尔著，周瘦鹃、张舍我译。（1923年）

《福尔摩斯新探案全集》4册，（英）柯南·道尔著。（1926年）

《亚森罗宾案全集》（1—24），（法）勒布朗著。（1924年）

《古城秘密》（1—4），（法）勒布朗著，周瘦鹃译。（1925年）

《东方福尔摩斯探案》，程小青著。（1926年）

《东方亚森罗苹探案》，何朴斋、孙了红著。（1926年）

《催眠术》，周瘦鹃译。（1927年）

《世界名家侦探小说集》上下册，（美）范·达因选编，程小青译。（1931年）

《世界名家侦探小说集》1、2册，（美）来特辑，程小青译。收《麦格路的凶案》、《血证》、《市长书室中的凶案》、《瑞典火柴》等15篇。（1931年）

《麦格路的凶案》（世界名家侦探小说集1），收（美）爱伦·坡《麦格路的凶案》和（匈）鲍尔邺·葛洛楼《奇怪的迹象》，程小青译。（1948年）

《瞽侦探》（世界名家侦探小说集5），袖珍本，收（美）厄涅斯德布累马《瞽侦探》和（德）陶哀屈烈克梯邺《美的证据》，程小青译。（1948年）

《瑞典火柴》（世界名家侦探小说集6），收（法）毛利司勒勃朗《雪中足迹》和（俄）安东乞呵甫《瑞典火柴》，程小青译。（1948年）

《古邸中的三件盗案》（世界名家侦探小说集7），收（英）奥塞·玛利逊《古邸中的三件盗案》和（英）夫勒折《市长书室中的凶案》，程小青译。（1948年）

《小屋》（世界名家侦探小说集8），收（英）亨利贝力《小屋》和（美）麦尔维尔·达维森·波士德《草人》，程小青译。（1948年）

上海大明书局

《梅花女盗》，标"惊险离奇侦探小说"，邹雅明著。(1947年)

上海大方书局

《侦探故事精集》，秦天燕著。(1940年)

《生死斗》，标"福尔摩斯——亚森罗宾"，阮剑侬译。(1946年)

上海大亚书局

《A字党》标"侦探小说"，蛟川庄病骸著。(1933年)

大江书局

《混世魔王》，标"福尔摩斯探案集"，（英）柯南·道尔著，苏逸萍译。(1945年)

大美书局

《美人错杀记》，标"福尔摩斯侦探小说"，兆华编译。(1941年)

大中书局

《无头案》，标"侦探小说"，陶啸秋著。(1923年)

广东曲江正光书局

《第五号情报员》（远东间谍战实录），仇章著。(1943年)

桂林南光书局

《福尔摩斯探案》，（英）柯南·道尔著，程小青译。(1943年)

远东书局

《法国的间谍》，（德）格兰著，艾龙译。(1942年)

北新书局

《密探》，辛克莱著，陶晶孙译。(1930年)

文艺书局

《古城秘密》全两册，（法）勒布朗著，周瘦鹃译。(1938年)

时还书局

《就是我》，标"标侦探小说"，（法）瓦尔斯著，何颂严、谢慕连译。(1917年)

上海复新书局

《原子大盗》，程小青著。(1947年)

《我与女间谍》，李铁军著。(1947年)

重庆大时代书局

《桃色网》，孜琴译。(1946年)

《我是一名女间谍》，(比利时)墨凯娜著，李绍徽译。(1941年)

文光书局

《神秘大厦》上、下册，美国范达痕著，林俊千译述。(1946年)

国光书局

《情场杀人记》，标"福尔摩斯新侦探案"，孙季康著。

上海国华书局

《女侠探案》，标"中国侦探小说"，严阵秋著。(1918年)

《奇侠恐怖党》全四册，标"武侠侦探小说"，周瘦鹃著。(1935年)

《无头大盗》，鸳鸯蝴蝶侦探小说，陶寒翠著。(1929年)

《卫生俱乐部》，标"侦探小说"，吴门、周瘦鹃著。(1922年)

《世外探险记》，赵茗狂著。(1935年)

上海国华新记书局

《急富党》，标"侦探小说"，周大犹、李定夷译述。(1915年)

《假面具》，标"侦探小说"，贡少芹著。(1936年)

上海亚洲书局

《强盗女侦探》，标"福尔摩斯新侦探案"。

泰华书局

《A字党》，标"侦探小说"，庄病骸著。(1922年)

天宝书局

《秘密结婚案》(含侦探克耳克敦盗案)，嘉兴阁徽湘编著译。(1918年)

香港五桂堂书局

《福尔摩斯侦探五大奇案》上、下册，(英)柯南·道尔著，常觉、小蝶译。(1933年)

《玉面狐狸》上、下册，何恭第著。

上海广艺书局

《秘密客》，李昌鉴著。(1948年)

《秘密客（续集）》，李昌鉴著。（1948年）

东陆书局

《红衣女盗》（上、下），（英）柯南·道尔著，鲁恨生译。（1923年）

《劫狱复仇记》（上、下），陈保藩著。

美德书局

《神秘的包裹》，标"凡士探案"，（美）范达痕著，王天恨译。（1948年）

《水中怪物》，标"凡士探案"，（美）范达痕著，王天恨译。（1949年）

上海锦章书局

《黑箱案》，标"侦探小说"。（1921年）

中原书局

《中国侦探案》，俞天愤著。（1936年）

《桃傍李》，标"侦探小说"，王天恨著。（1939年）

增智书局

《女秘书》，标"当代著名探案之一"，朱新人编著。（1947年）

聚胜堂立记书局

《伪币机关》，标"福尔摩斯最新探案"，王继廷著。（1942年）

长春北光书局

《复活的罗苹》，（法）勒布朗著，吴鹤声译。（1946年）

时报书局

《青剑碧血录》，内页标"侦探小说"，蛟川庄病骸著。（1936年）

新华书局

《离婚暗杀案》，何颂岩、杨光杲编。（1922年）

《女儿盗》，标"上海侦探谈"，许啸天编。（1928年）

闻声出版社

《艳尸》"昌鉴短篇集第一集"，李昌鉴著。（1930年）

宗兆出版社

《恐怖的棋戏》上、下册，标"凡士探案"，（美）范达痕著，林俊千译。（1941年）

竞新出版社

《白夫人》上下册，标"长篇侦探滑稽言情小说"，李昌鉴著。(1949 年)

重庆美学出版社

《黑城谍窟》，(英) 普利斯特利著，王友竹译。(1945 年)

重庆新潮出版社

《神秘的间谍》，(法) 格兰著，艾龙译。(1946 年)

桂林明目出版社

《风流女间谍》，柯尔松著，林俊千译。(1942 年)

成都雷电出版社

《盲目侦探》，(英) 厄涅斯德布累马著，华侠译。(1945 年)

上海日新出版社

《古屋疑云》，Miviam Allen de Furd 等著，郑狄克译。(1946 年)

《杂货店血案》，Roland Philips 著，郑狄克译。(1946 年)

《黑夜枪声》，(美) 哈密特著，郑狄克译。(1947 年)

《恐怖之城》，Edward Ronns 著，郑狄克译。(1947 年)

日间出版社

《流线型侦探》，标"侦探王名著"。

广东曲江图腾出版社

《遭遇了支那间谍网》，仇章著。(1943 年)

重庆文摘出版社

《布港谍影》，(英) 梅克茵斯著，周亚明译。(1946 年)

从文出版社

《毒药瓶》上、下册，(法) 杰勃里著，林俊千译。(1946 年)

上海潮锋出版社

《驱魔记》，(苏) 阿达莫夫著，陈复庵、鲁林译。(1946 年)

通俗出版社

《亚森罗苹的女儿》，周佩仁译。(1948 年)

《列车中的恐怖》，标"侦探小说丛刊"，吉用良编译。(1948 年)

《婚变》，林琅编译。(1948 年)

上海宇宙出版社

《隐身客》，(英) 柯南·道尔著，姚苏凤译。

仁艺出版社

《多情侠侦探》，标"武侠侦探名著"，陈冷血译。(1943 年)

上海铁风出版社

《香港间谍战》，仇章著。(1948 年)

实报出版部

《阉太监》，标"侦探小说"，实报丛书之十七，徐剑胆著。(1935 年)

成都远东图书公司

《第五号情报员》(远东间谍战实录)，仇章著。(1946 年)

三民图书公司

《华雷斯侦探小说集》十集，秦瘦鸥主译。即《万事通》、《天罗地网》、《四义士》、《残烛遗痕》、《泰山岛》、《幽屋血案》、《蒙面人》、《不义之财》、《蓝手》和《华雷斯自传》。(1942 年)

《世界著名侦探小说丛书》十集，许席珍编译。即《化身博士》、《中国红橙奇案》、《大侦探聂克》、《上海血案》、《画里真情》、《神探记》、《杯酒连环》、《Y字悲剧》、《叔母之死》、《龙牙》。(1946 年)

《侦探小说精选》共十集，徐疾编选。即《九死一生》、《箱尸奇案》、《古塔疑案》、《恶贯满盈》、《宦海沉冤》、《夜窗尸影》、《真假宝石》、《蝙蝠之女》、《神出鬼没》、《假刀杀人》。(1946 年)

上海远东图书公司

《遭遇了支那间谍网》，仇章著。(1946 年)

东方出版公司

《中国侦探在旧金山》，乃凡著。

上海文华美术图书公司

《舞女血》，程小青著。(1933 年)

《父与子》，程小青著。(1933 年)

《霍桑探案汇刊》(1—12 集)，程小青。(1933 年)

上海新民图书馆

《血井》，泗水渔隐著。（1921年）

大公报馆

《饮刃缘》，大公报馆译。

上海宏文图书馆

《无名之尸》，标"侦探小说"，剑虹氏著。（1925年）

交通图书馆

《欧美名家侦探小说大观》（1—3集），周瘦鹃、程小青等译。（1919—1920年）

《空中飞弹》，程小青、周瘦鹃著。（1920年）

《无头案》，标"侦探小说"，陶啸秋著。（1923年）

时报馆

《毒蛇牙》（第一集第九编），标"侦探小说"，上海时报记者译述。

《侠恋记》（小说集新第五种），标"多情之侦探"，时报记者译述。

上海大新图书馆

《女强盗》，（英）柯南·道尔著，悟痴生编译。（1919年）

上海中华图书馆

《恐怖窟》，（英）柯南·道尔著，常觉、小蝶译。（1920年）

清国留学生会馆

《双金球》二册，标"法国著名之侦探谭"，（日）黑岩泪香先生原译，中国祥文社译。（1905年）

商务印书馆

《车中毒针》，标"侦探小说"，（英）勃来雪克著，吴涛译。（1913年再版）

《桑伯勒包探案》，商务印书馆译。（1913年）

《贝克侦探谈初编》，（英）马克丹诺保德庆著，林纾译。（1913年）

《华生包探案》，商务印书馆编译。（1913年）

《贝克侦探谈》"译林小说丛书第四十五编"，标"侦探小说"，（英）马克丹诺保德庆著，林纾、陈家麟译。（1914年）

《中国侦探案》，吕侠著。（1915年）

《剧场奇案》"说部丛书初集第二编"，标"侦探小说"，（英）福尔

奇斯休姆著，商务印书馆译。（1914年再版）

《指中秘录》，"说部丛书初集第七编"，标"侦探小说"。

《金丝发》"说部丛书初集第九编"，标"侦探小说"，（英）格离痕著，商务印书馆译。（1912年再版）

《黄金血》"说部丛书初集第十编"，标"侦探小说"，（美）乐林司部治著。商务印书馆译。（1912年再版）

《降妖记》"说部丛书初集第十四编"，标"侦探小说"，闽侯陆康华、永福黄大均编译。（1913年再版）

《毒药樽》"说部丛书初集第十八编"，标"侦探小说"，（法）嘉波留著。（1913年再版）

《夺嫡奇冤》"说部丛书初集第十九编"，标"侦探小说"。（1914年）

《双指印》"说部丛书初集二十一编"，标"侦探小说"。（1914年）

《指环党》"说部丛书初集第二十四编"，标"侦探小说"，商务印书馆编。（1913年再版）

《寒桃记》"说部丛书初集第三十一编"，标"侦探小说"，（日）黑沪香著，商务印书馆译所译。（1914年再版）

《白巾人》"说部丛书初集第三十六编"，标"侦探小说"。（1914年再版）

《香囊记》"说部丛书初集第四十二编"，标"侦探小说"。（1914年再版）

《帘外人》"说部丛书初集第四十七编"，标"侦探小说"，（英）格利吾著，商务印书馆译。（1913年再版）

《七星宝石》"说部丛书初集第四十九编"，标"侦探小说"，（英）勃蓝姆司道格著，商务印书馆译。（1913年）

《铁锚手》"说部丛书初集第五十五编"，标"侦探小说"，（英）般福德伦纳著，商务印书馆译。（1933年再版）

《二佣案》"说部丛书初集第六十一编"，标"侦探小说"，（英）许复古著，商务印书馆译。（1914年）

《神枢鬼藏录》"说部丛书初集第六十二编"，标"侦探小说"，（英）阿瑟毛利森著，商务印书馆译。（1914年再版）

《毒药罅》"说部丛书初集第六十八编"，标"侦探小说"，（法）嘉波留著，商务印书馆译。（1914年再版）

《指中秘录》"说部丛书初集第七十编"，标"侦探小说"，（英）麦区兰著。（1913年再版）

《宝石城》"说部丛书初集第七十二编",标"侦探小说",(英)白此拜著。(1913年)

《一万九千磅》"说部丛书初集第七十七编",标"侦探小说",(英)般福德伦纳著,商务印书馆译。(1913年再版)

《三人影》"说部丛书初集第九十三编",标"侦探小说",(美)乐林司朗治著,商务印书馆译。(1913年再版)

《海卫侦探案》"说部丛书初集第一百编",标"侦探小说",(英)模利孙著,商务印书馆译所译。(1914年再版)

《藕孔避兵录》"说部丛书第二集第二十六编",标"侦探小说",(英)蜚立伯倭本翰著,闽侯、林纾、静海、陈家麟译。(1914年)

《贝克侦探谈》"说部丛书第二集第二十七编",标"侦探小说",(英)马克丹诺保德庆著,林纾、陈家麟译。(1914年)

《假跛人》"说部丛书第二集第四十六编",标"侦探小说",杭到、汪德祎著。(1915年)

《秘密室》"说部丛书第二集第八十五编",标"侦探小说",汪德祎著。(1915年)

《壁上血书》"说部丛书第二集第九十九编",标"侦探小说",徐大著,商务印书馆译。(1915年)

《罗刹雌风》"说部丛书第十集第四十四编",标"侦探小说",(英)希洛著,林纾、魏易译。(1915年)

《神枢鬼藏录》"译林小说丛书第十八编",标"侦探小说",(英)阿瑟毛利森著,商务印书馆译。(再版)

《歇洛克奇案开场》"译林小说丛书第三十八编",标"侦探小说",(英)科南达利著。(再版)

《贼博士》,Chares Andolen著,无我生编纂。(1919年)

《赝爵案》,(英)柯南李登著,张舍我译述。(1919年)

《倭刀记》,卷首页书名前标有"东方福尔摩斯探案",程小青著。(1920年)

《双环案》,(美)尼哥拉著,商务印书馆译。(1917年)

《童子侦探队》,包笑天编纂。(1920年)

《波海淹谍记》,(英)卡文著,林纾、毛文钟译。(1921年)

《间谍》,彭道著。(1934年)

《藕孔避兵录》"译林小说丛书第四十六编",标"侦探小说",(英)蜚立伯倭本翰著,林纾、魏易译。(1947年)

《怪手印》（中短篇集），丁宗一、陈坚编译。（1917年）

此外还有《华生包探案》、《多那文包探案》、《案中案》、《中国女侦探》、《圆宝案》、《橘英男》等。以上大部分在民国间是再版书。

桂林国际书社

《罗斯福设计的侦探小说》，（美）胡克海斯等著，陈治平等译。（1946年）

小说丛书报

《中国新侦探案》，俞天愤著。（1917年）

北平时言书报社

《怪箱子》，张修孔著。（1937年）

王艺（上海）会文堂新记书局

《中国大侦探》，陆静山著。（1930年）

香港现代小说社

《广东侦缉胆》，跛邹口述，小陈华记。（1949年）

香港循环日报社

《马利包探案》。

香港工商日报社

《五年前这空箱女尸案》，豹翁著。（1936年）

振声译书社

《难中福》，标"最新侦探小说"。

环球书报社

《七心奇案》世界侦探小说丛书，勒布朗氏著，林俊平译。（1945年）

晨报社

《义贼毕加林》，晨报社丛书侦探小说第一集，杨敬慈译。（1924年）

《狂人》，晨报社丛书侦探小说第二集，杨敬慈译。（1925年）

国民图书株式会社

《万花镜》上、下册，寒庐著。

《李智侦探案》上、下册，寒庐著。（1923年）

《三星党》上、下册。（1944年）

中国图书杂志社

《霍桑探案》第一集,程小青著。(1928年)

香港小说编译社

《英国最近五命离奇案》,(英)霍士爹核士著,易次乾、何颖泉译。(1907年)

上海大通图书社

《福尔摩斯探案大全集》,(英)柯南·道尔著,杨逸声编译。(1937年)

上海合众图书社

《大侦探》上、下册,标"探案智益丛书","侦探王名著"。

港澳胜利图书社

《戴森探案》(全三册),标"胜利后侦探丛书",劳获著。(1945年之后)

上海益新书社

《红衣女盗》,(英)柯南·道尔著,鲁恨生译。(1938年)

上海沪江书社

《神州亚森罗频》,杨时中著。(1941年)

人镜学社

《怪獒案》,标"侦探小说",人镜学社编译处译。(1905年)

社会新闻社

《玉兰花》,程小青著。(1928年)

神州日报社

《仇情记》,标"政治侦探小说",(法)黎尔著,霖仙译。

华华书报社

《东方快车谋杀案》二册全,标"白特劳探案",(英)阿加莎·克里斯蒂,令狐慧译。

《隐身客》,(英)柯南·道尔著,姚苏凤译。(1948年)

上海良友书社

《糊涂侦探案》(短篇小说集),朱秋镜著。(1924年)

丛行所晚报社

《侠义幼童》，标"侦探小说"，今睿编著。

天津晚报社

《卖花女》，标"侦探小说"，笔侠著。（20年代）

平报社

《张小碾儿》，雪禅著。（1928年）

环球晚报社

《十三号姑娘》，标"间谍小说"、"东宝间谍战史之一"，萧澄波著。

好好小说社

《盗陵案》，标"最近新刊侦探小说"，南海胤子编。（1928年）

上海逸社

《红手套》上、下册，陆澹安著。（1920年）

重庆万象周刊社

《中国侦探在旧金山》，乃凡著。（1945年）

改良小说社

《柜中尸》，（英）克保斯培著，东海钓客译。（1908年）

《失珠案》，（美）老斯格斯著，改良小说社译。（1908年）

《伪票案》，（美）老斯格斯著，改良小说社译。（1908年）

《花中贼》。（1908年）

《傀儡侦探》，天醉译。（1909年）

《一纸报》二册，标"侦探小说"，息观著。（1910年）

《滑稽侦探》，煮梦生著。（1911年）

《毒药案》，（俄）谋康斯著，陆钟灵、马逢伯译。（1911年）

大达图书供应社

《怪富人》，俞笠松译。（1935年）

《中国侦探奇案》，谭阳许慕羲著。（1935年）

中国侦探小说社

《黑箱案》，羽仙编辑。（1917年）

上海侦探小说社

《乌鸦党》，陆淡庵著。（1923年）

《慈母之爱》，何可人选辑。（1937年）

《荒岛藏宝·恐怖的猎狗》，标"福尔摩斯最新探案"，沪江何可人选辑。（1937年）

《福尔摩斯探案新探案大集成》，多册，其中有"慈母之爱"等，何可人选辑。（1937年）

改良小说社

《花中贼》，标"侦探小说"，赖雷煦著，张鸿飞译。

侦探学社

《漂流女》，标"奇情侦探小说"，淡苍天笑著。（1923年）

新侦探小说丛书社

《德人毒杀华侨》，标"新侦探小说"，洛克著。（1946年）

《西班牙斗牛谋杀案》，标"新侦探小说"，洛克著。（1946年）

《白麟上校被害案》，标"新侦探小说"，洛克著。（1946年）

自力出版合作社

《怪病奇案》标"侠情侦探小说"，姜侠魂主编。（1949年）

新兴合出版社

《女生侦探——青年镜》（全四册），陈冶侠著。（1944年）

中国文化供应社

《我与女间谍》，李铁军著。（1945年）

香港明记书庄

《玉面狐狸》上、下册，何恭第著。（1933年）

上海中央书店

《幕后秘密》（陈查理探案系列第一集），（美）欧尔特毕格斯著，程小青主译。（1939年）

《百乐门血案》（陈查理探案系列第二集），（美）欧尔特毕格斯著，程小青主译。（1939年）

《夜光表》（陈查理探案系列第三集），（美）欧尔特毕格斯著，程小青主译。（1939年）

《歌女之死》（陈查理探案系列第四集），（美）欧尔特毕格斯著，程小青主译。（1941年）

《黑骆驼》（陈查理探案系列第五集），（美）欧尔特毕格斯著，程小

青主译。(1941年)

《鹦鹉的呼声》(陈查理探案系列第六集),(美)欧尔特毕格斯著,程小青主译。(1941年)

《希腊棺材》,(美)奎恩著,程小青等译。

《红衣小丑》,标"长篇侦探武侠小说",(英)乔斯登麦来著,襟霞阁主人译。(1940年)

《假眼睛》,(美)加德纳著,林俊千译。(1941年)

《福尔摩斯全集》,(英)柯南·道尔著,姚乃麟译述。(1947年)

艺声书店

《飞来帕》,张个侬著。(1939年)

天津武林书店

《歌女血案》上、下册,(美)范达痕著,林俊千译。(1942年)

杭州武林书店

《福尔摩斯探案大集成》,(英)柯南·道尔著,含"慈母之爱"、"伪币机关"等。(1939年)

上海百新书店

《黑夜枪声》,张个侬著。(1934年)

《含沙射影》,标"华夏侦探案",位育著。(1949年)

《自杀者》,标"华夏侦探案",位育著。(1949年)

上海武林书店

《福尔摩斯探案大集成》12册,徐逸如译。(1937年)

《虎窟擒王记》,汪剑鸣著。(1946年)

《神鹰新探案》上、下册,标"惊险离奇侦探小说",红绡著。

《神鹰侦探案——毒手魔王》神鹰探案之一,标"惊险离奇侦探小说"。

广州泰山书店

《列车上的血尸》,皮凡著。(1930年)

重庆上海书店

《福尔摩斯探案全集》,(英)柯南·道尔著,因以、虚生同译。(1943年)

山东新华书店

《血尸案》,袁静、孔厥著。(1948年)

广州大中书店

《第五号情报员》(远东间谍战实录)1、2、3集,仇章著。(1949年)

《第一号勋章》,仇章著。

《东京玫瑰》1、2、3集,仇章著。

上海大同书店

《怪女魔》上、下册,兆华著。

上海万象书屋

《侠盗鲁平奇案》,孙了红著。(1942年)

上海慧协书店

《婚变》,标"世界侦探小说名著丛刊",林镜主编,林琅译述。(1940年)

上海春明书店

《血书》上下册,标"福尔摩斯探案选集",(英)柯南·道尔著,胡清涛译。(1937年)

《聂克卡脱侦探案》,聂克卡脱著,华子才译。(1938年)

《神秘的钟声》上、下册,(法)勒布朗著,徐逸如译。(1938年)

《陈查理探案》(全二册),标"中国侦探第一名著",何可人。(1938年)

《恐怖窟》,标"福尔摩斯侦探奇案",(英)柯南·道尔著,常觉等译。(1939年七版)

《红宝石》(全二册),(法)苏纾特著,林俊千译。(1939年)

《箱尸案》,(英)潘福德·伦那著,林俊千译。(1940年)

《恐怖的美人》(亚森罗宾侠盗案),(法)勒布朗著,吴鹤声译。(1940年)

《亚林罗宾伪公爵》(上册),徐哲身译。(1948年)

《水晶瓶塞》,(法)勒布朗著,林俊千译。(1948年)

广州民智书店、大成书店

《喋血情鸳》,标"侦探言情小说",归帆著。(1939年)

北平小小书店

《秘密客》,标"侦探小说",李昌鉴著。(1947年)

《秘密客续集》上、下册,李昌鉴著。

国光书店

《情场杀仇记》,标"福尔摩斯新侦探案",孙季康著。

金屋书店

《少年侦探》上、下册,赵群启著。(1947年)

上海国风书店

《怪水手》,林镜主编,史大俊译。(1947年)

益智书店

《金刚钻》,程小青著。(1916年)

《雨夜枪声》。

奉天艺声书店

《秘密女探》,刘笑民编。(1939年)

新京广益书店

《怪水手》,标"世界著名侦探小说"。(1941年)

大连森茂文具店

《半支别针》,标"陈查理探案",程小青译。(1942年)

因资料有限,有些书只能列出书名和作者及出版时间。如俞天愤的作品《镜中人》(1916年)、《薄命碑》(1916—1917年)、《剑胆琴心录》(1919年);程汪青的作品《江南燕》(1919年);周微的作品《大破黑地狱》(全三册)(1947年)、《再拢华盛顿》(全三册)(1947年);艾珑的作品《六十四件无头血案黑饭店》(1936年);陈怡侠的作品《女生侦探青年镜》(1944年);跛邹口述的民国港版侦探小说《神探老佬森》上、下册,等等。

还有一些书,根据一些资料,只能列出书名和作者。另外,个别的书只能列出书名,其中有的书我曾见过,但有的由于前面没有标明出版社,后面又缺封底和版权页,故只好列在这里。如孙了红著《窃齿记》、《三十三号屋》、《囤鱼肝油者》、《一○二子》、《血纸人》。天生我虚著《死虱党》、《衣带冤魂》、《间谍生涯》。王天恨著《妃色丝巾》、《衣冠禽兽》、《彷徨的一夜》。冯玉奇著《双枪王》、《混世魔王》。亚华著《生死美人》。兆华著《奇女魔王》。孙季康著《脂粉罪人》。红绡著《古屋奇案》、《间谍网》、《空门血案》、《窗前魅影》、《神枪太保》、《风流

奇女子》。许慕羲著《中国侦探奇案》。我亦山人著《大战摧花党》（三册）。周天营著《广州侦探脑——飞天大盗》。位育著《触电》、《公寓之血》、《毒蛇与毒草》。老周著《三手侦探》。何可人著《粉阁奇谈》。何朴斋著《东方亚森罗苹》。吴匡予、李新甫著《侦探之敌》。呆笑著《十大奇案》。张瑛著《女怪黑蛇党》。张萼荪著《红雪孃》。张碧悟著《宋悟奇家庭侦探案》、《白室记》。李定夷著《一案五命》、《急畜党》。李昌鉴著《秘密客正续集》、《姊妹血案》。李涵秋著《雌蝶影》。李新甫著《侦探之敌》。汪剑鸣著《梅花暗杀团》。贡少芹著《假面具》。邹雅明著《化身美人》。陆啸秋著《中国侦探大观》。周薇庵著《古树魔影》。郑证因著《矿山喋血》、《风雪中人》。祝龄著《生死美人》。胡济涛著《血书》。胡寄尘著《血巾案》、《黄金劫》。赵苕狂《世外探险记》、《半文钱》、《中国最新侦探案》。唐熊著《窗前人影》、《深宵鬼语》。徐卓呆著《秘密锦囊》。顾明道著《红巾党》。梅魂著《情谍》。淦铭溥著《秘室》。傲骨著《中国侦探砒石案》、《中国侦探鸦片案》。奚若译的《秘密隧道》。程小青著《假面女郎》、《原子大盗》、《画中线索》、《夜半呼声》、《顾博士》、《廂尸》、《霍桑探案正外集》、《冤狱》、《绿衣女》、《手狮子》、《长春妓》、《翡翠圈》、《虎穴历险记》、《协作探案集》、《窗外人》、《怨海波》、《傀儡》、《忠仆》、《龙虎斗》、《楼上客》等。豆皮陈口述、老爷黄笔记的港版侦探小说《陈二叔探案》。此外还有《串奸谋夫》、《江湖怪异传》、粤版《大破黑地狱》（全三册）、滑稽侦探小说《中国贼师爷—巴黎失手记》、《不夜城》等。此外，香港在此期间也出版了大量侦探小说，如香港华新书局出版了《红衣女侠》、《福尔摩斯侦探全案》、《福尔摩斯六大奇案》、《福尔摩斯侦探案》、《福尔摩斯宝珠案》、《英伦女贼群》、《蒙面女侠盗》、《红手套侦探》、《就是我》（正编）、《就是我》（续编）、《中国暗杀案》、《假相变》、《红手套》、《虚无党》、《侠女盗》、《黑衣盗》、《辣女儿》、《急富党》、《血指案》、《金莲花》、《恶道士》、《A字党》、《掌珠毒》、《铁屋》等。

上述书名有的由于资料不全，不能列出出版时间。有的记录难免有错误，仅供在研究民国侦探小说时参考。尽管如此，还有一些民国期间出版的侦探小说将会遗漏，以后修订时会逐步补上。因编书目是一个较大的工程，除自己收藏的部分民国侦探小说外，我曾翻阅了大量资料和各个时期的书目，但没有一本是全部的，有的只好一本本地寻找编辑，并将一些系列性的小说编全，为一些研究侦探小说的学者和一些读者、收藏家提供方便。

三、民国侦探小说期刊

我国侦探小说的出现，最初是从翻译外国作品开始。然而，刊登侦探小说的媒体最初始于1896年由汪康年主办的九月创刊于上海的《时务报》第一册上，这便是《英国包探访喀迭医生案》，后上海素隐书屋出了单行本。相继几年中《时务报》刊发或连载了多篇外国侦探小说，如《英包探勘盗密约案》、（英）柯南·道尔《记伛者复仇事》、《继父诳女破案》等。此后清末的《通俗日报》、《绣像小说》、《新小说》、《东方杂志》、《新民丛报》、《月月小说》、《小说林》、《小说世界》、《新小说丛》、《小说时报》、《小说日报》等几十家报刊发表了大量的侦探小说。到民国期间，侦探小说一直深受众多读者喜爱，一些杂志相继刊登了大量的侦探小说。如《小说林》、《红杂志》、《红玫瑰》、《礼拜六》、《小说月报》、《小说新报》、《小说丛报》、《小说海》、《半月》等几十种。由此，也出现了以刊发侦探小说为主要内容的杂志，这便是《侦探世界》、《侦探》、《新侦探》、《蓝皮书》、《大侦探》、《红皮书》等，在此做简要介绍。

《侦探世界》

此刊物是我国出现最早的侦探小说专刊，创刊于1923年6月，由严独鹤、陆澹庵、程小青、施济群任编辑，半月刊，每逢农历初一和十五各出一期。在这本刊物中，刊登了由程小青主译的《福尔摩斯探案》和他所创作的《霍桑探案》的一些篇目，还刊发了李定夷、孙玉声、徐卓呆、陆澹庵、孙了红的作品，深受读者欢迎。但仅办了一年，共出24期。

《侦探》

创刊于1938年9月15日，由友立公司出版部发行，大32开本。《侦探》杂志的创刊时间远早于《新侦探》，因此《侦探》是中国第二份侦探杂志。《侦探》杂志何时停刊不详，目前已知最后一本《侦探》杂志是1941年总第54期。

《新侦探》

创刊于1946年，由程小青主编，共出17期。起初为半月刊，第十五期起增加篇幅，改为月刊，由艺文书局发行。刊中发表了程小青、卓呆、周瘦鹃、姚苏凤、剑虹等人的多篇中长篇侦探小说。到1947年1月，此刊"因工料暴涨，维持不易"而停刊。

《蓝皮书》

创刊于1946年7月，由孙了红等人主编，主要以发表恐怖和侦探小说为主，共出26期。刊中发表了程小青、孙了红、郑狄克、郑小平的一些作品。1945年5月停刊。

《大侦探》

创刊于 1946 年 4 月，最初由孙了红主编，在上海问世，共出 36 期。但在民国的侦探小说期刊中，《大侦探》是创办时间最长的、以发表侦探小说为主要内容且出刊最多的期刊。自创刊以来，历经四年多，直到上海解放后停刊。

《红皮书》

创刊于 1949 年 1 月，由郑焰、龙骧任主编，程小青、孙了红任顾问，共出 4 期，由上海合众出版社发行。它以原创作品为主，集各家经典作品，如程小青《间谍之恋》、卫理的短小说《三支烛光的房屋》、林微音的长篇连载《黑衬衫》、孙了红、龙骧的《祖国之魂（侠盗鲁平奇案）》、马博良的《博物馆谋杀疑案（女探韦淑新案）》、孙了红的《复兴公园之鹰（侠盗鲁平奇案）》、龙骧的长篇连载《绯色的创痕》等。

《每月侦探》

1940 年创刊于上海。

当然，在民国期间，众多的期刊和报纸都曾刊发过侦探小说，在此就不一一列举了。

四、对《大侦探》的简述

《大侦探》是一本以发表侦探小说和侦探文学作品为主要内容的通俗性期刊，前 22 期都在 90 多页，其后为 60 多页。此刊一问世，便受到我国众多读者的欢迎和喜爱，它主要以翻译外国优秀侦探小说为主，同时也发表了大量国内一些作者的原创侦探小说和纪实性的侦探文学作品。

第一期的内容全部是翻译作品，如翠谷译的美国侦探小说名家艾勒里·奎恩的长篇连载《健身院惨案》、吴镜法译的《马铃薯袋里的尸体》、王贸译的《毒鼠药》、胡莴译的《雪夜血案》、孙了红译的《煤油灯》等。第二期除翻译了 11 篇外国侦探小说外，还有我国原创纪实作品，即余茜蒂的上海实事探案《升平街大破盗窟记》，深受读者的欢迎。第三期发表了艾珑的《上海投机市场大血案》，在小说里塑造了福尔摩斯、霍桑、陈查理、华生等中外大侦探的形象，并引用了阮玲玉等真实人物。在此期中还发表了金原的侦探小说《一○八指纹》。第四期发表了沈毅的纪实侦探作品《荣德生绑架案内幕》，一经发表在世上影响很大。第六期发表了佐良的《邓国庆受骗记》和艾珑的《一千万元杀人血案》。

至第八期开始，此刊在发表作品上有了重大变化，大多是原创的国内作者的作品，第一期即发表了孙了红的连载长篇侦探小说《蓝色响尾蛇》，以及佐良的侦探剧本《艳尸奇案》、文田的侦探小说《神秘少女》、钟易的《亚西亚太子号》、诸波的《秘密的墓穴》、长川的《一把菜刀》、钟南的《冷霜的行踪》、艾珑的《军火库爆炸案内幕》。在以后的各期中，国内作者的侦探小说逐渐多了起来，如孙了红的《航空邮件》，长川的《私生子失踪》、《狐火》、《怪信》、《翡翠花瓶》、《车上失窃》，陈娟娟的《香岛艳尸》，沈毅的《杭州无头大血案》，裘忆枫的《五个血指印》，茜蒂《谁杀死了筱丹桂》，佐良的《杀人者》，杨恨吾的《画轴里的秘密》、《黑丝绒窗帘》、《杨庆和银楼案》，纪德尧的《海边凶宅》，端木洪的《大侦探洋场历险记》，范幼华的《画里秘密》、《阎王的请帖》、《鸿门宴》，吴伯禄的记实作品《少将杀妻》、《苏北十七代怨仇、虹口梦田间活杀》、《台湾徐州朝鲜三帮集体大贩毒案》、《五盗临门》、《血溅宋公园》、《伪保长吃三枪》、《北站箱尸奇案秘密》等，还有姚苏凤译英国侦探小说女作家阿加莎·克里斯蒂的长篇连载《皇苑传奇》、林微音译美国艾勒里·奎恩的长篇连载《雪夜飞屋记》、繁镜译英国约翰勃根的长篇连载《黑石党》。国内的一些纪实作品，有些反映上海当时的现状，有些是真实的案例。《大侦探》让我们看到众多的外国侦探小说好作品，其中有克里斯蒂的《皇苑传奇》，让我们领略了大侦探波洛（包罗德）的风采。孙了红的作品也让我们看到中国侦探鲁平的形象，长川的作品让我们看到一对夫妻侦探叶志雄和黄雪薇的智慧。

《大侦探》在发刊的四年多时间中，先后历任5个主编，第一期至第八期主编为孙了红，发行人为吴承达；第九期是主编兼发行人为吴承达，第十期至十二期主编为孙了红，发行人为吴承达，第十三期是吴承达兼双职，第十五期是孙了红为主编，吴承达为发行，不久又为吴承达一人双职，此后吴怀冰、紫红、徐慧堂先后任过主编。最先的十几期封面和封底都是彩色图画，多为人物画，有的是侦探形象，有的是女子或带有恐怖图像，刊名"大侦探"很醒目，前八期上有"孙了红主编"字样。自第九期后封面上没有主编字样。开始为双月刊，到第五期为月刊，但第八期是1947年1月出版，以后又为两个月或三个月出一期。《大侦探》中凡是外国侦探作品，原著作者几乎全用英文，也几乎不标明国籍，但多为欧美作者。

《大侦探》是一本人们喜爱的期刊，他引进了众多的外国侦探短篇和几个长篇，培养了众多的侦探小说作者，对我国的侦探小说发展起到了一定的推动作用。主编孙了红，祖籍宁波人，家境清贫，1923年在《侦探世界》上开始发表侦探小说，是我国著名的侦探小说作家，著有《侠盗鲁平奇案》、《夜盗记》、《紫色游泳衣》、《蓝色响尾蛇》、《夜猎记》等，塑造了侠盗鲁平的形象。今天，我们再读《大侦探》上的一些作品，仍然感到很有趣，能够从中了解过去的一些历史和法律，了解各国的侦探风采。

五、清末及民国侦探小说特征和种类

在前一节"中国清末、民国侦探小说书目和侦探期刊简述"中，根据本人收藏的一些书目和查找众多资料，列出了一些出版社及公司、书店等出版的侦探小说读本目录。由此可见，我国在清末共有 30 多家出版单位共出版单行本侦探小说两百多种，其中绝大多数是翻译外国的侦探小说，而中国原创极少。从出版的单位看，小说林社出版的侦探小说最多，达 60 多种，其次是商务印书馆出版的侦探小说，达 50 多种。从清末的出版情况看，我国最早出版的侦探小说，当属 1885 年（光绪十一年乙酉）修竹社出版的《冤狱缘》八回石印本，它比柯南·道尔创作《血字的研究》还早两年，但学界对出版时间有怀疑。现在，公认的最早翻译国外侦探小说的单行本是 1899 年由时务报馆和丁杨杜译素隐书屋出版的侦探小说集《新译包探案》。1917 年小说丛书报社出版了俞天愤的《中国新侦探案》。这是我国较早的原创侦探小说出版成书的单行读本，此后又有多名作者出版了原创作品，包括程小青的大量作品。民国期间，我国共有 140 多家出版机构出版了 800 多种侦探小说单行本，这基本不含各出版社及书局、书店等的再版本，也不含各种报刊发表的各类侦探小说。但同一部侦探小说在几家出版社相继出版或前后出版的仍单独统计，同一出版社以不同形式出版同一部侦探小说也单独统计。在这些侦探小说中，英国作家柯南·道尔的"福尔摩斯系列"出版的最多，共有 30 多家书局、书店或公司出版过此类作品。小说林社和世界书局都出过不同版本的此类作品达 13 集。

从清末至民国的一些侦探小说内容特征上看，一些小说单行本在封面上都标有"侦探小说"字样，除翻译柯南·道尔的侦探小说上标有"福尔摩斯探案"外，一些原创作品也标有"福尔摩斯探案"类的标记，以此吸引读者，如《伪票案》、《失珠案》都标有"福尔摩斯侦探案"字样，周佩仁的《浪漫女魔》（上下册）标有"福尔摩斯侦探小说"字样，汪剑鸣的《毒蛇惨案》、《落魂崖》都标有"福尔摩斯探案代表作"，连程小青的《江南燕》上还标有"东方福尔摩斯探案"的字样。塑造女侦探的小说也出现了，如翻译作品《薛蕙霞》上标有"女子侦探"，徐卓呆的《秘密锦囊》标有"女侠侦探"等。而从封面所标的侦探小说种类也是多种多样，如《假眼睛》标有"新译恐怖侦探小说"，《情谍》标有"艳情侦探小说"，《夏春娘》、《秘密女子》、《奇情侦探案》、《玉环外史》标有"奇情侦探小说"，《箱尸案》标有"侦探奇情小说"，《神鹰探案·毒手魔王》、《梅花女盗》标有"惊险离奇侦探小说"，《猿幻奇案》、《盗花》标有"言情侦探小说"，《奇侠恐怖党》标有"武侠侦探小说"，《白夫人》标有"长篇侦探滑稽言情小说"。

此期间出版侦探小说的出版社以上海为主，其次广东、天津、重庆、北京、山东及东北等地的一些出版社也出版了少量的侦探小说。清末时，以商务印书馆、小说林社、广智书局书目最多；民国时期，世界书局、商务印书馆、广益书局、文明书局、三民图书公司、春江书局、大东书局书目最多。从我目前统计的数字看，清末时期有 200 多种侦探小说，民国时期为 1000 多种，还有些遗漏。因此估算清末到民国期间，我国共出版中文版侦探小说单行本约 1300 多种。虽是估算，但数量也是不少的。从中国清末到民国出版的侦探小说中可以看到我国侦探小说发展的历程，为今后研究中国侦探小说的历史和发展提供了宝贵的资料。

第五章 20世纪五六十年代我国出版的反特惊险小说

一、概述

20世纪50年代至60年代初,我国反特、锄奸、剿匪、肃反等侦探类小说曾出现一个兴盛时期,特别是在20世纪50年代中期,我国翻译引进了大量的前苏联惊险反特小说,这些小说有的是反特反间谍的,有的是侦破刑事案件的,有的是关于肃反及除奸剿匪的,但总体看基本上都属侦探小说范畴。由此,又带动了我国此类小说的本土创作,而1955年至1958年无论是翻译出版前苏联反特惊险小说还是我国本土原创反特除奸肃反小说,在那段年代可以说是达到一个高峰,除前苏联的几部长篇外,这些小说基本全是中短篇小说,社会影响力极大,读者众多,有的作品一版再版,最多达再版十版。根据我的现有藏书和查阅有关资料统计,1950年到1964年间,我国共出版反特、反间谍、锄奸、剿匪、肃反、破案等侦探小说270余种(加上相关故事类及相关资料300多种),其中前苏联翻译作品120种,其他国家反特及侦探小说10种之内。共有60多家出版社出过此类作品及相关的报告文学特写等书籍。初步统计,1955年我国出版反特侦破惊险小说80余种,而其中引入的前苏联翻译作品达30多种;1956年我国出版反特惊险小说50多种,其中引入前苏联反特惊险小说20余种;1957年我国反特惊险小说略少些,只有20种左右,但群众出版社就出了10多种,其中翻译的前苏联反特惊险小说有几种。但到1958年翻译作品又多了一些,前苏联反特惊险小说有20多种,国内原创的也是20多种。1959年我国翻译前苏联反特惊险小说也有10多种。1955年至1956年中国青年出版社出版的前苏联反特类作品最多,据查总计出版反特等侦探类小说40余种,前苏联作品竟有20余种。而1957到1959年群众出版社出版的反特惊险小说最多,总计出了40余种,前苏联作品占一大半。但总的看来,群众出版社在20世纪50年代至60年代初所出反特侦探类小说近60种，占各出版社首位。其次是中国青年出版社，此外是上海文化出版社出了20多种，通俗读物出版社、辽宁人民出版社、新文艺出版社、江苏人民出版社和江苏文艺出版社等都出版了10种左右。

二、中国原创反特锄奸肃反剿匪侦探小说

在20世纪50年代及60年代初，由于新中国刚成立不久，反特锄奸、肃清反革命是巩固新生政权的重要任务，所以这一时期的侦探类小说基本全是以此项内容为素材。反特，是抓获境外及海外派遣特务间谍和国内潜伏特务及间谍；肃反除奸及剿匪，是排除国内隐藏的内奸、土匪、敌对反动势力、反革命分子等。那时，除国内一些作者依靠亲身经历和现实生活创作外，还受前苏联反特惊险小说影响，中国出了大量的反特惊险小说，如中国青年出版社出版的陆石和文达的《双铃马蹄表》、白桦的《猎人的姑娘》、沈默君等的《荣军锄奸记》、李月润的《秃鹰崖擒匪记》、洪洋和刘岱的《伸向设计图的魔手》、谢挺宇的《断线结网》、王源等的《追查到底》、史超的《黑眼圈的女人》等。新文艺出版社出版的王火的《后方的战线》、叶一峰的《一件杀人案》等。群众出版社出版的李月润的反特小说集《边防记事》，其中包括《一网打尽》、《秃鹰崖擒匪记》、《金色盾牌》，还有张志民的《飞云港》、张明的《海鸥岩》、宛石和咏晨的《空山不见人》、尾山的《第四者》、国翘的《一件积案》、林欣的《"赌国王后"牌软糖》、张起的《移花接木》等。此外，天津出版社也出版了王源等的《追查到底》，通俗读物出版社也出版了李月润的《秃鹰崖擒匪记》、白桦的《山间铃响马帮来》，通俗文艺出版社出版了陶奔的《自投罗网》，辽宁人民出版社出版了曹大徵和曹德徵的《113号烟头》、吕品的《一张奇怪的照片》、朱赞平的《在大孤山上》等。长江文艺出版社出版了时达、高琨的《谁是凶手》，天津人民出版社出版了陆扬烈和屈树理的《连长的未婚妻》、犁静的《100号计划》等。上海文化出版社出版了程小青所著的《他为什么被杀》、《大树村血案》。江苏人民出版社出版了程小青著的《生死关头》和《不断报警》、顾一群的《38号女间谍》、叶吉的《戈壁狼》等。江西人民出版社出版了高歌的《孤坟鬼影》、赵洪波的《未结束的战斗》等。河南人民出版社出版了洪潮的《深山擒匪记》、林俊的《南国谍影》。河北人民出版社出版了王保春的《混水泥鳅》，这虽是一本短篇集，共有4篇小说，但有2篇是肃反破案的故事。安徽人民出版社出版了闾开乾的《红色的生胶钢笔》等。工人出版社出版了木林、寒星的《第四十七号图纸》等。东海文艺出版社出版了吕斌的《表的秘密》等。山东人民出版社出版了赵鸢、萧鸣的《手电筒的秘密》等。儿童读物出版社出版了《数字的秘密》等。上海文化出版社出版了《秘密文件》等。

这些小说绝大部分以反特、肃反、除奸、剿匪为主要内容，当然也有涉及历史事件及政治色彩浓厚的作品。新中国成立后，我国社会制度发生了根本的改变，新政权要巩固，可国内外敌对势力、不甘心灭亡的反动势力想方设法采取各种手段对新政权进行破坏和颠覆，外国特务、台湾特务和匪徒、残匪、反革命分子、潜伏特务及间谍人员等相继出动，杀人、放火、爆炸、绑架，窃取国家军事、科技等机密，但到头来都一一被查破。那时以土地改革、合作社与人民公社成立、边境与海防前线、深山老林、一些城市为写作背景的较多，作品除反映抓特务、间谍、剿匪、锄奸外，也反映了那个时期的"三反"、"五反"、肃反等运动和斗争。从创作人员来看，一些作者本身就来自部队或公安，他们有的不但经历了这些运动，而且亲身参加过战斗和工作，有着那样的生活和经历，作品无论长短，都很真实。如公刘曾写了《国境一条街》，虽是一部短篇，却反映了边境反特剿匪的故事，而在长江文艺出版社出版的《祝你一路平安》中，有6名作者6个短篇，全是写寻找敌特电台、在边境森林中剿匪的故事。而白桦的《山间铃响马帮来》、陆石与文达的《双铃声马蹄表》、史超的《黑眼圈的女人》、林欣的《"赌国王后"牌软糖》、吕品的《一张奇怪的照片》、赵元瑜的《追踪》等都是反特小说，而张万林的《黑头火柴》、王四知的《怪火》、通俗读物出版社所编的《一个奇怪的"贫家"》、峻青的《水落石出》、俞林等的《并非虚构的故事》等是肃反小说。着重写侦破的小说也很多，如叶一峰的《一件杀人案》、洪洋与文达的《伸向设计图的魔手》、程小青的《大树村血案》、曹大徵与曹德徵的《113号烟头》、张庐隐的《碎骨命案》、国翘的《一件积案》等，通过推理、解谜，破获案件。一些小说注重对人物形象的刻画，如《一件杀人案》、《黑眼圈的女人》就是这样。有些小说的写作和侦破方法继承了民国期间的侦探小说写作笔法，富有传统性，深受新老读者欢迎。

在这些小说中，我们熟悉了一些作者的名字。有的作者有多部作品，在当时就有很大影响，如李月润，他的作品主要有《秃鹰崖擒匪记》、《一网打尽》、《金色盾牌》、《边防记事》、《幸福的暖流》等。尾山，主要作品有《第四者》、《雨边天晴》等。沈默君，主要作品有《荣军除奸记》（《暴风雨之夜》）、《渡江侦察记》等，后者被改编成电影。白桦，主要作品有《猎人的姑娘》、《山间铃响马帮来》、《无铃的马帮》等，电影《神秘的旅伴》就是根据《无铃的马帮》改编的，而《山间铃响马帮来》也被改编成电影。史超，主要作品有《黑眼圈的女人》、《擒匪记》等。王保春，主要作品有《水落石出》、《混水泥鳅》等。公刘，主要作品有《国境一条街》、《祝你一路平安》等，而由他编剧的电影《阿诗玛》无人不晓。季康、公浦，他们的反特小说《边疆巡逻兵》不但深受少年儿童喜欢，更是一些喜欢阅读惊险反特小说读者喜爱的好作品，而这两名作者不但写小说，还写电影剧本，我国经典影片《五朵金花》、《摩雅傣》、《两个巡逻兵》等就出自他们的手笔。还有陆时、文达，以《双铃马蹄表》著名，电影《国庆十点钟》就是以此改编的。时达、高琨的《谁是凶手》也被改编成同名电影。高歌，主要作品有《一封恐吓信》，1964年江西人民出版社出版此小说名为《顺线追查》，然而他最著名的小说是《孤坟鬼影》，此小说在20世纪60年代初一经公开发行便引起轰动。当时高歌是某公安处长，小说有些素材来自当时的真实案件。因为小说过于真实，过早地暴露了一些正在侦察中的机密，引起潜伏特务的注意，使案件受到影响，但高歌在小说中塑造的一批公安战线从事隐蔽斗争的人物形象却是成功的，给人们留下了深刻的印象。

从这些小说中，可以看到我国那段对敌斗争、巩固政权的历史，以及边境和国内安全保卫工作的成果。同时，也看到我国反特小说创作所取得的辉煌成绩，这些小说在当时有效地宣传了国家的一些法规、法律、政策，激发了人民的爱国爱民热情，提高了人民群众反特反奸及肃清反革命的思想觉悟，宣传了法制，弘扬了正气，对后来的反特小说创作及侦探小说创作都有推动作用，并为中国法制文学的发展奠定了坚实的基础。

三、前苏联惊险反特侦探类小说

从出版翻译的前苏联作品内容上看，绝大多数是反特、反间谍的小说，其故事发生时间从二战期间（个别的还久远一些）到二战后前苏联社会主义建设发展中发生的各种案件和事件，如反映反间谍及反特内容的中国青年出版社出版的尼古拉·托曼的《前线附近的车站》、斯阿列夫耶夫的《红色保险箱》、费奥多罗夫的《坐标没有暴露》、米哈依洛夫的《冒名顶替》、马纳斯德略夫等的《在宁静的海岸边》等，上海文化出版社和辽宁人民出版社出版的亚莱菲也夫的《打靶场上的秘密》等，群众出版社出版的泽姆利亚科夫等的《琥珀项链》、谢宁的《天狼星行动计划》、什帕诺夫等的《海峡旁的小屋》等，江苏文艺出版社出版的德鲁日宁的《狼獾防区的秘密》等，天津通俗出版社出版的《危险的旅途》等。还有的是反映肃反内容的，如作家出版社出版的盖尔曼的《黄狼皮大衣》，群众出版社出版的戈洛索夫斯基的《一个肃反工作者的札记》等。还有的反映前苏联民警侦破刑事案件，如群众出版社出版的阿达莫夫的《形形色色的案件》、赛依宁的《一个预审员的笔记》等。

在20世纪50年代，中国青年出版社出版的前苏联作品有20多种，如斯·阿列耶夫等的《红色保险箱》、米·罗森菲尔特的《海洋的秘密》、米哈依诺夫的《冒名顶替》、维·伊万柯娃等的《无形的战斗》、阿·沃依诺夫的《大铁箱》、符·马纳斯德略夫等的《在宁静的海岸边》、尼古拉·托曼的《今天就要爆

炸》与《追捕怪影》、李克斯塔诺夫的《绿宝石》、阿·葛拉契夫的《红湖的秘密》、瓦·伊凡诺夫的《追踪》、勒·赛依宁的《军事秘密》与《将计就计》、列·沙莫伊洛夫等的《损兵折将》、华·阿尔达马茨基的《危险的航线》等；群众出版社也出版了前苏联作品二十多种，如阿达莫夫的《形形色色的案件》。这期间的反特小说有乔尔诺斯维托夫的《蓝箭》、谢宁（也有将其翻译为赛依宁的，系《军事秘密》的同一作者）的《天狼星计划》与《一个预审员的笔记》、阿夫吉延柯的《山里的春天》、泽姆利亚科夫等的《琥珀项链》、柯罗捷耶夫等的《红外线》、谢多盖维奇的《蔚蓝色多瑙河上》、奥瓦洛夫的《一束红玫瑰花》、穆拉脱·莫古也夫的《巴尔克女士的洋娃娃》、卡布洛夫的《特殊重要目标》、米哈依洛夫的《生死关头》、布良采夫的《蓝色邮包》、齐鲁里斯的《没有号码的房间》（原则上说是一部惊险小说，但小说主要描写的是地下工作者的反法西斯故事，也可列为情报间谍及特工类小说)、戈洛索夫斯基的《一个肃反工作者的札记》、什巴诺夫等的《海峡旁的小屋》、诺维柯夫《两个与一个》、格利欣等的《树叶落了》、沙杜诺夫斯基的《陨星》等。1953年至1955年，潮锋出版社出版了"苏联冒险小说译丛"，其中有布良采夫的《匪巢覆灭记》与《秘密路》（上、下）、阿达莫夫的《驱魔记》（上、下）、托曼的《好的印象》等多本小说。时代出版社出版了布良采夫的《雪地追踪》。辽宁人民出版社出版了《射击场的秘密》，其中含有《在和平的海岸线上》和《祖国的卫士》2个短篇。1955年新文艺出版社出版了阿富捷因柯的反间谍小说《底萨河上》等，同年，上海文艺联合出版社出版了短篇反特小说集《在和平的海岸上》等。新知识出版社出版了阿尔达玛茨基的《危险的路》，时代出版社出版了列·沙莫伊洛夫与鲍斯柯尔宾的《美洲豹第十三号》。天津通俗出版社出版了斯柯宾等的《奇怪的旅伴》，上海出版公司出版了马特维也夫的《绿锁链》等。1956年新文艺出版社出版了列萨莫依洛夫的《谍血藏奸》，北京大众文艺出版社出版了阿达巴舍夫等的《秘密一定被揭穿》，北京大众出版社出版了斯坦纽克的《追踪能手》，浙江人民出版社出版了阿符琴柯的《伪装的足迹》，黑龙江人民出版社出版了托曼的《追踪幽魂》等，少年儿童出版社出版了弗拉耶尔曼的《间谍》，儿童读物出版社出版了史塔纽克的《找敌人的脚夫印》等。1958年长江文艺出版社出版了希巴诺夫的《真相大白》、木古耶夫的《在宁静的小城里》等。1959年江苏文艺出版社出版了德鲁日宁的《"狼獾防区"的秘密》，广州文艺出版社出版了阿达巴舍夫的《52号地区》，广东人民出版社出版了阿尔达玛茨基的《深入虎穴》等。在20世纪60年代初，春风文艺出版社出版了列夫·奥瓦洛夫的《一颗铜纽扣》等。

在我国翻译的前苏联的一些惊险反特或间谍小说中，尼古拉·托曼的作品较多。尼古拉·托曼（1911—1974年），生于奥廖尔一个工人家庭。原姓阿尼西莫夫，因自幼在拉脱维亚共产党人托曼家中长大,因此改姓了托曼。1933年开始发表作品,1933年至1935年在部队服役,从事文化工作,1937年至1938年在高尔基文学院学习。作品以惊险小说、科幻小说为主。其作品还有《机械师格罗莫夫》、《寂静中发生了什么》、《"虎王"的秘密》、《沿着发光的足迹》、《布雷地带》、《穿过暴风雨》、《宇宙在说话》、《无人知道的地方》等。赛依宁,除写小说外还写剧本,50年代在我国放映的前苏联电影《易北河会师》就出自他的笔下。我国在50年代出版的他的作品有《将计就计》、《军事秘密》、《一个预审员的笔记》、《天狼星行动计划》等。赛依宁的真实身份是前苏联检查部门的侦察员,从属于内务部。1934年基洛夫遇刺,斯大林当天率领一批党政要员赶赴列宁格勒,随员里就有赛依宁。但他后来命运不佳,还曾入狱两年。奥瓦洛夫(1905—1997年),原姓沙波瓦洛夫,生于莫斯科一个世袭贵族家庭。他于国立莫斯科大学学习社会人文学科,并在《劳动莫斯科》、《农民报》等报刊以"奥瓦洛夫"的笔名发表文章。他先是在《共青团真理报》报社工作,后来成为《环球》以及《青年近卫军》杂志主编。1939年发表短篇小说《蓝剑》,首次出现了后来成为前苏联大众文学作品中最出名的人物之一——反特侦察员"普罗宁少校"的身影。此后两年,杂志上陆续刊登了6个围绕普罗宁少校的故事,1941年汇集成书出版,取名为《少校普罗宁历险记》。与此同时在《星火》杂志上出现了它的续集——长篇小说《天蓝色的安琪儿》。1941年7月5日,奥瓦洛夫遭到逮捕、审判,此后15年时光他在监禁或者流放中度过。据奥瓦洛夫本人说,当年他是被指控"泄露了苏联反间谍机关的工作方法"。1956年奥瓦洛夫彻底恢复名誉并且搬回莫斯科居住,很快又写出了2部间谍小说,即《一束红玫瑰》和《一颗铜纽扣》,并得以发表和出版。此后又相继创作出《秘密武装》、《党的委托》、《一段经历》、《记着我》、《一月的夜晚》、《20年代》等作品。布良采夫(1904—1960年),前苏联著名作家,在二战期间曾在敌后游击队工作过,战后热衷于写作以卫国战争为背景的间谍小说,篇篇精彩,主要作品有《秘密路》、《雪地追踪》、《匪巢覆灭记》,以及描写游击队故事的长篇小说《敌后》,后来又出版了描写战争中苏军谍报人员命运的长篇代表作小说《如履薄冰》等。阿达莫夫(1920—?年),出生于俄罗斯莫斯科市,其父格里戈里·阿达莫夫是苏联著名的科幻小说家。阿达莫夫毕业于莫斯科大学历史系,毕业后曾做过新闻记者,20世纪40年代末开始发表文学作品。受其父亲文学创作的影响,他最先发表了旅行探险类作品。他的第一部侦探小说是发表于1956年的《形形色色的案件》,后被拍成电影。主要作品有侦探小说《驱魔记》、《形形色色的案件》、《恶风》、《黑蛾》、《白墙一角》、《案中案》、《最后的"生意"》、《私访》、《侦察员谢夫》、《贼伙》、《许多未知数》、《狐狸的足迹》、《追捕》、《圈套》、《和许多无名人士在一起》、《半夜一点钟》、《水面上的圆圈》、《侦察在进行中》、《空位》、《乘隙而入》等20多部作品。

根据他自己的多年创作经验而著的侦探小说理论专著《侦探文学与我》，填补了前苏联在侦探文学研究理论领域上的空白。

四、同名版本小说

在20世纪五六十年代出版的这些小说中，同名作品很多。有的是同一部作品或其中有同一内容的作品，在不同出版社出版时，共同选用了其中一个短篇作品的名字，这在那个年代是一个特色，或两家以上出版社都有作品的一定版权。如1955年中国青年出版社出版了李月润的《秃鹰崖擒匪记》（合集，包括李月润的《一网打尽》和李梠的《山沟里的漆黑夜》），同年通俗读物出版社也出版了《秃鹰崖擒匪记》。1955年通俗读物出版社出版了阿列夫耶夫的《射击场的秘密》，同年，上海文化出版社出版了亚莱菲也夫的《打靶场的秘密》，辽宁人民出版社出版了《射击场的秘密》，只是里面选篇不同。1955年辽宁人民出版社出版了阿列夫耶夫的《深雪》，同年天津通俗出版社也出版了阿列夫耶夫的《深雪》，前者翻译为王振兴，后者翻译为高萍秋，用的是同一个封面，只是书名文字位置有移动。1955《重庆公安》编辑部也翻印了《深雪》一书。1956年辽宁人民出版社出版了托曼的《追踪游魂》，同年黑龙江人民出版社也出版了这一作品，名为《追踪幽魂》，中国青年出版社出版这部作品时名为《追捕怪影》。1955年至1959年上海文化出版社出版了舍维尔金的《狼迹追踪》，同年上海文艺出版社也出版了这部长篇巨著，分几册出版，作者名译为谢韦尔金。1955年潮锋出版社出版了布良采夫的《匪巢覆灭记》，而1956年上海文化出版社也出版了此书，封面译者等都与潮锋的一样，只是出版社名不同了，1959年上海文艺出版社也出版了此书，只是封面颜色不同，3个版本书译者都是吴景平。1955年新文艺出版社出版了阿富捷因柯的《底萨河畔》，1956年天津人民出版社也出版了该作者的同本书，书名为《蒂沙河上》。1955年上海出版公司出版了美国作家马克·吐温《汤姆·莎耶侦探案》，1956年新文艺出版社也出版了《汤姆莎耶侦探案》。1955新文化出版社出版了谢挺宇、马戈的《断线结网》，1956年中国青年出版社出版了谢挺宇的《断线结网》。1955年通俗文艺出版社出版了陶奔的《自投罗网》，同年天津通俗出版社也出了此书。1955年作家出版社出版了俞林等的《并非虚构的故事》，同年湖北人民出版社也出版了此书。1955中国青年出版社出版了贾承基、刘真相的《一网打尽》，而同年通俗读物出版社出版了李月润的《一网打尽》。1955年总政文化部出版了张瑞增等人的《井中的秘密》，而同年通俗读物出版社出版了《井中秘密》。1955年天津通俗出版社出版了阿尔达马茨基的《危险的旅途》，而同年新知识出版社也出版了这一作品，名为《危险的路》，1956年中国青年出版社也出版了这部作品，名为《危险的航线》，同年陕西人民出版社出版了《危险的道路》。1956年中国青年出版社出版了王源等的《追查到底》，而同年，天津人民出版社也出版了《追查到底》，其中还包括王源的同名短篇，以此命名。1956年通俗读物出版社出版了史超等的《擒匪记》，同年浙江人民出版社和中国少年儿童出版社也出版了此书。1956年通俗读物出版社出版了革刃等的《枪到哪里去了》，内含4篇短篇反特小说，同年解放军政治部文化部也编印同名书，内含9篇反特小说。1958年少年儿童出版社出版了谭次民的《龙珠岛遇险记》，1959年春风文艺出版社也出版了《龙珠岛遇险记》，除包括谭次民的小说外，另选了其他作者的2篇小说合集。1955山东人民出版社出版了赵鹜等的《手电筒的秘密》，1957年陕西人民出版社也出版了同名短篇小说集。而一些小说采用特写与"火"有关的书名很多，如1955年新文艺出版社出版的萧明的《是谁放的火》，通俗读物出版社出版的王四知的《怪火》，山西人民出版社出版的束为等的《谁是放火者》，1956年辽宁人民出版社出版的《火》，上海人民出版社出版的《放火的罪犯》，通俗文艺出版社出版的张万林的《黑头火柴》等。而在1950年到1960年出版名为《水落石出》的最多，最早应为中国青年出版社1950年出版赵有同等的《水落石出》，同年还有劳动印刷社出版的孙肖平的《水落石出》，1955年上海文化出版社出版了峻青的《水落石出》，1956年中国青年出版社出版了王保春的《水落石出》。还有一些同名的小说集，在此不一一列举了。

五、书名用成语或俗语的小说及短篇成集等特点

在这些作品中，无论是翻译作品还是本土作品，书名用成语或四字俗语的较多，如翻译作品有《将计就计》、《冒名顶替》、《损兵折将》、《真相大白》、《深入虎穴》、《狼迹追踪》等；本土作品有《断线结网》、《移花接木》、《生死关头》、《水落石出》、《雨过天晴》、《法网难逃》、《插翅难逃》、《顺线追查》、《一网打尽》、《自投罗网》等。

很多小说故事情节都很惊险有趣，如仅有16页的《一网打尽》讲的是4名边防战士怎样用计活捉7名全副武装的蒋匪特务的故事。一些小说在人物塑造上是非常成功的，如《黑眼圈的女人》中的师保卫科长赵忠平，《一件积案》的崔科长、赵飞、陈颖，《无铃的马帮》中的冯廷贵和朱林生，《一件杀人案》中的于处长等。但也有一些短篇小说故事的内容和情节描写都很简单，文章多短小精悍，没有过多的文学修辞、人物景物描写或形象刻画等。有的犹如一篇纪实报告，有的犹如一篇小通讯，特别是国内一些原创作品。这期间出版了多种反特及肃反故事集，有的篇幅非常短，如《雨夜怪声》里包括8篇小故事，其中"周洪宝捉贼"还不到400字，写三轮车工人周洪宝拉一个带着3个包裹的人，天不下

雨却拉下车帘遮住东西，引起周洪宝怀疑，车到火车站时他乘机报警，查得这个人原来是外地一个惯盗。

从一些小说的创作形式和内容上看，这段期间内无论是反特小说，还是肃反小说，模式化较严重，有些故事内容相近。正面人物塑造得很成功，而反面人物有一些脸谱化，或是公式化、概念化等。

从本土原创作品看，同篇作品被多部集子选用的现象很多，如洪洋等的《伸向设计图的魔手》，中国青年出版社用此篇作为书名，而湖北人民出版社出版的《并非虚构的故事》也用了此篇。林丛的《海岛擒贼记》，辽宁人民出版社以此为书名出了小册子，而浙江人民出版社出版的《天罗地网》中也选用了此篇。高琨的《谁是凶手》，长江文艺出版社以《谁是凶手》为书名结集出版，而在中国青年出版社出版的《追查到底》中也选用了此篇。1955 年辽宁人民出版社和天津通俗出版社出版了前苏联阿列夫耶夫的《深雪》，而在中国青年出版社出版的《无形的战斗》中也选了此篇，在上海文化出版社出版的《打靶场的秘密》中同选了此篇，名为《积雪》，等等。在不同出版社的短篇集中采用同一篇小说或故事的现象还有一些，在此不一一列举。

附：五十年代至六十年代初我国出版的反特侦探惊险小说及相关资料简要目录

中国青年出版社

书　名	作　者	出版时间
国境一条街	公刘	1953 年
鹿走的路	白桦等	1953 年
信号枪	乔林	1954 年
渡江侦察记	沈默君	1954 年
双铃马蹄表	陆石、文达	1955 年
荣军除奸记	沈默君	1955 年
猎人的姑娘	白桦	1955 年
秃鹰崖擒匪记	李月润	1955 年
无声手枪	陈登科	1955 年
猛河的黎明	朱丹西、孙穆、史超	1955 年
红色保险箱	（苏）阿列夫耶夫等	1955 年

大铁箱	（苏）阿·沃依诺夫	1955年
将计就计	（苏）勒·赛依宁	1955年
军事秘密	（苏）勒·赛依宁	1955年
在宁静的海岸边	（苏）马纳思德诺夫等	1955年
被迫着陆	（苏）尼古拉·托曼	1955年
今天就要爆炸	（苏）尼古拉·托曼	1955年
在前线附近的车站	（苏）尼古拉·托曼	1955年
暗中发生的事情	（苏）尼古拉·托曼	1955年
无形的战斗	（苏）伊万尼柯娃等	1955年
冒名顶替	（苏）米哈洛夫	1955年
海洋的秘密	（苏）罗森菲尔特	1955年
森林中的哨兵	杨槐	1955年
伸向设计图的魔手	洪洋、文达	1955年
奇怪的蛙声	佐启	1955年
追踪	（苏）伊凡诺夫	1955年
民警少校	（苏）维林等	1955年
一网打尽	贾承基、刘真相	1955年
插翅难逃	吴桐	1955年
黑眼圈的女人	史超	1956年
追捕怪影	（苏）尼古拉·托曼	1956年
损兵折将	（苏）沙莫伊洛夫等	1956年
座标没有暴露	（苏）符奥多罗夫马	1956年
追查到底	王源等	1956年
红湖的秘密	（苏）阿·格拉切夫	1956年
危险的航线	（苏）阿尔达马茨基	1956年
江岸村	（朝）杨其永	1956年
断线结网	谢挺宇	1956年
原来是只狼	本社编	1956年
山里的春天	（苏）阿夫琴柯	1956年
水落石出	王保春	1956年
一个外来户	张万林	1956年
脚印（电影文学剧本）	严寄洲	1956年
考验的时期	（苏）尼林	1957年
遥远的乌卡	苗歌	1957年

凶宅（古堡三部曲之二）	（苏）别里雅耶夫	1959年
金色的群山	吴源植	1961年

群众出版社

蓝箭	（苏）乔尔诺斯托夫	1956年
罪恶的间谍活动网	波尔沙克等	1956年
一个德国间谍的供词	（土）伊·巴磁纳	1956年
一个预审员的笔记	（苏）谢宁	1957年
苏联民警的故事	（苏）朗斯阔伊	1957年
山里的春天	（苏）阿夫吉延柯	1957年
空山不见人	宛石、咏晨	1957年
徐秋影案件	丛深、李赤	1957年
生路	吕锐白	1957年
飞云港	张志民	1957年
基础	（波）毕特列考夫斯基	1957年
在边寨的日子（通讯集）	梅树城等	1957年
形形色色的案件	（苏）阿达莫夫	1957年
安静的哨所	（苏）季柯耶夫斯基	1957年
巴斯克维尔的猎犬（福尔摩斯探案一）	（英）柯南·道尔	1957年
人·鬼·神（电影文学剧本）	木林、辛禾	1957年
徐秋影案件（电影文学剧本）	丛深、李赤	1957年
寂静的山林（电影文学剧本）	赵明	1957年
永不消失的电波（电影文学剧本）	杜印等	1958年
永不消失的电波（电影故事）	杜印、李强	1958年
红外线	（苏）柯罗捷耶夫	1958年
奇异的透明胶	（苏）萨帕林等	1958年
没有号码的房间	（苏）齐鲁里斯	1958年
一个肃反工作者的札记	（苏）高洛索夫斯基	1958年
铜雀	（苏）雷巴柯夫	1958年
不可捉摸的人	（苏）纳希莫夫	1958年
巴尔克女士的洋娃娃	（苏）莫古也夫	1958年
特殊重要的目标	（苏）堪布洛夫	1958年
乔洛夫的战斗道路	（苏）阿拉诺夫	1958年

生死关头	（苏）米哈依洛夫	1958年
蓝色的邮包	（苏）布良采夫	1958年
"赌国王后"牌软糖	林欣	1958年
树叶落了	（苏）格利欣等	1958年
第四者	尾山	1958年
移花接木	张起	1958年
宋丹霞之死	徐慎	1958年
巧捉敌人（通讯特写集）		1958年
四签名（福尔摩斯探案二）	（英）柯南·道尔	1958年
血字研究（福尔摩斯探案三）	（英）柯南·道尔	1958年
天狼星行动	（苏）谢宁	195 年
蔚蓝色的多瑙河上	（苏）谢尔盖维奇	1959年
陨星	（苏）沙杜诺夫斯基	1959年
一件积案	国翘	1959年
水上巡逻（反特故事）	马青山、郭震	1959年
农村一妇女（电影文学剧本）	文达、林庆标	1959年
海峡旁的小屋	（苏）什帕诺夫	1959年
一束玫瑰花	（苏）奥瓦洛夫	1959年
琥珀项链	（苏）泽姆利亚科夫等	1960年
天狼星行动	（苏）泽姆利亚科夫等	1960年
雨过天晴	尾山	1960年
海鸥岩	张明	1962年
夜闯珊瑚潭	李凤其	1962年
赵全一案件（内部发行）	张志民	1962年
两个与一个	（苏）诺维柯夫	1962年
就在不久以前	（苏）沃耶沃琴、塔隆基斯	1962年
金色盾牌	李月润	1962年
无形的长城		1963年
插翅难逃（通讯集）	广东省公安厅	1963年
边防记事	李月润	1964年
全部歼灭		1965年
一场斗争	朋斯克等	1965年

通俗读物出版社

擒匪记	史超等	1954 年
秃鹰崖擒匪记	李月润	1955 年
一网打尽	李月润	1955 年
夜半来客（肃反故事）	许慈文等	1955 年
暴风雨之夜（除奸故事）	沈默君	1955 年
山间铃响马帮来	白桦	1955 年
井中秘密	张瑞增等	1955 年
到处是警觉的人们（肃反故事集）	毕成等	1955 年
怪火	王知四	1955 年
吴贤根奋勇捉特务		1955 年
射击场的秘密	（苏）阿列夫耶夫	1955 年
豹子沟闹鬼	欧阳山	1955 年
三号在哪里	寒卓、王树恒	1956 年
枪到哪里去了	革刃等	1956 年
来历不明的社务委员	耿振印	1956 年
黑头火柴	张万林	1956 年
狗熊的足迹	董延寿	1956 年
祖国的卫士	（苏）乔尔诺斯维托夫	1956 年

通俗文艺出版社

自投罗网	陶奔	1955 年

新知识出版社

危险的路	（苏）阿尔达玛茨基	1955 年

作家出版社

追查到底（肃奸反特报告集）		1955 年
黄狼皮大衣	（苏）盖尔曼	1955 年
蠢动	蔡天心	1958 年

北京出版社

蓝色的野猪	（苏）古罗	1956 年

在遥远的海岸上	（苏）卡苏莫夫	1956 年
虎穴追踪（电影故事）	瑞晴	1956 年

北京大众出版社

追踪能手	（苏）斯坦纽克	1956 年
秘密一定被揭穿	（苏）阿达巴舍夫等	1956 年

上海文化出版社

春暖花开（戏曲故事）	胡丹佛	1953 年
后方的前线（戏曲故事）	白刃著，云山改编	1955 年
海滨激战（戏曲故事）	王军、张荣杰执笔	1955 年
打靶场的秘密	（苏）亚莱菲也夫	1955 年
不放过一个可疑的人	上海民主妇联宣传部	1955 年
一个奇怪的"贫农"	本社编	1955 年
秘密文件	本社编	1955 年
擦亮眼睛	张万弩原著，王惟改编	1955 年
大树村血案	程小青	1956 年
她为什么被杀	程小青	1956 年
法网难逃	吴逸	1956 年
戴白手套的人	万忆萱、耿振印	1956 年
水落石出	峻青	1956 年
原来就是他	殷金娣	1956 年
脚印（电影故事）	严寄洲原著，应均改写	1956 年
斩断魔爪（电影故事）	赵明原著，夏侯宠改编	1956 年
锄奸记（电影故事）	（苏）杜尔兄弟原著，许静改编	1956 年
虎穴追踪（电影故事）		1957 年
山中防哨（电影故事）	（苏）沃利宾、爱尔德曼原著，戈云改写	1957 年
最高的奖赏（电影故事）	（苏）沙甫钦告原著，慕林改编	1956 年
不能忘记这件事（电影故事）	（苏）芦柯夫原著，吴承惠改编	1956 年
边防军的眼睛	龚德	1958 年
狼迹追踪	（苏）舍维尔金	1959 年
霓虹灯下的哨兵（电影文学剧本）	沈西蒙	1964 年

上海文艺出版社

脚印（电影故事）	严寄洲原著，应均改编	1956 年
边防侦察参谋	吴洪侠	1958 年
一撮泥土	郑逸夫等	1959 年
狼迹追踪	（苏）谢韦尔金	1959 年
匪巢覆灭记	（苏）布良采夫	1959 年
冷酷	（苏）尼林	1961 年

上海文艺联合出版社

在和平的海岸上	（苏）蒙那斯蒂廖夫	1955 年

上海出版公司

绿锁链	（苏）马特维也夫	1955 年
汤姆·莎耶侦探案	（美）马克·吐温	1955 年

上海人民出版社

在警觉的人民面前——人民群众协助政府抓反革命分子的故事	胡同伦等	1955 年
时刻保持警惕的苏联军人		1955 年
警惕的人们		1955 年
放火的罪犯（肃反故事）		1956 年

上海教育出版社

人民的天罗地网（扫盲巩固读物故事集）		1958 年

辽宁人民出版社

打靶场的秘密	（苏）亚莱菲也夫	1955 年
深雪	（苏）阿列夫耶夫	1955 年
金刚石	（苏）罗萨霍夫斯基	1955 年
113 号烟头	曹大徵、曹德徵	1955 年
黄屯的夜晚	舒慧	1955 年
在大孤山上	朱赞平	1955 年
海岛擒贼记	沈默君等	1955 年

铅与渣	牟承启、范敬宜	1955 年
到处是警觉了的人们（肃反故事集）		1955 年
追踪游魂	（苏）托曼	1956 年
侦察员	（苏）良布契柯夫	1956 年
一张奇怪的照片	吕品	1956 年
火（纪实侦破报告文学）	"辽宁日报"记者集体采访	1956 年
侦察员的战斗（刑侦破案通讯集）		1957 年

春风文艺出版社

龙珠岛遇险记	谭次民等	1959 年
卫士凯歌（上、下） （公安保卫纪实文学）	卫士凯歌编委会	1959 年 1960 年
一颗铜钮扣	（苏）奥瓦洛夫	1960 年

新文化出版社

阴谋	克非等	1955 年

新文艺出版社

断线结网	谢挺宇、马戈	1955 年
空降特务落网记	杨晓	1955 年
底萨河畔	（苏）阿富捷因柯	1955 年
警惕	福建日报编辑部编	1955 年
后方的战线	王火	1956 年
一件杀人案	叶一峰	1956 年
早晨（其中《手枪与提琴》 是反特小说）	（保）盖诺芙斯卡娅等	1956 年
是谁放的火（含特写报告 10 篇， 其中有 7 篇肃反侦破特写）	萧明	1956 年
一个安静的晚上	大众日报社编	1956 年
海岸线上	戴煌	1956 年
归乡的游击队员	再金	1956 年
汤姆莎耶侦探案	（美）马克·吐温	1956 年
奇茹斯与特茹斯	（苏）葛里古利斯	1957 年
月亮宝石	（英）柯斯林	1957 年

"老乌龟号"船长	（苏）列夫·林柯夫	1958年

文化生活出版社

匪巢覆灭记	（苏）布良采夫	1956年
没有笔头的钢笔	阎安广	1956年

天津人民出版社

连长的未婚妻	陆扬烈等	1956年
100号计划	犁静	1956年
追查到底	本社编	1956年
蒂沙河上	（苏）阿夫捷因柯	1956年
谨防奸细	本社编	1956年
荒草中的黑影	本社编	1956年

天津通俗出版社

深雪	（苏）阿列菲耶夫	1955年
一网打尽	李月润	1955年
奇怪的旅伴	（苏）斯柯宾等	1955年
危险的旅途	（苏）阿尔达马茨基	1955年
自投罗网	陶奔	1955年
侦察员的报告	本社编	1956年

长江文艺出版社

谁是凶手	时达、高琨	1956年
祝你一路平安	公刘等	1956年
真相大白	（苏）希巴诺夫	1958年

时代文艺出版社

雪地追踪	（苏）布良采夫	1955年

时代出版社

在滨海城中	（苏）马克里雅尔	1954年
美洲豹第十三号	（苏）沙莫伊洛夫、斯柯尔宾	1954年

| 苏联边防军人的故事 | （苏）阿夫吉延柯 | 1955 年 |

百花文艺出版社

| 黑色宝藏 | （苏）利图基特斯基 | 1958 年 |
| 不可捉摸的人 | （苏）纳西波夫 | 1959 年 |

潮锋出版社

匪巢覆灭记	（苏）布良采夫	1954 年
好的印象	（苏）托曼	1954 年
秘密路（上下）	（苏）布良采夫	1954 年
驱魔记（上下）	（苏）阿达莫夫	1955 年
在遥远的地方	（苏）舒恩季克	1955 年

江苏人民出版社

戈壁狼	叶吉	1956 年
生死关头	程小青	1956 年
不断的报警	程小青	1956 年
38 号女间谍	顾一群	1956 年
罪证是毁灭不了的		1956 年
惨痛的教训	（苏）列夫·林柯夫	1956 年

江苏文艺出版社

在宁静的小城里	（苏）木古耶夫	1958 年
银光屏—3	（苏）乌斯宾斯基	1958 年
雨夜怪声（肃反侦破小故事集）	本社编	1958 年
我是 11—17	（苏）阿尔达马茨基	1958 年
"狼獾防区"的秘密	（苏）德鲁日宁	1959 年

云南人民出版社

| 山野的春天 | （苏）阿夫吉延柯 | 1954 年 |
| 险路 | 冬旭等 | 1956 年 |

江西人民出版社

孤坟鬼影	高歌	1960 年
未结束的战斗	赵洪波	1963 年
顺线追查	高歌	1964 年

陕西人民出版社

活捉狐狸精	山川、胡玉田	1955 年
民警少校	（苏）维林等	1955 年
到处都有人民的侦察兵	姚颖等	1955 年
危险的道路	（苏）阿尔达马茨基	1955 年

河南人民出版社

到处都有人民的侦察兵	编辑部	1955 年
深山擒匪记	洪潮	1956 年
女库管员的死	河南人民出版社编	1956 年
南国谍影	林俊	1957 年

河北人民出版社

混水泥鳅	王保春	1956 年
谋害	长正	1956 年

广州文艺出版社

52号地区	（苏）伊凡巴舍夫	1959 年

广东人民出版社

我们的中尉（其中《信》为反特小说）	（苏）阿列克雪耶夫等	1954 年
边疆的春天	郑潜云、郑逸夫	1956 年
海上擒匪记	牛力	1957 年
羊城暗哨（电影故事）	陈残云	1957 年
在国境线上	续思等	1958 年
深入虎穴	（苏）阿尔达玛茨基	1959 年
歼敌记	张十里等	1964 年

湖北人民出版社

并非虚构的故事	俞林等	1955 年

湖南人民出版社

红色的生胶钢笔	闫开乾	1955 年
五次追踪		1955 年

安徽人民出版社

秋收之后	孙坬	1961 年

浙江人民出版社

天罗地网		1955 年
擒匪记	史超等	1956 年
追踪	赵元瑜	1956 年
伪装的足迹	（苏）阿符琴柯	1956 年

吉林人民出版社

水落石出	吉林省高级人民法院编	1960 年
匪特复灭记	本社编	1964 年

黑龙江人民出版社

追踪幽魂	（苏）尼古拉·托曼	1956 年

甘肃人民出版社

军人的眼睛（反特、肃反故事集）	兰州部队文化部编	1956 年
意外的遭遇（保卫边疆故事集）	兰州部队文化部编	1957 年

重庆人民出版社

两个黑影	何忠良等	1955 年
反革命逃不出人民的法网		1955 年
在边疆的山谷里	朱德普	1955 年

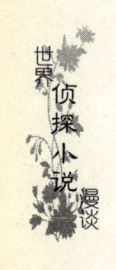

南方通俗出版社

擦亮眼睛（肃清反革命分子通讯报告集）		1955 年
黄花湾歼灭特务记	陈婉雯	1955 年

中南人民出版社

群众捉拿土匪特务的故事		1951 年
惩办他（含肃反内容）	胡德明等	1951 年

苏南人民出版社

天罗地网	周特生等	1951 年

赣南人民出版社

一封恐吓信	高歌	1959 年
惩办他（含肃反内容）	胡德明等	1951 年

东海文艺出版社

表的秘密	吕斌	1957 年

作家出版社

黄狼皮大衣	（苏）盖尔曼	1955 年
并非虚构的故事	俞林等	1955 年
侦察员	（苏）良布契柯夫	1956 年

工人出版社

金色盾牌	李月润	1955 年
我们要警惕啊		1955 年
第四零七号图纸	木林、寒星	1955 年
人民撒下的天罗地网（故事集）		1955 年

东风文艺出版社

山中夜店	萧英俊等	1958 年
河静敌未清	（阿）盖雅塔	1959 年

山东人民出版社

手电筒的秘密	赵鹜、萧鸣	1959 年

山西人民出版社

谁是放火者	束为等	1955 年

四川人民出版社

蓝野猪	（苏）古诺	1957 年

少年儿童出版社

雾海枪声	柯蓝	1954 年
短剑	（苏）雷巴柯夫	1955 年
白海边的斗争	（苏）柯柯文	1955 年
千里围猎	张大放	1956 年
间谍	（苏）弗拉耶尔曼	1956 年
鹿走的路	白桦等	1956 年
竹哨	白桦	1957 年
边疆巡逻兵	季康、公浦	1957 年
龙珠岛遇险记	谭次民	1958 年

中国少年儿童出版社

擒匪记	史超	1956 年
一个森林警察的笔记	谷峪	1957 年
台湾来的渔船	杨旭等	1958 年

儿童读物

找敌人的脚印	（苏）史塔纽克	1956 年
数字的秘密		1956 年

人民文学出版社

边疆的战斗	刘大海、李未芒等	1954 年

中国电影出版社

虎穴追踪（电影文学剧本）	王应慇、任桂林、王玉堂	1956年
但丁街凶杀案（电影文学剧本）	格布里罗维奇	1957年
山中防哨（电影文学剧本）	沃尔宾、爱尔德曼	1957年
英雄虎胆（电影文学剧本）	丁一三	1958年
斩断魔爪（电影文学剧本）	赵明	1959年

（1954年中央电影局等也出版了赵明的《斩断魔爪》一书）

山谷红霞（电影文学剧本）	林予	1960年

新华书店

血尸案	袁静、孔厥	1950年

山东新华书店

沈阳美国间谍案	新华时事丛刊社	1950年

长安书店

碎骨命案	张庐隐	1959年

一知书店

新军事秘密	（苏）休宁	1951年

文光书店

密码	（罗）彼得·约瑟夫等	1953年

解放军文艺出版社

台湾来的渔船	车如平等	1959年
霓虹下的哨兵	沈西蒙（执笔）、漠雁、吕兴臣	1963年

中国人民解放军总政治部文化部

枯井的秘密	张瑞增等	1955年
枪到哪里去了	革刃等	1956年

中国人民解放军公安部队政治部

萤火虫与脚印（公安部队文艺丛书·边防内卫故事集）		1954 年

西南省军区政治部青年部

红色的保险箱	（苏）阿列夫耶夫等著	1955 年

河南省军区政治部

天罗地网（沿海军民全歼美蒋特务记实）		1964 年

劳动印刷社

水落石出	孙肖平	1950 年

湖南省中苏友好协会

哨兵与姑娘	湖南省中苏友好协会编印	1955 年

重庆中苏友好协会

奇怪的旅伴（短篇故事）	重庆市中苏友好协会编著	1955 年

抚顺人民出版社

一具无名尸体的秘密	二丁	1960 年

注：以上不但包括了一些反特侦破小说，也包括相关的故事、通讯、报道、特写集等资料。因资料有限，还有遗漏的小说。如《人心莫测》、《谋杀没有证据》、《铁路征用地带》等小说仅知道名称，没有确认出版社，故没有列出。另外，中国青年出版社预告出版的前苏联小说《追踪》、《民警少校》及中国陈登科的《无声手枪》，没有找到这3本书，是否出版了不清楚，此表仍列在其中。群众出版社预报了（英）柯南·道尔的《恐怖谷》、天津通俗出版社预告出版了《是金蝉也脱不了壳》、《一件惊心动魄的事情》，因没有收藏到此书，没有列在出版表中。50年代香港等地也出了一些侦探小说，如1951年环球图书杂志社出版了卢森葆所著的《飞墙走壁（猫头鹰邓雷奇案）》、标有"洛克探案"的侦探小说《神箭》和《油画贼》、1953年小平著的《血红色之笔》，1955年南洋图书公司出版的孙了红的《蓝色响尾蛇》，1960年文伟书店出版的（英）柯南·道尔的《古屋怪犬》，1958年日新书店出版的（美）比格斯陈查礼探案《鹦鹉声》、《幕后》、《夜光表》、《歌女之死》，五六十年代励力出版社出版的仇英的《神鹰探案》、海上客的《红舞女惨死的秘密》等及此时段港澳台出版的其他侦探小说，都没有列入此书目中。

以上书目仅供参考，难免有不当之处，望读者和老师指正。

六、代表作品选谈

　　我国在 20 世纪 50 年代出版了很多惊险反特及肃反小说，多为中篇或短篇集，很多是薄册子。其内容有的是反特锄奸，有的是查获和肃清反革命分子，有的是同残匪或隐藏的敌对分子斗争，也有的是侦破刑事案件。陆石、文达的小说《双铃马蹄表》，主要讲述了公安人员依靠群众粉碎暗藏的敌人企图在节日集会时利用爆炸制造恐慌继而进行破坏的故事，它于 1956 年被长春电影制片厂搬上银幕，改名为《国庆十点钟》。文达的另一篇短篇小说《一个笔记本》也是一篇反特小说。洪洋、刘岱的《伸向设计图的魔手》是一本短篇小说集，它主要描写潜伏在某黑色冶金工厂设计处的反革命分子一向伪装积极，骗得领导信任，暗地里却对设计工作进破坏，最后被识破而遭到逮捕。

　　白桦的《猎人的姑娘》中共有 4 个中短篇，即《无铃的马帮》、《赛马的前夜》、《猎人的姑娘》、《碧空》，均反映了边疆军民对敌斗争的故事。《无铃的马帮》描写了一个老大娘发现一伙可疑的马帮并报告了边防军，边防军派出排长冯廷贵和彝族青年株林生化装跟踪侦察，最终查获一个专门替美帝偷运电台和军火的特务组织；《赛马的前夜》写的是区长和他的爱人带领群众放弃赛马比赛而追捕坏分子的故事；《猎人的姑娘》描写了一个敌特分子混入一个藏族猎人家中，老猎人的女儿看出了他的可疑并向政府检举了他，就在他妄图杀害政府干部时，姑娘用剑杀死了他；《碧空》描写了一个风雪之夜，气象站看门老人的特务表弟突然闯入，老人与其搏斗并制服了他，但最终伤重不幸牺牲。白桦另有一部中短篇小说《山间铃响马帮来》，它描写了我军边防军某部在少数民族兄弟的支持配合下，全歼一股国民党流窜残匪的故事。

　　李月润的《秃鹰崖擒匪记》讲述了公安部队侦察员在巡逻时发现特务妄图利用死狗内的炸药炸桥的阴谋，他们从一团废纸发现线索，然后利用敲山震虎的方法引蛇出洞，在秃鹰崖上抓获了敌人；他的中篇反特小说《一网打尽》描写了一批潜伏的特务策应一伙登陆的特务，妄图里应外合，但最终被我边防军一网打尽的故事。沈默君的《荣军锄奸记》（通俗读物出版社 1955 年出版单行本名为《暴风雨之夜》），讲的是一个复员军人由于提高警惕性而查获一个暗藏的反革命分子的故事；《第四者》写的是一个凶残的潜伏特务准备破坏一架重要的铁路桥梁，并杀死了一个追踪他们的工人和一个打算坦白自首的工程师，公安机关在群众和两名学生的协助下，终于查获暗杀案中的第四者，抓获了特务组长。顾一群的《38 号女间谍》包括 3 个短篇侦探小说，即《38 号女间谍》、《谁是纵火犯》、《地气线案件》，主要描写了公安人员在人民群众的协助下破获 3 个复杂的反革命案件的故事。朱赞平的《在大孤山上》写的是选矿工人如何查破潜伏特务、将其抓获的故事。犁静的《100号计划》讲述了工厂工作人员素芬与冒充党员的美蒋特务王图结婚后,不慎将"100号计划"图纸带回家中,被王图拍照并妄图拉其下水,最终素芬协助公安人员抓获了王图等特务分子。王火的《后方的战线》写的是特务与工厂内暗藏的反革命分子相勾结进行破坏活动,并企图炸毁工厂,最终在公安人员的周密部署下被一网打尽。杨晓的《空降特务落网记》写的是我国沿海公安人员联合群众抓获了到大陆来窃取情报的几名空降特务的故事。谢廷宇的《断线结网》讲述了我国东北边防军从一个被击毙的越境特务身上搜出一份重要情报,由此展开对隐藏在边境的一些特务的追查,几次发现线索而又中断,最终将这伙特务全部抓获。乔林的《信号枪》写的是南海渔民在海上除掉了企图往香港送情报的特务、军民共同抓获打信号枪的特务的故事。高歌的《一封恐吓信》写的是潜藏的反革命分子、"军统"特务陈通改名换姓,纠集残余的反革命分子,公开向日报社寄发恐吓信,妄图组织武装暴动,最终被赵科长带领的公安人员在人民群众的协助下抓获。高歌的《孤坟鬼影》讲述了一个潜伏在武夷山山区的反革命集团妄图武装暴动,而公安人员从一起"自杀"案件开始,发现了他们的行踪并与其展开生死较量,最后将这伙反革命分子全部抓获的故事。峻青的《水落石出》描写了解放战争时期,山东昌邑县的一个小庄子因有地主和国民党特务进行暗杀活动,导致群众发动不起来,政府造成很大损失,后来政府派来干部想办法将群众发动起来,最终肃清了反革命特务。朱丹西等的《猛河的黎明》写的是解放初期,人民公安部队依靠西南藏族猛河部落广大人民消残匪特务的故事。赵元瑜的《追踪》写的是一个暴风雨之夜中边防战士英勇机智地抓获一伙越境特务的故事。曹大徵、曹德徵的《"113号"烟头》写的是工厂保卫人员和公安人员根据特务遗留在两个现场的烟头破获敌特破坏案件、抓获特务分子的故事。张志民的《飞云港》讲述了在解放浙江东部海上大王岛前,国民党特务潜入岛对面的已被我军解放的飞云港,企图炸毁港口的设备与军用物资,公安人员在港口渔民的协助下,使特务一个个落网,大王岛也得到了解放。

  程小青的《大树村血案》写的是大树村生产合作社吕青云一家8口人被杀,公安人员经过侦察破获了这起反革命分子杀人破坏的案件。《她为什么被杀》讲述了一个曾被特务蒙骗和利用的姑娘被杀,而特务借此企图陷害无辜,结果被公安人员和群众识破和抓获。《生死关头》描写的是一个潜入大陆的特务,在警惕的人民面前感到处处危险,无法活动。同时他看到家乡的崭新变化和社会主义建设取得的成就,他改变了以往对大陆军民的看法,在亲人们的启发教育下,他向政府投案自首,交待了自己的罪恶,得到了宽大处理。《不断的警报》写的是混进农业生产合作社的反革命分子进行破坏,接二连三地毒死社内的耕牛,最后群众配合公安机关肃清了他们的故事。

这类作品还有闻开乾的《红色的生胶钢笔》、万忆萱与耿振印的《戴白手套的人》、高琨与时速的《谁是凶手》、叶一峰的《一件杀人案》、国翘的《一件积案》、史超的《黑眼圈的女人》与《擒匪记》、吕斌的《表的秘密》、张庐隐的《碎骨命案》、吕锐白的《生路》、季康与公浦的《边疆巡逻兵》、陆扬烈等的《连长的未婚妻》、苗歌的《遥远的乌卡》、洪潮等的《深山擒匪记》、郑蓝云的《阴谋》、林欣的《"赌国王后"牌软糖》、木林与寒星的《第四〇七号图纸》、吴源植的《金色的群山》、赵洪波的《未结束的战斗》、谷峪的《一个森林警察的笔记》、张大放的《千里围猎》、陶奔的《自投罗网》、张万林的《一个外来户》（通俗读物出版社出版此小说时名为《黑头火柴》）、董延寿的《狗熊的足迹》、叶吉的《戈壁狼》、李凤琪《夜闯珊瑚潭》、赵骛与萧鸣的《手电筒的秘密》、张明等的《海鸥岩》、张起的《移花接木》、赵洪波的《边防侦察参谋》、吴逸的《法网难逃》、吴桐的《插翅难逃》、尾山的《雨过天晴》、王保春的《水落石出》、张志民的《赵全一案件》，等等。

此外，在1956年前后，上海文化出版社曾相继出版了一批戏曲故事，其中有几部是反特和肃反故事，如《后方的前线》讲述了某城抓获美蒋特务的故事；《擦亮眼睛》描写了地主分子藏匿空降特务，妄图策应匪军登陆继而破坏合作化，最终被村党支部及时发现，特务被抓获，100多名登陆匪军被解放军全部消灭；《春暖花开》写的是华北某山区群众抓获破坏合作社生产的反革命分子的故事；《海滨激战》讲的是海边小镇边防军发现敌特潜伏电台，他们查获了隐藏在镇内的特务，并粉碎其登陆的阴谋。

下面我再介绍一些前苏联惊险反特小说的代表作品。

反特小说多反映一些特务、间谍利用各种方式、手段来刺探摄取军事秘密、国家机密、国家的重点建设计划、设计图纸等，采取爆炸、暗杀、破坏等恶劣手段，但其最终阴谋都不能得逞。如托曼的小说《在前线附近的车站》，小说的背景在苏联卫国战争时期，一个潜伏的德国间谍以铁路员工的身份为掩护，到前线的一个车站刺探苏军军事活动的情报，他的行迹被车站一个共青团员发现，报给了国家保卫机关，间谍受到了监视和迷惑，最终被擒获。他的《暗中发生的事情》讲述了前苏联某兵团在一次战役中突然发现德军事先探悉了苏军作战的意图，为了解德军是怎样获取的情报，兵团拟定了一个虚构的作战计划，苏军侦察员发现了敌人利用某种方法获取了兵团的工兵部队配合作战地图。经过严密的思考和分析，苏军最终破获了这起案件，抓获了躲在地窖里通过特殊的电线和灯泡来拍摄作战地图的两名潜伏德国间谍。他的《今天就要爆炸》描写了战后恢复建设时期，工兵少校沃耶沃金与保卫人员、人民群众密切配合，终于在城外水电部的水坝下清除了德国残匪埋下的定时炸弹。他的《被迫着陆》写的是二战期间，号称同盟军的美国虽然也参加反法西斯的对德战争，但却暗中勾结另一个同盟军英国秘密地对德国进行谈判，企图将德军的主力集中在东线，阻止苏军反攻，使英美能顺利地占领德国。书中着重描写了战争中的美国如何派遣间谍来刺探苏军的军事情报，揭露了其中的阴谋。还有《追踪幽魂》（也叫《追踪游魂》、《追捕怪影》），它讲述了前苏联侦察人员如何深入虎穴，追踪派遣特务"幽魂"，破获妄图盗窃苏军原子能情报的潜伏特务的故事。

费奥多罗夫的《坐标没有暴露》讲述了一个老牌特务以"推销员"的身份刺探国家国防工业和铁路新干线的地理坐标，并企图将情报送出境，外国也派来多名特务前来联络，但在保卫机关和人民群众的配合下，敌人的阴谋没有得逞。德鲁日宁的《"狼獾防区"的秘密》写的是二战结束后，新的战争狂人派潜特务潜入到苏军境内，妄图炸毁"狼獾防区"的地下秘室，但机智的苏军逮捕了全部特务，并揭开了"防区"真正的秘密。沙莫依洛夫等的《损兵折将》中包含2篇短篇反特小说，即沙莫依洛夫的《损兵折将》和乔尔维诺斯维托夫的《旧教堂的秘密》，前者写的是二战时，德军为挽救败局施展诡计，布下迷局，先后派遣3名特务，故意让前两个作为牺牲品来掩护剩下的特务进行破坏活动，苏军保卫人员识破了他们的诡计；后者写的是苏军侦察人员如何消灭隐藏在旧教堂中穿着苏军军服进行抢劫的匪军特务的故事。马纳斯德略夫等的《宁静的海岸边》也包含2篇反特小说，即马纳斯德略夫的《宁静的海岸边》和托曼的《"虎王号"坦克的秘密》，前者讲述了苏军抓获杀人及利用信号灯指示登陆的特务及其同伙的故事；后者讲述了苏军抓获妄图偷窃新型坦克的特种装甲钢样的特务的故事。

赛依宁的《将计就计》讲述了一个潜伏30年的德国间谍在发送情报时被其外孙女发现，他凶残地杀死外孙女，然后诬陷女教师。苏军保卫机关查得了事实真相并逮捕了他，然后派出一名侦察员代替他。德军占领此城市后，这个替身得到重用，苏军保卫机关由此查获了一大批潜伏特务。他的《军事秘密》讲述了二战时苏军某工程师设计了一种新武器，德国特务机关为窃取资料派出特务计划绑架工程师，但最终被一网打尽。他的《一个预审员的笔记》包括2部中短篇小说，即《一个预审员的笔记》和《特殊的任务》，前者写的是前苏联检察、司法机关依靠群众查获间谍和刑事犯罪分子，使正直无辜的人们恢复名誉的故事；后者写的是二战期间一名苏军军官设法打入敌军情报机关，而他多年没有音讯的未婚妻奉地下组织之命也在该处供职，他们都坚守保密原则，不暴露自己，完成了上级交给的特殊任务，彰显了其对祖国的忠诚。他的《天狼星计划》描写了二战前，德国情报机关为取得苏军发明的一种新式武器的秘密，不惜任何代价派遣特务窃取设计图纸，但最终没有如愿。

此类作品还有伊万尼柯娃的《无形的战斗》、罗森菲尔特的《海洋的秘密》、阿夫吉延柯的《山里的春天》、阿达莫夫的《驱魔记》与《形形色色的案件》、布良采夫的《秘密路》与《匪巢覆灭记》、奥尔洛夫的《一颗铜纽扣》、奥瓦洛夫的《一束红玫瑰花》、马特维也夫的《绿锁链》、斯图季特斯基的《黑色宝藏》、格拉切夫的《红湖的秘密》、李季斯塔诺夫的《绿宝石》、舒恩季克的《在遥远的北方》、卡苏莫夫等的《在遥远的海岸线上》、阿富捷因柯的《底萨河畔》（又名《蒂沙河上》、《提萨河上》）、戈洛索夫斯基的《一个肃反工作者的扎记》、泽姆利亚科夫等的《琥珀项链》、乔尔诺斯维托夫的《祖国的卫士》、阿尔达玛茨基的《危险的路》（又名《危险的航线》、《危险的旅途》、《危险的道路》）与《我是11-17号》、纳西波夫的《不可捉摸的人》、斯柯宾等的《奇怪的旅伴》、乔尔诺斯托夫的《蓝箭》、诺维柯夫的《两个与一个》、沙杜诺夫斯基的《陨星》、萨莫依诺夫与斯考尔比的《谍血藏奸》、斯坦纽克的《追踪能手》、阿鲁菲耶夫的《深雪》、史塔纽的《找敌人的脚印》、马克里雅尔斯基的《在滨海城中》、罗萨霍夫斯基等的《金刚石》（内含萨巴林的《透明的薄烟》）、葛里古利斯的《奇茹斯与特茹斯》、科科文的《白海边的斗争》、霍巴柯夫的《铜雀》与《短剑》、木古耶夫的《在宁静的小城中》、古诺的《蓝色的野猪》（又译《蓝野猪》）、柯罗捷耶夫的《红外线》、阿达巴舍夫等的《秘密一定被揭穿》、萨帕林等的《奇异的透明胶》、托曼的《好的印象》、乌斯宾斯基的《萤光屏——3》、萨莫依洛夫的《民警少校》，等等。

在前苏联的惊险反特小说中，《苏联边防军人的故事》是一本小说合集，首篇是前文提及的阿夫古延柯的《提萨河上》（又名《蒂沙河上》）。此外还有13部短篇小说，如《在火网下》、《松林静静》、《在鹰巢上》、《一串葡萄》、《信》、《落空》、《黎明之前》等。

在20世纪50年代至60年代初，我国各家出版社共出版了270多种反特、肃反侦探小说，以上仅是其中大部分，供读者参考。这些小说或故事集大多图文并茂，而且一些插图出自名家，图画的方式让人们更加理解故事内容，增加读者的阅读兴趣，深受人们喜爱。

1979年群众出版社曾出版了一部《肃反小说选》，书中选取了叶一峰的《一件杀人案件》、白桦的《无铃马帮》等8篇小说，这些小说基本都是50年代的作品，内容大多以反特、清匪为主。这类主题的小说在1996年群众出版社出版的《当代中国公安文学大系"神圣的使命"》和《当代中国公安文学大系"无铃的马帮"》中都可找到。2002年中国文联出版社出版的任翔选编的《20世纪中国侦探小说精选"谁是凶手"》中也选录了多篇。

在20世纪50年代至60年代初，还有一些以描写刑事案件为主线的侦探小说，这些小册子在社会上十分流行，尤其受到青少年的欢迎。这些小说对后来中国侦探小说的创作和发展起了一定的推动作用，"文革"中出现的一些手抄本也采用了这种写作模式。除一些出版社出版发行的单本小说外，一些杂志也刊登一些侦探小说，不过数量很少。半个多世纪过去了，当年留下的这类原创作品显得更为珍贵，有些因时代原因不可能再版，如《雨过天晴》、《黑头火柴》等。有些作品存世的已极少，有的甚至成了孤本，如1959年长安书店出版的《碎骨命案》采用发黑的草纸印刷，当时印量很大并在当年就有再版，共发几万册，但现在能保留下来的却很少，故显得很珍贵。还有1956年浙江人民出版社出版的赵元瑜的《追踪》、1955年山东人民出版社出版的赵鹜与萧鸣的《手电筒的秘密》、1960年抚顺人民出版社出版的二丁的《一具无名尸的秘密》，等等。一些翻译的前苏联的作品也保留得不多，如1959年江苏人民出版社出版的德鲁日宁的《狼獾防区的秘密》、1959广州文艺出版社出版的阿达巴舍夫的《52号地区》、1959年广东人民出版社出版的阿尔达玛茨基的《深入虎穴》、1958年长江文艺出版社出版的希巴诺夫的《真相大白》、1956年北京出版社出版的古罗的《蓝色的野猪》、1956年北京大众出版社出版的阿达巴舍夫的《秘密一定被揭穿》、1958年群众出版社出版的布良采夫的《蓝色的邮包》与米哈依洛夫的《生死关头》等，以及群众版的《血字的研究》、西南军区版的《红色的保险箱》等。上述作品现在都很难找到一版一印的版本了，这些珍惜的版本多为图文并茂的惊险反特小说，它不但有阅读欣赏价值，也有收藏研究价值。

第六章 侦探小说的"手抄本"

"手抄本"自古以来就有之,它属于民间文学,是一种特定时期、特定年代乃至特定环境下出现的一种文化形式。它代表一种特定的文化,是由于历史背景和环境的限制,在一定时期甚至不能公开的文本。但这种文化往往正是人们精神所需或一种畸形心理所产生的结果,或是为了猎奇,或是为了某种目的而进行的一种文化活动。这种产物往往又便于在民间传播,并有一定的影响力,有的已形成了口头文学。

在印刷术没有发明之前,手抄本曾是主流的文化传播方式,5000多年前就有人用芦苇笔写在荷草纸上。即使印刷术发展到一定程度,手抄本在我国也曾有流行的黄金时期,如明清时期曾出现过大量的民间手抄本小说,像《盗陵案》、《锦绣衣》、《海上花魅影》、《毛公案》、《于公案》、《刘公案》、《八贤传》、《双龙传》、《青龙传》、《满汉斗》等,而《红楼梦》最初就是以手抄本形式流传的。后来在"文革"时期,手抄本又达到一个小高峰。那时,由于文化的禁锢,被允许出版的文学作品很少,人们渴望得到各种文化的展示,故在民间流传一些新颖的故事,有些是历史故事,有些是现代传闻,有些是神话及民间传说,一些文学爱好者也创作了一批短小的新奇小说,形成了手抄本。这样,一大批手抄本小说在民间暗中流传,其中一批是以侦破案件和反特故事为内容的小说,它们虽然有些内容简单,甚至文学创作技巧低下,但令人耳目一新,深受众多读者欢迎,特别是青少年读者,从而一传再传,一抄再抄。同时越传越奇,本是简单的故事,却不断被添枝加叶,使故事内容变得越来越复杂了,从而也造就了一个成功的手抄本小说。如通过描写高级知识分子的情与爱来叙述知识分子对社会进步起的作用和爱国情怀为内容的手抄本小说《归来》,作者是张扬,此小说后来改名为《第二次握手》。这部小说一经出现便在社会上引起轰动,在书籍缺乏的年代,这样的小说当然最受青少年的欢迎,于是很多人都来寻觅这部小说,你抄完我抄,在社会上广泛流传。

在"文革"年代,各种小说的手抄本有300多种,描写各方面内容的都有,其中大部分为恐怖、惊险小说,还有一部分为侦探小说。尤其是侦探小说被人们所注重，一经出现越抄越多，越传越神。一些恐怖、惊险小说也以描述侦破案件为主线，可介入侦探小说的范畴之内。这些小说的特点多是引人入胜，充满恐怖、惊险的色彩，带有强烈的刺激性。如张宝瑞的恐怖小说，也可以说是间谍小说的《梅花党》，也叫《一只绣花鞋》，当时在社会上流行最广，仅手抄本就有十几种版本，其内容相似，但各自情节和人物也有不同。此小说于 1996 年 11 月由中国戏剧出版社正式出版，名为《梅花党》，封底上写道："一个神秘的梅花党组织，从梅花党成员的特异标志，到如花似玉的'三朵梅花'；从金陵魔窟之迷，到金三角的'爱情'；从一只绣花鞋、绿色尸体、太平间的秘密到三下江南……我国最高反间谍机关针锋相对、随机应变，展开跌宕起伏、险象环生的惊险故事。"2000 年 11 月大众文艺出版社又以《一只绣花鞋》的书名出版，字数有所增加，其封底这样写道："'文革'手抄本演绎梅花党的传说，陪伴着人们度过了难耐的文化饥荒；世纪末的修订本讲述绣花鞋的故事，让你欣赏国产恐怖文学的佳作经典；当夜深人静的时刻，你翻开了书，突然，门外传来了轻轻的脚步声……"它写出"文革"时期人们对文化的渴望和心理，也道出了这部小说的故事内涵。"文革"期间还有一部手抄本小说叫《叶飞三下江南》（也称为《三下南京》），这也是一部惊险的间谍小说，书中详细描写了叶飞三下江南出生入死，同各种敌人较量，最后终于粉碎了敌人要炸南京大桥的阴谋。由于是来自民间的手抄本，主角叶飞也有被传成或写成余飞、龙飞的。此书在 2001 年 7 月由延边人民出版社出版。在手抄本侦探小说中，还有一本叫作《银灰色的领带》，作者张建军，主要是以反特为内容，此书在 2002 年由民族出版社出版。

在"文革"期间社会上流行的手抄本中，反特侦探小说约占手抄本总数的大部分，如《无名牌手表》、《三〇九号房间》、《绿色尸体》、《一缕金黄色的长发》、《地下堡垒的覆灭》、《一百个美女的塑像》、《303 号房间的秘密》、《远东之花》、《金三角的秘密》、《三条人命案》、《零度病人》、《神秘的教堂》、《别墅魔影》、《卡车司机的自述》、《一个特殊的徽章》、《黑匣子的秘密》、《一把铜尺》、《阁楼鬼影》、《"黑牡丹"之谜》、《凶宅》、《阁楼的秘密》、《梅花图》、《三条人命案》、《别墅魔影》、《一块手表》、《一件奇案》、《一个绣花枕》、《一双绣花鞋》、《远东之花》、《303 号房间的秘密》、《十二张美人皮》、《九十九座雕像》、《火葬场的秘密》、《苏州河的秘密》、《金三角的秘密》、《太平间的电话》、《恐怖的脚步声》等。其中有些手抄本小说来自民国侦探小说或翻译小说，如 1976 年至 1977 年版本的手抄本《上海女盗》、《无头案》等。但绝大多数侦探小说的手抄本是受 20 年代和 60 年代初前苏联和中国的反特或间谍小说和电影的影响，主要内容一种是反映我国解放前后的反特剿匪斗争。另一种是反映"文革"期间重大政治事件和一些刑事案件，小说中的人物多为高层领导者及军方人物、公安人员、间谍特

务等；故事发生的地点多是南京、北京、上海、重庆，此外还有武汉、广州等。"文革"期间，基本没有出版社出版绝粹的侦探小说，即使出版了一些此类小说，也多是反特类或以阶级斗争为内容的破案小说，人们想看侦探小说正是要靠这些手抄本。2002年文化艺术出版社出版了由白士弘主编的《"文革"手抄本文存——暗流〈绿色尸体〉》一书，书中编录了《绿色尸体》、《三下江南》、《一缕金黄色的长发》、《地下堡垒的覆灭》、《一百个美女的塑像》、《303号房间的秘密》、《远东之花》计7部手抄本侦探小说。白先生历时12个月，遍访京城几十户人家，像淘金一样让无人问津的手抄本重见天日。从褪色的笔记本上，从压箱底的稿纸上，从耗子啃过的杂志堆中，他翻出这些手抄本，经过艰辛的努力，终将其编成一本有价值的书。在《梅花党》中有"绿色尸体"一章，此书编录的《绿色尸体》与《梅花党》中的"绿色尸体"是两回事，反映的故事内容也不一样，这是另一部民间流传的反特小说。其中《叶飞三下江南》由梁秋兰女士抄录，仅有27页，是一篇短篇小说，而延边出版社出版的《叶飞三下江南》是由赵慧兰和张宝瑞编著，共计116页，是一篇内容丰富而故事情节更加跌宕、惊险的中篇小说。在手抄本中也有的写为《龙飞三下江南》。

谈到《一只绣花鞋》，人们当然会想到另一本"文革"时期的手抄本反特惊险小说，那就是《一双绣花鞋》，其故事内容与《一只绣花鞋》有相似之处，但发生地点和故事人物及主要情节都有所不同。也许《一只绣花鞋》借鉴或参考了《一双绣花鞋》中的内容，或是两者都不相干，是以民间传说为主要依据，在此基础上的再创作。《一双绣花鞋》的作者是况浩文，50年代，况浩文曾在西南公安侦查处工作，参加了肃反工作，并经历了类似《一双绣花鞋》中的反特情节，由此诱发他创作的灵感。1958年他利用业余时间创作了侦探小说《在茫茫的夜色后面》，后更名《一双绣花鞋》。小说一开始就弥漫着浓厚的惊险、恐怖、神秘气氛。1963年完成3稿，1964年准备拍成电影，但正要着手时，"文化大革命"开始了。电影没拍成，况浩文因此小说遭到批斗。然而就在全国知识青年上山下乡和红卫兵大串联时，《一双绣花鞋》的手抄本却在全国形成一种地下文学潮，兴隆一时，并有20个版本之多。1979年，《红岩》发表了《在茫茫的夜色后面》，次年珠江电影制片厂把它拍成《雾都茫茫》；2002年8月，《一双绣花鞋》由重庆出版社正式出版。2003年拍成电视连续剧，但剧中主要人物和故事情节都做了改动。仅是林南轩这一角色与小说中的就是两个面孔，一个是国民党主要特务头子，一个变成了打入国民党内部的地下党。《梅花党》又名《一只绣花鞋》，后被改编成电视连续剧《梅花档案》。

这些手抄本的作者除上面提到张宝瑞等人，大多数是下乡知识青年及年轻的知识分子、中学或高中学生等。这些手抄本多是抄在笔记本或信纸上的，也有的抄在算草本或白纸等上。在"文革"年代，有的人曾因手抄本遭受人生的不幸，故多数手抄本没有作者姓名。

　　总的来看，手抄本的出现给"文革"时期的读者带来一种新奇的阅读感。当那些离奇的故事得以口头流传的时候，讲述人可以大肆渲染故事情节的离奇与恐怖，而手抄本通过故事的形式被人绘声绘色地讲述，远远比文字本身更加生动。庆幸的是后来这些手抄本有一部分得以在正规的出版社出版。我们在研究中国的侦探小说时不能忽视侦探小说手抄本这种特定时期的产物，特别是对一些手抄原本的关注和研究，以及同名手抄本侦探小说的不同抄本的比对研究，保护这些文化资源和原始档案。

第七章　少年儿童侦探小说

在侦探小说的大家族中，有一个小家族是不能忽视的，而且这个家族的读者群也是非常大的，他们的年龄一般是在 8 岁至 18 岁，这便是"少年儿童侦探小说"，简称少儿侦探小说。此类小说是一些作家根据少年儿童的智力和接受能力专门为其而写的侦探类小说，或是根据成人侦探小说改编成少儿版的侦探小说。这类小说书中的主人公多为少年儿童，他们多是以小侦探的角色出现，当然也有成人参加或有警察等司法人员出现。此类小说也有将成人的故事写给小读者，侦探主角是大人。小说带有童话的性质，除短篇小说外，多是 4 万至 6 万字的中篇小说，个别也有长一些的。小说中的语言多为少年儿童语言，符合他们的心理和思维现状。小说除描写一些案件或犯罪外，多展示少年儿童的智慧，并带有一定的知识性和警示性，虽然有些情节比较简单，但故事性也是很强的，加之图文并茂，对一些少年儿童有着很强的吸引力。一部好的少儿侦探小说对一些小读者的教育作用和影响力很大。这些侦探小说多由一些少年儿童出版社编辑出版，近些年由于经济的发展和图书市场的竞争，很多出版社也出版了一些少儿侦探小说。

少儿侦探小说按其内容主要分为惊险侦探小说、悬念侦探小说、校园侦探小说、智慧解谜型侦探小说、科学探案侦探小说、科幻侦探小说等。此外还包括为少年儿童创作出版的反特、间谍小说。

早期的少儿侦探小说可追溯到民国时期，但初步展示一些成果还是在新中国成立后，多是以反特剿匪和与坏人做斗争为主要内容，虽然有些翻译作品，但并不多。如 1954 年少年儿童出版社出版的柯蓝著的《雾海枪声》，就是适合于少年儿童阅读的反特侦探小说。书中歌颂了守卫海岛上的中国人民海军战士为保卫祖国国防，机智勇敢地抓获潜入海岛上的一伙特务的故事。1956 年少儿出版社出版了张大放的反特小说《千里围猎》，1957 年又出版了季康、公浦的《边疆巡逻兵》。这些都是描写公安人员或边防军反特的故事。1958 年少儿出版社出版了谭次民的反特小说《龙珠岛遇险记》等，春风文艺出版社也出版了《龙珠岛遇险记》，这是一本讲述由少年儿童发现特务的故事的小说。1958 年中国少儿出版社出版了杨旭等著的《台湾来的渔船》。1956 年儿童读物出版社出版了《数字的秘密》，1956年广东人民出版社出版了《边疆的春天》，其中的几篇中短篇小说是与少年儿童有关的反特故事。翻译作品有1955年上海出版公司出版的美国作家马克·吐温的侦探小说《汤姆·莎耶侦探案》，主要展示了汤姆的机智勇敢，1956年新文艺出版社也出版了同名作品。1956年儿童读物出版社出版了前苏联史塔纽克的《找敌人的脚钱》，1955年少儿出版社出版了前苏联柯柯文的小说《白海边的斗争》等。

少儿侦探小说在我国较为兴隆的时期是20世纪80年代至90年代初，然而出版少儿侦探小说的高峰期应该是90年代末至今。

如1981年少年儿童出版社出版的邬盛林著的《军用皮包的下落》，描写两位少年同暗藏的特务作斗争、保护军事秘密文件的故事。1983年出版的丁阿虎著的《蓝鲸号偷盗案》，描写了学生同盗窃分子作斗争、破获盗窃案的故事。1985年出版的林振生的《金刚石疑案》，描写少年儿童兵兵在地质队员的帮助下查获盗窃金刚石案犯的故事。1985年中国少年儿童出版社出版的李毓佩著的《爱克斯探长》是一本很有趣的数学侦探小说，作者以巧妙的构思把数学题目穿插在引人入胜的侦破故事之中，通过解答一道道数学题侦破一起起案件。1981年河南人民出版社出版了马歌今的儿童侦探小说《古庙怪影》，书中描写了几名少先队员在老师的帮助下抓获盗宝贼的故事。1981年河南人民出版社出版的黄修纪的《小甲虫破案记》，写的是4名少年为保护国家财产同坏人斗争的故事。此外，还有严霞峰的少儿童话侦探小说《大侦探鼻特灵》、杨红樱的《神犬探长和青蛙博士》、郑渊洁的少儿童话小说《大侦探乔麦皮》等。

20世纪80年代我国翻译了很多少儿侦探小说，如1981年四川少年儿童出版社出版了一套6本的阿拉伯少年惊险小说选，它们是埃及马罕茂德·萨里姆的《恐怖的城堡》、《水獭的秘密》、《偷太阳的人》、《夜半火车》、《北极贼》和埃及胡达·舍拉高维的《珊瑚岛的秘密》。1986年该出版社又出版了一套马罕茂德·萨里姆的《沉艇之谜》上下册、《古墓的枪声》、《湖畔的夜晚》、《"鲨鱼"七号行动》等少年侦探小说。此外，1984年世界知识出版社出版的萨里姆著的《无名潜艇的秘密》，也是一本适合少年儿童读的惊险侦探小说。萨里姆和舍拉高雄两位作家为青少年写了几十部惊险侦探小说，前者的系列惊险小说《十三个小魔鬼》就有50多本，后者以各种"秘密"命名的中短小说有很多。西德埃·克斯特纳著有儿童侦探小说《埃米尔捕盗记》，小说描写一个叫埃米尔的小学生在去柏林的火车上打瞌睡，醒来发现身上带的钱被人偷走，但他并不灰心，跟踪盗贼，不怕困难，到柏林后在一些小朋友、银行工作人员和警察的帮助下终于抓获盗贼。1980年3月，中国少年儿童出版社出版了由英国埃特伍德改写的《埃米尔捕盗记》。1984年湖南儿童出版社出版了瑞典阿·林格伦的《大侦探小卡莱》，

内含《大侦探小卡莱》、《大侦探小卡莱新冒险记》、《大侦探小卡莱和小不点儿》3部中篇小说。第一部写小卡莱破获抢劫团伙的案件,第二部写小卡莱协助警察抓获杀人犯的故事,第三部写小卡莱协助警察粉碎特务绑架科学家父子、妄图窃取国家机密的阴谋。小说着重描写了以小卡莱为首的一群少年儿童机智勇敢、团结友爱的精神。盖尔曼·伊万诺维奇·马特维也夫是前苏联的著名儿童文学作家,20世纪30年代就开始文学创作,写过大量的少儿侦探小说,1945年出版了少儿侦探小说《绿锁链》,1948年出版了《秘密的战斗》,我国在50年代就翻译出版了这2本书,20世纪80年代初又翻译出版了他的少儿侦探小说《毒蜘蛛》。1992年辽宁少年儿童出版社出版了英国艾尼德·布莱顿著的中篇少年侦探小说《古堡探险》,书中描写几名放暑假的孩子到古堡探险时所经历的惊险和发现。1956年少年儿童出版社出版了前苏联弗拉耶尔曼的《间谍》,书中描写了一个朝鲜族男孩和一个俄罗斯女孩共同协助边防军抓获一个伪装成麻风病人的日本间谍的故事。前苏联作家阿·纳·雷巴柯夫写了多部有关少年儿童的惊险反特及侦破小说,50年代我国翻译了他的少儿侦探小说《短剑》、《铜雀》,80年代翻译出版了《阿尔巴特街的枪声》以及《克罗什历险记》等。1982年少儿出版社出版了英美少年儿童惊险小说集《荒岛擒魔》,共有5篇小说,大多是描写一些青少年英勇机智地同国际间谍、盗窃分子、走私犯等斗争的故事。1980年吉林人民出版社出版了前苏联阿·盖达尔的《在伯爵的废墟上》,书中描写了3名少年儿童配合警察抓获潜回庄园来盗窃财宝的伯爵的故事。1990年上海译文出版社出版了德国埃尼德·布莱顿的"五个小侦探"系列少儿侦探小说《空房子的秘密》等。

近些年来,少儿侦探小说越来越被一些作家重视,无论是翻译作品还是原创作品都越来越多,而且很多是系列性的,有的一出就是一套多本,有的竟达一套20多本。下面是1999年至今一些出版社出版的少儿侦探小说,仅是部分作品,就可见成果是极佳的。

1999年,中国少儿出版社、湖南少儿出版社相继推出多种系列性少儿侦探小说,其中绝大多数作品为翻译作品,曾在一些小读者中影响很大。如中国少儿出版社出版的德国亨克尔·魏德霍费尔的少儿悬念侦探小说《疯狂的画家》、《足球歹徒》、《钻石走私犯》、《棺材的秘密》、《幕后的影子人》、《肮脏的交易》、《有毒的水》、《幽灵城市》等,德国安德烈·马克斯的悬念侦探小说《老宅闹鬼记》、《魔鬼的音乐》、《空空如也的墓穴》、《追踪乌鸦大盗》等,德国安德列·明宁格的悬念侦探小说《虚空来声》、《罪恶的纸牌》等。1999年湖南少儿出版社出版了德国沃夫冈·埃克的少儿侦探小说《带黑色哈巴狗的夫人》、《隐形人》、《白乌鸦的秘密》、《"手"行动》、《海岛上的虚风帽》等。1999年北京少年儿童出版社相继出版了德国斯蒂芬·沃尔夫的《火魔降临》、《浴场上空的飞碟》、《马戏团里的警报》、《中国花瓶的秘密》、《女巫追杀案》、《伪钞制造者》、《9a班的恐吓事件》、《追踪盗画人》、《沼泽中的空墓穴》、《骑摩托的幽灵》、《谁是绑匪》、《猎岛大盗》、《骷髅头》、《别墅之谜》、《夏令营历险记》、《邪教的末日》、《埃及小神像》、《魔鬼森林》、《奇异的邮票》、《龙洞里的珍宝》等20本少儿侦探小说。此外还有我国郭景峰的《古墓鬼影》、黄春华的《神秘的大胡子》、李治中的《智钓"偷心"贼》、阿东的《追踪绿裙子》、杨远新的《孤胆邱克》等。2002年北方女儿童出版社曾出版了李也等的"少年系列侦探小说"多种。而近年由浙江少儿出版社出版的奥地利托马斯·布热齐纳著的冒险小虎队全集，有《捉拿隐身大盗》、《孤岛紧急呼救》等冒险小说，曾引起非常多的小读者热衷，而从1999年开始出版的雷欧幻像的《查理九世》，到近期已出版了20种，更是令小读者着迷。而在《查理九世》热销全国时，一批批借鉴《查理九世》或仿照其内容装饰的少年侦探小说也被大量创作出版。2007年同心出版社出版了张韧所创作的少儿侦探小说系列《大宇神秘惊奇》，包括25本50个侦探故事。2009年福建少儿出版社出版了许方的少儿侦探小说《死亡岛之谜》、《山村雨夜惊魂》等。2002年以来，吉林、延边、内蒙古、北岳等多家出版社相继出版了日本青山刚昌的《柯南探案》小说，加之后期"柯南探案"动画片的播出和漫画图书的出版，在中国少年儿童中引起很大的轰动。少年侦探柯南形象一直受众多少年儿童欢迎，本人为此特收藏了2002年延边大学出版社出版的由李群编著的《柯南探案》共8卷。而群众出版社自2001年以来出版几十种少儿侦探小说，如2001年出版了由陈建功主编的"少年侦探易拉明科学探案系列"少儿侦探小说，其中有我国著名作家冯苓植的《神秘的乔吉尔喇嘛的念珠》、小爱的《神秘的山谷》、澄清的《神秘的夜行人》、谈歌的《神秘的脚步声》、石桥的《神秘的草房子》、蓝玛的《神秘的古镜》、何玉茹的《神秘的男孩》、耿晓星的《神秘的"万寿"邮票》、关仁山的《神秘的死亡》计9本。2002年到2006年间出版了德国多本少儿侦探小说，如《小玫瑰》、《可爱的小马》、《金币不翼而飞》、《魔鬼宫殿》、《假日小侦探》、《鸡窝里的幽灵》、《海滩怪案》、《惊险旅行》、《班级大盗》、《午夜追踪》等。2000年至2011年，中国少年儿童出版社相继出版了杨老黑的少年系列侦探小说，其中有《少年大解救》、《地器之谜》、《飞龙火警》、《第八探组》、《网络小神探》、《佛光镇的秘密》、《牛蹄窝的秘密》等。2010年福建少儿出版社出版了王勇英的科幻少年侦探小说《恐怖的机器人》等。2011年南京出版社出版了德国伍尔夫·布兰克的"问号小侦探"系列少儿侦探小说《魔法城堡》、《身陷魔咒》等。2011年外语教学与研究出版社出版了一套"少年侦探破案现场"少儿类侦探小说，有《蒋门神侦探社》、《推理之惑》、《科学怪怪案》、《校园大冒险》。2012年凤凰出版社出版了一套绿蒂的侦探冒险小说《少年波洛侦探集》多集。

近些年来，少儿侦探小说作家越来越多了，有的是名作家或著名侦探小说作家，如中国的冯苓植、蓝玛、杨远新等，日本的江户川乱步、横沟正史、赤川次朗等都写过此类小说。而创作少儿侦探小说的队伍中更多的是新作者，成功地塑造了一批中国的侦探。但是，从我国的少儿侦探小说出版情况看，还是译作多一些，而且多是欧美的作家，有的是专业儿童作家所创作的系列少儿侦探小说，如美国作家克里斯多弗·戈尔登，他塑造了一个青少年侦探婕娜，并出版了以婕娜·布莱克为主角的历险系列侦探小说。这个系列的作品有《谁是盗心者》、《"伊波拉"在行动》、《变色风波》、《奇怪的案犯》等。在当今德国涌现出一批中短篇儿童侦探小说的作家群，除前面介绍的一些作品外，群众出版社出版的"儿童侦探"小说中的作者还有古都拉·科恩、迪尔克、罗登堡、朱丽亚·弗默德、克里斯丁·里纳、芭芭拉·温德肯、乔斯特·鲍姆、瓦格纳等。他们的作品有《魔鬼宫殿》、《库尼伯特失踪之谜》、《金币不翼而飞》、《神秘宝藏》等。德国的乌泽尔·舍夫勒著有多部儿童侦探小说，如《古堡里的幽灵》、《互联网上的大搜捕》、《缉捕非洲偷猎者》、《失踪的密西西比河》、《"金龙"在行动》等。德国的米莱娜·拜雪著有儿童侦探小说《被禁的神庙》，德国的瑞妮·郝勒著有儿童侦探小说《校园绑架案》，德国的因萨·鲍尔著有儿童侦探小说《古堡之谜》，都深受青少年读者欢迎。

虽然现在为孩子们出版的读物非常多，但少儿侦探小说相对非常少，尤其是我国本土的作品。我们应有更多的作家关注少儿侦探小说的创作，关心少年儿童的成长，积极为他们提供精神食粮，通过少儿侦探小说引导他们从小就坚持正义感，爱憎分明，提高他们辨别是非的能力和增强法律意识，培养他们从小遵纪守法，提高自我防范能力。小说应该有现实意义、时代意义及教育意义，杜绝过分的凶杀、暴力、过于恐怖以及封建迷信、淫秽等不健康的内容出现，要出好作品、出精品。

第八章　间谍小说

间谍小说，属于侦探小说的一个支流，也可称为侦探小说中产生的第二个派生物。我们在阅读侦探小说的过程中，有时也会发现书中会描写一些间谍、特务、情报人员以及特工人员，也有作案过程和破案工作，这就说明，读者看的是一本侦探小说，也是一本间谍小说。所以，我们在研究侦探小说的过程中也必然要研究间谍小说。虽然间谍小说属侦探小说的范畴，但又区别于纯粹的侦探小说。下面就何为间谍小说、它的起源和发展、它与侦探小说的区别等问题作一些粗浅的探讨。

一、何为间谍小说

简单地说，凡是以重点描写间谍（特务）活动为主线或以反映侦破间谍（特务）活动以及情报工作为主要内容的小说，都可称为间谍小说。间谍小说很多反映重要历史事件、历史人物、战争场面，以谍报人员或情报部门的活动为主线，多为窃取国家机密、军事或科技情报为目的，从而展示国与国、人与人、民族与民族之间的矛盾冲突。

间谍，自古有之，也称密探，还有的叫特务或谍报员、情报人员，以探听消息和窃取文图、信息、情报资料等为主要工作目标。他们是社会的必然产物，多以某种合法身份或隐藏真实身份，潜伏或活动于一定区域，为个人或某组织、某国家从事窃取情报及各种机密。他们多以窃取各种情报、国家机密为主要活动内容。各种情报包括政治情报、军事情报、科技情报、经济情报、工商业情报等；国家机密，指不宜公开的涉及国家利益的各种机密，如重大事件、将要进行的人事安排、重大行动、战略部署、有关政策等。间谍为达到目的而采取破坏、谋杀、爆炸、投毒等各种手段，来破坏某一重要目标和设施。有的以假乱真，转移视线；有的不择手段，制造恐怖和各种暴力案件。但是，绝大多数间谍是在隐蔽活动，有的潜伏多年就是为了实现一个目的或一个计划，关键时刻才显露真正的身份。侦破间谍案件也是件难事，各个国家都为此付出了很大的代价。侦破间谍

的人可以是国家的专门机关,如国家安全部门、公安部门,也可是军事部门,如军事情报部门、军事保密部门、军事侦察部门、反间谍部门等,也有个人的行为。所以,只要以间谍、情报、特工人员展开的活动为主要内容的小说都可以称为间谍小说。

二、间谍小说与侦探小说的比较

　　侦探小说,总是这种模式:发案,侦探去破案,经过各种艰难险阻,运用各种技能,拨开层层迷雾,最终使案件真相大白。发案,多为各种刑事案件,其中有案中案、系列案、积案、隐案、悬案、谜案、假案等。侦探有私人侦探,也有警察、检察官、军队侦察人员、行业涉案人员等。侦探可以是一人,也可以是多人,有专业的,有兼职的,也有业余的。破案的各种技能指调查取证、判断分析、逻辑推理、科技手段加之各种艰辛的实际工作。破案往往要斗智斗勇,有的险象环生、惊心动魄,有的扑朔迷离、扣人心弦,有的情仇交结、感人肺腑。其中不免也穿插情与爱、家庭与社会、金钱与权力、法律与制度、伦理与道德等问题。侦探小说是通过布局来解谜,让人们最终知道事情的结果或结局。间谍小说虽然也具备侦探小说的一些特点,但有自己的独到之处,而且是纯粹的侦探小说不可能都有的,那就是它不仅仅反映侦探内容,有的间谍小说还是个人回忆录或自传,有的案件仅有间谍工作情况而最后也没被人查破,直到自己公开才揭示于众。间谍小说反映的不仅是间谍,还有反间谍人员。间谍包括双重间谍和多重间谍,反间谍人员有国家安全部门或公安部门,也有情报部门和专门的反间谍机构,还有的是军事部门。间谍多以窃取情报为目的,间谍小说正是围绕窃取情报和如何侦破窃取情报的案件、查获间谍人员为中心线索而展开的。侦探小说经过调查得出结果,是求知谁是真正的作案人,作案人属反面人物。而间谍小说查得的结果是谁是真正的间谍,此人不一定是反面人物,也许是民族英雄或国家功臣。很多间谍都是以合法的、居于重职的身份出现。侦探小说注重对案件的调查,间谍小说注重对人的调查。侦探小说多围绕各种凶杀、抢劫、放火等严重犯罪的有形案件来展示小说内容,涉及人身利益和小范围的利益,作案动机多是为了私欲。而间谍小说多、围绕窃取、输出国家机密情报来展示内容,窃取情报可以取得实物,也可以不获取实物,如复制、拍照、记录、记忆、制成密码等;输出可以是由人送往,也可以通过电话、电报、计算机等密码传播,这些都属无形的资产,涉及的是国家和民族的利益。从作案动机和目的上看,有些是处于某种威胁,属不得已;有些是为金钱和美女的诱惑,而损害国家利益;有些是为了本国或他国的利益,出于政治目的,两者作案动机不一样。曹正文所著《世界侦探小说史略》中说道:"如果侦探小说罪犯的作案动机是出于个人的贪欲,那么间谍作案是为了国家与民族,侦探的动机也是为了国家和民族,这种斗争的舞台更为广阔,情节也更为惊险与复杂。从侦探小说演化出来的间谍小说,是20世纪现实生活中的间谍斗争在文学舞台上的反映。"1999年《啄木鸟》第五期上程盘铭所著《侦探小说的定型、定位及定义》中说侦探小说"与间谍小说——两者主角负有发掘机密、找出事实、使用手段、达成目标的任务相同,一为侦探,一为间谍;目的不同,一为国内的法律执行,一为国际间政治和军事的斗争;使用的手段不同,一用推理思考,一用行动发挥。这是侦探小说与间谍小说最大的不同之处。"

三、间谍与间谍小说的起源

间谍,作为一种职业,几千年前就有。在文学上的描写,比较早的可见《孙子兵法·用间篇》,其中说道:"故用间有五:有因间、有内间、有反间、有死间、有生间。五间俱起,莫知其道,是谓神纪,人君之宝也。"五种间谍不用解释,后四句话是说五种间谍同时都使用起来,使敌人摸不到我用间的规律,这就是神妙的纲纪,是国君胜敌的法宝。《用间篇》最后说:"昔殷之兴也,伊挚在夏;周之兴也,吕牙在殷。故惟明君贤将能以上智为间者,必成大功。此兵之要,三军之所恃而动也。"意思是说,从前商朝的兴起,是了解了夏朝的内情;周朝的兴起,是因为姜尚曾经在殷,了解商朝的内情。所以明智的国君与贤能的将帅能用高超智慧的人做间谍,一定能建树大功。这是用兵重要的一着,整个军队要靠它来决定军事行动的。从此我们可以看到,在春秋战国时期人们就知道了利用间谍的重要性,特别是在战争或夺取政权上。在西方,古埃及和古罗马时期就有使用间谍的记录。中世纪时,欧洲国家使用间谍较为普遍。18世纪60年代,英国出现了工业革命。为了取得领先的纺织技术,一些国家纷纷派出间谍到英国窃取此项技术,英国虽然加强防备,此项技术还是被美国的山姆·斯奈德借参观的机会偷偷画了工厂的蓝图而窃走。回国后建了美国第一家先进的纺织厂,成为与英国竞争的强大对手。然而,间谍真正的兴起应始于一战,发展于二战。二战期间,战争双方的谍报与反谍报活动极为惊心动魄。很多战役的成功都来自准确的情报,一些重要及绝密的情报被窃,也导致一些战争国惨遭失败。在二战期间,希特勒的第三帝国将间谍遍布世界各地,在德国国内就有20个情报组织,如人们比较熟悉的被称为"阿勃韦尔"的德国军情报局、党卫军,被称为"盖世太保"的国家秘密警察、保安警察等。冷战后的50年代至80年代,一些大国间的间谍战仍然很激烈,直至今天,间谍仍出现在一些国家。高科技为间谍活动提

供了方便，作案手段越来越高明，窃取传送情报的手段也越来越神秘，发现间谍活动越来越难。当今社会，除了政治、军事间谍外，经济间谍很盛行，各类非法获取商业秘密的案件屡见不鲜，间谍窃密的手段花样翻新、千变万化。中国国际广播出版社曾出版一本名为《神秘的间谍世界》一书，书中从偷武器的间谍讲到电子间谍以及间谍工具、间谍情报机构等，从中我们可以全面了解间谍及其作用。《世界著名间谍案》一书的前言说："要想准确地评价间谍和间谍活动在政治、军事和经济各个领域中所起的作用，是件很困难的事情，但是，它所起的作用之大却是不容置疑的。"

世界上最早的间谍小说应算美国作家詹姆斯·费里莫·库珀的《间谍》，此书在我国翻译成《密探》或《哈尔维·彪奇》。它发表于1821年，比爱伦·坡的《莫格街凶杀案》还早20年。《间谍》一书塑造了一个间谍的形象，所以被称为间谍小说。但严格地讲，它不能算一部纯粹的间谍小说，而称为一部历史题材的小说更恰当些。1885年，美国的亨利·詹姆斯推出了《卡萨梅希玛公主》，其内容牵涉到国际阴谋与政治谋杀的情节，有间谍的内容，但也不能说是纯粹的间谍小说。那么，世界上哪一部小说是最早的间谍小说呢？当属英国的欧斯金·查尔德斯的《沙漠之谜》（后译为《沙岸之谜》），它发表于1903年，写的是一战前英国外交部官员卡拉瑟斯应好友戴维斯的邀请，前往德国北部的沙滨海岸度假。为了适应船上的生活，卡拉瑟斯开始练习驾驶帆船的技巧，就在他刚刚适应航海生活时，他们深入了德军海防线，跟德国间谍不期而遇。原来戴维斯预谋已久，他约卡拉瑟斯来德国并不是为了度假，而是为了调查一个德国人意图谋杀自己的真相。调查中他们察觉到，在德国偏远的波罗的海岸，似乎隐藏着一个巨大的阴谋。他们明察暗访，与德国间谍斗智斗勇，终于发现了德国人秘密建造军事基地、策划进攻英国的企图。出于爱国之心，他们冲破德国间谍的重重阻挠，主动干起了侦破这项计划的间谍工作，并将此情报报告给英国，使英国免遭一场浩劫。此小说被誉为开启了间谍小说之先河。看来，侦探小说的鼻祖在美国，而间谍小说的鼻祖在英国。所以英美的间谍小说发展很快，间谍小说作家及出版的小说都占优势，排在各国之前。

四、世界间谍小说发展概况

1915年，英国人约翰·布坎写出了一部名为《三十九级台阶》的小说，作品描写从南非回英国的青年汉奈无意中卷入一场惊心动魄的间谍事件，最后经过斗智斗勇，粉碎了间谍们的重大阴谋的故事。小说一发表就很轰动，后被世界悬念大师希区·柯克搬上电影舞台。按文体归类，人们将《三十九级台阶》归为侦探小说，但更为准确地说应归为间谍小说，因为它以一种独特的写作方式开创了间谍小说的惊险性。

1920年，曾为英国海军的英国小说家萨珀写出了《猛犬特鲁蒙德》，后被称为浪漫主义的间谍小说。1927年，英国小说家毛姆写出了间谍小说《秘密情报员》，其中借用了布坎的写法。毛姆精通英、法、德三国语言，一战中曾当过间谍，他将国际间的间谍术在小说中生动展示，作品中充满悬念与格斗场面，情节惊险，加之优美的文笔，让人耳目一新，被人称之为现实主义的间谍小说。1932年，美国作家弗朗西斯·梅森写出了间谍小说《间谍谋杀案》，1935年又写出了《布达佩斯广场谋杀案》，在美国影响一时。1936年，美国作家约翰·马昆德创作了《没有英雄》，这是一本以日本间谍本涛为主人公的间谍小说。此后马昆德以每年一本的速度，到1938年出版了4本以本涛的为主角间谍小说，1942年和1957年又相继写出2本此类间谍小说，成为一组系列性的小说。二战后，欧美出现众多的间谍小说作家，是战争、情报与间谍推动了间谍小说的发展。以至后来的一些作家在写间谍小说时多以二战为背景，将那时的一些事件写成小说。后来也诞生了重点描写美国中央情报局和苏联克格勃的小说。在英美的间谍小说史上，美国的查尔斯·麦卡里曾是美国中央情报局人员，并写过多部间谍小说，主要作品有《迈尔尼克档案材料》、《秋天的眼泪》等。

50年代期间，我国翻译了大量的苏联间谍小说，如费奥多罗夫的《坐标没有暴露》、托曼的《前线附近的车站》、阿列夫耶夫等的《红色保险箱》、米哈依洛夫的《冒名顶替》、赛依宁的《军事秘密》、格利欣与诺尔梅特等的记实间谍小说《树叶落了》、亚莱菲也夫的《打靶场上的秘密》、泽姆利亚科夫的《琥珀项链》、依古洛夫的《遗失的一封信》、阿尔达玛茨基的《危险的路》、葛里古利斯的《奇茹斯与特茹斯》等。间谍特务的作案方法无孔不入，他们利用一切条件和手段来作案，有些是人们难以想到或难以察觉的。如《打靶场上的秘密》中，清道夫是个特务，他的眼睛有一只是假眼睛，而假眼睛原来是照相机；《琥珀项链》中，特务将烈性炸药藏在项链的一颗珠子内；《遗失的一封信》中，战士瓦尼亚不小心丢失了一封给他在军工厂哥哥的信，却被特务捡到，从信中的一句"你们制造的东西，我们已经收到了"，特务查到了新坦克的秘密。《金刚石》中的女特务采取了冒名顶替的方法，来冒充工程师十五失踪的妻子盗取情报。1960年，我国翻译出版了前苏联奥瓦洛夫的间谍小说《一颗铜纽扣》，该小说叙述了在1941年苏卫国战争期间，苏联军官马卡罗夫少校在意想不到的情况下，受到了国际间谍组织的包围，他被一个女间谍射伤、控制后，冒名顶替一名已被杀害的英国间谍头子。马卡罗夫经过艰辛的斗争，在苏军统帅部的指挥下，将计就计，

打入敌人内部，不仅查获了英国在加里的间谍网，而且在当地游击队的配合下捕获了女间谍，救出了被扣留的苏联儿童。

　　1978年以后，我国又翻译出版了一些前苏联的间谍小说，如鲍戈莫洛夫的《涅曼案件》（又名《四四年八月》）、金罗曼的《特殊使命的间谍》、谢苗诺夫的《莫斯科的谍影》、普鲁德尼科夫的《凤凰行动》、科罗利科夫的《间谍——左格尔》、亚历山德罗夫的《洛桑别墅》、克洛索夫的《情报官与女郎》、祖博夫等的《五十行字的秘密》、米哈伊利克的《间谍与女郎》、亚阿夫捷因柯的《蒂沙河上》等。这期间，美国作家狄金与斯多利也写了一本关于间谍左格尔的间谍小说，名为《左格尔案件》，该书叙述了二战期间苏联谍报人员左格尔打入德国驻日本使馆，以纳粹党员和德国记者的身份建立了谍报网，成功地为苏联反法西斯斗争立下了不朽的功勋。1941年，左格尔的间谍组织被破译，这一事件引起日本政府的危机，导致近卫内阁倒台。左格尔间谍案被认为是第二次世界大战期间六大成功间谍案之一。其他五大成功的间谍案是英国秘密情报局驻荷兰特务贝斯特和史蒂文斯案、美国的辛西娅为德国当间谍案、双重间谍塔特案、苏联克格勃间谍斯塔申斯基案、英国的瓦萨尔为苏联充当间谍案。1984年我国又出版了前苏联格奥尔基·布良采夫在20世纪50年代写的肃反小说《如履薄冰》。1995年，春风文艺出版社推出了7种10本的前苏联惊险小说，基本都是间谍小说，如列夫·奥瓦洛夫的《一颗铜纽扣》、弗·阿尔达马茨基的《我是11—17号》、阿富捷因柯的《底萨河畔》、布良采夫的《秘密路》、阿夫吉延柯的《山里的春天》等。此外，纳西波夫的《易北河畔的秘密》、弗莱利赫曼的《章鱼的触角》、谢苗诺夫的《春天的第十七个瞬间》和《旋风少校》等也很有名。

　　从整体角度看，欧美间谍小说依旧占有主流优势。英国勒卡雷写了大量的间谍小说，如《寒风孤影》、《伦敦谍影》、《危险的角色》、《巴拿马裁缝》等，多部小说被搬上银幕，被誉为20世纪世界上最伟大的间谍小说大师。英国的奥尔布里也是一位间谍小说大师，他的主要作品有《雪球》、《不惜代价》、《假总统的秘密》、《敌人的选择》、《莫斯科的赌注》、《谍恋》等。英国希金斯也写了很多间谍小说，如《鹰从天降》、《刺客、玫瑰与女首相》、《上帝建造的最后一个地方》、《残酷的年代》、《死亡与祈祷》、《面对魔鬼》等。在他的小说中，最著名的作品是《鹰从天降》，这部间谍小说后来被拍成了电影。小说内容曲折，情节紧张，人物生动，也带有人性的味道，读后值得回味。他还有一部《面对魔鬼》的间谍小说更为精彩，小说中穿插了对人性的描写和爱情的纠缠，故事的结局出人意料，更发人深省。英国哈里斯的《出巢"狐狸"》可谓惊险刺激。英国的弗雷德里克·福赛斯写了几本类似间谍又可算作侦探小说的小说，有的可称为政治间谍小说，如《豺狼的日子》（也叫《职业刺客》）、《敖尔萨档案》、《魔鬼的选择》、《第四份协定书》等。英国福莱特著有《针眼》、《蝴蝶梦之谜》、《间谍·情敌》、《双谍争艳》等。英国较为有名的间谍小说还有霍恩的《谍网鸳盟》、富尔特的《荒岛谍恋》、麦西尼斯的《驻外间谍》、托马斯的《末日计划》与《猎狼行动》、阿切尔的《圣像的蜜蜜》、蒙塔古的《超级机密》、梅克茵的《布港谍影》、弗里曼特尔的《叛徒之门》、里德的《露茜行动》、马斯特曼的《两面间谍》、希尔的《超级间谍》、查普曼·平彻的《在嫌疑者名单上》、巴格利的《冰岛迷雾》、福布斯的《无休息止的秘密角逐》、戈登的《恐怖的"修女十号"》等。

在众多的间谍小说中，美国作家的作品是较多的，近些年我国出版的有范林特的《蓝图》、罗伯逊的《群魔夜总会》、柯林斯的《坠落》、贾宾的《蛇之足》、福布斯的《大西洋快车》、艾明的《谍色争风》、约翰·李的《第9名间谍》、玛克英娜的《生死线上》、哈奇的《黑弹》、怀斯的《情报局的儿戏》、尤利斯的《神秘的蜂鸟》与《黄玉》、麦克英尼斯的《恐怖的前奏》与《镜中像》、马克斯坦的《结束潜伏》、科恩的《两面人》、卡罗尔的《家族交易》（《情债谍女》）、布克雷的《鳄鱼行动》、海曼的《白宫女谍》、史蒂文的《以色列间谍大师》、夏普的《向日葵行动》与《总统女儿蒙难记》、特里力尼恩的《裸杀》、摩菲的《金卷蛇之谜》、劳伦斯·桑德斯的《首都谋杀》、库尔特·冯尼格特的《茫茫黑夜》、皮特·厄雷的《间谍之家》、丹尼尔·希尔瓦的《微乎其微的间谍》等。美国的阿诺·德博什格拉夫和英国的罗伯特·莫斯曾合著过一部关于苏联克格勃向美中进行渗透活动的政治间谍小说《伸向华府的魔爪》。美国的华莱士著有《R密件》、《第七个秘密》、《第二夫人》等多部间谍小说。韦杰著有10多部间谍小说，其中间谍小说《电话行动》曾在美国也有很大的影响。小说发表于1975年，当即成为美国十大畅销书之一。

欧洲其他国家也有不少间谍小说作家和作品，如西班牙的玛达的《天鹅行动》，法国凯尼的《无声的命令》、夏布莱的《潜影》、戴维·罗兰的《雾都幽灵》、热拉尔·德·维利埃的《谋杀在雅典》、达韦纳的《妙龄女谍》、皮埃尔·库塞尔的《公平的游戏》等，罗马尼亚的津凯的《幽灵落网记》等，德国卡拉乌的《变色间谍》、约翰内斯·西木尔的《风流间谍》、哈尔班的《马立克——狼》、福拉特的《魔鬼的眼睛》等，波兰兹贝赫的《间谍克洛斯J—32》，奥地利西默尔的《没有国籍的间谍》等。很多间谍小说是依照真人真事写成的纪实小说，加拿大作家希普斯著的《谍海沉浮三十年》写的是朋友汉布尔顿的间谍生涯。捷克作家斯特鲁宾格著的《三面间谍》写的是二战期间显赫一时的间谍保罗·蒂默尔的冒险生涯。英国作家安东尼著的《震惊世界的间谍案》写的是二战期间，英国谍报机关派出一名超级特工潜入德国高层供职。然而，英国方面为保护这名特工，不惜牺牲法国南部一支抵抗力量，将情报卖给德国人，最终保护了这名特工，却造成了空前的谍海冤案，唯一的幸存者却是英国派入法国这支抵抗力量中的一名女间谍，40年后她成了证人，冤案得以昭雪。澳大利亚的拉塞尔·布拉顿著的《她的代号叫"白鼠"》、澳大利亚作家马森著的《双面的克里斯蒂娜》写的是波兰女子克里斯蒂娜的间谍故事。她曾与弗莱明交往密切，弗莱明在创作007系列小说时将她写入小说，这就是"邦德女郎"的原型。

20世纪90年代，美国的吉尔曼写出了8本"波利法克斯太太"间谍系列小说。美国的奥克斯也写了8本间谍系列小说，有《拯救女王》、《再见鳄鱼》等。随着社会的发展，间谍的种类也更多，有职业间谍、业余间谍、双重间谍、多重间谍等，还有以特征和习性区分的色情间谍和变色间谍等。值得一提的是二战期间及以后出现了很多女间谍，如众所周知的日本间谍川岛芳子、山本菊子，荷兰双重间谍玛蒂·哈莉，法国双重间谍马尔塔·里舍，德国间谍帕佩等。由此，也出现了勒卡雷、奥尔布里、格林、希金斯、卢德厄姆、弗莱明、麦克英纳斯等有影响的间谍小说作家。

在亚洲包括我国虽有一些间谍小说，但数量极少，精品更少。但日本有众多的推理小说家，也有间谍小说作家，并出了大量的作品，如香取俊介的《魔影》、西村京太郎的《D情报机关》、结城昌治的《戈麦斯》、中兰英助的《偷渡定期航船》与《命令退出国界》、三彻好的《刮向故乡的风》与《风尘地带》、伴野郎的《五十万年的死角》与《受伤的野兽》、桧山良昭的《暗杀斯大林计划》、高柳芳夫的《从布拉格来的丑角们》、胡桃泽耕史的《越过天山》、铃木健二的《神秘的武官》等。在间谍小说创作中，我国的仇章在40年代时曾出版过多部关于间谍的作品，例如《遭遇了支那间谍网》、《香港间谍战》、《第五号情报员》（远东间谍战实录）、《第一号勋章》《东京玫瑰》等。我国在50年代和60年代初曾出现一些反特小说，也可称为间谍小说，如沈默君的《荣军锄奸记》、洪洋等人的《伸向设计图的魔手》、白桦的《猎人姑娘》、王火的《后方的战线》、高歌的《孤坟鬼影》、赵洪波的《未结束的战斗》、吴源植的《金色群山》等。在"文革"期间出现了多种反特或间谍的手抄本小说，如《梅花党》、《一缕金黄色的长发》、《303号房间的秘密》、《远东之花》等。70年代有1976尚弓的《斗熊》、1978年王群岭的《南疆擒谍》、1979年陈绍基的《金十字架》，此外还有吕铮所写的反映地下工作者打入敌人内部斗争情形的《战斗在敌人的心脏里》。80年代后，我国出版了多本可划为间谍小说范畴的小说，其中也有反特和剿匪小说，如何仲勉的《就是你》、张永昌的《驼云山擒敌》、周治汉的《不速之客》、李润山和陆扬烈的《古塔魔影》、王瑞玉的《摘月谍踪》、张西庆的《绑架》、陈绍基的《金十字架》、苏金星的《魔窟幽灵》、尾山和寒星的《狡兔雄鹰》、宋宜昌的《北极光下的幽灵》、刘玉戈等的《神秘的使者》、崔殿英的《虎穴情报站》、郝建军的《207边防站》、李德复的《死角》等。反映我党地下工作者同敌特斗争的小说有肖云星的《她的代号白牡丹》、王洲贵的《女间谍的婚礼》、张丽的《黑珍珠》、李良杰的《珠姨》等。修来荣的《狼巢匪影》、王信敏等的《琴岛晨雾》也可列为间谍小说。台湾也曾出版了一些间谍小说，如《三十九步》、《梅花特攻队》、《响尾蛇疑云》、《谍海艳盗》等。但是，在90年代中期，我国的侦探小说数量有所下降，间谍小说几乎没有。直到2002年，丹东市国家安全局的王鸣鹬出版了再现90年代国家安全局反间谍斗争真实内幕的系列间谍小说《密字707》、《密字812》、《密字929》，我们又看到间谍小说的生机。2004年李惠泉出版了间谍小说《绝对机密》、2007年潘军出版了间谍小说《5号特工组》、2008年臧小凡了出版间谍小说《制裁令》、2010年赵志飞与应泽民出版了间谍小说《谍战澳门》、柏源出版了间谍小说《网络间谍》、2011年冯伟出版了间谍小说《1号档案》。间谍小说不会终止，还有更好的发展空间，因为社会在发展，更高明的间谍还会随之出现，这将是今后小说中要描写的新的内容之一。也许会有人怀旧，再次想到间谍小说，一些影视工作者也可能将此题材作为新的拍摄内容，打造新的亮点，犹如我们再看到老电影《秘密图纸》、《铁道卫士》一样。

以破获间谍案为主线，即与间谍斗智斗勇，将隐蔽在各个角落的间谍挖出来的小说都是反间谍小说，在众多的间谍小说中，反间谍小说占一定的部分。

间谍小说如侦探小说，也有派别之分，如硬派间谍小说、反间谍小说、业余间谍小说、纯间谍小说和女间谍小说等类别。

五、间谍小说名家选谈

在众多的间谍小说名家中，我选择几位有代表性的介绍给大家。

约翰·勒卡雷，英国间谍小说家，原名戴维·康威尔，被称为20世纪最伟大的间谍小说大师。他与英国的迪高顿、弗莱明和美国的卢德厄姆被称为"西方四大间谍小说家"。他于1931年出生于英国的多塞特郡的普尔市，曾就读于瑞士伯尔尼大学和英国牛津大学，在英国军情五处和外交部任过职。1961年开始文学创作，第一本书是间谍与侦探为一体的小说《电话谋杀》，1962年写出第二部作品《扼杀精英》，1963年写出第三部作品《寒风孤影》。从发表间谍小说《寒风孤谍》开始，他成为专业作家，至今已写出近20部间谍小说，作品多以国际政治为背景。勒卡雷的作品有两个特点，一是用比较客观的笔法刻画间谍形象和

间谍活动，摆脱历来人们习惯于把间谍写成不是好汉就是恶棍的做法，而把他们当作有思想有血肉的普通人来写，因而情节合理，形象生动。二是构思巧妙，深刻刻画了国际间谍的实际斗争，以致英国情报机关十分关注勒卡雷作品中描述的间谍活动手法。他的主要作品有《寒风孤谍》、《伦敦谍影》、《锅匠、裁缝、间谍、士兵》、《哈哈镜战争》、《来自冷战世界的间谍》、《出色的间谍》、《危险的角色》、《巴拿马裁缝》、《神秘朝圣者》、《红场谍恋》、《德国小镇》、《变调的游戏》、《使命之歌》、《永恒的园丁》、《柏林谍影》、《伦敦口译员》、《荣誉学生》、《测谎定制店》等。他的多种书获得过美国和英国的图书奖。

特德·奥尔布里，英国间谍小说家。在第二次世界大战期间和战后曾在英国谍报机关任过职，从事反间谍工作。他的间谍小说很有特色，可以说与众不同，他在小说中不着力描写惊险或奇妙的情节和场面，而是采取现实主义的手法，竭力表现谍报战争中的残酷，体现一种谍报工作为政治服务的思想，重在人的价值。他的主要作品有《雪球》、《不惜代价》、《敌人的选择》、《唯一的好德国人》、《莫斯科赌注》、《谍恋》、《如梦方醒》、《间谍问题》、《假总统的秘密》等近二十部。

格雷厄姆·格林，英国著名作家，也是一名多产的间谍小说作家。1904年出生于英国中部的赫特福德郡。1925年毕业于牛津大学历史系。毕业后曾担任过《泰晤士报》社编辑，1921年发表小说《内心人》，以后便成了一名自由撰稿人。使他成名的是1932年出版的第四本小说《斯坦布尔列车》。他的小说《权力与荣誉》获得了英国霍桑顿文学奖。二战期间从事外交工作，被英政府派往西非、亚洲和拉丁美洲各地，所以他的小说多以这些国家为背景，并都涉及国际重大政治问题，多为揭露国际间谍组织的阴谋。因他在二战中著名的两面间谍金姆·菲比尔手下从事过谍报工作，有人说他是与众不同的一种间谍小说流派的开拓者。至今，他已写出40多部书，但最有名的是间谍小说《人的因素》（又名《抱恨终天》）和《一支出卖的枪》（属侦探小说）。此外还有《密探》、《这个战场》、《事情的结局》、《病毒发尽的病例》、《权力与荣誉》、《沉默的美国人》、《布莱顿硬糖》、《恋情的终结》、《生活曾经这样》、《哈瓦那特派员》、《恐怖部》、《名誉领事》、《这是战场》、《斯坦布尔列车》等。

杰克·希金斯，原名哈里·帕特森，英国著名作家，1935年出生。曾任英国里兹大学讲师。年轻时曾在英军服役，对二战非常感兴趣，对丘吉尔和希特勒、党卫军、德国的情报机构和二战中的美英军事情况做过研究，60年代末70年代初对越战又进行过研究。曾发表过著名的间谍小说《鹰从天降》（也叫《黑鹰行动》）、《刺客、玫瑰与女首相》、《刺客与情人》、《面对魔鬼》、《风暴警告》、

《虎年》、《卢西亚诺的运气》、《荒芜角之东》、《带情妇的上校》、《摩娜与杀手》、《狮之怒》、《神秘的墓石》、《危险的边缘》、《决战之日》、《门口的狼》、《猎狐行动》、《死亡之神》、《毫不留情》、《冷杀手》等。

欧文·华莱士，美国著名间谍小说家，1916年出生。他曾在美国军队服役，当过随军记者，1942年担任海军中将，曾在海军军部新闻部门工作过，1958年正式写小说，至今已出版了30多部作品，较有名的有间谍小说《R密件》（又名《代号R密件》）、《第七个秘密》（又名《纳粹第七号绝密》）、《圣母显灵之谜》、《阴谋》、《第二夫人》等，其他作品有《欲海狂魔》、《情涡》、《七夜潭》、《三海妖》、《白宫体验》、《圣地》、《全能者》、《梦幻者》、《C—98秘方》、《威尼斯大搜捕》、《金楼劫》、《特别修正案》、《洛杉矶的女人们》、《金屋》等。

肯·福莱特，英国著名作家。1950年出生于英国威尔斯，在伦敦大学获得过博士学位，曾任过新闻记者、报刊发行人等，后定居法国。1978年他的第一部间谍小说《针眼》出版，同年获美国侦探小说最高奖爱伦·坡奖。他的小说多以间谍为内容，善于发掘史实，有的以二战为背景，有的以国家首脑为描写对象，著名的间谍小说有《针眼》、《蝴蝶梦之谜》、《间谍·情敌》、《圣彼得堡来客》、《五狮谷争雄》等，其他作品有《圣殿春秋》、《贩毒与复仇》、《谍三角》、《万里救人质》、《第三个孪生子》、《双谍争艳》、《藏身之谜》、《伊甸园之锤》、《虎狼之争》、《风暴岛》、《危险的情人》、《夜光下的水面》、《情冤谍仇》、《两个间谍与一个女人》、《寒鸦》、《情死荒漠》、《鹰翼之上》、《黑色交易》等。

弗雷德里克·福赛斯，英国作家。1937年出生于英国，大学毕业后即开始了记者生涯，曾被派往过德国、西班牙、印度等国。1976年开始文学创作，处女作《豺狼的日子》使他一举成名，从此开始了文学创作的生涯。《豺狼的日子》后被改编成电影。福赛斯的小说大都以真实的国际事件为背景，每写一本书都要实地考察和采访。与其说他的小说是政治间谍小说或侦探小说，不如说是国际政治或军事斗争小说。主要作品有《豺狼的日子》、《敖尔萨档案》、《魔鬼的选择》、《雇佣军》、《第四次协议》、《偶像》、《战争狂犬》、《上帝的拳头》、《谈判高手》、《谍海生涯》等。《敖尔萨档案》、《战争狂犬》、《永不回头》、《曼哈顿幽灵》、《眼镜蛇》、《职业刺客》等，很多小说后来被拍成电影。

伊恩·弗莱明，英国间谍小说家。由于1908年，曾任路透社驻外记者，并从事过银行和股票业。在1939年，他成为大不列颠海军情报首脑上将约翰·文德弗里的私人助手，参加情报行动的制定和实施，直到战争结束。退役后他在牙买加开始写小说。1952年开始间谍小说创作，发表小说《为女皇陛下秘密战斗》等，1953年凭借自己的间谍经历创作了007系列的处女作《007大战皇家赌场》，

塑造了几乎家喻户晓的超人式人物——代号007的间谍詹姆斯·邦德。其实詹姆斯·邦德原本是弗莱明夫妇的牙买加邻居、《西印度群岛的鸟类》的作者，弗莱明借用这个名字创造了007。他一生总计创作出007系列14个长篇以及一些短篇。007的创作成功，在世界引起轰动，后被拍成大量的影视作品。1964年他留下遗作《金枪客》后因心脏病去世。

约翰·加德纳，英国作家，1927年出生于英国，二战后曾当过英国海军，在东亚一带服役，后于剑桥大学学习神学，此又进入牛津大学进修，毕业后曾当过教士、地方报纸评论员，1964年开始小说创作，80年代开始续写007系列小说，著有《幽灵行动》、《杀人执照》、《破冰行动》、《英雄本色》等多部007系列小说，2007年逝世。

雷蒙德·本森，美国作家，伊恩·弗莱明基金会主席，并担任美国詹姆斯·邦德007迷俱乐部主席。他是美国芝加哥的一位电脑游戏软件程序设计员，几个软件产品都曾获奖。他还在芝加哥和纽约的艺术学院兼职教授电影理论和剧本写作课程，并有十多年舞台剧导演及作曲的经验。90年代后期续写007系列小说，《最后关头》是他的第一部007小说，后又创作出版了《死亡真谛》、《末日危机》等。

罗伯特·陆德伦，也译作伯特·卢德厄姆，美国著名间谍小说家。1927年出生，他的作品被称为硬派间谍小说，主要创作于20世纪80年代和90年代。代表作是"顶级杀手伯恩三部曲"，即《伯恩的身份》、《伯恩的优势》、《伯恩的通牒》。现在我国已翻译出版他的作品有《伯恩的身份》、《伯恩的背叛》、《伯恩的传承》、《伯恩的通牒》、《龙争虎斗》、《西格玛协议》等。其他作品还有《夺命密稿》、《纳粹档案》、《绑架教皇》、《银色名单》、《刺客任务》、《暗杀者》、《贡多夫之路》、《"漫步者"的警告》、《启示录行动》、《詹姆密令》、《地狱裁者》、《伯恩的制裁》、《帝国噩梦》、《狼穴巨款》、《普罗米修斯的诡计》等。

伏尔特·韦杰，美国作家。他毕业于哈佛法律学院，曾任以色列民航局局长顾问，联合国秘书处编审，《海报》及《展览》两杂志的编辑、某音乐许可证协会的公共关系部主任等职。他是一位多产的作家，曾为16家杂志写稿，并出版间谍小说10多部，其中最有名的是《电话行动》。

海伦·麦克英纳斯，美国著名间谍小说女作家，被世人称为"国际间谍小说之王"。1907年出生。她的丈夫海伦是英国驻美国的情报人员，并经常给她提供创作素材，她从20世纪40年代开始小说创作，到80年代共发表10多部长篇，总计发表了20多部小说。代表作有《怀疑之外》、《布里顿尼的协约》、《骑一匹灰马》、《威尼斯事件》、《萨尔茨堡联络》等。

海因茨·G.孔萨利克，原名海因茨·君特，德国通俗小说作家。1921年出生于科隆，他10岁开始写小说，中学毕业后在慕尼黑先学医，后改学戏剧。二战期间应征入伍，获中尉军衔，被派到前苏联当随军记者，后负伤，伤愈后在后勤部门工作，开始戏剧创作，战争后期被俘，获释后回到家乡科隆。曾当过画报社编辑、出版社主任等。1952年发表了第一部长篇小说，一生写了150多部小说。60年代末期开始写间谍小说，并出版了《谍网恋情》、《黑裘丽人》、《沉默的运河》、《冒名新郎》、《敲诈》、《沙漠舞女》、《毒枭欲火》、《风流有价》、《假婚奇缘》、《血浆黑手》、《花花公子》等多本间谍小说。

罗曼·尼古拉耶维奇·金（金罗曼），前苏联作家。1899年出生于海参崴，童年住在日本，1917年回到俄罗斯，1923年毕业于海参崴大学，后在莫斯科高等院校继续深造，同时开始文学创作。1962年发表间谍小说《看完烧毁》和《枕头下的眼镜蛇》，以后又发表间谍小说《特殊使命的间谍》等。

中兰英助，本名中园英树，日本间谍推理小说创始人之一。1921年出生于日本的福冈县，毕业后去了中国，当过中文报纸的记者，日本战败后回国，任日本《世界日报》记者。1950年开始文学创作，发表处女作《烙印》。20世纪60年代开始间谍小说创作，主要作品有间谍小说《偷渡者定期航船》、《神圣间谍》、《命令退出国界》、《偷猎区》、《裸体人的国境》等。

三彻好，真名河上雄三，日本推理小说家，也写过间谍小说，并有很多作品。1931年出生于日本东京，毕业于横滨高等商校，后进读卖新闻社当记者。这期间他开始写推理和间谍小说，主要的间谍小说有《刮向故乡的风》、《男子汉消失在风中》、《风尘地带》、《风葬战线》等，这4部小说既有名又都是以"风"为书名的作品。

伴野郎，日本著名间谍小说家。1936年出生于日本的爱媛县，毕业于日本东京大学，先在朝日新闻社工作，后被派往越南的西贡当外勤记者，此时开始间谍小说的创作，主要作品有《五十万年的死角》、《佐尔基的遗言》、《太阳落在湄公河上》、《复合杀意》、《受伤的野兽》等。

六、根据自己亲身经历写成的回忆录及纪实小说

在众多的间谍小说作家中，有一部分是曾做过间谍或反间谍的特工人员，也有的从事过情报工作。前面介绍过的勒卡雷曾在英军情报五处和外交部任过职，奥尔布里在二战时曾在英国谍报机构任职，弗莱明在英海军情报部门工作过。美国的鲍尔斯曾任中央情报局U—2高空侦察机驾驶员，著有《越界飞行》，美国的格里费斯二战期间加入美国作战部海外情报处，被派往西班牙从事间谍活动，

后来写出《红衣女谍》。由此得知，一些间谍小说是作家根据亲身经历所著，有的就是间谍工作或进行反间谍工作的真实记录，也可叫回忆录，属纪实小说。下面简要介绍几位从事间谍工作或反间谍工作的几位作者，有的虽然仅写过一本书，但是以纪实为主。

菲尔比与《谍海余生记——菲尔比自述》

哈罗德·金·菲尔比，英国人，世界间谍史上最著名、最成功的间谍之一。他早期信仰共产主义，1934年在维也纳进入前苏联情报机构，成为一名情报人员。1940年打入英国秘密情报局，在该局步步高升，最终成为英国情报部门的一名高级官员。他利用职务上的便利条件，为前苏联提供了大量的重要情报，成绩卓著。直至1963年，他的身份才得以暴露，然而他逃回苏联，政府给了他很高的荣誉，1965年授予他"红旗奖章"。后来，菲比尔在莫斯科根据自己的亲身经历对多年从事的间谍工作进行回忆，在1968年写出了《谍海余生记——菲比尔自述》一书。

哈米德与《神秘的间谍战——一个间谍的叙述》

马海尔·阿卜杜勒·哈米德，埃及人。他曾任埃及骑兵军官，参加过也门战争。1967年在战斗中负伤，后到埃及情报部门工作，此期间被以色列情报局看中，担任了以色列的间谍。他在为埃及情报部门工作的同时，也为以色列服务，并以双重间谍的身份参加埃以情报战。后根据自己的亲身经历写出了《神秘的间谍战——一个间谍的叙述》，该书真实生动地反映了当时的情况，揭示了情报在战争中的重要作用。

巴兹纳与《一个德国间谍的供词》

伊列萨·巴兹纳，土耳其人。二战期间，他曾是英国驻土耳其大使海森的侍从，这时他被德国收买，以西塞罗为代号充当德国间谍。利用身为侍从的便利条件，他曾把英国驻土耳其大使馆的大量机密文件偷拍下来，出卖给德国的特务机关。见事情暴露，巴兹纳逃走，海森因此被撤职。10年后，有人在伊斯坦布尔偏僻的街道上找到他，后来他将这段经历著成《一个德国间谍的供词》一书。在这本书中，巴兹纳自述了他从事间谍活动的经过。

玛达与《天鹅行动——一个国际间谍的自述》

贡萨拉斯·玛达，西班牙人。他从事了18年间谍工作，被称为世界上一流的国际间谍。他长期在欧洲、拉丁美洲、非洲活动，同美国中央情报局和前苏联克格勃等间谍部门合作，做出了许多轰动世界的间谍活动。后来，他根据自己的间谍活动经历写了《天鹅行动——一个国际间谍的自述》一书。他在书中的序言中写道："本书不是一本间谍小说。这是我18年间谍生涯的真实描述。它记录了在我坎坷不平的一生中，那充满悲剧色彩的、有时简直令人难以置信，然而又是千真万确的奇逢险遇。间谍世界中有许多内幕、真情，有些尚未被人所了解。我决意把我所知道的一切真相，如实地公诸于众。"《天鹅行动——一个国际间谍的自述》的确是一本较好的间谍纪实小说。

扎卡里亚斯与《秘密使命》

埃·马·扎卡里亚斯，美国人，在美国海军服役38年，曾任海军军舰舰长、海军情报局副局长和代理局长等职，少将军衔。他从事情报工作25年，退休后根据自己的亲身经历写出了《秘密使命》一书，书中主要反映了美国情报机关与日本、德国间谍机关进行斗争的史实。

洛茨与《我在埃及的间谍活动》

沃尔夫冈·洛茨，德国人，后入以色列国籍。1921年出生于德国的曼海姆，父亲是柏林戏剧界的导演，母亲是演员。1931年洛茨进入莫姆森人文中学学习，父亲去世后，即1933年，他随母亲到巴勒斯坦，16岁加入巴勒斯坦犹太地下部队，后加入英国军队。1948年埃以战争中参军并晋升为少尉，后升为少校。这期间加入了以色列情报机关，随后到德国生活一年，为从事间谍工作作准备。1960年12月底以一个旅游者和阔绰的育马人身份进入埃及，从此从事间谍活动。1961年认识了美丽动人的来埃及度假的女士瓦尔特劳德，并成为夫妻，其妻在他从事的间谍活动中充当了助手。4年来，洛茨为以色列摄取了大量的军事情报，并几次化险为夷。但4年后，他们还是被埃及情报机关发现并抓获。按间谍等多种罪名，他们将会被处以死刑，但根据洛茨的要求，洛茨被判终身苦役和罚款，瓦尔特劳德也被判3年苦役和罚款。3年后，洛茨以癌症为由而随瓦尔特劳德获释，他们又回到了以色列。4年后，洛茨写了这本回忆录。

亚德利与《中国黑室——谍海奇遇》

赫伯特·O.亚德利，美国人。他是美国最早的密码破译机关——"美国黑室"的主要创始人之一。1938年至1940年7月，蒋介石曾聘请他到重庆担任军统局顾问，培训破译人员，参与创建密码破译机关——中国黑室。1941年他将这段经历写成书稿，但被美国国务院禁止出版，直到42年后的1983年此书才得以付印。此书记述了他亲自参与破译密电、抓捕日特、培训间谍等活动。此外，书中对当时社会的黑暗也有所揭露，此外还描述了日机轰炸重庆的暴行和生活在重庆形形色色的外国人的各种活动。

赖特与《抓间谍者》

彼得·赖特，英国人。他于1955年加入英国反间谍机关军情五局，成为该局历史上第一位专职科学家，后升任副局长。1976年退休后，根据他在情报部

门的亲身经历，写出了一本反映英苏、英美等国家的情报与反间谍机关斗争及合作的间谍类回忆录《抓间谍者》。

特雷伯与《苏德间谍战》

特伯雷，波兰人，1904年出生于加里西亚省一个小镇一个穷人的家庭。20岁时，他曾去过巴勒斯坦，在那里找到一份负责移民的工作。后又去了法国找到一份文化联盟的工作，再后来又到了莫斯科，成为共产党人。1936年参加了前苏联红军情报部门工作，并深入到德国为苏军提供情报。二战期间参加了"红色乐队"，并目睹了苏德情报的争夺战。后来曾入狱多年，最后回到了华沙。他以自己多年从事情报工作的经历写了这部回忆录。

如果说从库柏的《间谍》算起，间谍小说已有190多年的历史，如果从查尔德斯的《沙漠之谜》算起，间谍小说已发展了110年，总之，发展到今天是相对不易的。由于读者爱好和现在所处的社会环境等因素，当前的读者群远不及纯粹的侦探小说或武侠、言情小说的读者群，其原因也是多方面的。然而，间谍小说在以后的发展更为困难，名家名作实需机遇，我们还是希望有精品和名家问世，能以新颖、独特、真实的故事来吸引人。

中 篇

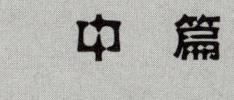

侦探小说名家及其笔下的侦探

第一章　世界侦探小说名家简介（上）

从古至今，写侦探小说的作家可以说成千上万，然而，在世界上较为有名且作品多而精的作家并不多。如果让我选择，第一次我只能选出10位，他们是爱伦·坡、柯南·道尔、克里斯蒂、勒布朗、江户川乱步、西默农、松本清张、森村诚一、奎因、程小青。

一、爱伦·坡

埃德加·爱伦·坡（1809—1949年），美国诗人、小说家、评论家。1809年出生于美国的波士顿，父母是流浪艺人。自幼失去父母后由亲戚抚养。他先在弗吉尼亚大学读书，后又到西点军校，由于违反纪律被学校开除。20岁时，因与养父母发生矛盾，离家出走到社会上自谋生计。从此他接触文学，发表诗歌。后在一家报社从事报刊编辑工作，并开始创作一些短篇小说和撰写作品评论。

1841年4月，他在美国费城《葛雷姆杂志》上发表了推理小说《莫格街谋杀案》，在这之前，世上还没有一个像他这样有完整的推理过程的侦探小说模式，因此，他被世人推为世界侦探小说的鼻祖。

《莫格街谋杀案》虽说是一篇仅2万字的小说，但它的影响是很大的。它的发表宣告世界侦探小说的诞生，在世界文学史上也是重要的一笔。小说塑造了一个私人侦探杜邦的形象，《莫格街谋杀案》的模式和小说中的私人侦探形象从此被后人沿用。以后，爱伦·坡相继发表了《玛丽·罗杰特神秘案件》、《金甲虫》、《你就是杀人凶手》、《被窃的信》。这几篇都是侦探小说，而且用几种不同的方法来设谜、解谜，也是几种不同的犯罪模式。《玛丽·罗杰特神秘案件》和《失窃的信》中也都塑造了杜邦的形象。坡·爱伦虽然的侦探小说数量很少，但都是有意识的创作，小说利用推理来破案，将神秘、恐怖气氛与推理技巧结合起来，深受读者的喜爱，并注重证据和痕迹，注重心理描写，由此才构成侦探小说的特点，成为后来人们创作侦探小说的一个规则。

1845年，爱伦·坡发表了诗歌《乌鸦》并一举成名，他深得法国诗人波德莱尔和马拉美的赞颂，启发了法国的象征主义的诗歌。以后，爱伦·坡相继发表

20多篇短篇小说，如科幻小说《瓶中发现的手稿》，奇谈小说《黑猫》、《还魂记》、《迈尔海峡遇险记》、《活葬》、《红死魔》等。他的小说创作可以说曾经辉煌，但他后来却经常酗酒，最后因酗酒死在路沟中，年仅40岁。

二、柯南·道尔

阿·柯南·道尔（1859—1930年），英国侦探小说家。1859年生于苏格兰爱丁堡附近的皮卡地普拉斯，青少年时期在教会学校学习，后来在爱丁堡大学攻读医学，1885年获医学博士学位。他曾在索思西地区行医，这期间对文学产生了极大的兴趣，并阅读了美国爱伦·坡、英国柯林斯、法国加波利奥等人的侦探小说，这些作品对他产生了极大的影响。1886年4月他写出了第一部中篇侦探小说《血字研究》。《血字研究》首先寄给了《康希尔》杂志的主编，得到的回复是"作为短篇故事太长，作为一本书则短"，没有出版。他又将这部小说寄给几个编辑，依旧没有回复。最后他将此稿寄给沃德·洛克出版公司，终于于1887年在这家公司编辑的《1887年比顿圣诞年刊》上发表。《血字研究》的发表引起了一些读者和编辑的关注。《利平科特杂志》的编辑看到此稿后，邀约柯南·道尔继续写一篇关于福尔摩斯探案的故事。于是在1890年柯南·道尔的第二个中篇侦探小说《四签名》问世了，这部小说又获得了成功。

1891年，柯南·道尔弃医从文，专门从事写作。他相继写出《波希米亚丑闻》、《红发会》、《身份案》、《博斯科姆比溪谷密案》、《五个结核》、《歪唇男人》6个以塑造福尔摩斯为主角的短篇侦探小说，小说相继在《海滨杂志》上发表，在读者中产生了很大影响。《海滨杂志》又约稿并提高稿酬，柯南·道尔写出了第二批故事，也是6个故事，于1892年汇编成《冒险记》出版。1892年开始，柯南·道尔在《海滨杂志》上又相继发表了《银色马》、《黄面人》、《证券经纪人的书记员》等12个故事，1894年汇编成《回忆录》出版。这时，柯南·道尔决定停止写作这类故事，因此在他的短篇小说《最后一案》中，他让福尔摩斯在一次戏剧性的搏斗中与罪犯莫里亚蒂双双堕落深渊而死，让华生来结束这个《最后一案》。对于福尔摩斯的死，广大读者感到遗憾而愤怒，甚至对柯南·道尔进行威胁和谩骂。1901年，根据一位朋友讲述的达特摩尔的传奇故事，柯南·道尔构思了一个神奇的故事，小说描写了一个家庭遭受一只鬼怪似的猎犬的追逐，并让福尔摩斯作为早期的探险经历而出现。这个故事就是1902年出版的《巴斯克维尔的猎犬》。1903年，柯南·道尔让福尔摩斯在小说《空屋》中死里逃生，从而开始了另一组故事，题为《归来记》，于1905年出版。1915年，他写了《恐怖谷》。1917年，他写了《最后致意》。1927年，他写出了《新探案》3组故事。1928年至1929年，整个关于福尔摩斯的故事分短篇和中长篇两卷在英国出版，书名为《福尔摩斯探案全集》。

1930年7月7日，柯南·道尔病逝，享年71岁。但他笔下的福尔摩斯却永远活在全世界广大读者的心中，他在小说中虚构的英国伦敦贝克街福尔摩斯的居室，成为了世界各国旅游者到伦敦寻访的胜地。《福尔摩斯探案全集》相继在世界各国翻译出版，我国于20世纪初就曾翻译过柯南·道尔的作品，50年代到现在又多次出版《福尔摩斯探案全集》。柯南·道尔在侦探小说上为人们作了很大的贡献，他的侦探小说在世界文学史上也占有重要的位置。柯南·道尔除写侦探小说，也写过传奇和科幻小说，还写过剧本。他一生写了70多个中短篇侦探小说，开创了英国古典式侦探小说的模式，被后人所沿用。他的小说把社会犯罪与社会的政治制度、道德观念结合起来，塑造了福尔摩斯这个被众人接受而又喜爱的侦探形象，小说中的故事扑朔迷离，构思严谨，又融合了社会学、历史、医学等多方面知识。如果说爱伦·坡是世界侦探小说的鼻祖，柯南·道尔便是世界侦探小说之父。

三、克里斯蒂

阿加莎·克里斯蒂（1890—1976年），英国侦探小说家。原名阿加莎·玛丽·克拉丽莎·米勒，生于英国德文郡托基市，父亲是英籍美国人，母亲是英国人。11岁那年父亲因病去世，她的文化素养完全来自母亲。她喜欢读世界名著，尤其喜爱狄更斯的作品。克里斯蒂在年轻时曾到法国巴黎学过音乐，但她更喜爱文学，最后放弃了走歌唱家的道路。第一次世界大战期间，她参加了红十字志愿队从事救护工作，从前线回来后开始从事写作。模仿柯南·道尔的写作方法，写出了第一部侦探小说《斯泰尔斯庄上园奇案》。在这部小说中她也塑造了一个类似福尔摩斯的侦探波洛，但在外形和性格又截然与福尔摩斯不同。最初，《斯泰尔斯庄园奇案》的命运如同《血字研究》一样，她先后投给6家出版社，都没被采用。直到1920年，这部小说才被约翰·莱恩公司出版，仅印了2000册，稿酬才25英镑。

《斯泰尔斯庄园奇案》的出版，牵动了她创作侦探小说的热情。这之后，她又创作了多部侦探小说，并相继得到出版，其中有几部中都塑造了大侦探波洛的形象。1926年，克里斯蒂写出了《罗杰疑案》，发表后一举成名。小说中的波洛形象进一步让读者熟悉，而小说中新的叙述方式使故事曲折迷离，受到读者的欢迎，克里斯蒂也因此一夜走红。

1928年，克里斯蒂与丈夫阿奇博尔德·克里斯蒂正式离婚。两年后，她在考古活动中认时了比她还年轻的麦克思·马洛文教授，不久便喜结良缘。中东考古和旅行为克里斯蒂提供了大量的创作素材，如《偷宝石的猫》就是以此为背景

创作的。在这期间,克里斯蒂的创作热情非常旺盛,她写了出轰动世界文坛的侦探小说《东方快车谋杀案》、《尼罗河上的惨案》、《孤岛奇案》、《捕鼠器》、《幕》等,小说中的波洛形象是继福尔摩斯后的世界级的第二个大侦探。1950年,克里斯蒂开始创作自传,直到1965年,65岁才完成《阿加莎·克里斯蒂自传》一书。小说《幕》创作于1975年,这也是她的最后一部小说,书中让大侦探波洛死去。1976年1月12日,克里斯蒂在英国的沃灵福德与世长辞,终年85岁。

克里斯蒂一生辛勤,创作出70多部侦探小说,17个剧本、100多个短篇、6部爱情长篇小说、2部儿童读物,是一位优质而又高产的作家。她在66岁时获得了"不列颠帝国勋章"和埃克塞特大学名誉文学博士学位。法国总统戴高乐自称是"克里斯蒂迷",英国女王玛丽也把读克里斯蒂的侦探小说作为一种享受。如今,克里斯蒂的作品被译成103种文字,在175个国家出版,成为世界上最畅销的图书之一。她的多部小说被改编成电影,如《东方快车谋杀案》、《尼罗河上的惨案》、《孤岛奇案》、《阳光下的罪恶》、《空中奇案》等,小说《捕鼠器》被改编成戏剧,多年上演,经久不衰。她的小说写作手法严谨,擅长用多层次叙述手法设置悬念,穿插故事,并以叙述人物内心世界的手法分析犯罪心理,格调较高。

四、勒布朗

莫里斯·勒布朗(1864—1941年),法国侦探小说作家。1864年出生于法国国鲁昂市富有的船主之家。从小就喜爱文学,通过舅舅福楼拜认识了著名作家龚古尔、左拉、莫泊桑。他的文学创作主要得益于福楼拜和莫泊桑。

1887年,他发表了女作《一个女郎》,后来又发表了小说《一个妇女》、《死亡的作品》、《阿梅尔和克洛德》,很受名家的赞赏,并成了《吉尔·布拉》和《费加罗报》等报刊的专栏记者。1904年,《万事通》月刊主编请勒布朗为该刊撰写一些通俗故事,他信笔而就小说《亚森·罗宾被捕记》,这是他塑造的侠盗侦探第一次问世,当时并没引起人们的注意。1907年,应大出版商比埃尔·拉斐德的约稿,他发表的《侠盗亚森·罗宾》立即引起了社会上极大的兴趣和欢迎,人们认可了亚森·罗宾这个人物,这才使他继续塑造这个侠盗侦探的形象,此一发便不能收。勒布朗每月按期交稿,两年成一册,全心投入到亚森·罗宾的创作上,到1934年,他已出版30部塑造亚森·罗宾形象的侦探小说。如《侠盗亚森·罗宾》、《813之谜》、《折光暗语》、《亚森·罗宾智斗福尔摩斯》、《水晶瓶塞》、《三十口棺材岛之谜》、《八次奇遇》、《金三角》、《两种微笑的女人》、《神探维克多》、《奇岩城》、《吸血蝙蝠》、《双面人》等,总计创作了50多部作品,他的小说多部被改编成电影剧本搬上银幕。

勒布朗的创作态度是严肃的，他的创作手法显然是受到了英国作家柯南·道尔的影响。他的侦探小说都是以短篇为主，以亚森·罗宾的侠盗和神探两条主线展开一系列故事。他笔下的故事情节，布局谲异，迷津丛生，广大读者喜闻乐见，笔下的亚森·罗宾是一位具有浪漫主义色彩的人物，他足智多谋，沉着冷静，乐于冒险，愚弄权贵，既是官方追捕通缉的窃贼，也是一名侦探，但他破案的方法与福尔摩斯截然不同，他不是靠收集指纹、烟蒂和脚印，而是细致地调查和严密地推理。

五、江户川乱步

江户川乱步（1894—1965年），本名平井太郎，1894年7月28日出生于日本三重县名张市。他毕业于早稻田大学政治经济系，先后从事过贸易公司职员、旧书商、日本工人俱乐部书记长、新闻记者等十几个职业。尽管生活困难，他一直坚持读书和写作。这期间，他以"江户川蓝峰"为笔名写了一篇题为《石头的秘密》的小说投给报社，结果石沉大海。以后又写出了《两个铜板》和《一张车票》两篇侦探小说，这次是以"江户川乱步"的笔名投出的。

《新青年》主编森下雨森慧眼识珠，1923年4月，江户川乱步的侦探小说处女作《两个铜板》终于在《新青年》上发表，此小说在日本推理小说史上得到高度的评价。在森下雨森的鼓励下，江户川激发了对侦探推理小说的创作热情，紧接他又发表了《心理测试》、《D坡杀人案》、《人间椅子》、《楼顶里的散步者》、《红房子》等多篇推理小说，他的小说很快受到社会的关注和好评，从此登上了日本文坛。1924年11月，他辞去了《朝日新闻》记者的工作，走上了专业作家的道路。

江户川乱步的创作生涯可分为4个阶段，第一个阶段是走上创作短篇侦探小说阶段，主要在20世纪20年代。这个阶段正是他创作的开始，如《两个铜板》、《心理测试》、《D坡杀人案》、《凶器》、《地狱的滑稽大师》、《人间椅子》、《红房子》等。第二个阶段为20世纪30年代，江户川乱步开始创作长篇侦探小说，此时期的代表作有《巴诺拉玛岛奇谭》、《阴兽》、《虫》、《蜘蛛人》、《黄金假面人》等。第三个阶段是在第二次世界大战之后到1954年，江户川乱步在创作侦探推理小说的同时，致力于侦探推理小说的研究和评论，并有志振兴日本的推理小说事业。这期间他创作了推理小说《幻影城》、《续幻影城》等。1947年，在江户川乱步的倡导下，日本侦探作家俱乐部成立，他担任了第一任会长。1953年，侦探作家俱乐部改组为社团法人日本推理作家俱乐部，他担任第一代理事长。1954年，在庆祝60岁寿辰时，他当场宣布亲自提供基金设立江户川乱步奖，褒奖推理小说界的功绩，培养新人创作。第四个阶段是1954年到1965年，这一时

期是江户川乱步创作的丰盛时期，他陆续发表了推理小说《铁塔的怪人》、《妖怪幻戏》、《影子人》、《灰色的巨人》、《海底的魔术师》、《犯罪幻想》、《魔法博士》、《魔法偶人》、《马戏团的怪人》、《夜光人》、《假面恐怖王》等一系列推理小说。1961年，他完成了一部研究侦探小说的回忆录《侦探小说30年》。鉴于江户川乱步对日本侦探小说的贡献，这一年日本天皇为他颁发了紫绶褒章。1965年7月28日，江户川乱步因患脑溢血去世，享年71岁。

江户川乱步一生创作了几十部侦探小说，他将一生都献给了推理小说事业。在侦探小说创作上，他强调以科学的逻辑推理作为侦破案件的重要手段，运用现实主义的手法反映日本社会现实。同时他在创作以荒诞、幻想为主调的浪漫的推理作品方面也取得了令人注目的成果。他的很多小说中都塑造了东洋神探明智小五郎的形象，这位神探擅长推理，注重对人的犯罪心理研究，思维敏锐，尽管是虚构的人物，但在日本几乎家喻户晓，人人敬仰。由于江户川乱步对日本侦探小说的贡献，他被誉为"日本侦探小说之父"。

六、西默农

乔治·西默农（1903—1989年）比利时作家，1903年生于比利时的列日省列日市，16岁中学毕业后，父亲就将他送到列日日报社当专栏记者。同年发表处女作《在拱桥上》，被誉为少年天才。

1922年，他只身来到巴黎，致力于文学创作，从此正式踏上了文学的征程。他曾用过十几个笔名发表了很多爱情故事和言情小说，同时将侦探小说作为创作的重点。1930年，他的侦探小说《拉脱维亚人皮埃尔》问世，麦格雷形象最早出现在这部书中，这也是西默农第一次用真名实姓发表侦探小说。1932年，他发表以塑造麦格雷形象的4部侦探小说。随后，他用真名又发表了《已故加莱先生》、《对佛利安教堂的自缢者》、《一个人的头》、《十字街头之夜》等十几部系列作品，深受读者的欢迎。1932年，他决定终止麦格雷系列，开始写作心理分析小说，但广大读者要求他继续让麦格雷出场，于是他于1933年继续创作麦格雷系列。仅1922年至1933年间，他在报刊上就发表了1000多篇短篇小说。1936年，他发表了侦探小说《黄狗》，受到好评。1940年，因误诊中断了麦格雷的创作。直到第二次世界大战后，应读者和一些书商的要求，他才又开始麦格雷的创作，并以惊人的速度每年出版三四部，使麦格雷的形象在法国、比利时等国家喻户晓。

西默农曾漫游各地，在社会中，他广泛地接触和了解各个阶层的情况，丰富了阅历，开阔了视野，这为他的作品环境和背景创作提供了无数的素材。他的侦探小说不单单是对惊险情节和骇人场面的描写，而且将侦探小说和现实主义小说的创作手法融合在一起。他的 200 多部侦探小说都是以塑造麦格雷探长形象为主，他并没有用更多的笔墨去渲染，可麦格雷的形象却让人不忘。粗矮的体型，宽厚的肩膀，平和沉稳的脸，还有他的象征物——烟斗，他是与福尔摩斯一样的名探。

西默农是世界上最多产的侦探小说作家，他写作速度很快，甚至一个月可以完成一部小说，至今完成了 300 多部小说，其中 200 多部是侦探小说。1967 年至 1973 年瑞士相蓬出版社出版了《西默农全集》72 卷。此后至 1976 年，他又发表了《与别人一样的人》、《脚印》、《追逐裸体的人》、《北方的风，南方的风》等多部作品。他的侦探小说代表作有《黄狗》、《雪是脏的》、《麦格雷的圣诞节》、《同谋犯》、《多纳迪厄的遗嘱》、《十三个谜》、《上帝的车夫》、《窗上人影》、《雾港疑案》等。我国现已翻译出版他的 30 多部小说，如《黄狗》、《神秘的莱特》、《侦探长和乞丐》、《人命关天》、《梅格雷与幽灵》、《雾港之谜》、《巴黎神探》、《谁杀了他》、《梅格雷在纽约》、《梅格雷与高个女郎》、《梅格雷与疯子》（又一版本为《贝热拉格的疯子》）、《梅格雷与夏尔先生》、《十字路口之夜》、《梅格雷与小偷》、《电话呼救者之死》、《未了的案子》、《梅格雷与佛兰芒人》、《波拉里斯号轮上的旅客》、《窗上人影》、《十三个谜》等，多部小说被拍摄成电影和电视剧。1952 年，他被选为比利时皇家文学院院士。

七、松本清张

松本清张（1909—1992 年），日本著名推理小说家。1909 年出生于日本福冈县小仓市一个贫苦的家庭。1932 年小学毕业后，在川北电机厂当勤杂工，以后又在一家小印刷厂做工。1941 年，他进入朝日新闻社广告部，第二次世界大战期间，他被应征入伍至朝鲜作战，战后又回到朝日新闻社工作。

1950 年 3 月，松本清张的第一篇小说《西乡钞票》在《朝日周刊》举办的"百万人小说"征文比赛中获得三等奖，他获得了 10 万日元的奖金，这对一个贫困的家庭是非常可观的资助。《西乡钞票》的发表对松本清张鼓舞很大。1952 年，他的小说《"小仓日记"的故事》在《三田文学》杂志上发表，并得到日本"本格派"著名作家木木高太郎的赞赏和鼓励。1953 年 1 月，此小说获得第 28 界"芥川奖"。已是 44 岁的松本清张以文学新人的面孔出现，受到日本读者和文学界的好评。

此后，松本清张开始向外投稿，小说《啾啾吟》在《大众读物》上发表，并获得第一届大众新人杯佳作第一名。在木木高太郎的鼓励下，松本清张来到东京，他先后在《文艺春秋》、《大众读物》等刊物上发表了《战国谋权》、《菊花枕》、《枭示抄》、《行去的边际》、《死神》、《英雄愚心》等多篇小说。1954 年 7

月，他将家属从小仓接到东京。此时，他阅读了欧美和日本的大量侦探小说，并开始有意地创作侦探小说。1956年5月，松本清张辞去了《朝日新闻》的职务，成为专业作家，同年9月，他成为日本文栖协会的会员。1957年，他根据自己的感受写出了推理小说《点与线》。小说一经发表就受到社会的好评，在日本推理小说史上有很大的影响，后来被评为世界十大侦探推理小说佳作之一。以后，松本清张的又一部推理小说《隔墙有眼》得以发表，再度引起了社会的注目。《点与线》和《隔墙有眼》的发表，是日本文坛推理小说划时代的开始，从此诞生了日本的社会派推理小说。

自1954年开始，松本清张每年都有多部小说发表，辞去朝日新闻社的职务后，他一心用在创作上，最多时一年出版和发表过53部小说。如1956年，他发表了《弱点》、《丧失》、《杀意》、《箱根情死》、《穿西服的横死者》、《脸》、《市长之死》、《共犯者》、《鼾》、《声》、《席》《反射》等30多部小说。这期间，他的作品多向推理小说上发展，并都获得了成功。1957年，小说《脸》获得了日本侦探小说作家俱乐部奖。1957年，他发表了《点与线》、《金库》、《我不知道》、《红猫》、《密航船》、《龟五郎犯罪志》、《远方传来的声音》、《买地方报纸的女人》等53篇小说。1967年，他发表了《套红印刷的江户新闻》、《两个声音》、《伪证者的犯罪》、《证言的森林》、《神秘的系谱》等40多部小说。多年来，他共写了200多部推理小说并多次获奖。一些推理小说在世界上有很大的影响，如《点与线》、《波浪上的塔》、《隔墙有眼》、《零的焦点》、《伴伴女儿郎》、《女人的代价》、《砂器》、《黑色的画册》、《黑血的女人》、《被玷污的书》、《复仇女》、《雾之旗》、《纽》、《死亡流行色》、《额与齿》等。

纵观松本清张的推理小说，大都有明显的现实主义倾向，思想性和艺术性较高。他的小说注重文学性，侧重追究犯罪的动机，探索现代日本社会的复杂因素。他的侦探小说比以往的侦探小说有新的突破，注重写实和心理刻画，注重人的情感和命运、人与人的关系的描述，强调犯罪动机和犯罪原因。松本清张是一位社会派推理小说家，他对日本的社会派推理小说的发展起了很大的作用，被人们称为继柯南·道尔、克里斯蒂后世界上排行第三位的侦探小说家。

八、森村诚一

森村诚一（1933年至今），日本推理小说作家。1933年出生于日本熊谷市一个公司职员的家庭，1958年毕业于青山学院英美文学系。

大学毕业后，森村诚一曾在新大谷等几家五星级的饭店从事服务台管理工作，同时还兼任经营学讲师。1967年，他辞去饭店工作到商业学校任讲师，并开始文学创作。同年以小说《大都会》走上文坛。后来他接触了松本清张的推理小说，便开始创作此类受人们欢迎的小说。1969年，他发表了推理小说《高楼大厦的死角》并一举成名，此小说获得了第十五届"江户川乱步文学奖"。从此，森村诚一开始专职推理小说的创作。1973年，他的作品《腐蚀的结构》获得第二十六届"日本推理作家协会奖"。

从20世纪70年代起，森村诚一每年都有多部推理小说发表。比较有名的有《虚幻的坟墓》、《新干线杀人事件》、《腐朽的结构》、《恶梦的设计者》、《挂锁的棺材》、《太阳黑点》等。1975年至1977年他先后发表了"证明三部曲"《人性的证明》、《青春的证明》、《野性的证明》，又一次轰动日本文坛，并获第三届川角小说奖。《人性的证明》被列为世界十大侦探小说精品之一。在日本10个月内再版30多次，半年销量达300万册。

《人性的证明》从一起谋杀案开始，在侦破与反侦破中阐述的是人性，一首《草帽歌》，使我们看到小说中的名人八杉恭子的一段历史和他成名后的心理及丑恶的灵魂，小说还反映了日本和美国社会存在的畸形现象和青年人的颓废精神。小说通过富有逻辑性的推理，把故事发展一环扣一环地连接起来并展现在读者面前，情节紧凑、引人入胜。儿子约翰尼依恋母亲，竟远隔重洋从美国来到日本寻找母亲，作为母亲的八杉恭子，为了名利竟然亲手杀死自己的儿子。案件被侦破了，那首《草帽歌》让八杉恭子心灵永远不安，留给读者的是关于人性的思考。

森村诚一是一位勤奋而又富于正义感的作家，他至今写了100多部推理小说。他的推理小说题材广泛，人物造型丰富，构思新颖，文笔优美。此外他也写过纪实小说、历史小说和社会小说。他曾花2000万私下调查，写出了揭露日军二战中侵略中国东北时用中国人做试验来研制细菌生化武器的长篇纪实小说《恶魔的饱食》，此书一发表即引起轰动，在日本300万册销售一空。后来，他又写了一部以推理小说的形式揭露日本731部队犯罪事实的纪实小说《新人性证明》，在社会上又一次轰动。他的推理小说在世界上有着相当大的影响，他的辛勤付出对日本侦探推理小说的发展和世界侦探小说的发展起到了推动的作用。

九、奎恩

埃勒里·奎恩，美国侦探小说家。奎恩是美国人费雷德里克·达奈（1905—1980年）和曼弗雷德·李（1905—1971年）两位表兄弟合作所用的笔名。他们都非常喜爱侦探小说，1929年两人用埃勒里·奎恩的笔名合作写了第一篇侦探小说《罗马帽子之谜》，以此参加侦探小说竞赛并获得成功。此后他们又合作了2部小说，都得以发表，从此他俩开始用"奎恩"的笔名发表作品，成为职业作家。1941年，他俩创办了《埃勒里·奎恩侦探杂志》，专门用来发表侦探小说，此后又创建了美国侦探小说作家协会。

1932年，他们发表了侦探小说《希腊棺材之谜》，引起人们的关注，此小说获得了"爱伦·坡"奖，并在世界上获得好评。人们知道和了解奎恩也正是从这部侦探小说名作开始。此后，他们又写出了《法国香水之谜》、《荷兰鞋子之谜》、《美国枪之谜》、《中国桔子之谜》、《黑狗之谜》、《西班牙海峡之谜》、《十日迷惘》、《X的悲剧》、《Y的悲剧》、《十字架之谜》等。到50年代末，他们用奎恩的笔名共发表了50多部侦探小说。

纵观奎恩的小说，文学艺术性较强，故事情节错综复杂，一波三折，引人入胜，结局往往出人意料之外，有些类似克里斯蒂的写法。他们在一起起谋杀案中运用逻辑推理，对犯罪进行科学的分析，并注重现场勘查的蛛丝马迹和犯罪动机，最终使案件真相大白。他们的侦探小说具有美国艺术的粗犷特点，在世界侦探小说史上占有重要的位置。

十、程小青

程小青（1893—1976年），中国著名的侦探小说作家。祖籍安徽省安庆，1893年在上海出生，原名青心，别署茧庐，后更名小青。在他10岁时父亲去世，他靠母亲给人缝缝补补上了私塾。因家庭困难，他中途辍学到钟表店当学徒，其文学素养和英语知识全靠自学。1915年，因在上海生活艰难，全家又搬往苏州。程小青前后任教于东吴大学附中和景海女子师范。1905年，他得到一本柯南·道尔的《福尔摩斯探案》，从此迷上了柯南·道尔的作品，由此也萌发了创作侦探小说的欲望。

1914年，程小青的第一篇侦探小说《灯光人影》在《新闻报》副刊《快活林》上发表。小说中以私人侦探霍森为主角，不知是编辑有意改动，还是排字工人误植，发表时竟变成了"霍桑"。程小青怕登广告更正麻烦，就以误就误，以后就以"霍桑"的形象成为他的侦探小说永远的主人公。1916年，他与周瘦鹃等人用文言文翻译了柯南·道尔的《福尔摩斯全集》，全书共12册，由中华书局出版发行。1919年，他创作的侦探小说《江南燕》被上海友谊影片公司拍成电影，由郑君里主演并获得成功。1922年，他主编了《侦探世界》月刊，共出36期后停刊。这期间，他创作了以大量的霍桑为主人公的侦探小说，影响很大。为了写好侦探小说，他不但研究过美国学者韦尔斯的《侦探小说技艺论》，还广泛涉猎犯罪心理学和侦察学。1924年，他受无锡的《锡报》聘为副刊编辑，同年通过函授学习了美国一所大学的"犯罪心理学"和"侦察学"等课程。1930年，他应世界书局再次邀请重新翻译《福尔摩斯探案全集》，这次译为白话文。这期间又翻译了美国作家范达痕的《斐洛凡士探案全集》、英国作家杞德烈斯的《圣徒奇案》等。1931年，文华美术图书公司出版了《霍桑探案汇刊》一、二集。

程小青的多部侦探小说由他本人改编成电影剧本，由上海的友联影片公司、明星影片公司、国华影片公司等出演。1946年，程小青的《霍桑探案全集袖珍丛刊》由世界书局陆续出版，共36种。同年，程小青主编的《新侦探》杂志创刊。

新中国成立后，程小青任教于苏州市第一中学，先后担任民进江苏省委员、苏州市常务委员。至"文革"前，他的写作方向由原带有旧中国特色的侦探小说转为现代式的侦探小说，如《大树村血案》、《生死关头》、《不断的报警》等。"文革"期间他遭受了批斗，受尽折磨，1975年秋妻子去世。1976年10月12日，他因胃病复发不治而逝，享年83岁。

程小青一生为侦探小说和促进中国侦探小说的发展呕心沥血，为中国的侦探小说崛起作出了突出的贡献，他成为我国侦探小说的奠基人当之无愧。他一生创作了80多篇侦探小说，除几个长篇外，多为中短篇，总计400多万字。如《轮下血》、《无罪之凶手》、《灰衣人》、《舞后的归宿》、《江南燕》、《夜明珠》、《窗中人影》、《白衣怪》、《霜刃碧血》等都很有名。他还写过侦探小说的研究专著和文章，如《侦探小说的多方面》和1957年发表在《文汇报》上的《从侦探小说说起》。新中国成立后，我国出版过程小青的多种作品，如群众出版社几次出版过程小青的作品。1987年吉林文史出版社将程小青的作品作为晚清民国小说研究丛书出版，内含《霍桑探案集》总计10册，汇集了他30多个春秋创作的中短篇侦探小说73篇，这些作品全部是他在20年代至40年代间所创作，新中国之后创作的侦探小说没有在内。他的小说中成功塑造了"中国的福尔摩斯——霍桑"的形象，使之成为中国人的骄傲。程小青的小说揭示了旧中国的黑暗与制度的腐朽，正是在这种背景下，才发生了形形色色的案件。他强调科学破案，让霍桑不单单靠逻辑推理，而要注重实地调查，善于运用丰富的经验和侦察专业知识来侦破各种案件。他的小说构思严谨、布局缜密、脉络清楚、情节曲折，写作手法大众化，受到了中国和世界读者的欢迎。

第二章　世界侦探小说名家简介（下）

前一章我首选了 10 位世界上较为有名的侦探小说家，如果让我再选一些侦探小说名家，我将给大家介绍以下 30 位，他们是柯林斯、凡迪恩、昌德勒、哈梅特、加德纳、横沟正史、卡尔、华雷斯、孙了红、陆澹安、俞天愤、高木彬光、赤川次郎、西村寿行、阿达莫夫、列昂诺夫、西村京太郎、金圣钟、鲇川哲也、曼凯尔、内田康夫、布洛克、康奈利、岛田庄司、东野圭吾、绫辻行人、笹泽左保、有栖川有栖、蓝玛、翼浦。这 30 名作家中除柯林斯、华雷斯是英国人，阿达莫夫、列昂诺夫是苏俄人，金圣钟是韩国人，曼凯尔是瑞典人，孙了红、陆澹安、俞天愤、蓝玛和翼浦是中国人外，有 7 位是美国人，其他都是日本人。由此可看到美国和日本侦探小说的优势和影响。这 30 位都是在世界或本国影响较大的作家，有的虽然作品并不多，但在侦探小说理论上有很大的贡献，如凡迪恩，影响了众多的人。

一、柯林斯

威廉·威尔基·柯林斯（1824—1889 年），英国著名作家、侦探小说家。1824 年 6 月 8 日出生于英国的伦敦，父亲是个画家。柯林斯早年就读于海堡私立学校，12 岁时随父母移居意大利，3 年后又回国。曾从事茶叶经营，后改学法律，曾在伦敦林肯法学协会当过律师。1847 年，他的父亲病逝，也是在这一年他开始从事写作，并以此为生。他的第一部作品是纪实文学《威廉·柯林斯传》，是关于他父亲生平的书，1848 年得以发表。从而他开始小说创作，1850 年，他写出了第一部小说《安东尼娜》，也叫《罗马的陷落》，是他在意大利生活时积累的创作素材和灵感，这是一部有关公元 6 世纪时罗马的历史小说，但此书是部失败之作。接下来的两年他写出了小说《贝锡尔》和《捉迷藏》，也是平平庸庸。这时他有机会结识了当代文豪狄更斯，他们成了莫逆之交，他的创作得以进步，由此他为狄更斯主编的、当时最风行的杂志《家常话》撰稿。他的长篇小说往往先在这本杂志上发表，然后出单行本。从 1856 年到 1886 年，30 年间他陆续写了《日落以后》、《死亡的秘密》、《红桃皇后》、《白衣女人》、《我的杂记》、《无名氏》、《阿玛台德》、《月亮宝石》、《夫妇》、《可怜的芬奇小姐》、《小姐呢还是太太》、《法律和夫人》、《新济良所》、《一个流氓的一生》、《小小说集》、《黑袍》、《心和科学》、《我说不行》、《恶魔》、《罪恶的河流》等,这些小说多是以犯罪事件为题材,其中有的就是侦探小说。他还与狄更斯合作写了《禁止通行》、《金玛丽号失事记》等。在这些作品中最有名的是《白衣女人》、《月亮宝石》和《新济良所》。特别是《白衣女人》和《月亮宝石》在世界上影响都很大,多年来被各国翻译出版。他的小说多为长篇,如1981年我国花城出版社出版的《白衣女人》多达711页、48万字。多年来我国多次出版的《月亮宝石》原著也是40多万字。这两部书都可以说是宏篇巨著。

纵观柯林斯的侦探小说,他的作品笔调辛辣,语寄讽刺,带有幽默色彩,小说中人物刻画生动鲜明。从他的创作风格上看,他在写小说时喜欢采用各个不同的人物分头去叙述各个不同的故事,然后贯连起来,这种面面俱到的写法使故事益发生动,这也是柯林斯在写作手法上的独特风格。小说中的故事情节大多神秘莫测,错综复杂,离奇曲折,然后,再用锋利的笔椽,层次分明地一一剖解,拨开疑云。柯林斯在侦探小说领域的主要贡献是在世界侦探小说刚刚起步之际,他将侦探小说从短篇引向长篇,并首先在侦探小说中塑造了一个职业侦探的形象,对后来的作者影响很大。

二、凡迪恩

S.S. 凡迪恩(1888—1939年),本名维勒·亨廷顿·怀特,美国侦探小说家。他生于美国弗吉尼亚州,父亲是一个小旅馆的老板,家庭并不富裕。他毕业于哈佛大学,后到慕尼黑和巴黎学习美术。1907年起,他作为知名美术评论家和文工团艺评论家经常在《洛杉矶时报》上发表文章,还担任过在美国比较有名的杂志《花花公子》的主编。他的处女作《有前途的男人》给他带来了声誉。为了生活,凡迪恩靠身兼多职来养家糊口。后来他与《花花公子》发行人发生冲突,被这家杂志社开除。此时,他卧病在床,疗养了两年。在这两年中他读了大量的侦探小说,被小说的魅力所吸引,并决定要写侦探小说,而且要超过前人的作品。最初,他带着3本侦探小说的提纲找到一个著名的出版商,编辑对他构思的业余侦探很感兴趣,立即同意先支付他3000元的稿费,这比他在杂志社工作的5年薪水还多,他非常高兴。3本小说相继得到出版,他用了一个怪笔名——S.S. 凡迪恩,S.S. 是轮船的缩写,凡迪恩是一个古老贵族的姓氏,神秘的笔名让读者猜测了3年之久。小说吸引了读者,受到社会的关注,很是畅销。小说中博学多才的菲洛·凡斯的形象,受到人们的欢迎。菲洛·凡斯重视罪犯的心理和动机,主张以心理分析为中心的分析推理法,由此来研究探索,从而破案。他把

犯罪视为艺术作品,把整个破案过程当做一场心智游戏,从各种心理因素去推论犯罪的真凶。

凡迪恩一生写了 12 部侦探小说,都以"杀人案件"命名,如《女神杀人案》、《水怪杀人案》、《豪宅杀人案》、《奇尸杀人案》、《香水杀人案》、《艳星杀人案》等。他的小都堪称古典侦探小说的杰作,有的取材于真人真事。然而,较他小说更有名的是他的《探案小说 20 条守则》,他将侦探小说看成是一种智力游戏,并设定一种模式,这就是 20 条守则。多年来,这 20 条守则在世界上有一定的影响。1939 年,凡迪恩病逝,只活到 51 岁。

三、昌德勒

雷蒙德·昌德勒(1888—1959 年),美国侦探小说作家。1888 年出生于美国的芝加哥市,他幼年时父母离异,他随母亲去了英国,就学于伦敦的达利奇学院,后又到法国和德国留学一年,毕业后曾参加英国的皇家空军,那时就非常爱好文学,后任伦敦《每日快报》记者。1912 年回美国,在旧金山银行工作。昌德勒在 45 岁时才开始小说的创作,并获得成功。1933 年成为职业作家,以写侦探小说闻名。主要作品有《长眠不醒》、《湖中的美人》、《高高的窗户》、《小妹妹》、《别了,我的美人》、《永别》等,共计 8 个长篇、20 个短篇。他的作品中主要塑造了硬汉侦探菲利普·马洛的形象。马洛性格倔强、敢作敢为,他不依靠机械的推理,而是用抗争的行为向暴力挑战。他的论文《简易谋杀术》被称为硬汉派侦探小说的宣言。他的作品并不多,但他和美国的哈梅特开创了野蛮派侦探时代,在美国侦探小说史上发挥了很大的作用,本人和作品在世界上都有一定的影响。

四、哈梅特

达谢尔·哈梅特(1894—1961 年),美国硬汉派侦探代表作家。他出生于美国的马里兰州的圣玛丽斯。13 岁时离开学校,到过美国很多地方,做过各类低薪工作。第一次世界大战时参军去了法国,战后在一家侦探社做过 8 年私人侦探。1923 年,他开始文学创作,后以侦探小说闻名。1934 年从事左派政治运动,第二次世界大战时又参军参战,成为一名反法西斯战士。主要作品有长篇侦探小说《红色收获》、《马尔他之鹰》、《戴恩的诅咒》、《玻璃钥匙》、《大丰收》、《杯子的线索》、《瘦子》等以及短篇集《萨姆·斯佩德冒险故事》、《爬行的锡罗人及其他》。他的作品并不多,其作品与昌德勒相似,都是以塑造硬汉侦探形象而出名。他的作品多以侦探奥普为主人公,在美国有一定的影响,主要代表作《马尔他之鹰》在世界上有很大影响,后被拍成电影。

五、加德纳

厄尔·斯坦利·加德纳（1889—1970年），美国侦探小说家。1889年出生于美国的马萨诸塞州的莫尔登市，父亲是矿业工程师。自幼他随父母四处旅行，曾在印第安那州瓦尔帕莱索大学学习，中途辍学，不久前往加利福尼亚州定居。开始在一家律师事务所当打字员，1911年获准在加利福尼亚开业当律师，开始为穷苦的亚裔和墨西哥裔人出庭辩护，此后从事这项工作20多年。1932年开始写作，刚开始发表了几篇以法律为背景的短篇侦探小说，一经发表就受到人们的欢迎，于是改写长篇侦探小说。1933年，长篇小说《移花接木案件》和《拗姑娘案件》发表后大获成功，他的小说中创造了一个五六十年来在美国家喻户晓的、在世界上也闻名的侦探——梅森律师。在此期间，他除了每周两天律师工作外，其余时间全部用来写作，平均每月写出20万字的作品。由于"梅森探案"的成功，加德纳索性放弃了律师工作专心写作，终成为当时美国出名的侦探推理作家。他共写了200多部小说，主要作品有《拗姑娘案件》、《作伪证的鹦鹉》、《超市的窃贼》、《失踪的女人》、《一翻两瞪眼》、《初出茅庐破大案》、《黄金的秘密》、《最后一张牌》、《换容案》、《结巴主教案》、《一发千钧》、《因祸得福》、《不是不报》、《丝绒瓜案件》、《地方检察官认为是谋杀》、《金矿之谜》、《梦游杀人案》、《迷人的幽灵》、《独眼证人》、《大猩猩杀人案》、《愤怒的证人》、《吠犬疑案》等。我国有几家出版社相继出版了《梅森探案集》，精选了他的几十部作品。

加德纳在早年写了很多短篇小说，后来多为长篇。他的长篇小说可分为3个系列。一是以律师派瑞·梅森为主角的"梅森探案"系列共85部，也是加德纳由此轰动世界文坛的系列作品，仅这个系列的作品现已被译成28种文字，畅销各国；二是以地方检察官道格拉斯·赛尔比为主角的"DA系列"侦探小说，这个系列共9部；三是以私家侦探柯白莎和赖唐诺为主角的"妙探奇案系列"，这个系列共29部。此外还有一些其他小说，其中有法庭小说、神秘小说等，其中他还塑造过其他侦探。1970年，加德纳病逝，享年81岁。

加德纳的作品，特别是侦探小说深受世界广大读者的欢迎。他的小说布局周密，构思新颖，既幽默又富有情趣，给人以智慧和启迪。特别是"梅森探案"系列，小说情节篇篇曲折紧张，扣人心弦，使读者兴趣盎然，从中也能了解美国的社会和法律制度等。书评家们认为他的作品为美国有史以来最好的侦探和法庭小说，他本人被誉为世界最畅销侦探小说之王。仅"梅森探案"系列销售量已超过3亿册。年年再版，很是热销。

六、横沟正史

横沟正史（1902—1981年），日本著名推理小说作家。1902年出生于日本的神户市，1924年毕业于大阪药专学校，1921年开始文学创作，并在《新青年》上发表处女作《令人恐怖的四月》。1926年入博文馆，1927年任《新青年》总编和《侦探小说》编辑。1932年，他辞职进行专业创作。1947年，他创作的惊险推理小说《本阵杀人案》荣获第一届"日本推理作家协会奖"。以后，他热衷于推理小说创作，其创作以日本当代社会为背景，推理小说以金田一耕助侦探为主人公，几十年来发表以金田一耕助和人形佐七为主人公等的推理小说200多部，主要作品有《八墓村》、《狱门岛》、《恶魔吹着笛子来》、《女蜂王》、《犬神家族》、《芙蓉公馆的秘密》、《女明星的奇特婚姻》、《迷宫之门》、《名琅庄》、《后门的女人》、《镜浦杀人事件》、《蝴蝶杀人案》、《迷路的新娘》、《医院坡血案》、《恶灵岛》、《暗夜里的黑豹》、《鬼火》、《真珠郎》、《假面剧场》、《化装舞会》、《罪恶的拍球歌》、《幽灵男》、《病态女百唇谱》、《白与黑》、《七面人生》、《恶性循环魔的宠儿》等。

横沟正史的作品被称为"变格派"的代表作，他的写作在注重逻辑推理的同时，更注重恐怖气氛的描写，用揭示人物的变态心理来突破传统的写法，有的作品还出现神鬼妖魔，形成了阴森诡秘的艺术流派。他的作品深受日本广大读者的欢迎，并出现多家"金田一探案研究会"。其作品累计发行数达5500万册，并被译成多种文字出版，也有的被改编成电影、电视剧，引起轰动，本人被奉为"日本当代惊险推理小说大师"。

七、卡尔

约翰·狄克逊·卡尔（1905—1977年），美国侦探小说家，他出生于美国的宾夕法尼亚州联合镇，父亲是宾州众议院议员。从高中时代起卡尔就为当地报纸写些运动故事，也尝试创作侦探小说和历史冒险小说，并对侦探小说产生了极大的兴趣，也曾立志将来成为一名侦探小说作家。他毕业于哈维佛学院，学过两年法律，曾远赴巴黎留学，1931年至1948年定居英国。1929年开始写侦探小说，1930年发表侦探小说处女作《夜间行走》，从此开始步入侦探小说的文坛。

1932年卡尔与英国女子克拉丽斯·克里夫斯结婚并定居英国。1933年，卡尔出版了基甸·菲尔博士系列首部作品《女巫角》。第二年创作的《布拉格宅邸谋杀案》中，亨利·梅尔维尔爵士登场。此后，卡尔交替写作的这两个系列，成为他最具有代表性的作品。他的作品风格独特，布局复杂，具有超自然的气息。更重要的是，他精心设计研究和创作出众多的密室杀人和不可能犯罪，让人有置身其中的神秘莫测感。他书中的人物常在不可思议的情况下消失无踪，或是在密室身亡，而他总能揭开各种诡计，作出合理的解答。密室杀人和不可能犯罪这一创作成果在读者和侦探小说研究学上产生过很大的影响。他曾用过卡尔·狄克逊的笔名，还用了约翰·狄克逊·卡尔这个名字。他用前一个名字塑造了密室破案高手神探亨利爵士的形象，用后一个名字塑造了密室大师基甸·菲尔博士的形象。但他用的后一个卡尔的笔名最为著名。他擅长设计复杂的密谋，生动营造出超自然的诡异氛围。他又称得上是个风格多变的实验家，试图将各种类型超现实恐怖小说、时光之旅奇想小说等纳入推理小说中，借此开创出全新格局。此外，他也是历史推理小说的名家。他熟知英国风情，笔下的作品有浓郁的英国古典风味，而其身为美籍作家让人们感到意外。他也是第一个受邀加入英国侦探俱乐部的美国作家。1960年他以传记小说《柯南·道尔的一生》获奖。1962年则荣获推理大奖。曾两度获得爱伦·坡侦探小说大奖及终身大师奖，并成为英国极具权威却也极端封闭的"推理俱乐部"成员（只有两名美国作家得以进入，另一位是派翠西亚·海史密斯）。

卡尔一生写了120多部小说，其中80多部是推理小说，含长篇73种，中短篇集10部以上，而每部作品各有特色，布局诡谲，设计奇出，可见他的功力与心血。他的作品多为"密室推理"小说。他的第一部小说《夜间行走》写的就是密室杀人，而后的《铁网笼谜题》也是写的密室杀人，将开放性空间变成"密室"。在他的《三口棺材》中也写了密室杀人。

在英国期间，卡尔除了创作推理小说外也活跃于广播界。他为BBC编写的推理广播剧"Appointment with Fear"是二次大战期间BBC非常受欢迎的招牌节目。美国军方因而破例让他免赴战场，留在BBC服务盟国人民。1965年卡尔离开英国，移居南卡罗来纳州格里维尔，在那里定居，直到1977年因肺癌去世。

著名的推理小说家兼评论家艾德蒙·克里斯宾曾推崇卡尔："论手法之精微高妙和气氛的营造技巧，他确可跻身英语系国家继爱伦坡之后三四位最伟大的推理小说作家之列。"其主要作品有《三口棺材》、《瘟疫庄谋杀案》、《唤醒死者》、《孔雀羽毛谋杀案》、《歪曲的枢纽》、《亡灵出没在古城》（即《连续自杀事件》）、《女巫角》、《宝剑八》、《犹大之窗》、《绿胶囊谋杀案》、《阿拉伯之夜谋杀案》、《沉睡的人面狮身》、《逆转死局》、《耳语之人》、《独角兽谋杀案》、《女郎之死》、《红寡妇谋杀案》、《遗失的绞刑架》、《修道院杀人案》、《疯帽商之谜》、《盲理发师》、《埃德蒙·戈弗雷爵士谋杀案》、《四支假枪》、《皇帝的鼻烟盒》、《蒙汗药》、《鬼敲门》、《饿鬼》、《福尔摩斯的业绩》等。

八、华雷斯

埃特加·华雷斯（1874—1932年），英国著名侦探小说作家。1874年9月出生于英国的格林威治。他有着极其苦难和凄惨的童年少年，母亲遗弃了他，他为了生计不得不做苦工，卖报、当船工，在苦难中勉强长大成人。后来他当了勤务兵，有机会读书并曾跟随长官在南非多年。他从小就喜爱文学，当勤务兵时就曾写过诗，也曾给英国多家报纸充当海外通讯员。他的第一部侦探小说是自费出版的《四义士》，但内容过于严肃而销量不好，靠报社预支才应付过去出版费用。就在他为此灰心时，一个出版商想到他在非洲的经历，便提出让他以非洲为背景写侦探小说，这样定会吸引英国的读者。结果他试写后获得成功，小说很是畅销。于是，他每年至少要写四五部长篇，有时竟然达到10部以上。最短时间能够在两天三夜写出一部8万多字的侦探小说。他的收入也是可观的，他最阔时有3处住宅、100多个仆人。然而，他出手大方，而且喜欢赌博、赛马，赚钱多而挥霍更多，死时还欠债，直到后来用版税还清。1931年冬，他应好莱坞米高梅影片公司邀请到美国改编剧本，不料合同刚签好便一病不起，1932年2月在美国病逝。遗体运回英国时，不但船上悬挂半旗，就连停泊在港口的军舰也降下半旗为他致哀，英国作家中死后受此荣典的并不多。华雷斯的侦探小说情节惊险，悬念迭出，因此可读性极强。主要作品有《四义士》、《蒙面人》、《天网恢恢》、《泰山岛》、《大帝之剑》、《黑衣人》、《残烛遗痕》、《蓝手》、《幽屋血案》等。

九、孙了红

孙了红（1897—1958年），原名咏雪，小名雪官，祖籍浙江宁波吴淞镇，是20年代到40年代的中国侦探小说作家，亦是中国现代通俗侦探推理文学发展史上的重要人物，是继程小青之后的重要侦探小说作家之一。他的早期侦探小说作品《傀儡剧》发表于《侦探世界》第六期（1923年11月）上，写"侠盗鲁平"盗窃富商收藏的古画并与侦探卢伦斗法的故事，在读者群中引起了广泛关注。他的主要作品有《蓝色响尾蛇》、《紫色游泳衣》、《血纸人》、《三十二号魔屋》、《鬼手》、《侠客鲁平》、《侠盗鲁平奇案》、《夜猎记》、《燕尾服》、《囤鱼肝油》、《窃齿记》、《木偶的戏剧》等。

十、陆澹安

陆澹安（1894—1980年），字光澹庵，江苏吴县人。他当过教师、大学教授，主编过《侦探世界》、《金铗钻报》，又做过广益书局、世界书局编辑等，1920年出版第一本侦探小说《毒手》，是我国20年代至40年代的侦探小说家。

他的小说成功地塑造了李飞这一侦探的形象,主要作品有李飞探案系列小说《梅里针》、《古塔孤囚》、《隔窗人面》、《夜半钟声》、《怪函》等。

十一、俞天愤

俞天愤(1881—1937年),又名承莱,字彩生,江苏常熟人。中国早期侦探小说著名作家,被誉为中国侦探小说的先驱拓荒者之一,曾任《鸣报》、《常熟日报》编辑。由于父亲逝前嘱咐他不要为写小说而浪费笔墨,从此辍笔,晚年皈依佛门,1932年死于躲避日寇途中,享年56岁。俞天愤于1916年出版长篇侦探小说《镜中人》,并以发表过众多的短篇侦探小说著称,曾在《红杂志》、《红玫瑰》、《礼拜六》、《小说月报》、《小说新报》等杂志上发表大量侦探小说,如短篇侦探小说《双履印》、《鬼旅馆》、《三棱镜》、《黑暮》、《遗嘱》、《白巾祸》、《玫瑰女郎》等。除此,主要作品还有长篇小说《薄命碑》和《绣囊记》,短篇侦探小说集《中国侦探谈》和《剑胆琴心录》。

十二、高木彬光

高木彬光(1920年至今),原名高木诚一,日本推理小说家。1920年出生于日本的青森市,高中毕业后考入京都帝国大学药学专业,后毕业于工学系冶金专业,毕业后曾在中岛机场当过技师。1948年发表处女作《刺青杀人事件》,从此走上文学创作的道路。1950年以《鬼面杀人案件》获第三届侦探俱乐部奖。1961年发表推理小说《破戒裁判》,此小说开拓了推理小说在法律题材上的新领域。这部小说塑造了一个有正义感的律师,歌颂了人道主义的精神。他一生写了60多部推理小说,主要作品有《成吉思汗的秘密》、《白昼的死角》、《破戒裁判》、《帝国死角》、《迷雾》、《来去无踪的女人》、《鬼面谋杀案》、《女富翁的遗产》、《女人的烈焰》、《零的蜜月》、《都市之狼》、《检察官雾岛三郎》、《人蚁》等。高木彬光的作品涉及日本的各个领域,尤其致力于法律题材的小说创作。从他的小说中可以看到以下的特点:一是运用侦探题材揭示社会的黑暗面,从而反映人与人的关系;二是塑造的人物形象鲜明,富有正义感;三是描写细腻,叙述生动,小说结构严密,逻辑性强,在文笔运用上较为灵活,有很强的艺术特色,深受广大读者的欢迎。

十三、赤川次郎

赤川次郎(1948年至今),日本推理小说家。1948年出生于日本的福冈县,从小喜欢古典音乐和漫画。高中毕业后未考取大学,于一家机械学会当校对,工作时间之余读书而迷上了侦探小说,特别是《福尔摩斯探案集》使柯南·道尔成

了他的启蒙老师。1976 年他的推理小说《幽灵火车》获得了《大众读物》推理小说新人奖,于是他迷上了推理小说的创作。1978 年他辞去工作,专业从事小说创作,并以极快的速度接二连三地写出了《三色猫福尔摩斯》、《三姐妹侦探团》、《华丽的侦探们》、《"灰姑娘"的殉情案》、《失踪的少女》、《血和蔷薇》、《神秘的诱惑》、《少女星泉奇遇》、《神秘的诱惑》、《欲海凶魔》等。1980 年他的推理小说《献给恶妻的安魂曲》获角川小说奖。从 20 世纪 80 年代起,他每年出版 15 本侦探小说,是一位高产的作家。到现在他已出版了 100 多部侦探推理小说,虽然他的作品从深度和文学技巧上都不如松本清张和森村诚一,但是几乎每本都畅销,在日本他的稿酬列日本作家第一。

从赤川次郎的小说中可知,他属于青春派推理小说,他站在青年人的视角来观察社会,对犯罪现象进行反思,为青年人创作作品。小说构思新颖,文笔幽默,文风简洁,节奏感强,惊险中又夹带笑料,符合现代人的阅读心理,所以深受青少年的欢迎。

十四、西村寿行

西村寿行(1930 年至今),日本推理小说家。他出生于日本的香川县,早年家境贫寒,曾当过记者、速记员、司机。1969 年以《犬鹫》获《大众读物》新人奖。1973 年发表以濑户内海污染为题材的《濑户内海杀人海流》,成为推理小说作家。现有推理小说 100 多部,主要作品有《死尸海峡》、《化石的荒野》、《白骨树林》、《魔界》、《涉过愤怒的河》、《血火大地》、《恐怖黑唇》、《迷惘的梦》、《诈骗圈套》等。电影《追捕》就是根据他的小说《涉过愤怒的河》改编而成,在世界范围内有一定的影响。

西村寿行的小说节奏感快,语言流畅,惊险的情节中带有人与人的情感,揭示了社会的一些黑幕,表现了人与法、善与恶、情与兽、正义与复仇多种场面的交错,很吸引人,被称为"反暴力推理小说"。

十五、阿达莫夫

阿尔卡季·格里戈里耶维奇·阿达莫夫(1920 年至今),俄罗斯侦探小说家。他出生于俄罗斯莫斯科市,其父格里戈里·阿达莫夫是前苏联著名的科幻小说家,他的科幻小说《两个海洋的秘密》和《赶走独裁者》在文坛上很有名,《两个海洋的秘密》后被拍成电影。阿达莫夫在 30 年代末中学毕业后便进入航空学院,学习登山和跳伞。1941 年卫国战争爆发不久,他毅然参加了军队,最先被编入一支执行特殊任务的机械化步兵旅服役,随后又调到列宁格勒军事航空学院负责前线机场的工作。战争结束后进入莫斯科大学学习,1948 年毕业于莫斯科大学历史系,毕业后曾做过新闻记者,20世纪40年代末开始发表文学作品。最先发表的具旅行探险的作品,如1948年发表小说《俄罗斯的哥伦布》,1950年发表小说《没有走过的路》。因经常接触社会,他受一些案件的吸引并和一些刑侦民警交上朋友,1952年开始搜集资料和破案素材,主要是刑事案和经济案的破案案例等。他的第一部侦探小说是发表于1956年的《形形色色的案件》,后被拍成电影,由此也激发他创作的热情,从而他热衷写侦探小说。主要作品有侦探小说《驱魔记》、《形形色色的案件》、《恶风》、《黑蛾》、《白墙一角》、《案中案》、《最后的"生意"》、《私访》、《侦察员谢夫》、《贼伙》、《许多未知数》、《狐狸的足迹》、《追捕》、《圈套》、《和许多无名人士在一起》、《半夜一点钟》、《水面上的圆圈》、《侦察在进行中》、《空位》、《乘隙而入》等20多部。他根据自己多年的创作经验写了一本侦探小说理论专著《侦探文学与我》,此书填补了前苏联及俄罗斯在侦探文学研究领域上的理论空白。阿达莫夫的创作大致分成2个阶段,第一阶段是20世纪50年代至60年代末,这个阶段主要写一些民警们同隐藏在企业内部的盗窃走私集团、社会上流氓抢劫集团作斗争,从而侦破一些刑事案件的现实主义小说,如《形形色色的案件》、《黑蛾》、《贼伙》等。第二个阶段是70年代到80年代,这一阶段描写有关经济犯罪以及侦破杀人案件的小说较多,如《恶风》、《圈套》、《空位》、《白墙一角》、《案中案》等。

阿达莫夫的小说语言精粹,人物形象鲜明,故事情节曲折惊险,法治观念较强,并从历史学、心理学、社会学的角度揭示了人类犯罪的原因和动机,曾影响了前苏联和一些社会主义国家的侦探小说创作。

十六、列昂诺夫

尼古拉·伊万诺维奇·列昂诺夫(1933—1999年),俄罗斯作家,1933年生于莫斯科,大学法律系毕业后在警界当侦探10年,其后专门从事文学创作。1966年发表第一部作品《展开追捕》,其后每年都有一两部作品问世。1975年发表了中篇侦探小说《跑马场》,在这部小说中首次塑造了刑警侦察员古罗夫的形象,这一文学人物旋即博得了广大读者的喜爱。4年后问世的《背后一枪》再次掀起了"古罗夫"热潮,再往后是《陷阱》、《注定胜利》、《职业人士》等,一本接着一本,到去世为止列昂诺夫所写的数十本"古罗夫"可谓本本都精彩,让列昂诺夫出名。他一生著有30多部侦探小说,其中以古罗夫为主人公的小说大部分被拍成电影。因此,列昂诺夫的名字通他笔下"古罗夫"的形象在俄罗斯家喻户晓,有口皆碑。

古罗夫10年的警察生涯为他创作侦探小说提供了真实的素材,1992年,列昂诺夫推出一部古罗夫系列小说《可恶的警察》。作品展示了前苏联解体前后一

幅幅残酷的社会现实图景:道貌岸然坐在"公仆"位置上的政界显要——将军、书记、局长、经理们出卖了人民赋予他们的权力,与黑手党沆瀣一气,勾结起来鲸吞国家资产,走私贩毒,鱼肉百姓,滥杀无辜,而广大普通群众则失去了一切,不得不在贫困线以下苦苦挣扎。列昂诺夫认为,侦探小说重要的不仅是紧张的场景与层层裹缠的情节,同样重要的还有主人公的行为心理动机、细节的精细微妙,所写主题的意义、英雄人物的存在,以及正义的必然胜利。他笔下的古罗夫与同类作品中的数十个文学人物很不相同。古罗夫不是一个公式化的警探,而是一个活生生的人。他的作品一直受到俄罗斯众多的读者欢迎和喜爱,正像该国《文学报》1999年9月15日版介绍的那样,"只要你走进莫斯科地铁,每个车厢里肯定有人手持列昂诺夫的小说在阅读"。

列昂诺夫除了小说,还写了几部电影脚本,比如《"欧米伽"方案》、《皮亚特尼茨基大街上的小酒馆》、《"海盗"行动》等。列昂诺夫的最后一部作品是《黑籍证》,主人公仍旧是古罗夫。他的主要作品有《跑马场》、《陷阱》、《注定胜利》、《稳操胜券》、《同室操戈》、《海盗行动》、《职业杀手》、《可恶的警察》、《危险的职业》、《没有目击者》、《边防检查员,你好》、《垂死》、《击昏》、《到案卷的字里行间》、《法律委员会正在搜寻》、《天色未晚》、《没有免费的馅饼》、《密探,祝你成功》、《雇佣杀手》、《鲜红的血》、《警察正在离开》、《我和你同一血统》、《无罪推定》、《正义的复仇》、《眼镜蛇的猛扑》、《毒蛇出洞》、《豺》、《古罗夫的辩护》、《天堂里的恶魔》、《食尸鸟》、《刽子手的笔迹》、《金钱与法律》、《直播室的死亡》、《黑箱证》等。

1999年1月14日,列昂诺夫逝世于伊尔库茨克。

十七、西村京太郎

西村京太郎(1930年至今),原名矢岛喜八郎,日本推理小说家。他出生于栃木县,毕业于东京都立电机高校。他生活在社会的底层,曾做过很卡车司机、私人侦探、保存安员、保险公司的职员等多种职业,这也为他后来从事推理小说的创作提供了丰富的生活素材。1961年发表处女作《黑色记忆》,引起文坛的关注。1957年发表处女作《天使的泪痕》并获得成功,从而步入文坛。其代表作有《恐怖的星期五》、《危险的拨号盘》、《疯狂之恋》、《樱花号列车上的奇案》、《蓝色列车上的谋杀案》、《情断死亡链》、《约会上的阴谋》、《世家迷雾》、《凌晨三点的罪恶》、《荒诞大劫案》、《陷阱》、《幽魂》、《消失的油轮》等。此外还有间谍小说《雷曼湖谍影》等。他的小说文笔流畅,人物个性鲜明。小说故事情节波澜起伏,悬念层出不穷。他一般将侦破的案件固定在某一范围,多为与铁路有关的连环案件,小说可读性很强。他写了几十部推理小说,除几部小说中有一个固定侦探外，其他的推理小说中都无固定的侦探，其主角多为奉命执行破案的警官。

十八、金圣钟

金圣钟（1941年至今），韩国推理小说家。他生于韩国全罗南道的求礼郡，10岁时失去母亲，高中毕业后到汉城的延世大学读书。由于家境比较贫困，他在人生的道路上从小就感到一种忧郁灰暗的格调，这也为他以后的文学创作打下了不可磨灭的烙印。1969年他开始文学创作，处女作《警察官》发表在韩国最大的报纸《朝鲜日报》上。1974他在《朝鲜日报》上发表的长篇推理小说《最后的证人》获该报长篇小说大奖，从此闻名全国。1986年，该小说又获得第二届韩国推理文学大奖。1992年，他在釜山创立"推理文学馆"。1994年，获凤生文学奖。历任韩国推理作家协会副会长、海运台文化观光论坛代表、"海运台之爱"社团理事、釜山小说家协会会长。

金圣钟是一位勤奋的作家，他笔耕不辍，创作的推理小说数量惊人。他的小说中塑造的侦探吴炳浩在韩国几乎是家喻户晓，深受人们的喜欢。他在创作上多采用法国式的推理手法，即通过案件调查来表现人物形象，摆脱了"追踪犯人的刑警"的老模式，而是进入围绕着犯人和刑警的世界和人生来展示故事。他的作品多反映下层百姓的故事，同情他们的不幸遭遇。从他的作品中可看到他用一种温柔和善良的态度来安慰下层的百姓。在刻画人物上，他更喜欢描绘人物在社会上的孤独与虚无，被人评为"黑色调"的作品。他的作品中有近20部是长篇小说，而且多部小说被拍成电影。他的主要作品有《最后的证人》、《复仇的迷途》、《欲望的深渊》、《美妙的幽会》、《刑警吴炳浩》、《金教授之死》、《灰色的悬崖》、《死亡城市》、《第五纵队》、《浮浪的江》、《Z的秘密》、《七朵玫瑰》、《在雾里枯萎》、《汉城的黄昏》、《呼唤死亡的少女》、《我要活下去》、《白色人间》、《第五个男人》、《迷路的彼岸》、《叛逆之壁》、《冰冻的时间》、《第三个情死》、《钢琴杀人案件》、《悲恋的火印》、《京釜钱特急杀人案》、《X线》、《情梦》、《国际列车谋杀案》、《第三个男人》、《火一样燃烧的女人》、《香港来的女人》等。

十九、鲇川哲也

鲇川哲也（1919—2002年），原名中川透，1919年生于东京，在中国东北长大。他于战后疗养期间执笔创作，1948年在侦探小说杂志ROCK上发表了短篇小说《月樨》（以那珂川透为笔名），首次登场亮相。1950年，他以《彼得罗夫案件》一文参加《宝石》杂志的长篇小说百万元大奖赛，以第一名的资格入选。1955年，讲谈社的大手笔工程《新作侦探小说全集》开始运行，其第十三卷面

向社会征集新人的作品。鲇川哲也以《黑色的皮箱》应征，与藤雪夫的《狮子座》、鹫尾三郎的《栖身酒藏的狐》展开了争斗，最终一举夺得了这第十三把交椅。从这部作品开始，作者使用了鲇川哲也的笔名，以后再也未变。1957年，经营状况恶化的《宝石》杂志为了重振雄风，聘请了江户川乱步担任主编，鲇川哲也在此杂志上发表了大量的推理小说。1960年，鲇川哲也以《黑色的天鹅》、《憎恶的化石》两个长篇获得日本侦探作家俱乐部奖（日本推理作家协会奖的前身），作为本格推理作家牢牢站住了脚。在日本本格推理小说不景气的年代里，他始终坚持理想，为该类小说创作的发展作出了巨大贡献。1988年，为了抗衡乱步赏和横沟赏对社会派的垂青，创元社设立奖项"鲇川哲也与十三个的谜"鼓励本格创作。他非常注重挖掘人才，在1975年时曾推动《幻影城》杂志社发起了"寻求幻之侦探作家"的计划。1988年，东京创元社的作品集《鲇川哲也和十三个谜》启动，这次夺得第十三把交椅的是今邑彩。1990年又设立了以鲇川哲也为名、一年一度的新人赏项，这个赏项原本是1988年"鲇川哲也与十三个的谜"的延续，由于它的授赏对象主要是具备本格风格的作品，因此从而出道的作家绝大部分属于新本格派，当中最为人瞩目的是曾入选首届佳作赏的二阶堂黎人。1991年他发表了三番馆调酒师系列短篇《莫扎特的摇篮曲》后，再未有作品问世。由于他发表了大量推理小说，为本格派推理小说的贡献巨大，被人誉为一代本格推理小说名家。其主要作品有《黑色的天鹅》、《憎恶的化石》、《咒缚再现》、《秘室》、《红色的密室》、《碑文谷事件》、《五个钟表》、《万无一失的谋杀》、《黑桃A的血咒》、《相似的房间》、《黑色的皮箱》等。2002年9月24日，鲇川哲也在神奈川县镰仓市因病逝世，享年83岁。

二十、曼凯尔

亨宁·曼凯尔（1948年至今），瑞典侦探小说家。1948年出生于瑞典的哈吉达伦，20世纪70年代开始写作，因创作"瓦兰德侦探小说系列"而一举成名。现有十几部侦探小说，主要作品有《金字塔》、《防火墙》、《羚羊行动》、《错误的轨迹》、《微笑的男人》、《一步之差》、《第五个女人》、《里加的狗》、《神秘的杀手》等。他的作品被翻译成29种文字，在仅有900万人口的瑞典就已出售350万册，德国、美国、英国、俄罗斯等国家也买下了整个"瓦兰德系列"的版权。在德国自1998年底以来售出450万册，创造了德国成人读物发行量的一个奇迹。德国《焦点周刊》公布的前20位文学类畅销书里，曼凯尔的小说达6部之多，其中《错误的轨迹》已被改编为电影。曼凯尔被称为"风靡欧美的侦探小说大师"。

二十一、内田康夫

内田康夫（1934年至今），日本推理小说家。1934年出生于日本东京。从日本东洋大学毕业后，便从事影视公司的广告词创作工作，一干便是20年。内田康夫有很深的文学基础，青少年时期就喜爱推理小说，并受松本清张、森村诚一等人的影响。他在46岁那年以推理小说《死者木灵》一书崭露头角，步入文坛。两年后，专业从事侦探推理小说创作。他的构思奇特，写作速度惊人，20年来共创作出《死者木灵》、《本冈坊杀人事件》、《幸福的手书》、《天河传说杀人事件》、《通灵女》、《花儿无价》、《沉睡的记忆》、《透明的遗书》、《翻过平城山的女人》、《风葬之城》、《盆景》、《蓝色长廊之谜》、《海市蜃楼》等130多部推理小说，是一位相当高产的作家，并有30多部小说被拍成电影。他笔下的侦探浅见光彦是名业余青年侦探，深受日本青年的喜爱。1996年，他荣获日本文学艺术俱乐部大奖。现系日本文学艺术家协会会员和日本推理作家协会会员。

二十二、布洛克

劳伦斯·布洛克（1938年至今），美国推理小说作家。生于纽约水牛城，在上世纪50年代开始写小说，处女作为《你不可错过》。他于1959年毕业于俄亥俄州安提阿学院，目前定居纽约。布洛克最早出版的小说《睡不着觉的密探》（1966年）主角是一位名叫伊凡·谭纳的密探，因为在朝鲜战争中脑部受伤，所以再也无法睡眠，这个角色在之后的系列中不断地出现。50年来，布洛克笔耕不断，迄今已有30余部小说问世，是个高产作家，在侦探推理小说创作上获得了辉煌的成绩。他是1994年爱伦·坡奖终身大师奖得主、三届爱伦坡奖得主、二届马耳他之鹰奖得主、四届夏姆斯奖得主、一届尼罗·吴尔夫奖得主，被人们誉为美国当代侦探小说大师。他的作品主要包括5个系列，即马修·史卡德系列：以一名酒鬼无牌私家侦探修·史卡德为主角，主要作品有《父子罪》、《在死亡之中》、《谋杀与创造之时》、《黑暗之刺》、《八百万种死法》、《酒店关门之后》、《刀锋之先》、《到坟场的车票》、《屠杀场之舞》、《行过死荫之地》、《恶魔预知死亡》、《一长串的死者》、《向邪恶追索》、《每个人都死了》、《死亡的渴望》、《繁花将尽》等；雅贼系列：以一名中年小偷兼二手书店老板柏尼·罗登拔为主角，主要作品有《别无选择的贼》、《衣柜里的贼》、《喜欢引用吉卜龄的贼》、《阅读史宾诺莎的贼》、《画风像蒙德里安的贼》、《把泰德威廉斯交易掉的贼》、《自以为是亨佛莱鲍嘉的贼》、《图书馆里的贼》、《麦田贼手》、《伺机下手的贼》；伊凡·谭纳系列：以一名韩战期间遭炮击从此"睡不着觉"的密探谭纳为主角，主要作品有《睡不着觉的密探》、《作废的捷克人》、《谭纳的12体操金钗》、《谭纳的非常泰冒

险》、《谭纳的两只老虎》、《这里来了一个英雄》、《我是谭纳，你是简》、《冰上的谭纳》等；奇波·哈里森系列：以一名自我陶醉的私家侦探奇波·哈里森为主角，主要作品有《没有疤痕》、《哈里森又一次划痕的碎片》、《和凶手一起搬出去》、《著上空装郁金香的恶作剧》等；杀手凯勒系列：以一名不以完成任务为满足的杀手凯勒为主角，主要作品有《杀手》、《黑名单》等。其实，他还有第六个系列，主角是一个不择手段为人辩护的律师。

二十三、康奈利

迈克尔·康奈利（1957年至今），美国推理小说作家。1957年生于美国费城，在佛罗里达大学主修新闻学，毕业后在多家报纸当过记者，曾入围1986年普利策新闻奖。上大学时迈克尔·康奈利学的是建筑专业，但他并不喜欢这门科目。一天晚上他溜达到大学学生联合会，那儿正在放映罗伯特·奥尔特曼导演的《漫长的告别》，这部电影是根据雷蒙·钱德勒德的同名小说改编。康奈利从未读过钱德勒的书，但是他爱上了这部电影，随后在一周之内看完了钱德勒所有的作品。直到此时，康奈利终于找到了自己的梦想——做一名像钱德勒那样的犯罪小说家。于是，他开始了推理小说《黑色的回声》的创作。1992年《黑色回声》出版，并获得当年艾伦·坡奖的最佳处女作奖。《黑色回声》获奖后，康奈利一发不可收拾，又写了《黑冰》、《混凝土里的金发女郎》和《最后的郊狼》等侦探推理小说，连续创作了以"哈里·博斯"为主角的侦探小说十余部及其他几部系列小说，每一部都叫好又叫座，不仅销量奇佳、被改编为电影，而且还荣获爱伦·坡奖、安东尼奖、尼罗·伍尔芙奖、夏姆斯奖、马耳他之鹰奖等各大推理小说奖项。目前，康奈利出版了17部小说，其中12部属于"哈里·博斯系列"。除了小说，他还编辑了《2003年美国最佳推理小说选》等。2003年至2004年，他还担任了美国推理小说作家协会（MWA）主席一职。康奈利熟谙犯罪心理学，又有丰富的犯罪新闻采访经验，因此写起侦探小说可谓驾轻就熟。在他的生花妙笔之下，每一景每一物都栩栩如生，对读者具有强烈的感染力，连前美国总统克林顿都是他的忠实读者。康奈利的作品在全球有31种语言译本，被誉为举世最杰出的侦探推理小说家。他的主要作品有《血型拼图》、《黑色回声》、《黑冰》、《行李箱之曲》、《混凝土里的金发女郎》、《最后的郊狼》、《诗人》、《比夜更黑》、《悬案终结者》、《犯罪一线》及纪实作品《犯罪的搏动》等。

二十四、岛田庄司

岛田庄司（1948年至今），日本作家、小说家，推理小说界"本格派"推理小说的代表人物之一，近年来被称为"推理之神"。他生于广岛县福山市，先后毕业于广岛县立福山诚之馆高校、武藏野美术大学。毕业后当过翻斗卡车司机，创作过插图与杂文，做过一段时间的占星师，在音乐和美术领域造诣非凡。1980年他以一部名为《占星术杀人魔法》的长篇推理小说参加第二十六届江户川乱步大奖角逐，但并未获奖，次年此书稿由讲谈社出版。这部作品由于运用了一种新思维和另一种推理手法，为日本乃至全世界推理文学的发展打开了一条全新的道路。两年后，岛田庄司的推理小说《斜屋犯罪》出版，以后又有多部推理小说相继问世，在社会上产生了一定的影响。

岛田庄司的推理小说中主要塑造了两个个性鲜明的侦探，一是御手洗洁，人物展现在完全用于实践其幻想本格理论的"御手洗洁"系列。二是吉敷竹史，人物活跃在带点社会派味道的"吉敷竹史"系列，两个系列的推理小说各有十余部。

岛田庄司的推理作品主题宏大而异想天开，故事趣味性既浓又离奇。有的故事的开端出现不可思议的事件，谜题带有浓厚的奇幻色彩，而最后的真相却又合情合理、充满说服力，而且诡计构思比一般本格派作家更为大胆和壮观，如《消失的"水晶特快"》等作品。在创作上，岛田庄司有多部小说在篇幅上超过千页，如《龙卧亭杀人事件》、《泪流不止》等巨篇推理，及《P的密室》、《魔神的游戏》、《上高地的开膛手杰克》、《圣尼可拉斯的钻石鞋》和《俄罗斯幽灵军舰事件》等御手洗探案系列。他创作的精力旺盛，态度认真并悉心收集社会情报，以社会观察家角度对日本社会问题提出省思探讨。

岛田庄司现定居在美国洛杉矶，已创作各类小说，论文集等80余种。推理小说主要有《占星术杀人魔法》、《斜屋犯罪》、《死亡之水》、《出云伪说7/8杀人事件》、《谎言杀人事件》、《被诅咒的木乃伊》、《北方仙鹤2/3杀人事件》、《死亡概率2/2》、《搜索杀人来电》、《失踪的上海女人》、《展望塔上的杀人》、《谎言绑架事件》、《灵魂离体杀人事件》、《字谜杀人事件》、《龙卧亭杀人事件》、《P之密室》、《眩晕》、《水晶金字塔》、《Y之构造》、《黑暗食人坡》、《消失的"水晶特快"》等。

二十五、东野圭吾

东野圭吾（1958年至今），日本推理小说家。1958年生于大阪，毕业于大阪府立大学工学部电器工学科，其处女作《放学后》于1985年一举赢得第三十一届江户川乱步奖后辞职成为专业作家。之后1999年的《秘密》获第五十二届日本推理作家协会奖，2006年的《嫌疑人X的献身》获第一百三十四届直木奖，东野圭吾从而达成了日本推理小说史上罕见的"三冠王"。他是一位高产的作家，自1985年发表作品以来，到目前已出版作品百余部，其中推理小说80多部。他

的推理小说成功地塑造了神探加贺恭一郎和伽利略两个系列的形象。他的推理小说很多被改编成电影或电视剧，本人除写推理小说外，也写电影和电视剧本或参与改编其推理小说的剧本。除上述获奖作品外，还有多种作品入围各种奖项或获奖。推理小说代表作有《放学后》、《毕业前的杀人游戏》、《白马庄杀人事件》、《学生街的杀人事件》、《士兵字杀人》、《魔球》、《香子之梦》、《浪花少年侦探团》、《沉睡的森林》、《杀人现场在云端》、《布鲁特斯的心脏——完全犯罪杀人接力》、《宿命》、《没有凶手的杀人夜》、《面具山庄杀人事件》、《雪地杀机》、《美丽的凶器》、《我以前死去的家》、《谁杀了她》、《又一个谎言》、《预知梦》、《恶意》、《杀人之门》、《湖边凶杀案》、《超·杀人事件》、《嫌疑人X的献身》、《名侦探的守则》、《绑架游戏》、《麒麟之翼》、《伽利略的苦恼》、《盛夏的方程式》、《虚像的道化师》等。

二十六、绫辻行人

原名内田直行（1960年至今），日本著名作家，本格派推理大师。1960年12月23日生于日本京都，京都大学教育系毕业并取得博士学位。他在大学期间成为大学推理小说研究会会员，1987年以笔名绫辻行人出版了推理小说《杀人的十角馆》，并塑造了侦探"岛田洁"这一角色，掀起一股本格派推理的旋风，成为众所瞩目的新锐作家。1988年他创作出版了推理小说《水车馆的杀人》与《迷路馆的杀人》，1989年创作出版了推理小说《人形馆的杀人》，1991年又出版了《时计馆的杀人》等。他的"馆"系列推理小说不仅深受读者喜爱，也奠定了他在文坛的地位。此外，他的恐怖小说《杀人鬼》、《眼球绮谭》等作品，也博得很大的回响，书中除了浓浓的恐怖美学外，也隐藏着悬疑推理的布局，别具特色。1992年，他的《杀人计时馆》获得第四十五届日本推理作家协会奖。1998年他开始亲自写剧本并兼任导演。绫辻的作品多充满解谜的趣味，并有些诡奇恐怖的色彩。他一贯采用细密的构思与严谨的布局，以钻研异常行为学的独特手法倾力展示小说中的智慧较量，看似毫无破绽的谋杀，经过抽丝剥茧、环环相扣的假设与求证，终于逼近真相。特别是"馆"系列推理小说格外注重谜团的设置，以及隐藏在故事背后的真相。

绫辻行人是一位高产的作家，近些年创作出版的主要作品有《杀人的十角馆》、《水车馆的杀人》、《迷路馆的杀人》、《月馆杀人事件》、《人形馆的杀人》、《黑猫馆的杀人》、《四〇九号室的患者》、《怪胎》、《最后的记忆》、《黄昏杀人耳语》、《暗黑杀人耳语》、《绯色杀人耳语》、《替身》、《咚咚桥坠落》、《尸体长发之谜》、《尸体肢解之谜》、《雾城邸杀人事件》、《推理大师的恶梦》、《眼珠特别料理》、《杀人鬼》、《杀人鬼逆袭》等。

二十七、笹泽左保

笹泽左保（1930—2002 年），本名笹泽胜，日本侦探小说作家。1930 年生于横滨，父亲也是文坛中的著名诗人。他毕业于关东学院，在邮政省简易保险局当公务员，最初创作电影剧本。60 年代《不速之客》被评选为江户川乱步佳作奖，从此跻身文坛。他与松本清张、水上勉都是本格派的继承者。他以流畅的叙述、缜密的推理著称于世，以把爱情故事与破案推理结合在一起的浪漫主义的情调见长，并深刻揭示了当代日本的社会弊端，在日本和世界各国拥有大量读者。1960 年发表充满本格味道的社会派杰作《没被邀请的客人》，获得江户川乱步奖的次等奖。1961 年的《噬人》再次获得第十四届日本侦探作家俱乐部奖。晚年的笹泽左保屡次遭受癌病的折磨，但于 1999 年仍然能获得第三届日本神秘文学大赏。其主要作品有《红蜘蛛》、《绝命情缘》、《光天化日下的囚徒》、《森林中的肉与骨》、《危险的招牌》、《命中的不幸》、《断崖边的情人》、《不懂女性心理的罪犯》、《初夜失踪的新娘》、《春梦疑案》、《暗坡》、《空白的起点》、《突如其来的明日》、《十五层地狱》、《隐藏的杀意》、《大海的请柬》等。

2002 年 10 月，笹泽左保因肝癌逝世，享年 71 岁。

二十八、有栖川有栖

有栖川有栖（1959 年至今），原名上原正英，日本推理小说家。1959 年 4 月 26 日出生于大阪，毕业于同学社大学法学系，在大学就读时参加了推理小说研究会。1989 年，当他在书店工作时即以处女作《日光秀》成名，并得到鲇川哲也赏识。1989 年出版了推理小说《孤岛迷局》，1992 年出版推理小说《双头恶魔》、《第四十六号的密室》，1994 年出版推理小说《俄罗斯红茶之谜》，1995 年推理小说《瑞典馆之谜》，1996 年出版推理小说《巴西蝶之谜》等，并以神秘惊险小说著称。他的作品中塑造了著名侦探、犯罪学者火村英生助教授的形象，此外还有江神二郎等侦探的形象。由于有栖川在写作中承袭艾勒里·奎因的解谜风格，他赢得"日本的艾勒里·奎因"的美誉。他目前任日本神秘惊险小说家俱乐部的会长。除上述作品外，他的作品还有《瑞士手表之谜》、《马来西亚铁道之谜》、《摩洛哥水晶之谜》、《英国庭园之谜》、《虹果村的密室之谜》、《魔镜》、《王妃的遇难船》、《女王国之城》、《白逃》、《乱鸦之岛》、《大理蚕茧》、《我在奈良的死亡之海》、《幽灵刑警》、《冬天的海市蜃楼》等。

二十九、蓝玛

蓝玛（1951 年至今），本名马铭。1951 年生于北京，祖籍山东蓬莱，1969

年赴云南生产建设兵团，1974年调入云南省文化厅，1992年返回北京。1975年开始小说创作，现为自由撰稿人，中国作家协会会员。

蓝玛是一位既勤奋又高产的作家，其作品在现代侦探小说界影响很大，受到了众多读者的喜爱。他从1993年开始致力于中国悬念小说创作，集中推出了"神探桑楚推理小说系列"，塑造了大侦探桑楚的艺术形象，引起了海峡两岸新闻界的广泛关注，并将桑楚的形象搬上了电视屏幕。此外还有神探司马系列。据不完全统计，蓝玛现已完成中、长篇小说60多部，短篇小说近百余篇。蓝玛的推理小说《天堂并不遥远》(《绿蜘蛛》)(群众出版社1998年)获1998年"全国首届侦探小说大赛"新作奖二等奖（此届一等奖空缺），《凝视黑夜》(群众出版社2000年)获2000年"全国第二届侦探小说大赛"最佳长篇小说奖。在侦探小说创作上，蓝玛还为少年儿童创作了众多的作品，是一个全面发展的写作高手。主要作品有《女明星失踪之夜》、《玩股票的梅花老K》、《神秘的绿卡》、《珍邮之谜》、《地狱的敲门声》、《城疫》（短篇集）、《天堂并不遥远》、《佛罗伦萨来客》、《无脸人》、《人妖》（中篇小说集）、《命若悬丝》、《魔鬼收藏家》、《紫月亮》、《蓝叔叔神秘小说》、《诡异的同船人：Ⅰ级神秘》、《迷幻妈咪：Ⅰ级神秘》、《蛇山鬼影：Ⅰ级神秘》、《被挡住的半张脸：Ⅱ级神秘》、《幽灵信使：Ⅱ级神秘》《黑色梦眼：Ⅲ级神秘》、《灵猫：Ⅲ级神秘》、《消逝的黑纽扣》、《黑鲨礁怪客》《不可思议的谋杀》、《夜色中的红风衣》、《湖边别墅的鬼影》、《第三幅图像》、《夏日疑云》、《古溶洞迷案》、《墓地幽灵》、《红樱桃之谜》、《玫瑰园疑案》、《命若悬丝》、《恐怖的黑森林》、《凶宅》、《省长夫人之死》、《香草梦》、《哀牢彝雄》、《剑啸霜天》、《幽灵海湾》、《浮岛回声》、《海蜘蛛》、《绿蜘蛛》、《黑鲨消逝》、《凝视黑夜》、《神秘的古镜》、《半个月亮》、《雨夜怪梦》、《枪后有眼》、《落日峡谷》、《食血蝙蝠》、《孤楼惊梦》等，以及几个少儿侦探小说系列及科幻侦探系列。

另外，蓝玛主要的纯文学作品有《三友茶寮》、《陋巷》、《紫丁香别墅》和中篇小说集《孤灯》等。

三十、翼浦

翼浦（1940年至今），本名陈翼浦，1940年出生于北京，原首都师范大学中文系逻辑学教授，中国著名侦探推理小说作家。1993年开始致力于侦探、推理小说创作，塑造了"警探雷鸣"形象的系列侦探推理小说。作品《错乱人生》（群众出版社1998年）获1998年"全国首届侦探小说大赛"三等奖。《情死真相》(《警探》杂志2000年12期)获2000年"全国第二届侦探小说大赛"提名奖。以翼浦侦探小说为剧本的20集电视剧《警探雷鸣》已经在全国各地电视台陆续播出。主要作品有《错乱人生》、《骗中骗》、《迷惘的痴情女》、《雾中的紫薇花》、《残酷的追求》、《又有新欢》、《血浸的轮痕》、《克里斯蒂的教唆》、《难兄难妹》、《雾锁豪门》、《乱事佳人》、《黑道寻踪》、《蜜月杀机》、《天伦之误》、《代罪的情缘》、《美女作家的毁灭》、《我的内线使命》、《老骗手》、《老北京奇案》、《老上海奇案》、《犄角旮旯的怪案》等。其中有一部分是中短篇侦探推理小说集。2011年又出版了微型推理小说探案集《警长手记》。

第三章 女性侦探小说作家

谈到侦探小说，人们自然会想到柯南·道尔以及他塑造的福尔摩斯形象，也会想到阿加莎·克里斯蒂以及她的作品《尼罗河上的惨案》、《东方快车谋杀案》等和其塑造的私人侦探波洛的形象。在众多的侦探小说作家中，涌现出一些擅长写侦探小说的女作家，她们的作品既有特色又新颖，感染力较强，读者群较大，多数人还是高产的作家。下面我向读者介绍一些女性作家和其有关作品。

阿加莎·克里斯蒂，原名阿加莎·玛丽·克拉丽莎·米勒，英国作家。1890年出生于英国德文郡托基市，原学声乐，后转写作。她一生写了80多部长篇、100多个短篇、17部剧作。受到柯南·道尔推理小说和法国鲁勒侦探小说影响，1920年她写出了第一部侦探小说《斯泰尔斯庄园》。其后的作品《尼罗河上惨案》、《东方快车谋杀案》轰动了世界文坛。她一生勤奋，是一位多产的作家。她的侦探小说以构思精巧、情节离奇而著称，尤其擅长通过严谨的逻辑推理使案情分析令人信服，采用多层次叙述手法，结局往往出人意料。然而论证确凿，合情合理，令人赞叹。如《孤岛奇案》、《云中奇案》、《复仇女神》、《死的怀念》等。她的作品被译成100多种文字在100多个国家出售，销量高达4亿多册，成为世界上作品最畅销的作家。1976年她在英国沃灵福德逝世。

多萝西·塞耶斯，英国侦探小说家。1893年生于英国牛津，毕业于牛津大学。她通晓法语和德语，从小就喜欢读书、写作，喜爱音乐和戏剧。1923年开始发表侦探小说，主要作品有《谁的尸体》、《贝洛那俱乐部的不愉快事件》、《烈性毒药》、《五条红鲱鱼》、《索命》、《绞刑人的假日》、《九个裁缝》、《公交车司机的蜜月》、《杀人广告》、《剧毒》等。她一生写了50多部侦探小说，她的小说情节构思精细，主题鲜明，人物刻画既有深度而又栩栩如生，在背景描写上很细致。

马杰里·阿林厄姆，英国侦探小说家。1904年生于英国伦敦，父亲是位作家。她曾就读于剑桥珀斯女子高中，1927年与艺术家编辑菲利普·卡特结婚。她的主要作品有《里达德利的罪恶》、《甜蜜的危险》、《神秘的一英里》、《验尸官的行话》、《幽灵的死亡》、《献给法官的花》、《给殡葬者添活干》、《烟中虎》、《葬礼上的警察》、《遮起我的眼睛》等。她的小说擅长用荒诞的手法，情节紧凑曲折，思想内涵深刻，描写以细腻见长。在小说中多着重刻画年轻罪犯的形象，注重渲染凶杀、恐怖的氛围，加有古怪和想象的构思。

玛丽·莱因哈特，美国侦探小说家。1876年生于美国宾夕法尼亚州的匹兹堡市。1903年她开始专业写作，主要作品有《环形楼梯》、《在底下第十层的人》、《游泳池》、《门》、《红灯》等。她的小说充满悬念、神秘，行文却慢条斯理，给人以回味，很有个性，有的小说已被搬上银幕。

恩加伊奥·马什，英国作家。1895年出生于新西兰的基督堂市，早年学过表演，曾任剧团的编导。她很爱侦探小说，尤其喜爱阿加莎·克里斯蒂的小说，受阿加莎·克里斯蒂的影响，后来从事侦探小说的创作，大部分作品继承了克里斯蒂的风格。主要作品有《凶手进来》、《死时系白色蝴蝶结领带》、《死亡序曲》等。她的作品多为以乡村为背景，注重人物的刻画和语言的运用，艺术韵味很强。

约瑟芬·铁伊，英国推理小说作家。1897年出生于苏格兰因弗内斯，就读于当地的皇家学院。之后，在伯明翰的安斯地物理训练学院接受训练，然后开始物理训练讲师的生涯。后来，她辞去教师职务照顾住在洛克耐的父亲，并开始写作生涯。这位英籍女作家是20世纪30年代以来推理史最辉煌的第二黄金期三大女杰之一，也是其中最特立独行的一位。和她齐名的是克里斯蒂和多萝西·塞耶斯。铁伊一生只写出8部推理小说，但水准都属上层。这8部推理小说是《时间女儿》、《法兰柴思事件》、《萍小姐的主意》、《博来·法拉先生》、《一先令蜡烛》、《一张俊美的脸》、《排队的人》、《歌唱的沙》。1952年铁伊病逝于伦敦。

克里斯蒂安娜·布兰德，原名玛丽·克里斯蒂安娜·米尔恩，英国作家。1907年出生于马来西亚，童年在印度度过，后来回英国读书，17岁因家庭巨变只好走向社会寻找工作，曾做过家庭教师、售货员、女招待、秘书等。1939年与一位医生结婚，二战期间参加了护理工作。1941年开始侦探小说创作，第一部作品为《高跟鞋之死》，3年后又创作出侦探小说《绿色危机》，接下来10年间写出5部长篇，还有一些短篇，她的作品塑造了两个探长的不同形象。她写侦探小说的最初目的是"为了好玩"，还曾以自己家为现场创作了《伦敦迷雾》，作品在英国影响很大，她也被称为"奇女"。1988年逝世。

夏树静子，原名出光静子，日本著名推理小说家。1938年出生于日本东京，毕业于日本庆应大学，在学生时代就创作和发表过推理小说，婚后一度中断。1969年又出现在推理小说的舞台，她的《天使消失》等作品获"江户川乱步候补奖"。1976年她的推理小说《失踪》（又名《蒸发》）获日本第二十六届作家协会奖。她的主要作品有《天使消失》、《失踪》、《风之门》、《第三个女人》、《来自

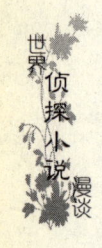

死亡谷的女人》、《目击》、《住宅悲剧》、《变性者的隐私》、《罪犯的现场证明》、《案件的假象》、《爱的终结》、《雾冰》、《光之崖》、《青春的悬崖》、《丧失》、《远去的影子》等。她的作品文笔细腻，人物刻画生动，尤其擅长描绘女性的心理活动，有较强的故事性和文学性。她写了80多部中长篇，也有一些短篇，如《情妇出示的旁证》、《跑道灯》等，在日本甚至亚洲都是一位有影响的女作家。她的作品几乎都被搬上过银幕。

山村美纱，日本侦探小说家。1934年生于京都，毕业于京都福利大学，曾当过中学教师。工作之余，她对侦探小说产生极大的兴趣。1964年开始写侦探小说，主要作品有《离婚旅行》、《蝴蝶痣的姑娘》、《玫瑰色的谋杀案》、《舞妓之死》、《躲在背后的眼睛》、《京都化野杀人案》、《京都旅行杀人案》、《美发城杀人案》、《仿真珍珠谋杀案》、《黑色环状线》、《陷阱》等。她的小说大都以京都为背景，情节曲折离奇，创意新颖，布局合理。曾3次获得过推理小说最高奖项"江户川乱步"提名奖，被人称为"推理小说女王"。1996年9月病逝。

仁木悦子，原名大井三重子，日本女作家。1928年生于日本东京，4岁时得病瘫痪在床，在其哥哥的帮助和鼓励下，坚持自学文化。她从小就喜爱童话和推理小说，并以顽强的毅力开始文学创作。1957年她以《猫知道》获日本"江户川乱步奖"，该书印数达15万册，后来被拍成电影，受到人们瞩目。她先后共做了5次手术，终于勉强能靠轮椅上街。多年来，她发表了《林中小屋》、《杀人路线图》、《有刺的树》、《黑色缎带》、《枯叶色的街》、《冰冷的街》、《没有灯光的窗户》、《红色珍珠》、《两张照片》等作品。她的作品风格爽快，笔法细腻，设谜精巧，引人入胜。在写法上受克里斯蒂影响，很受读者欢迎。

玛西亚·缪勒，美国侦探小说家。1944年出生于美国底特律。在大学读书时，她潜心学习研究硬派侦探小说大师雷蒙德·钱德勒和罗斯·麦克唐纳的作品。1977年她创作了以莎伦·麦克恩为主人公的女性侦探小说，一举成功。1981年成为专业作家，每年以一至两本的速度创作女侦探形象的长篇侦探小说，迄今为止，她已创作出以莎伦·麦克恩和埃琳娜·奥利弗雷兹两个女侦探系列的长篇小说20多部。如《阴影中的狼》、《埃德温铁鞋》、《这些卡片的问号》、《柴郡猫的眼睛》、《驱逐黑暗的游戏》、《白衣骑士》、《刀光剑影》、《黑星》、《变本加厉》、《鸽房女尸案》、《风眼》、《街头枪击案之谜》、《图发湖的秘密》、《捕风之网》、《回声何在》、《女尸奇案》、《爱之祸》等。1993年，她因在侦探小说领域成绩非凡而获得美国私人侦探小说作家协会颁发的终身成就奖。翌年，她创作的《阴影中的狼》又获爱伦·坡最佳犯罪小说提名奖、安冬尼·鲍彻最佳犯罪小说提名奖和安冬尼·鲍彻奖。她的作品大多成为畅销书，被译成多国文字在世界上出版发行。

玛格丽特·米勒,1915年出生于加拿大。她从小就迷上了侦探小说,后来与美国著名侦探小说家麦克唐纳结婚,1941年定居美国。米勒于1941年开始创作侦探小说,两年内出版发表了3本侦探小说,即《看不见的蠕虫》、《弱视蝙蝠》、《魔鬼爱我》。以后相继推出了《墙眼》、《火焰凝固》、《坟墓中的陌生人》、《人与魔》、《视角中的野兽》、《好一个天使》、《恶魔》、《善恶园中的猎手》、《谋杀米兰达》、《神魂颠倒的女人》、《铁门》、《蜘蛛网》、《女鬼》等几十本。《视野中的野兽》和《女鬼》曾分别得过爱伦·坡奖。她的作品的特点是成功地将西方心理犯罪的传统同当代通俗小说的若干要素结合起来,构思精巧,人物鲜明,语言生动,布局严谨,情节和故事内容神秘悬疑,被人称为神秘悬疑小说的奠基人之一。她的小说大多被称为神秘小说,但实属侦探小说。

亚历山德拉·玛丽尼娜,原名玛丽拉·阿列克谢耶娃,俄罗斯侦探小说家。1957年7月16日出生于前苏联里沃夫市的一个律师世家。小时曾就读一家英语专业学校和一家音乐学校,后来选择了法律专业,并于1979年获得了莫斯科州立大学法学学位。毕业后就职于前苏联内务部研究院,任实验室助理。一年后,她被授予民兵陆军中尉军衔。她主要从事研究工作,1998年2月被授予中校军衔,同年3月退休,从此后专心从事侦探小说的写作。从1992年起,她就开始了自己的侦探系列小说的创作,首部心理推理探案小说《同时发生的情况》一经发表,便引起轰动。从此一发而不可收,至今已完成30多部作品。她的系列侦探小说成功地塑造了莫斯科刑事调查局指挥中心的女性侦探娜斯佳·阿娜斯塔霞·卡敏斯卡娅的形象,受到了众多读者的喜欢。她的作品主要有《阳光下的死神》、《别人的面具》、《追逐死亡》、《不要阻挠刽子手》、《相继死去的人们》、《在别人的场地上游戏》、《豪宅枪声》、《我死于昨天》、《死亡与薄情》、《巧合》、《安魂曲》、《间乐幽灵》、《上帝的嘲笑》等,后被编为"黑猫"侦探系列。她的作品既细腻又纯朴,注重推理又注重写实,有现代气息。目前,她的小说发行量已超过500万册,风靡俄罗斯,也受到世界各国读者的欢迎,因此被人称为"俄罗斯的阿加莎·克里斯蒂"。

达里娅·东佐娃,本名阿格里平娜·瓦西里耶娃,是俄罗斯著名作家阿尔卡季·瓦西里耶夫的女儿。生于1952年,毕业于莫斯科大学新闻系,长期在报纸和杂志社担任记者工作。她从1997年开始创作侦探小说,至今为止已写出了40多本书。推出其作品的是以出版侦探小说著称的俄罗斯埃克斯摩出版社。她是该社继亚历山德拉·玛丽尼娜之后推出的第二位当红女作家,并在2001年和2002年连续两次被评为"年度作家"。其作品故事情节曲折,语言幽默,信息量很大,生活气息浓郁,可以让人从中了解当代俄罗斯社会各阶层人民的生活现状,故一上市就深受读者喜爱。主要作品有《鳄鱼泳池》、《为死者修指甲》、《带鲨鱼图案的扑克》、《浑水钻石》、《收获毒浆果》、《非秘密材料》、《巴黎惊魂》等。

阿罗达·克罗斯，美国作家。她出生于1926年，1963年开始侦探小说的创作，主要作品有《最后的分析》、《詹姆斯·乔依斯谋杀案》、《死在终身职位上》、《威妮弗雷没说话》、《傻瓜的陷阱》等。她笔下的侦探是一位才智聪睿的女教授，小说通过一个女侦探与社会、与她置身的知识界的接触来揭示各种案件的谜，从而展示一个女性的性格和形象。

玛格丽特·杜鲁门，美国著名的侦探小说家，被人称为"美国的阿加莎·克里斯蒂"。1924年2月17日出生于美国密苏里州独立城，毕业于华盛顿大学。1956年与美国新闻记者克里顿·丹尼尔结婚，过着平静的生活。1947年写出她的第一本书。她是美国前总统哈里·杜鲁门的女儿，由于所处特殊的身份和经历，对美国高层领导和机构的状况很了解。她的小说多以重大案件为题材，以美国最高权力机构运作为背景，展示的是当代美国政治生活的一幅全景图，至今已有30多部作品。她的主要代表作有《国会山疑案》、《五角大楼疑案》、《水门疑案》、《中央情报局疑案》、《白宫疑案》、《肯尼迪中心疑案》、《国家美术馆疑案》、《联邦调查局疑案》、《靶子上的男人与妇侦探》等。她的小说注重情节和心理描写，充分利用现代侦察手段，具有扑朔迷离、惊险跌宕的特点。美国《纽约时报》曾评论她说："写侦探小说而不拘泥于传统的破案手法，写政治小说又以破案情节吸引读者，玛格丽特·杜鲁门就是这样巧妙地引你走进戏中，人类的贪欲和伪善、脆弱和无奈，则是这出戏最初的导火线和最终的注脚。"

苏·格拉夫顿，美国侦探小说家。她出生于1940年，是继柯南·道尔、克里斯蒂后又一位在世界上有影响的侦探小说作家。她的名字在美国几乎家喻户晓，小说的人物经常成为美国大众家庭的话题。她的小说多塑造女性硬派侦探金西·米尔霍恩，通过严密的逻辑推理来侦破一起起头绪繁乱、扑朔迷离的案件。至今她已有几十部作品，主要代表作有《他不在现场》、《赖账者》、《变容夜盗》、《悬案》等。她的作品成为美国《纽约时报》、《出版者周刊》连续上榜畅销书，在全世界累计发行上千万册。

帕特丽夏·康微尔，美国侦探小说家。1956年出生于美国佛罗里达州迈阿密。她曾当过新闻记者、法医记录员、计算机分析员等。1990年发表以女法医斯卡佩塔为主人公的侦探小说处女作《尸体会说话》获得成功，并在1991年获得埃德加文学奖、克雷西文学奖、安东尼文学奖、麦克维提文学奖和法国的浪漫传奇小说奖。1991年，她的第二部作品《残骸线索》成为畅销书。1993年，她的另一部侦探小说《失落的指纹》获得英国作家协会颁发的金匕首奖，这是美国作家首次获此殊荣。此外还有侦探小说《肉体证据》、《恶犬岛》等。她的小说多描写凶杀案件最后通过法医获得证据而破案。至1990年开始写作以来，平均每年出版一部侦探小说,到现在已出版了 11 部以女法医斯卡佩塔为主人公的侦探小说,并受到社会的注目。我国作家晓剑在为近年来我国新翻译的康微尔的女法医探案系列小说集作序时提到:"帕特丽夏·康微尔女士的系列作品明显地在超越着日本的社会派推理小说,也超越着美国本土以往的破案文学,她所精心设置的故事在逻辑上的清晰、当代生活中高科技手段的运用、时尚变化在文本中绝不落伍的呈现以犯罪心理的真实描述,都使她无愧于新一代破案作家群体中的代表人物。"

米涅·渥特丝,英国著名推理小说作家。于 1949 年出生于英国的斯托夫,1968 年大学外语系毕业后曾担任一妇女杂志的专栏编辑、主编。1992 年开始尝试写推理小说,处女作《冰屋》一经出版即引起轰动,并荣获英国侦探作家协会年度最佳新作奖;1993 年,她的第二本侦探小说《女雕刻家》在美国获得爱伦·坡奖的年度最佳小说;1994 年,她的第三本侦探小说《毒舌钩》在英国又获得英国侦探作家协会金匕首奖的年度最佳小说。报纸评论说:"渥特丝只花了短短三年时间,用了区区三部小说,就拿光了大西洋两岸象征侦探小说最高荣誉的所有可能奖项,简单统一了英美两国。这样的成就,篮球之神迈克尔·乔丹也没能拿到。于是,英美推理世界索性决定把一个非常设性的、代表更高荣誉而且业已悬缺二三十年的推理小说女王宝座交给了她。"此外,渥特丝还有侦探小说《黑色的房间》、《回音》、《破碎》等,她一年内能保证创作出一本侦探小说。

布丽吉特·奥贝尔,法国侦探案小说家。1956 年出生在法国的夏纳。其父在电影院工作,布丽吉特从小就爱看电影,受电影的熏陶,她 10 岁就开始写作,曾当过电影脚本编写者。后从事侦探小说的写作,并相继有大量的作品问世,主要作品有《铁玫瑰》、《马歇尔医生的四个儿子》、《森林死神》、《杰克逊维尔布上空的阴影》、《黑线》、《雪山惨案》、《改头换面》等。因小说多描写恐怖的案件场景,她的小说也被人称为"恐怖探案小说"。她的侦探小说《森林死神》获法国侦探小说文学大奖。

弗莱德·瓦尔加,法国侦探小说家。1957 年出生,是位专攻中世纪历史的法国考古学家,她的第一部小说《爱情和死亡游戏》获得 1986 年侦探小说奖,《画蓝色怪圈的人》获得了 1992 年度圣一纳撒尔小说奖,《站起来,死去的人》获得 1995 年度波德莱尔奖,《蓝色俱乐部中的男人》获得了圣拿撒勒节大奖。1995 年,她的《死者,起立》先后获得勒芒城侦探小说奖和神秘小说批评奖;1999 年,她的《反面人》又相继获得黑色小说大奖和神秘小说批评奖。此外她还有《垂死者向你致敬》、《三叉戟之谜》、《地狱来客》、《快走、慢回》等作品,《快走、慢回》后被拍成电影,此小说还获得了"2004 年德国侦探小说奖"。基于此,瓦尔加被誉为"法国侦探小说女王"、"新一代的阿加莎·克里斯蒂",其

声名响彻法国乃至整个欧洲。

安·格兰泽，英国著名女作家。她毕业于伦敦大学现代语言系，职业是英国驻外领事，现已出版二十多部侦探小说，主要作品有《白骨哀泣》、《谋杀季节》、《天堂睡美人》、《毒心》、《血溅大饭店》、《冷森的原野》、《尸首之烛》、《葬礼之花》、《遗言》、《招魂》、《谋杀阴影》、《歌舞背后》、《触摸死亡》、《地下》、《无休的罪恶》、《谋杀之途》等。

桐野夏生，原名桥冈まり子，日本女作家。1951年出生，成蹊大学法学部毕业。1993年以冷硬派作品《降在脸上的雨》获得了第三十九届江户川乱步奖而成为推理小说作家，翌年再发表与前作同属女私家侦探村野系列的第二篇《被天使舍弃之夜》，而犯罪小说《OUT》更于1998年获得第五十一届日本推理协会赏，《越界》获得1998年度日本第五十届推理作家协会奖，1999年的《柔软的面颊》也获得了第一百二十一届直木赏，2003年以《怪异》获第三十一届泉镜花文学奖，2004年以《残暴记》获第十七届柴田炼三郎奖，同年，《OUT》获美国爱伦坡奖提名，2005年以《点燃斗志》获第五届妇人公论文艺奖。主要作品有《越界》、《残虐记》、《柔顿》、《异气氛恶》、《东京岛》、《魂萌》、《冒险的国》、《降在脸上的雨》、《熟女杀人事件》、《被天使舍弃的夜晚》、《光源》、《玉兰》、《异常》、《怪物们的晚宴》等。

此外，世界上还有很多有影响的女性侦探小说家，如英国侦探小说家菲莉丝·多萝茜·詹姆斯，她的主要作品是《死亡的滋味》、《夜莺的衾衣》、《黑塔楼》等。恩加伊奥·马什也是一位富有个性的侦探小说家，主要作品有《潜入凶手》、《系白色领带而死》、《死亡序曲》等。英国侦探小说家弗朗西丝·法菲德尔，主要作品有《罪行问题》、《火的审判》、《沉睡》、《影子游戏》、《清白的良心》等。英国作家鲁思·伦德尔，已出版20多部小说，主要作品有《夜并不太长》和短篇小说集《血线》等。英国作家米涅特·沃尔特斯著有《暗室》等多部推理小说。英国作家凯特·萨默斯凯尔，其侦探小说《惠彻先生的猜疑》曾获得BBC塞缪尔·约翰逊非小说文学奖。据悉，《哈利·波特》系列魔法小说的作者英国女作家罗琳也开始尝试写侦探小说。德国女作家安德雷娅·玛丽娅·申克尔著有侦探小说《谋杀村》。在美国有上百名女性作家都写过侦探小说，较著名的也有几十位，如侦探小说家米尼翁·埃伯哈特，共写了40多部侦探小说，如《白鸽》、《玻璃拖鞋》、《十八号房的病人》等。唐娜·莱昂，主要作品有《运河奇案》、《红鞋疑案》、《死亡与报应》、《乐坛孽魂》等。温迪·霍恩斯比，著有系列小说《七十七街安魂曲》、《午夜宝宝》、《居心叵测》、《真相大白》等。安娜·凯瑟琳·格林，她是美国侦探小说的创始人之一，其作品《莱文沃思案件》为全美侦探名作。多萝西·戴维斯，她写了20多部长篇小说和20多篇短篇，最优秀作品是《温柔的杀手》。南希·皮卡德，著有以珍妮·凯恩为主人公的系列小说《我欠你》、《流浪汉斯蒂尔》、《极度疯狂》、《慷慨之死》、《对死亡说"不"》、《婚姻即谋杀》等，《尘埃魔鬼》是她写的唯一有私家侦探的小说。卡罗琳·G.哈特，主要作品有《有关谋杀的一课》、《邪恶之事》、《预约死亡》等。卡罗琳·惠特，主要作品有《无人死亡》、《死人的思维》等。内瓦达·巴尔，主要作品有《猫的踪迹》、《风暴中的大火》等。玛丽·拉特西斯与玛莎·亨里萨特共用笔名艾玛·莱瑟姆，合作创作了大量的侦探小说，如《违反意愿的谋杀》、《不择手段》、《淘金》、《美元变绿》等。塔米·霍格，她以撰写节奏明快、故事惊险、语言幽默的美式推理小说见长，主要作品有《一条细细的黑线》、《夜之罪》、《黑暗的天堂》、《灰烟散尽》、《尘埃落定》等。朱迪斯·迈克诺特，著有《夜之私语》等几十部推理小说。费伊·凯勒曼，著有《毒蛇的牙齿》等。此外，还有加拿大作家伊美·萨伦巴，主要作品有《画廊血案》、《死亡竞争》、《致命谎言》、《蝴蝶效应》等。法国作家吉莱特·齐格莉，著有侦探小说《无声的森林》。俄罗斯作家季丽娅·叶尼克耶娃，主要作品有《冷漠的复仇》等。在日本也有一大批推理小说女作家，如乃南朝，主要作品有《复仇和牙》、《幸福的早餐》、《六月十九日的新娘》、《风纹》、《骗婚》等。在日本有影响的女性作家还有皆川博子、户川昌子、山崎洋子、新章文子、小池真理子、小泉喜美子、横田鲇子、岛井加南子、加纳朋子、小林仁美、小野不由美等。

  中国的女性侦探小说家在20世纪末以前很少，可以说寥寥无几。较为有名的有香港作家方娥真，主要作品有《花边探案》，被称为"中国第一位女性推理小说家"。台湾女作家陈娟，主要作品是《昙花梦》。到了20世纪末至21世纪初，相继涌现出一大批写侦探小说的女作家，如冯华相继出版了侦探及推理小说《如影随行》、《花非花 雾非雾》、《虚拟谋杀》、《欲罢不能》、《偷窥之谜》、《似是而非》、《当局者迷》；胡玥相继出版了侦探小说《危机四伏》、《狭路相逢》；穆玉敏出版了侦探小说《欲念谋杀》；孙德平出版了情感悬疑推理小说《尘封迷案》；陈菲出版了侦探小说集《血字之谜》；朱丽娜出版了侦探小说《迷踪》柏源出版了间谍小说《网络间谍》；孙丽萌出版了侦探小说《蝶变》、《血象》、《绝色》等；宛如出版了侦探小说《食人蝶事件》；方蔼、刘璐等一些女作者也出版了侦探小说或纪实侦探小说。还有一些女性侦探小说家，但作品影响较小，在此略过不表。

第四章 作家笔下的侦探形象

并非人人都知道柯南·道尔，然而，一提起福尔摩斯的大名，几乎是家喻户晓。"福尔摩斯"便来自柯南·道尔笔下的侦探小说，他既是柯南·道尔侦探小说中的侦探，也是柯南·道尔侦探小说系列中的主要人物。纵观世界侦探小说，一些名家不惜花费心血，精心塑造了很多精干的侦探形象，并在他们的系列侦探小说中得以展示，这些形象在读者的心里打下了深深的烙印，让人难以忘怀。人们从这些侦探的身上看到了正义、侠义、情义、才华和智慧。一些侦探小说之所以有久远的生命力，与这些作家塑造的成功侦探形象分不开。特别是一些作家在他的众多作品中始终或多次出现固定的侦探，这为人们熟知和自然接受小说中的主要人物提供了方便。人们看某个人的作品多了，自然也就对这个人作品中的侦探了如指掌，印象较深，甚至能找出这个侦探的不足，从而研究他的心理以及他侦破下一个案件的方法。人们沿袭在众多的作品中使用一至两个固定的侦探的写作手法，应源于爱伦·坡侦探小说中的杜宾，此外还有柯南·道尔侦探小说中的福尔摩斯、阿加莎·克里斯蒂侦探小说中的波洛、奎恩侦探小说中的父子奎恩、勒布朗侦探小说中的亚森·罗宾等。这些小说为了衬托主要侦探的才能，他的手下往往还要安插一个助手，如福尔摩斯的助手华生，霍桑的助手包朗等。1974年新光书店曾出版了日本藤原宰太郎的一本书，他向大家介绍世界上50位名侦探，其中有杜宾、福尔摩斯、亚森·罗宾、梅格雷、墙角老人、查理·张、桑代克博士、哈妮·威斯特、菲罗·万斯、富兰其警探长、玛普尔小姐等，由此可见名侦探在世上的影响。下面我将在我国翻译出版的外国侦探小说中大家常见的侦探形象和我国的侦探小说中常见的侦探们向大家选择性介绍。

一、杜宾

奥古特斯·杜宾，世界侦探小说的鼻祖美国爱伦·坡笔下的侦探，也是侦探小说中的第一个名侦探。其人见于《莫格街凶杀案》、《玛丽·罗杰疑案》、《金甲虫》、《你就是凶手》、《失窃的信》。杜宾，出身于名门旧族，到他那时已一贫如洗，他靠小笔财产节俭度日，唯一的奢侈品是书籍。他博览群书，有一种极为独特的分析力和想象力。他喜欢黑夜，当夜幕降临时才到街上游逛。他靠着周密的逻辑推理破获了上述5起凶杀案件，受到警方的赏识。

杜宾的助手是一位记者，在此起衬托作用。

二、福尔摩斯

歇洛克·福尔摩斯，世界侦探小说之父英国阿·柯南·道尔笔下的侦探。其人见于《血字研究》、《四签名》、《冒险史》、《回忆录》、《归来记》、《巴斯克维尔的猎犬》、《恐怖谷》、《最后致意》、《新探案》中，也就是说福尔摩斯的形象再现于柯南·道尔的全部侦探小说之中。福尔摩斯瘦高的个子，冷峻的脸上有一只鹰钩鼻，他习惯于抽烟斗，披斗篷、戴一顶高筒的礼帽。他有着高超的侦探能力，并有着丰富的医学、化学、生物学等方面的知识。他在靠近大英博物馆的贝克街租房，利用一切资料来研究侦探的经验和破案科学，经过调查研究，运用心理学、逻辑学，通过逻辑推理成功地破获了各种案件。

福尔摩斯的助手叫华生，是位医生。他为人善良，精通药物学和外科术，协助福尔摩斯破获了众多的疑案。

三、罗宾

亚森·罗宾，法国侦探小说家莫里斯·勒布朗笔下的侠盗侦探。他具有强烈的正义感和同情心，盗富济贫，既是神出鬼没的"侠盗"，又是大名鼎鼎的侦探。他生长在下层社会，父亲冤死狱中，母亲受社会歧视，他的侠盗和侦探行为都是出自于一种义愤和正义感。他曾有过不幸的婚姻，第一个妻子病死，第二个妻子被害，第三个妻子做了修女，晚年时他隐居乡下，安度晚年。他善于乔装，在你意想不到的时候突然来到你的面前；他神出鬼没，哪怕在看守相当严密的监狱中也能来去自如，在众多的目光下也可消失。曾与福尔摩斯斗智斗勇。勒布朗的侦探小说中以罗宾的侠盗与侦探两条主线来展开他的故事，其形象见于勒布朗的全部侦探小说之中。

四、波洛

赫尔克里·波洛，被誉为世界侦探小说女王的英国侦探小说家阿加莎·克里斯蒂笔下的比利时大侦探。他年轻时在比利时当过警察，一战后到伦敦成为私人侦探。他的个子并不太高，胖乎乎的身体，秃顶，胖脸上有一双发绿光的猫眼睛，鼻子下是神气的八字胡。给人印象是一位态度和蔼可亲而又充满智慧的胖老头。他习惯于戴白色英国礼帽，穿戴讲究。他的第一次出场是在1920年的《斯泰尔庄园奇案》中，以后在克里斯蒂的作品中活跃了50多年。波洛的破案方法

完全依靠事实和科学，经过缜密的调查研究、合理的判断思维和逻辑推理，从一些蛛丝马迹中找疑点，找证据，最后使案件真相大白。其人见于《斯泰尔庄园奇案》、《东方快车谋杀案》、《尼罗河上的惨案》、《悬崖山庄的奇案》、《云中奇案》、《哑证人》、《大侦探十二奇案》、《高尔夫球场的疑云》、《海滨古宅险情》、《幕》等克里斯蒂的绝大部分侦探小说中。

五、马普尔小姐

马普尔小姐，克里斯蒂的侦探小说中塑造的另一位侦探的形象。这是一位民间的业余女侦探，她也是波洛的好朋友。马普尔小姐住在英国的圣马丽密特村，由于好管闲事，人们送她外号"老猫"。她一生没有结婚，破获的案件都与生活琐事有关，她喜欢在闲聊中观察，从中找到作案人的蛛丝马迹，从而破获案件。她平时的爱好是打毛衣和打扫庭院。马普尔小姐的形象见于《复仇女郎》、《加勒比海之谜》及短篇侦探小说《奇特的玩笑》、《一根卷尺》、《十全十美的女仆》、《房屋看管人》等。

六、艾勒里·奎恩与理查德·奎恩

前者是后者的儿子。这是美国侦探小说家弗雷德里·达奈和曼弗里德·里合用笔名艾勒里·奎恩的侦探小说中的侦探形象。父亲理查德·奎恩是纽约警察局的侦探长，然而，艾勒里·奎恩在侦破案件上的能力往往要强于父亲，成为小说中主要的人物，他的父亲成了配角。但实际上，艾勒里是他父亲在破案中的非正式助手，也是最佳搭档。艾勒里靠推理侦破了众多的案件。其人见于《希腊棺材之谜》、《荷兰鞋之谜》、《罗马帽子之谜》、《法国香水之谜》、《十日迷惘》等。

七、梅格雷

梅格雷，比利时侦探小说家乔治·西默农笔下的侦探形象。他以探长的形象最早出现在1930年西默农发表的侦探小说《拉脱维亚人皮埃尔》中。梅格雷是巴黎的探长，他身高一米八，体壮如牛，为人正直、朴实，平时烟斗不离口。在办案中，他正义而善良，对不幸者富于同情心，从不向邪恶屈服。他不但运用蛛丝马迹来破案，还注重研究罪犯的心理。梅格雷的形象见于西默农的绝大多数侦探小说中。

八、梅森

佩里·梅森，美国侦探小说家厄尔·斯坦利·加德纳笔下的侦探之一。梅森以律师的身份出现，他机智老练，精通法律，富有正义感，善于调查和分析，从一些细小的情节中发现破案的证据。他刚正不阿，自称要"全力以赴地为我的委托人而战"，"我的特长就是拼搏"，因此他常在法庭快要宣判定案时，出其不意地提出确凿证据为被告辩护，使无辜者开脱，案件真相大白。有梅森的形象出现的加德纳的作品有85部，如《作伪证的鹦鹉》、《超市窃贼的鞋》、《移花接木案件》、《逃尸案》、《金矿之迷》、《迷人的幽灵》、《俏佳人》、《愤怒的证人》、《别墅疑云》、《迷人的幽灵》、《别墅疑云》、《受骗的模特》、《梦游杀人案》等。

加德纳在他的作品中还塑造了柯白莎、敕唐诺等侦探形象。

九、奥普

奥普，美国侦探小说家达谢尔·哈梅特笔下的硬汉侦探形象。他是美国著名的平克顿侦探所的私家侦探，年纪40多岁，体壮如牛。他性格倔犟，贪图钱财，但在破案中注重认真调查，不畏艰险，敢于同罪犯搏斗，并侦破了重多的案件。奥普的形象见于《血腥的收获》、《达因的诅咒》等。

十、陈查理

陈查理美国作家厄尔·德尔·比格斯笔下的一名华人探长。据比格斯说，陈查理这一角色的灵感来自于他在檀香山度假时看到的一则新闻，新闻写的是一名华裔探警张阿平出色侦破当地案件的故事。陈查理最早出现在比格斯的系列小说里，之后又被拍成很多电影、电视剧和卡通片。陈查理是檀香山警察局里的一名警长，后来被提升。他和妻子以及14个孩子一起住在檀香山市里，他身材肥胖但是行动十分敏捷优雅。他的英语经常说错，这个角色反映了西方人心中的中国人形象。厄尔·德尔·比格斯在1925年至1932年间共写了6本关于陈查理的小说。

十一、明智小五郎

明智小五郎，日本侦探小说之父江户川乱步侦探小说中的侦探形象。1925年，明智小五郎在侦探小说《D坡杀人事件》中第一次出场，他是高个子，头发总是蓬乱，说话指手画脚，去过中国和东南亚，后在东京开了一家私人侦探所。他爱好读书，精通乔装术，懂点武术，善于运用心理学来破案。平时他做事随便，但在侦破人命案时却非常认真，全心投入，从而使一起起命案得以破获。

十二、金田一耕助

金田一耕助，日本侦探小说家横沟正史笔下的侦探形象。金田一耕助年轻时曾到美国留学，后来回日本办了一家私人侦探事务所。他外表像个白面书生，头

发总是有些蓬乱。他穿戴邋邋遢遢，说话有些口吃，但在破案上却大显身手。他擅长搜索足迹、检验指纹，根据逻辑最后推断出事实的真相，在20世纪60年代至70年代活跃在日本，几乎家喻户晓。其人见于《本阵杀人案》、《名琅庄》、《狱门岛》、《恶灵岛》、《医院坡血案》、《门后的女人》、《暗夜里的黑豹》、《迷宫之门》、《八墓村》、《女王蜂》、《恶魔吹着笛子来》《犬神家族》《迷路的新娘》《镜浦杀人事件》等。

十三、雾岛三郎

雾岛三郎，日本推理小说家高木彬光笔下的侦探形象。他的身份是一位检察官，年轻有为，精明干练。他毕业于东京大学法律系，精通法律，善于联想，在办案中秉公执法、不徇私情，有着较强的正义感，维护法律的公正。其人见于《都市之狼》、《零的蜜月》、《鬼面谋杀案》、《检察官雾岛三郎》等。

十四、十津川

十津川，日本推理小说家西村京太郎笔下的侦探形象。十津川在东京侦察一课当警察，是一位善良的男子，他脾气温和、作风严谨，与探长龟井配合默契。他善于调查研究，注重破案中的证据，与龟井一起破获了一系列案件。其人见于《约会中的阴谋》、《天使之谜》、《讹诈》、《恐怖的星期五》、《樱花号列车上的奇案》、《疯狂之恋》、《特大珠宝案》、《致命阴影》、《情断死亡链》、《没有影子的罪犯》、《小客车谋杀案》、《蓝色列车谋杀案》等。

此外，在西村京太郎的小说中，龟井直接出山破案的作品也很多，他是一位敢作敢为、肯于吃苦而又老练的40多岁的侦探。

十五、霍桑

霍桑，中国侦探小说家程小青笔下的侦探形象。他体格魁梧，目光敏锐，具有超人的记忆力和推断力，并博学多才，具有生物、物理、哲学、法律、医学等方面的知识，会搏击术。他行侠仗义，扶困济危。在侦破案件中，他靠认真分析调查和准确的判断，最后使案件真相大白。其人见于程小青的全部侦探小说。

在霍桑身边也有一位助手，名叫包朗。他是专业作家，性格开朗善良，为人正直，很有智慧，协助霍桑破了几十起大案。

十六、鲁平

鲁平，中国侦探小说家孙了红笔下的侦探形象。他与勒布朗笔下的亚森·罗宾相似，是集侠盗和侦探为一体的人。他年逾不惑，相貌平常，目光敏锐，嫉恶如仇，在破案上神出鬼没，但也不失常人的爱憎情感。其人见于《蓝色响尾蛇》、《三十三号屋》、《燕尾服》、《木偶的戏剧里》、《窃齿记》、《血纸人》、《鬼手》、《鸦鸣中》、《紫色游泳衣》、《囤鱼肝油者》等。

十七、李飞

李飞，中国侦探小说家陆澹安笔下的侦探形象。其人见于《李飞探案系列》，其中有《黑衣盗》、《老虎觉》、《红手套》、《梅里针》、《隔窗人面》、《夜半钟声》、《怪函》、《古塔孤囚》等。

十八、欧阳清

欧阳清，华裔作家文亦奇笔下的侦探形象。欧阳清被人称为"江南浪子"，他与革命党有着联系，年轻潇洒，风流好女色，文武双全，凭着机智侦破了一系列案件。他是个倔强的人，生性喜欢冒险，惯用飞刀，在侦探各种案件中常常陷入险境，而每次都能化险为夷。其人见于《七罗刹》、《神龙甲》、《毒龙岛》、《银狐》、《大阴谋》、《四凤》、《魔女》、《鬼符》、《鬼谍》、《蓝刹星》、《夺魂索》、《血手观音》、《玉手、血手》、《微笑的丽莎》、《复仇女》、《恐怖怪病》、《蛇谷》、《换面人》、《勾魂牌》等。

十九、霍格

霍格，美国作家大卫·汉德勒笔下的侦探形象。他的身份是一位作家，有时也当演员。霍格富有情感，善于从一些现象和痕迹上发现破案线索，注重调查，由此进行逻辑推理，侦破一系列谋杀案。其人见于《午夜孤行》、《半世情仇》、《危险角色》、《与父私奔》、《复仇狂花》、《连环杀手》、《明星危情》、《妙笔神探》等。

二十、布朗神父

布朗神父，英国小说家G.K.切斯特顿笔下的侦探形象。他一副胖乎乎的身材，手里习惯拿一把伞。他目光锐利，有洞察人们心理的才能，凭着灵感和直觉破案。其人见于《布朗神父探案集》。

二十一、金西

金西·密尔霍恩，美国侦探小说家苏·格拉夫顿笔下的私家女侦探形象。她年轻美丽，在加利福尼亚的圣特雷莎开了一家小小私人侦探所，有警察学校的文凭，离过两次婚，现是单身，性情随和。她善于利用智慧，从蛛丝马迹中寻找破

案的线索。其人见于《他不在现场》、《赖账者》、《变容夜盗》、《悬案》等。

二十二、布鲁内蒂

圭多·布鲁内蒂，美国作家唐娜·莱昂笔下的侦探形象。布鲁内蒂是警察局的一位警长，在破案中他善于认真调查，注重证据，运用逻辑推理来破获案件。其人见于《运河奇案》、《乐坛孽魂》、《红鞋疑案》、《死亡与报应》等。

二十三、娜斯佳

娜斯佳·阿娜斯塔霞·卡敏斯卡娅，俄罗斯侦探小说家亚历山德拉·玛丽尼娜笔下的女侦探形象。她是莫斯科刑事调查局指挥中心的侦查员，大约四十来岁，梳着大辫子，虽相貌平平可身材苗条，做事懒懒散散，甚至机能有点不协调，几近没头脑。她不会开车，行事鲁莽，家务活儿干得一塌糊涂，百分之百地依赖丈夫；可是她却精通外语，推理断案堪称一流高手，善于从蛛丝马迹中发现犯罪线索和证据，每件离奇案件经她调查最终都能水落石出。在娜斯佳的身上，多少能看到一些玛丽尼娜的影子。其人见于《在别人的场地上游戏》、《追逐死亡》、《死亡与薄情》、《阳光下的死神》、《相继死去的人们》等。

二十四、麦克恩

莎伦·麦克恩，美国侦探小说家玛西亚·缪勒笔下的一位女侦探的形象。麦克恩出生于加利福尼亚州圣迭戈的一个普通家庭，她具有几成的印第安血统，起初在一家百货店工作，不久调到保安部门，此后到伯克利大学读社会学学士学位。出于自己的爱好和生计，最终在旧金山一家最大的保安公司当职业侦探。她工作勤勉、不畏劳苦，法律观念强，办事认真，对侦探工作有着较强的道德感和使命感，乐于与警方合作，使众多的案件得以侦破。其人见于《埃德温铁鞋》、《对这些卡片打对号》、《柴郡猫的眼睛》、《驱逐黑暗的游戏》、《图发湖的秘密》、《风眼》、《鸽房女尸案》、《街头枪击案之谜》、《阴影中的狼》、《爱之祸》等。

二十五、凡斯

菲洛·凡斯，也有译为菲洛·万斯，最初程小青等人翻译为斐洛凡士，美国S.S. 凡迪恩（最初译为范达痕）笔下的侦探形象。凡斯是个美男子，他身材高大，体格健壮，抽着昂贵的名牌香烟，穿着最入时的服装，全身弥漫着英国绅士情调。他擅长击剑，又是高尔夫球的好手，对棋牌也很精通。他知识广博，对艺术尤其是绘画有很大的兴趣，并收藏了许多东西方的美术作品。他曾在哈佛大学攻读心理学，对这门科学有深广的知识。而其最独特之处，在于他全新的推理方法。他重视犯罪的心理和动机，主张以心理分析为中心的分析推理法，将破案重心放在心理层面的探索上。他把犯罪事件视为艺术作品，把整个破案过程当成一场心智游戏的演练，努力研究其牵涉的各种心理因素，并以此来推论出犯罪的真凶。其人见于凡迪恩的全部侦探小说。

二十六、科恩

杰瑞·科恩，德国侦探小说家杰瑞·科恩及后来一些作家摹仿和沿续科恩写的侦探小说中的侦探形象。科恩出生于美国康涅狄格州的一个普通的农民家庭。他身材高大魁梧，热爱自由，憎恨犯罪，好打不平。18岁时他来到纽约，在一家夜总会当门卫，并协助联邦调查局特工缉拿过罪犯。后来，科恩成为一名联邦调查局特工，也是一名警官，他爱这个神圣的职业，尽职尽责，严格执法。他不畏邪恶和艰险，出生入死地与犯罪展开较量，侦破了众多的案件，使一个个罪犯落入法网。他有一支38毫米口径的史密斯·威森特制左轮手枪，有一台最高时速能达到每小时238公里的红色美洲豹E—型越野车。其人见于科恩的全部侦探小说。

二十七、瓦兰德

库尔特·瓦兰德，瑞典侦探小说家亨宁·曼凯尔笔下的侦探形象。曼德尔的作品中几乎都有这个机智勇敢而又年轻的侦探。他从见习警察开始做起，由于他具有与众不同的探案天分，在接触第一个疑案中就显示出自己的独特判断，成功破获了一起起谋杀疑案，从此成为刑警队的正式队员。同时，也开始了他丰富多彩的刑侦生活。

二十八、古罗夫

列夫·伊万诺夫·古罗夫，前苏联著名侦探小说家列昂诺夫笔下系列侦探小说中的神探。他总是冷峻的面孔，看上去有些古怪，但每当有疑案、迷案、惨案出现的时刻，总会看到他的到来。这位被誉为"俄罗斯当代福尔摩斯"的人，代表着正义和法律。面对邪恶他英勇无畏，面对腐败他刚正不阿，面对凶残他舍弃生死，他总能用智慧拨开层层迷雾，使真相大白，这就是神探古罗夫。

二十九、御手洗洁

御手洗洁，日本作家岛田庄司笔下的一名侦探人物。他性格独特，富有挑战精神，正义而勇敢。曾就读于京都大学医学系，回到日本后成了占星术师。在结束自己的占星术师职业后以私家侦探的身份解决了几起事件，此后转向北欧发

展,一边在当地的大学执教,一边从事着脑科学的研究工作。最初为"具有侦探爱好的占星术师",接着变为"具有占星爱好的私家侦探"。御手洗洁不是明智小五郎、浅见光彦之类的"绅士型"侦探,而是歇洛克·福尔摩斯、金田一耕助之类的"怪人型"侦探。他拥有超人的洞察力,运用像占星术一样的思维手法推理而使案情真相大白,是一位有个性的侦探。他的首次登场是在《占星术杀人魔法》中。

三十、吉敷竹史

吉敷竹史,日本推理小说家岛田庄司笔下的另一位神探。他是东京警视厅搜查一课刑警,与梦一样的御手洗洁相比,吉敷竹史是一位典型的写实派人物。他留有一头黑发,大眼睛,双眼皮,高鼻梁,厚嘴唇,宽肩膀,身高一米七八,身材健美,酷似混血模特,是女性心目中的理想对象。他对工作一丝不苟,意志坚韧不拔。他不像御手洗洁那样异想天开,而是从始至终紧跟线索,不辞辛苦地在日本各地奔波。吉敷竹史遇到的案件大多与时刻表有关,读者会在每一部作品中跟随他东奔西跑,有时会感到疲劳,有时会觉得琐碎。但是,每当吉敷竹史说出真相、令凶手无处遁形之时,所有读者都会发出由衷的感叹:"真是不枉此行。"

三十一、艾哈迈德

艾哈迈德,埃及作家马罕茂德·萨里姆笔下的侦探形象。艾哈迈德是位青年侦探,又是一个由十几名年轻人组成的行动小组的首领,他直接受上级"0"号的领导,并按他的指示行动。有的书上说他是开罗警察局的刑警,但从马罕茂德的众多作品中发现,他不但侦破刑事案件,也侦破间谍案件,是一位全能的侦探。他机智勇敢,富有正义感、民族感,凭着他的本能和众多伙伴的帮助下,每次都能较好地完成任务。其人见于《恐怖的城堡》、《夜半火车》、《偷太阳的人》、《失窃的信》等众多的作品中。

三十二、桑楚

桑楚,中国作家蓝玛笔下的侦探形象。他是一位大学的教授,具有超人的智慧和敏锐的观察力,风趣幽默,善于从错综复杂的现象中寻觅破案线索。其人见于《女明星失踪之夜》、《玩股票的梅花老K》、《神秘的绿卡》、《珍邮之谜》、《地狱的敲门声》、《佛罗伦萨来客》等。

三十三、司徒川

司徒川,中国作家汤保华笔下的侦探形象。他是一个充满正义感的刑警,嫉恶如仇而机智勇敢，善于分析与推理，建立了自己的侦探风格，并侦破了一起起当今奇案。其人见于《红色庄园》、《蓝十字》、《金手铐》、《血字》、《五个哑证人》等。

三十四、雷鸣

雷鸣，中国作家翼浦笔下的侦探形象。他是一位年轻的刑警，具有优良的职业道德和敬业精神，富于正义感，善于推理，颇具洞察力。凭着机敏的智慧和渊博的知识，侦破了众多的案件。其人见于《血浸的轮痕》、《难兄难弟》、《克里斯蒂的教唆》等。

除以上常见的34位侦探外，还有很多作家在系列侦探小说中塑造过一个或两个固定的侦探形象。如英国作家本特利在《特伦特介入案件》、《特伦特自己的案件》、《特伦特最后一案》中塑造了侦探特伦特的形象；英国作家奥斯丁·弗里曼在《歌唱的回首》、《塔布勒的秘密》中塑造了侦探约翰·桑代克的形象；法国侦探小说家凯思坦·卢露在《黄色房间之谜》、《黑夜夫的香气》中塑造了侦探杰西夫·卢露特博的形象；美国侦探小说家约翰·狄克逊·卡尔在几十部小说中都有固定的侦探，如《三口棺材》、《阿拉伯之夜谋杀案》、《沉睡的人面狮身》等分别塑造了密室破案高手神探亨利爵士和基甸·菲尔博士两位侦探的形象；美国作家雅克·富特雷在《13号单间的问题》、《遗失的项链》等中塑造了侦探凡·杜森的形象；美国作家帕特丽夏·康薇尔在《残骸线索》、《尸体会说话》、《肉体证据》、《失落的指纹》中塑造了一个女法医兼女侦探凯·斯卡佩塔的形象；美国作家温迪·霍恩斯比在《七十七街安魂曲》、《午夜宝贝》、《居心叵测》、《真相难白》等中塑造了一位精明干练而性感漂亮的新闻影视制片人兼女侦探玛吉·戈温的形象；美国小说家弗兰伊格·莱斯在《成功的杀人案件》、《惊人的犯罪》中塑造了侦探马洛的形象，被人称为芝加哥首屈一指的"醉仙侦探"；美国作家布赖特·哈里德在《死的红利》、《金发陷阱》中塑造了私人侦探麦克罗·西恩的形象；美国侦探推理作家布洛克在几十部侦探小说中共塑造了马修·史卡德、罗登拔、伊凡·谭纳、哈里森等7个侦探形象、日本作家森村诚一在《人性的证明》等几部小说中塑造了侦探栋居的形象。日本作家横沟正史塑造了侦探人形佐七的形象，与金田一耕助一样令人喜爱。人形佐七的侦探故事很有趣，在惊心动魄的搏斗中常有笑料。日本作家野村胡堂笔下的名侦探钱形平次，与江户川乱步的侦探明智小五郎齐名。高木彬光还塑造了侦探神津恭介的形象，这个外表文雅、风度翩翩而又聪明的美男子因精通犯罪心理学而侦破多起凶杀案，被称"推理机器"，其人见于《纹身杀人案》、《成吉思汗之谜》等作品。

以上是多部侦探小说中塑造的侦探形象，但也有的侦探仅在一两部侦探小说中出现，其形象给人很深的印象，如英国作家柯斯林《月亮宝石》中的克夫，他长得瘦小，样似殡仪馆的老板，却有着大智大勇，"人不可貌相"，擅长用抽丝剥茧之法，擒获狡猾的凶犯。此外还有日本作家赤川次郎笔下的女侦探铃木芳子、美国厄内斯特·布拉默笔下的盲人侦探马克斯·卡拉多斯等。

第五章　漫谈"福尔摩斯"形象的塑造

　　读过《福尔摩斯探案集》的人们都熟知"福尔摩斯"这个人物。100多年来,"福尔摩斯"几乎是世人皆知,家喻户晓。柯南·道尔塑造的这位私家大侦探让众多的人崇拜,连他在小说中虚构的贝克街,也成为人们到伦敦时寻趣解谜的地方。

　　"福尔摩斯"最初出现在柯南·道尔于1886年创作的侦探小说《血字研究》中,这也是柯南·道尔的第一部侦探小说。

　　1886年4月在《血字研究》中,柯南·道尔首次塑造了福尔摩斯这个大侦探的形象,可以说"福尔摩斯诞生于1886年4月"。从小说中我们可以看到,福尔摩斯喜于沉静,生活习惯很有规律。他身形高大,身体异常瘦削,目光锐利,细长的鹰钩鼻子,下颚方正突出。他喜欢抽烟斗,披斗篷。他有渊博的知识、超人的智慧和异乎寻常的观察思维和分析判断能力,所以才料事如神,成功侦破各种案件。他注重细节与痕迹,注重调查研究,靠逻辑推理来破案,并将医学和精通的一些其他领域的知识应用到破案当中。《血字研究》这篇小说写好后,柯南·道尔首先寄给了《康希尔》杂志的主编,得到的回复是:"作为短篇故事太长,作为一本书则短",没有出版。于是他又将这部小说寄给几个编辑,结果有的没看就给退了回来。柯南·道尔最终此稿寄给沃德·洛克出版公司,终于于1887年在这家公司编辑的《1887年比顿圣诞年刊》上得以发表。"福尔摩斯"的人物造型立即引起英国读者的注意,深受读者的欢迎和赞誉。

　　《血字研究》故事梗概:

　　获得伦敦大学医学博士的军医华生在阿富汗战役的迈旺德决战中负了重伤,在后方医院虽经医治得到痊愈,但身体极其虚弱,于是被运兵船送回英国。在伦敦街头寻找租房时,他遇到了以前的助手小斯坦弗。小斯坦弗告诉他,有个叫歇洛克·福尔摩斯的人看中了一所房子,正要找人合租。他还介绍道,福尔摩斯时常孜孜不倦地研究一些科学,他精通解剖学,是个一流的药剂师。听了小斯坦弗的话,华生很愿意去见福尔摩斯,并和他合租房子。

　　在小斯坦弗的引见下,华生在一个胡同中一所房子的实验室里认识了刚刚发

现一种试剂的福尔摩斯，见到华生第一眼，他就断定他是从阿富汗回来的。当听说华生要和他合伙租房，福尔摩斯很高兴。福尔摩斯看中了贝克街一所公寓式的房子，他们达成了协议。

第二天，他们搬进了贝克街221B号的那所房子。几个星期过去了，华生和福尔摩斯朝夕相处，对他越来越熟悉了，但对他的好奇心也越来越强。刚搬到这里一两个星期时，没有人来拜访，可两周后，竟接二连三地有人来拜访福尔摩斯，其中有个叫雷斯垂德的每周要来几次。通过几件小事，华生发现福尔摩斯有着极强的分析判断能力，并擅长逻辑推理。

一天，有人给福尔摩斯送来一封信，信上说：昨夜在劳瑞斯顿花园街3号发生了一起凶杀案，一男子被人杀死，身上名片上有"伊瑞克·J.锥伯，美国俄亥俄州克利夫兰城人"，现场保持原状，希望福尔摩斯在12时以前来一趟。落款是特白厄斯·葛莱森。

葛莱森是伦敦警察厅一名能干人物，他和雷斯垂德是同事。福尔摩斯和华生一起坐上马车赶往现场。现场在餐厅里，死者四十三四岁，中等身材，穿着黑呢礼服，他紧握双拳，脸上露出恐怖的神情，死者四周有血迹。葛莱森和雷斯垂德说："这起案子一点线索也没有。"福尔摩斯跪下来全神贯注地检查尸体，发现死者并没有伤痕。

"这些血迹一定是另一个人的，他也许是凶手。如果这是一件凶杀案的话，这就使我们想起1843年枚垂克特的范·坚森死时的情况。"福尔摩斯说。

尸检结束，就在人们抬走尸体时，发现死者身下有一枚女人结婚指环。而在楼梯阶上放着死者的物品，其中有两封信，一封是给锥伯的，一封是给斯坦节逊的。信都是从盖恩轮船公司发来的，告之他们轮船厂从利物浦开行的日期，锥伯原要前往伦敦。就在这时，雷斯垂德发现现场黑暗的角落里的墙上有血迹。他划根火柴照着墙壁，发现上面用鲜血写着字，即"拉契"。福尔摩斯对血字进行了认真的观察，并用放大镜观看，用皮尺测量，他没有说什么，但从神态看似乎很满意。他决定和华生去找最先发现尸体的巡警。

临行他对两位警察说："这是一起谋杀案。凶手是一名高6英尺多的男子，他穿一双粗皮方头靴子，抽的是印度雪茄烟。他是和被害者同乘一辆四轮马车来，这个马车用一匹马拉着，那匹马有3只蹄铁是旧的，右前蹄的蹄铁是新的。这个凶手很可能是脸色赤红，右手指甲很长。"

两位警察听后面面相觑，露出怀疑的微笑。雷斯垂德询问死因，福尔摩斯告诉他是毒杀。停顿一下他又说："拉契在德语中是复仇的意思。"

走了花园街3号，福尔摩斯到电报局拍了一封电报，然后和华生乘马车去走访发现第一个尸体的巡警。在马车上，福尔摩斯说："这个案子我已胸有成竹了，但还要获取更重要的证据。"

华生一直在疑惑："福尔摩斯，刚才的那些不是你想象出来的吧？"

福尔摩斯说："到现场时，我首先看到在马路石沿旁有两道马车车轮印，从印痕上看，是昨夜留下的。还有马蹄的印子，其中有一个足印比其他三个都清楚，这说明这个蹄铁是新换的。据查证整个早晨没有马车来过，因此就是昨夜那辆马车将这两个人送到这个空房的。我在室外的粘土上发现了另一个人的足迹，由此断定他的身高和体重特征等。墙上的字是那人用食指蘸着血写的，我用放大镜观察，发现墙粉被刮了下来，说明这个人指甲很长。从地板的烟灰，我认定是印度雪茄烟。至于墙上的血字，只不过是一种圈套。从字母上看，这种字绝不是德国人写的。这两个人走进这个屋子时，开始好像很好的，但从室内灰尘的足印上看，他们后来很激动，最后达到狂怒，悲剧发生了。"

马车到了奥德利大院，他们找到了那名巡警。巡警说："我是夜里10点到早6点巡逻。夜里一点多下起了雨，我在路上遇到另一巡警摩契，他到另一区域巡逻。两点多钟时在路上遇到一辆马车从他身边经过。不久，发现劳瑞斯顿花园街的一所空房中有灯光，我就过去了。可到那儿又有些害怕，便去找摩契，没找到便自己到空屋，发现了尸体，出来的时候发现门口有个醉汉，醉得已不成样子，高个子，红脸，穿棕色外衣。我到大门口吹响警笛。不久，摩契等警察来了。"

走出巡警家，福尔摩斯说："我们可以拿这个戒指当钓饵，让他来上钩。"

下午，福尔摩斯去听音乐，华生感到累便倒在床上想着这起案件。晚上回来时，福尔摩斯告诉华生，他在晚报上发了一个失物招领广告：在荷兰树林间有人拾到一枚结婚戒指，有丢失者请于晚8时到贝克街221B号华生医生处洽领。

晚上，门铃响，女仆去开门，来的是一位满脸皱纹、步履蹒跚的老太婆，她拿着晚报说是来为女儿认领戒指的，家住在邓肯街13号，姓索叶。华生按照福尔摩斯的安排将戒指给了她。老太婆一出门，福尔摩斯便穿上大衣对华生说："我要跟上她，她一定有同党。你别睡，等着我。"半夜12点，福尔摩斯回来了，他并没有成功。原来，那位老太太上路便叫了一辆马车，说去邓肯街13号，福尔摩斯尾随跳上马车后部，可到了邓肯街13号，车停下后才发现车厢是空的，老太婆不知什么时候在中途就失踪了。而邓肯街13号根本没有住过姓索叶的。

第二天，各报都报道了空屋奇案。不久，警察葛莱森来到福尔摩斯住处，他兴高采烈地说他已破获这起案件，凶手叫阿瑟·夏朋捷，是皇家海军中尉。他是从现场那顶帽子查起，帽子店老板曾将帽子送到夏朋捷公寓的住客锥伯先生的住处。葛莱森找到夏朋捷的母亲，这位太太说："锥伯和他的秘书斯坦节逊在这里住了3周了，可锥伯是个下流的人，还对我女儿非礼。前天，他喝酒回来后竟然拉着我女儿的手让她和他逃走。我女儿怕极了，就在这时，休假回来的我的儿子

阿瑟进门来，他们扭打成一团。后来我的儿子拿着一根木棍子说，让我跟着他看他到底干什么，他拿起帽子走了。第二天我听说了锥伯被谋杀的消息。"于是，葛莱森逮捕了阿瑟，但阿瑟并不承认他杀死锥伯，说他拿着木棍追击，但锥伯上了一辆马车逃走了。正说着，雷斯垂德来了，他正在找锥伯的秘书，可这位秘书斯坦节逊今早在郝黎代旅馆被人暗杀了，死者脸上也写着两个血字"拉契"。有一个小孩子发现了凶手，他是从死者窗口用梯子下来的一个大个子，红脸，穿棕色衣服。

这个凶手和福尔摩斯推断的完全一样。

雷斯垂德还说死者身上有封电报，电文是"JH现在欧洲"，窗台上有一个药盒，里边有两颗药丸。福尔摩斯将房东的病狗抱来，先切了其中的半粒给狗吃，它安然无恙，后又切下另一颗的一半拌上牛奶，狗刚一舔上便死去。这说明，这两粒药丸一粒无毒一粒剧毒。

两位警察承认他们都错了，希望福尔摩斯说出真相，捕获真凶。

福尔摩斯说："现在不会有谋杀发生了。不过我们要对付的凶手是个凶恶而狡猾的人，而且还有个机警的人帮他。"

就在这时，福尔摩斯安排查访消息的流浪少年维金斯来报告："先生，马车已经喊到，就在下边。"

随后，福尔摩斯拿出一副手铐叫车夫来搬箱子。车夫走进门来，福尔摩斯让他帮忙扣上皮箱上的皮带。车夫上前，说时迟，那时快，只听咔嚓一声，福尔摩斯将手铐铐在车夫的双手上。福尔摩斯说："让我来介绍一下候波先生，他就是杀死锥伯和斯坦节逊的凶手。"马车夫妄图逃走，4人勉强将他按住又重新捆绑起来，用他的马车将他送到警察局。

故事得从头说起。20多年前，在北美大陆中部一片干旱荒凉的沙漠中，流浪汉约翰·费瑞厄和义女露茜相依为命，从美国内华达州到落基山一带流浪。在父女俩由于饥饿昏倒时，一群萨克逊人救了他们，并让他们成为部落成员，在密西西比河岸定居下来。这些清一色的摩门教徒有着与欧美人完全不同的教规。父女俩被摩门教徒部落收留后获得一份土地，十几年后变得富有，而露茜更是娇艳美丽。一天，露茜奉父亲之命骑马到城中办事，途中卷入牛群中，关键时刻，一个叫候波的小伙子抓住马的嚼环将她带出牛群。后来，候波多次去露茜家，爱上了这个美丽的姑娘。费瑞厄并不希望女儿嫁给摩门教徒，可就在这时摩门教领袖卜瑞格姆找到了他，对他说斯坦节逊和锥伯各有一个儿子，叫他在他们中间挑选一个。费瑞厄说女儿小还不能嫁人，卜瑞格姆给他一个月时间考虑，威胁他不要鸡蛋碰石头。

费瑞厄知道女儿爱的是候波，便决定去盐城送信给候波共同想办法，还决定变卖田地然后逃走。第二天,费瑞厄去了盐城,托朋友给侯波报了信。然而当他回到家中时,发现锥伯的儿子和斯坦节逊的儿子在他家,并争论着他们都有钱,一个有了7个老婆,一个有了4个老婆。费瑞厄不客气地赶走了他们。第二天他发现屋内出现一个纸条,限他29天改邪归正,他悄然收了起来,以后相继在室内外出现"25天"、"27天",限期一天天减少,还有10天了可侯波还没有到来。最后一天夜里,侯波终于来了。得知只有最后一天了,他决定连夜和费瑞厄、露茜逃走。他们带着包裹钱财小心翼翼地从后窗跳出,刚躲在阴暗的地方便听到有人说:"明天半夜,怪鸥叫3声时下手。"还有人说:"好的,我传给锥伯兄弟。"并说了双方暗语。待到没有声息后,他们从一个墙缺口向城外跑,躲过路上的人来到山边。侯波在这里准备了两匹马和一匹骡子,三人上马在山中急奔,但前面仍有摩门教的哨防,侯波机警地用暗语使三人逃出险境。他们在大山中走了一天一夜,食物吃尽的时候波想到打猎。他打到一只大犄角羊,不料在回来时迷了路,天黑才找回去,却发现原来点火的地方一片马蹄印,等在这里的费瑞厄父女已不见踪影。他发现地上有座新坟,坟前木棒下有张纸条,上写着"费瑞厄,生前住在盐城,死于1860年8月4日"。他没有找到第二座坟,说明露茜被他们抓走了。他决心要报仇,于是带足烤好的羊肉,走了6天走出山谷,并遇他曾帮助的摩门教徒,从他那里得知露茜昨天和小锥伯结婚了。侯波忍着愤怒走进大山。不久,露茜郁郁而死。就在守灵的那天夜里,一个衣衫褴褛的人来到她身边,吻了她的面额,然后摘下她手上的戒指说"她绝不能戴着这个东西下葬"。他在守灵人的震惊中离开了小锥伯家,又走进深山。5年后他再次回来寻找锥伯和斯坦节逊报仇时,得知他们早已离开这里,无人知道他们的下落。但侯波抱定决心一定要找到他们。多年后,他已是一个白发人,但终于有一天发现了这两个人的住处,而坦节逊成了锥伯的秘书。但锥伯认出了他并报告警方,他被捕了,几周后被释放,却得知他要寻的人已去了欧洲。于是,他历尽艰辛奔波欧洲多个国家,终于在伦敦找到了他俩。

福尔摩斯和华生还有两位警察将侯波带到警察局,得知他已得了动脉血瘤症,活不了几天,但他很欣慰,因为他亲手杀死了两位仇人。那天侯波有机会载上醉酒的锥伯并将他拉到空屋,数落他的罪行,让他服下事先制好的毒丸。侯波曾发过誓,要让锥伯看着露茜曾戴过的婚戒来毙命。正是如此,锥伯看着婚戒死去。由于激动,侯波的鼻子流血了,他蘸着血在墙上写出两个想将警察引上歧途的血字。走出现场,他发现婚戒丢了,于是回来找婚戒,就在这时他发现空屋来了一名警察,于是装作醉汉溜掉了。第二天一早,又杀了斯坦节逊。事后侯波又赶了两天马车,准备赚够路费回美洲。直到一位褴衫的少年找他说贝克街有人用车,不料却落入福尔摩斯的圈套。然而在周四要审判侯波之前,他因动脉血瘤迸裂死在狱中。

《血字研究》的发表引起了一些读者和编辑的关注,有人分析,"福尔摩斯"的原型是柯南·道尔的老师约瑟贝尔。《利平科特杂志》的编辑看到此稿后,约柯南·道尔继续写一篇关于福尔摩斯探案的故事。于是在1890年柯南·道尔的第二部中篇侦探小说《四签名》问世了,里面塑造的仍然是大侦探福尔摩斯的形象,这部小说又获得了成功。

1891年,柯南·道尔弃医从文,专门从事写作。他相继写出《波希米亚丑闻》、《红发会》、《身份案》、《博斯科姆比溪谷秘案》、《五个结核》、《歪唇男人》6部塑造福尔摩斯为主角的短篇侦探小说,小说相继在《海滨杂志》上发表,在读者中产生了极大的兴趣和很大的影响。《海滨杂志》继续约稿并提高稿酬,柯南·道尔又写出了第二批也是6个故事,1892年汇编成《冒险记》出版,仍是以福尔摩斯为主角。1892年开始,柯南·道尔在《海滨杂志》上又相继发表了《银色马》、《黄面人》、《证券经纪人的书记员》等12个故事,1894年汇编成《回忆录》出版。这时,柯南·道尔决定停止写作这类故事,因此在他的短篇小说《最后一案》中,他让福尔摩斯在一次戏剧性的搏斗中与罪犯莫里亚蒂双双堕落深渊中淹死,而让华生来结束这个《最后一案》。对于福尔摩斯的死,广大读者不但感到遗憾,而且十分愤怒。国内外读者都提出抗议。在伦敦,无数的职工、警察抬着棺材到柯南·道尔的住宅前示威游行,甚至对柯南·道尔进行威胁和谩骂。由此看,一个成功的侦探形象已不属于作者了,而是属于世界广大读者。1901年,根据一位朋友讲述的达特摩尔的传奇故事,柯南·道尔构思了一个神奇的故事,小说描写了一个家庭遭受一只鬼怪似的猎犬的追逐的故事,并让福尔摩斯作为早期的探险经历来出现。这个故事就是1902年出版的《巴斯克维尔的猎犬》。1903年,柯南·道尔让福尔摩斯在小说《空屋》中死里逃生,从而开始了另一组故事,题为《归来记》,于1905年出版。1915年,他写了《恐怖谷》。1917年,他写了《最后致意》。1927年,他写出了《新探案》3组故事。1928年至1929年,整个关于福尔摩斯的故事分短篇和中长篇两卷在英国出版,书名为《福尔摩斯探案全集》。

1930年7月7日,柯南·道尔病逝,享年71岁。但他笔下的福尔摩斯却永远活在全世界广大读者的心中,他在小说中虚构的英国伦敦贝克街221B号福尔摩斯的居室在1990年成立了福尔摩斯博物馆。博物馆共有4层,一楼是纪念品商店,二楼是客厅、卧室,房间小但装潢精致繁复,三层是福尔摩斯的破案用具和与小说案件相关的陈列品,四楼是蜡像馆,重现了书中很多案件的著名场景,成为世界各国旅游者到伦敦寻访的去处。《福尔摩斯探案全集》相继在世界各国翻译出版,我国于20世纪初就有人翻译柯南·道尔的作品,50年代至今又多次出版《福尔摩斯探案全集》。柯南·道尔在侦探小说上作了很大的贡献,他的侦探小说在世界文学史上占有重要的位置。柯南·道尔除写侦探小说外，也写过传奇和科幻小说，还写过剧本。他一生写了70多个中短篇侦探小说，成绩很大，开创了英国古典式侦探小说的模式，被后人所沿用。在他的小说中，他把社会犯罪与社会的政治制度、道德观念结合起来，塑造了福尔摩斯这个被众人接受而又喜爱的侦探形象，小说中的故事曲折动荡而扑朔迷离，构思严谨而语言丰富、文笔简洁，融合了社会、历史、医学等多方面知识。如果说爱伦·坡是世界侦探小说的鼻祖，柯南·道尔便是世界侦探小说之父。

自1886年至1929年，柯南·道尔共写了《血字研究》等3部10万字以上的中篇、90多部短篇小说。后被编成《福尔摩斯探案全集》，由此风靡欧美以及全世界。仅就中国而言，从1980年到2001年，我国有近20家出版社出版过柯南·道尔的侦探小说，总印数达600多万册。美国作家卡尔还专门写了一套《阿瑟·柯南·道尔爵士》的书，记录了他从事文学创作的情况，此书出版后在世界各国发行，更加提高了柯南·道尔在侦探小说上的知名度。柯南·道尔去世后，福尔摩斯的形象却让人难以忘怀。人们希望还能看到福尔摩斯新的形象。英国作家威尔·安德鲁斯、罗伊·坦普曼尔、格莱格森、约翰·霍尔、伊安·查诺克、威廉·塞尔等人是福尔摩斯迷，他们研究了柯南·道尔的作品，相继写出了《恐怖马戏团》、《死亡剧院》、《魔术大师身世之谜》、《埃及剧院谋杀案》、《高尔夫球场的枪声》、《手稿被盗之谜》、《冬至节谜案》、《神秘的中国船》、《钟表匠》、《战利品馆》、《桑德瑞汉姆宫中的盗宝之谜》、《失去身份的人》、《恐怖之墓》、《战土风云》、《杂耍剧院》、《电话谋杀案》、《福尔摩斯的旅行》、《福尔摩斯的早期案例》、《华生的最后案件》、《泰坦尼克号》、《名誉受损的探长》共20多部中长篇和10多部短篇小说。每篇中继续保留柯南·道尔塑造的福尔摩斯人物形象、特点以及创作风格，并在侦破案件上又有新的创意和发展，深受读者的欢迎。后来，这些作品被编成《福尔摩斯探案全集续集》；这期间，柯南·道尔的儿子艾德里农·柯南·道尔也写了以福尔摩斯为侦探的文章。此外，福尔摩斯还走入了法国。莫里斯·勒勃朗以写侠盗神探亚森·罗宾而著名。但是，他的小说中有多篇描述福尔摩斯到法国破案的故事，并与罗宾斗智斗谋。如《大侦探福尔摩斯与罗宾》中，为了破案，探长葛尼玛请来了英国大侦探福尔摩斯，于是，怪盗罗宾与神探福尔摩斯展开了一场扣人心弦的斗智斗谋。《亚森·罗宾大战福尔摩斯》中，福尔摩斯虽然侦破了一系列案件，却被罗宾玩耍了一番。美国作家安妮塔·简达读完《福尔摩斯探案集》后，为了让福尔摩斯复活写出了长篇小说《华生医生的秘密日记》，揭示了莱辛巴赫瀑布福尔摩斯的生死之谜，继续讲述福尔摩斯和华生经历的各种惊险破案的故事。俄罗斯的莫日依科也写了一本有关福尔摩斯的小说，名为《柯南·道尔和杀人魔王杰克》。除此，我们在一些欧美短篇

侦探小说中有时也看到一些作家描述的福尔摩斯，如史蒂芬·金的《华生医生破案记》等。一些作家不愿放弃福尔摩斯这个形象，100多年后，他仍在一些地区破案。如1966年美国作家罗伯特·菲什出版了《歇洛克·福尔摩斯冒险记》，让19世纪的福尔摩斯到20世纪60年代来破案。70年代，美国作家古拉斯迈耶写出了侦探小说《百分之七十溶液》，作者假托新发现了福尔摩斯的助手华生的手稿，描写了福尔摩斯与奥地利医生、著名精神分析学家弗罗伊德博士合作破案的故事。虽然情节荒诞无稽，但是再一次塑造了福尔摩斯的形象。

福尔摩斯的形象在我国出现较早。1896年，如梁启超办的《时务报》就翻译连载了《英包探勘盗密约案》、《记伛者复仇》、《继父诳女破案》等关于福尔摩斯探案的故事，于1899年成书。最早出版福尔摩斯的应是素隐书屋，仅在1899年到1900年就出了3种。1902年余学斋出版署出版了《议探案》，1903年文明书局出版了《续译华生包探案》、《唯一侦探谭四名案》、《新译包探案》。1906年至1909年，我国有大量杂志出现，一些翻译的外国小说出现在这些杂志上，有很多是关于福尔摩斯探案的故事。由此，也出现了多种单行本的福尔摩斯探案故事，如1908年上海商务印书局出版的《歇洛克奇案现场》等。1912年，中华书局出版了《福尔摩斯探案全集》，共12册，内容为文言文。所谓的全集并不全，仅有44篇小说。后来的《福尔摩斯探案全集》共60多篇小说。以后，上海三星书局也出版了《福尔摩斯新探案大全集》10余本。1927年，程小青又重新把福尔摩斯探案故事译成白话文，出版了一部较完备的《福尔摩斯探案大全集》，由世界书局出版，共13册54篇。此后我国出版的一些侦探小说，也有人借用福尔摩斯的名字。如上海广益书局出版的《毒蛇惨案》等，副书名上印有"福尔摩斯侦探奇案代表作"，实有些张冠李戴之意，但却宣传了福尔摩斯。据统计，清末商务印书馆等近十家出版了福尔摩斯系列作品近10种，最多的是小说林社出版的《福尔摩斯再生案》13册。民国期间有十余家出版社出过福尔摩斯系列作品近二十种，如上海武林书店出版了《福尔摩斯探案大集成》12册、三星书局出版了《福尔摩斯新探案大全集》12集、中华书局出版了《福尔摩斯探案全集》12册、世界书局出版了《福尔摩斯探案大全集》13集。一个西方人形象为什么在东方这样受欢迎，这与新的文化分不开。一是我们看久了中国的公案小说，一引进像福尔摩斯探案这样的小说，不但人物新，办案方式也新，当然受人们的欢迎。二是当时中国政局动荡，清政府昏弱无能，人们需要一个新的包青天来到人间伸张正义，侦破各种奇案冤案，为民申冤。这也是人们心理的需求和社会的需求。还有西方侦探小说都是通俗小说，我国公案小说多是章回小说，文言文十足，用白话文出版福尔摩斯系列后就受到人们的好评，也有多种评论文章散见于各部福尔摩斯探案集及单行本的前言或各种杂志中。

研究福尔摩斯的文章很多，我曾看过两篇比较好的文章或者说是有意思的文章，一是1987年《世界博览》第三期刊载的美国弗雷德·斯特雷贝格写的《魅力不衰的福尔摩斯》，他将福尔摩斯说成是艺术形象，是人们崇拜的英雄。文章中介绍说：圣路易斯的一位教授主编了一份《贝克大街季刊》，专门刊登有关福尔摩斯研究的文章。科罗拉多州立大学的一个图书管理员编了一份义献目录，摘录了8000多篇1979年至1984年发表并获奖的研究福尔摩斯的论文。"贝克大街顾问侦探"是世界上最有名、历史最悠久的福尔摩斯俱乐部，它的190多名成员和来宾在纽约举办第五十三届年度联宴，宾主为他们的好朋友福尔摩斯举杯祝寿。二是2003年第10期《看世界》上刊登的陈耀明的《亲爱的福尔摩斯先生》。文章中说2002年10月16日，英国皇家化学学会郑重的宣布十分荣幸地吸收福尔摩斯先生为荣誉会员，并为他的雕像颁发一枚奖章。《福尔摩斯探案全集》风靡世界100多年来，译本几乎包括世界上所有的语言，甚至是爱斯基摩文字。目前世界上大约有350多个"福学"研究组织（包括网站）。

从此而看，全世界都热衷于福尔摩斯这个人物形象，尽管他在各个作家笔下各有异同，有的甚至存在一些不足，但是他已经影响了全世界。从柯南·道尔的小说中，我们在福尔摩斯身上看到了智慧、正义，他身上所反映的侦探经验和方法是值得我们借鉴的。

下 篇

侦探小说的研究、审美价值与社会效应

第一章　侦探小说的流派

侦探小说的流派多年来也是人们研究的一个课题，笔者认为这并不是侦探小说研究的重点，流派是一种写作特点和作品展示的独有风格，其中包括故事内容的展示方式。至于某位作家的侦探小说是什么流派，大多是由后人总结出来的，有些连作者本人都不知晓，只是他们的写作和构思习惯及展示小说故事内容的一种方法。

由于每名作家所体现的风格、特点、内容及写作手法不同，由此也产生了侦探小说的不同流派，也是作品不同的风格。如果按创作模式和作品风格而分，侦探小说总体可以分为两大类，即古典侦探小说和现代侦探小说，或称古典派和现代派。如果按侦探小说作品内容和塑造人物形象、小说背景等具体项而分，侦探小说可分为硬汉派、心理悬念派、新心理悬念派、本格派、变格派、社会派、新社会派、青春派、幽默派等。如果按展示形式和其侦破推理方式，还可分为正统派侦探小说和荒诞幽默派等。在此作以简要的介绍，也可以说是最简要的回答。

一、古典派侦探小说

有人将自爱伦·坡以来最初的一些侦探小说称为古典式小说，实际上是西方古典派侦探小说，也称为"爱伦·坡模式"小说，这种小说都是采用"罪案、侦察、推理、破案"的模式，后来被称为欧美古典侦探小说。古典派侦探小说的主要代表有英国的柯南·道尔、克里斯蒂、赛耶斯、铁伊、阿林厄姆、詹姆斯、切斯特顿、刘易斯，新西兰的马什，美国的爱伦·坡、凡迪恩、莱因哈特、赖特、奎恩、比格斯、斯托特、加德纳，法国的勒布朗等。这些侦探小说多是早期的侦探小说作家与他们早期的作品，欧美、日本、中国都有。

二、现代派侦探小说

有人提出现代派侦探小说是在 20 世纪 70 年代后创作的，能打破传统的古典派模式的，破案不局限于推理，而是通过更多方法注重科学与证据，体现当今社会风貌，在写作上更注重艺术的展现的侦探小说。这些小说的作者基本是近些年

写作的作家，各国都有。

古典派侦探小说重于推理和解谜，现代派侦探小说追求纯朴、粗犷的新奇风格。现代派侦探小说是对传统古典派的延伸、变通、革新；古典派多重于虚构和空想，有的与历史相结合，而现代派多重于现实，与时代背景相结合。古典派和现代派侦探小说的称呼不够准确，还有待学界探讨研究。

三、硬汉派侦探小说

硬汉派侦探小说，简要说是注重对小说中侦探形象的塑造，使他成为坚持正义、不怕一切邪恶和恶劣环境的铮铮铁骨硬汉。硬汉派侦探小说摆脱了古典侦探小说的创作模式，将现实主义成分加强，注重对侦探人物的刻画，在作品中主要体现人的个性及在各种环境中人的心理，作品中的侦探都是十足的硬汉。它打破了侦探往往都是学者、贵族、律师等的模式，小说的环境背景多在社会各个阶层，由此使侦探和罪犯的个性更加鲜明丰满，情节更加激烈。它起源于20世纪20年代，到30年代就有40多位硬汉派作家，美国作家哈梅特的侦探小说被誉为开了"硬汉侦探"先河。其中最有代表性的人物是美国作家哈梅特和钱德勒。哈梅特的主要作品有《戴恩家的祸祟》、《血腥的收获》、《马尔他之鹰》、《玻璃钥匙》、《瘦子》等。钱德勒主要作品有《长眠不醒》、《高高的窗户》等。此外，美国作家麦克唐纳的早期作品也是硬汉派侦探小说，如《移动的目标》、《斑马条纹灵车》、《高顿案件》、《有些人这样死去》等。还有美国劳伦斯·布洛克的"马修·斯卡德"系列。

四、心理悬念派侦探小说

心理悬念派侦探小说以比利时的西默农为主要代表，他的作品中的侦探除在破案中注重搜集证据外，尤其注重对犯罪人的心理活动研究，他笔下的侦探也是研究犯罪心理的专家。其次，还有日本的梦野久作、佐野洋、石泽英太郎等。

五、新悬念派侦探小说

也叫惊险派侦探小说，注重小说情节的惊险性，让悬念来牵引读者的心。以写间谍小说著称的英国作家福赛斯为主要代表，主要作品有《豺狼的日子》；其次还有日本的西村寿行，主要体现于小说《涉过愤怒的河》；英国的布坎，主要作品体现于间谍小说《三十九级台阶》；英国的毛姆，主要作品体现于间谍小说《秘密情报员》；英国的沃利斯，主要作品有《四个正义的人》；英国的萨珀，主要体现于间谍小说《猛犬特鲁蒙德》；英国的弗莱明，主要体现于间谍小说《詹姆斯·邦德》等。

六、本格派侦探小说

它的写法接近于欧美的古典派侦探小说,注重破案中的逻辑推理。如果解释复杂的话,这种小说既具有"逻辑性"和"思索性",而又可具有"幻想色彩"及"犯罪气息"。主要代表人物是日本江户川乱步、角田喜久雄、甲贺三郎、滨尾四郎等。江户川乱步,主要作品有《D坡杀人事件》、《黄金面具》、《地狱的魔术师》、《白发鬼》等;角田喜久雄,主要作品有《高木家的悲剧》、《笛吹人亡》等;甲贺三郎,主要作品有《幽灵怪人》、《妖魔的哄笑》、《体温计杀人事件》等;滨尾四郎,主要作品有《杀人鬼》、《铁锁杀人事件》。还有岛田庄司的推理作品等。

七、变格派侦探小说

这类作品中虽是运用推理破案,但强调写鬼怪、幻想、神奇、冒险和变态心理,营造恐怖神秘场景以及惊奇复杂的故事情节。主要代表人物是日本的横沟正史、木木高太郎、小栗虫太郎、大下宇陀儿、城昌幸、梦野久作、小酒井不大、水谷准等。横沟正史,主要作品有《本阵杀人事件》、《狱门岛》、《八墓村》等;木木高太郎,主要作品有《睡偶人》、《新月》等;小栗虫太郎,主要作品有《天衣无缝的犯罪》、《梦游杀人案》、《恶灵》等;大下宇陀儿,主要作品有《情鬼》、《魔人》等;城昌幸,主要作品有《淫乐杀人》、《艳魔地狱》等;梦野久作,主要作品有《海妖的鼓》、《幻术》等;小酒井不大,主要作品有《人工心脏》、《恋爱曲线》等;水谷准,主要作品有《一次决斗》、《司马家的毁灭》等。

八、日本社会派推理小说

它继承了日本侦探小说的传统写法,注重刻画人物的心理与内心感受。在表现方法上,注重动用逻辑推理的手法制造悬念。情节曲折,环环相扣,耐人寻味。在故事情节上,比较重视表人的思想感情、命运和人与人之间的复杂关系,通过具体事实、生动的人物形象来反映当代生活,反映社会现实。小说强调对作案动机的分析和对造成犯罪的社会原因的探讨。特别注重揭露社会中的一些黑幕,一些作品带有鲜明的批判倾向。主要代表人物是松本清张、水上勉、笹泽左保、森村诚一、高木彬光、夏树静子等。然而,后三者因作品离现实更近,又被称为新社会派侦探小说作家。如松本清张的《点与线》、《砂器》、《隔墙有眼》、《零的焦点》、《日本的黑雾》等;水上勉的《雾与影》、《大海獠牙》、《花的墓碑》、《饥饿的海峡》、《石子之谜》等;笹泽左保的《吃人》、《不速之客》、《初夜失踪的新娘》等;森村诚一的《人性的证明》、《野性的证明》、《表春的证明》、《腐蚀的构造》等;高木彬光的《破戒裁判》、《检察官雾岛三郎》、《鬼面谋杀案》

209

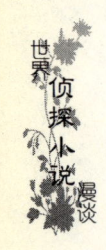

等；夏树静子的《天使之谜》、《雾冰》、《远方的阴影》、《风之门》等。

九、日本青春派推理小说

主要代表是赤川次郎，他的作品以青年人的角度去观察社会，虽写犯罪案件，但对犯罪现象予以反思，文笔幽默，作品充满轻松、有趣、浪漫的情调。他的主要作品有《欲海凶魔》、《三姐妹侦探团》、《华丽的侦探们》等。此外，他的小说也属幽默派侦探小说。

十、幽默派侦探小说

它的谋篇布局、情节设置都充满智慧和情趣，用喜剧的表达方法体现人物性格的幽默化。主要作家有美国的切斯特顿，主要作品有《名叫"星期三"的人》；莱斯，主要作品有《家庭凶杀案》；此外还有日本的赤川次郎。

十一、写实派侦探小说

它没有以刻画侦探为重点，而只注重破案的方法和经过，展现的也许是一般的警员或刑警，有时展示多个人物。如2001年陕西师范大学出版社出版的英国福里曼·克劳夫滋的侦探小说《谜桶》就是一本写实派侦探小说。英国克里斯蒂的侦探小说《斯泰尔斯庄园奇案》等也是写实派侦探小说。日本松本清张的很多作品被称为社会写实派推理小说。写实派侦探小说又区别于纪实侦探小说。纪实侦探小说是以真实的案件为基础，运用侦探小说的写作手法制造悬念，营造神秘、惊险的气氛，作品的案发地点和故事背景是真实的，小说中的主要人物也是真实的，可读性强。在中国、美国、前苏联等国都有过纪实侦探小说，但数量不多。我国近年来出版了很多以反腐和刑侦为一体的侦探小说，有的已被拍成电影或电视剧。20世纪60年代初群众出版社出版的张志民的《赵全一案件》就是一本纪实侦探小说；同年外语教学与研究出版社出版的前苏联纳赛布林的《哑证》也是一本纪实侦探小说；1997年北方文艺出版社出版的一套由美籍华人庄彦主编的"美国新纪实丛书"共计6本，也是一套纪实类侦探小说，这6本书是《好莱坞疑案》、《血溅费城》、《新泽西州的复仇者》、《在阿拉斯加的冰雪覆盖下》、《来自迈阿密的追猎》、《在纽约自由女神像下的文明》。

十二、法庭派侦探小说

它以法庭审案和辩论为主要场景，从中发现法庭上的一些小漏洞和疑点，继而找出蛛丝马迹破获案件，直至真相大白或使冤案得到澄清。这类小说的主要代表作有美国贾德纳的梅森探案系列小说。

十三、正统派侦探小说

人们将以设谜解谜、利用逻辑推理为主要破案方法的侦探小说称为正统派侦探小说,这些小说也是侦探小说的主流,其作品构思巧妙、情节惊险、结构严谨。这类小说的主要代表有柯林斯、柯南·道尔、奎恩、克里斯蒂、江户川乱步、仁木悦子等。

十四、怪异荒诞派侦探小说

它以浪漫主义的写法融入独特而具有神秘色彩的情节,使作品具有离奇性。这类小说虽想象力丰富,但破案手法不够严谨。其主要代表有美国的爱伦·坡,日本的横沟正史、笹泽左保等。

在众多的侦探小说流派中,日本推理小说的流派好像多一些。但追根溯源,有人提出日本的推理小说流派可以分成两大派,即"本格派"和"变格派"。此后的各种流派基本都是从这两种流派演变而来,如社会派、新社会派等。此外还包括新本格派,如绫辻行人的《十角馆杀人预告》等作品,东野圭吾的《侦探伽利略》等作品。

由于国家及民风等特点决定,各国的作者在写作上都以自己的国情、法律、社会现状、民俗等为作品中的背景,由此都形成了自己的作品风格和写作特点,一些作品虽没有形成流派,但也可划分到上述一些派别中去,有的也可形成其他派别。我国在 20 世纪 20 年代至 40 年代,由于一种地域和文化的形成特点,曾出现名为鸳鸯蝴蝶派的文化体系并有众多的成员,也创办了很多的文学报刊,他们写的小说都叫鸳鸯蝴蝶派小说,其中就有众多的侦探小说作家和大量的侦探小说,如程小青、包天笑、刘半农、陆澹安等,他们的一些侦探小说也被称为鸳鸯蝴蝶派侦探小说,也可称其为社会派侦探小说或新社会派侦探小说。我国在 20 世纪 50 年代至 60 年代间的一些侦探小说多以反特和肃反为主要内容,可将其划为惊险派侦探小说。近年来,我国和俄罗斯等国的侦探小说多以反映现实犯罪和近时期的刑事案件为主,虽说一些小说以推理为破案手段,但仅是对古典派的继承和模仿,而作品中体现的都是现代的气息,也充分利用了现代科学和侦破手段,可称之为现代派侦探小说。

侦探小说流派的出现,对侦探小说的发展起了一定的推动作用。当然,随着社会的发展,侦探小说反映的内容和作品风格也在发展,还会出现新的派别,如现代的一些侦探小说有的不局限于古典派或现代派的区别,有的将二者结合,有的将一些派别综合,有的借鉴武侠小说的特点,有的在原有的派别上创新发展,形成自己独特的风格,这些小说发展到一定的程度,最终将形成新的派别。

第二章 神秘的"密室杀人"

很多人都知道《柏林吊尸案》的故事。警察接到报案,一名叫贝克的工人声称自己因为家门从内反锁而无法进入,怀疑家中出事而报案。他家住在三楼,警察和他一起撞坏了门插销才进到室内,只见贝克的妻子和五个孩子都吊死在室内。法医认为是贝克的妻子吊死五个孩子后自杀,而荷尔门警官对此事进行了认真的调查和推理。他在贝克家的书架上发现了一本侦探小说《雷那先生》,小说中讲述了一个男子死于从内反锁的房间中,私人侦探在调查时发现门栓边上的木制部分有一小孔,由此他推论此案为他杀。因为通过这个小孔可以穿过一根铁丝,将铁丝一头打个活结套在门内的插销上,就可以从外面巧妙地处理铁丝,从而将插销从里边拴住或拉开,达到目的后再用灯油将孔堵死。受此启示,荷尔门警官在贝克家的门栓边缘处果然找到一个用蜡封的小孔,蜡粒上还粘有几根马鬃。荷尔门用马鬃打结套在门栓上,又将马鬃从小孔伸向门外,一拉果然能从外将门插上,只是孔内不光滑,有几根马鬃被拉断留在门内。在事实面前,贝克承认了由于外遇而杀死妻儿的罪行。类似《柏林吊尸案》中的故事就是密室杀人案。

密室杀人本身就是一种设谜,它让人在认为不可能的情况下出现了神秘的案件,使侦探小说更加吸引人,充满神秘感及可读性。

"密室杀人",是指房间门由内紧锁或从外上锁,房子的窗户紧闭或有防护设施,房顶和地下没有通道,房子四周也无出入口,按正常情景室外的人不可能从这所房间内出去,但却有人在房间里神秘死去,后经现场勘查且能认定是他杀或外人帮助自杀的一类神秘案件。也有将开放性的空间只有受害者一个人的痕迹出现,而无其他痕迹或人员出入的发案场所称为密室。比如在车船中、空旷的广场中等。车船中的一些案件可称为密室,但空旷的广场严格说不能称为密室。密室杀人被称为犯罪的最高境界,是一种智能性犯罪。其特征有两种,一是心理性密室;二是机械性密室。现在我们在一些侦探小说中看到的密室杀人,绝大多数是运用人力、物力或自然力等形成的,这些都是机械性的密室杀人。关于密室杀人的小说非常多,这里仅举几例供读者欣赏和研究。

在众多的侦探小说中，第一篇关于"密室杀人"的作品应源于侦探小说的鼻祖爱伦·坡，他所发表的第一篇侦探小说《莫格街凶杀案》就是密室杀人小说。这种神秘型的小说一经出现就受到人们的欢迎，后人在继承这种小说的形式中不断创新，密室杀人的手段神秘莫测、各有千秋，解谜的方法更是出人意料。前文中提及的美国的约翰·狄克逊·卡尔可称为密室探案大师，他的作品有很多专写密室杀人，在世界上影响很大。他小说中的密室不仅局限于房屋内，而且在各种封闭的空间内，如古墓、棺材、地室、车厢、高耸的楼房等。没有攀登物，老人怎么能上得去几米高的窗台？空旷的广场上四周没有一人，死者是如何死在广场正中？雪地上没有任何痕迹，死者是怎么死在那里？等等。他没有将密室作为狭义的名词，而将其扩展为广义的名词，故出现了"不可能犯罪"。柯南·道尔、克里斯蒂、奎恩、横沟正史等一批名家都写过有关密室杀人的侦探小说。他们的写作手法和密室杀人的手段各异，使这类小说一直充满着悬疑的色彩。

下面介绍十篇（部）比较著名的密室杀人小说。

一、爱伦·坡的《莫格街凶杀案》

深夜，巴黎圣罗克匹城莫格街的一幢房子中传出一阵凄惨的尖叫声。警察和邻居来到房前，发现这所房子门窗都反锁着。撞开门后，大家发现房内凌乱不堪，椅子上有一把血污斑斑的剃刀，房主列士巴太太的女儿的尸体在壁炉的烟囱里，她是被扼死的；列士巴太太的尸体却在楼下的小院中，她的喉管已被割断。警方虽多方调查却无重要线索。知识渊博的贵族子弟杜宾对这起案件很感兴趣，他在调查中发现案发的那幢楼的避雷针柱脚下有一根水手用的红缎带，他根据打结方式认定是马尔他商船的水手所为。由此，他想到东印度群岛有一种模仿力非常强而性情又非常残暴的大猩猩，因此他怀疑此案件非人所为。于是，他在报纸上刊发了一条招领大猩猩的广告，果然有一位从东印度群岛来的水手找到杜宾。在杜宾的说服下，水手道出了实情。原来昨夜水手回到住处时，发现被他关起来的大猩猩跑了出来，正拿他的剃刀模仿刮脸。大猩猩见水手回来后便跳窗逃走，水手便持着鞭子在后追赶。大猩猩跑到莫格街时，看见列士巴太太住的四楼亮着灯，它便顺着楼房的避雷针柱杆爬到四楼，从打开的窗户进入室内，揪住列士巴太太的头发便用剃刀给她刮脸。由于老太太尖叫着，大猩猩的剃刀差点将她的头割下来。目睹一切的列士巴的女儿吓昏了，大猩猩又用爪子扼住她的脖子直到她断气，然后将她塞到烟囱里，接着又将列士巴太太的尸体扔到窗外。最后，大猩猩从来时的窗户逃走，此时碰撞到了支窗户的机关，窗户便并从内自动关上。顺着避雷针爬上四楼窗前目睹了大猩猩杀人经过的水手，受到惊吓而又怕连累自己，因此没敢报案。

后来，这只大猩猩被它的主人亲手捉住，卖给了巴黎动物园。

二、柯南·道尔的《斑点带子案》

一天早晨，一位叫海伦·斯托纳的女士找到福尔摩斯寻求帮助。她现在和继父罗伊洛特医生住在一起。两年前，海伦即将举行婚礼的姐姐在夜间突然死去，而其居住的房间门窗都从内部反锁着。海伦和姐姐住在一个名为斯托克莫兰的古老庄园内，居室的顺序分别为她的继父、她的姐姐和海伦自己。这三间房子紧挨着但互不相通，房门都朝向同一个过道。姐姐死前曾对海伦提及自己几次在夜里听到有人吹口哨的声音，还能闻到继父抽的印度雪茄的烟味，她们认为口哨声可能是附近的吉卜赛人所为。海伦的继父性情一向古怪残暴，邻人都避开他，因为他还养了一只印度豹和一只狒狒。海伦的姐姐死的那天夜间，正是一个暴风雨之夜。海伦曾听到姐姐惊恐的呼叫，也听到一种轻轻的哨声和一种金属落地的声音。海伦打开房门，从过道跑到姐姐的房门前，姐姐也打开了门惊恐地冲出来倒在地上说："是一条带子，一条带斑点的带子。"她先是把手举向天空，又指向继父的房间，然后抽搐，最后死去，她手里还攥着已燃尽的火柴杆。这时，海伦的继父听到喊声后穿着睡衣也出来了。警方派出验尸官检验时没有发现海伦的姐姐身上有任何暴力痕迹，也没有发现中毒的现象。海伦可以证明当时姐姐的确一个人在房间，而房门由内上锁，窗子由带宽铁杠的老式百叶窗护挡着，每天都关得严严实实，墙壁也没有损坏处，烟囱有铁环锁着，根本进不了人。警方最后认定她的姐姐是受惊吓而死，而她死前提及的带子可能是吉卜赛人的花头巾。

这是一起古怪的案件，福尔摩斯与华生对此案展开了调查。趁海伦的继父不在家，福尔摩斯等人查看了庄园的地形和海伦三人居住的房子。在查看中，福尔摩斯发现海伦的姐姐的房间有一个小气孔通向继父的房间，同时有一条绳子系在气孔的钩子上。海伦说这是新近修房时才安装的。在她继父的床头，又发现了一根打了结的小打狗鞭子。当日，福尔摩斯和华生在庄园附近订了一家旅馆的二楼，从这里的窗户可以看到庄园里的一切。黄昏，海伦的继父回到家中。此时，福尔摩斯推论，在海伦姐姐的房间与她继父的房间之间原来就有一个通气孔，否则她不可能闻到继父的印度雪茄烟味。福尔摩斯暗示今夜庄园还会出事。夜里9点，庄园熄灯；夜里11时，庄园中间的房间亮起灯。福尔摩斯握着手枪和一条藤鞭，和华生走出旅馆，悄悄地潜入庄园，躲过印度豹和狒狒，潜入海伦姐姐的房间。下半夜3点，从通气孔中闪着光亮，半个小时后，他们听到一种轻柔的像烧开水嘶嘶的喷气声。福尔摩斯划根火柴，然后用藤鞭猛烈地抽打通气孔的绳子，随后，他们听到一声低沉而清脆的口哨声，紧接着从海伦继父的房间里传来一阵惊恐可怕的尖叫声。他们持枪迅速来到海伦继父的房间，只见房间的桌上放着一盏点亮的遮光灯，地上有一个半开的保险柜，继父坐在木椅上，眼睛恐怖地、僵直地盯着天花板的角落，他的额头上绕着一条异样的、带有褐色斑点的黄带子。原来这是一条印度最毒的沼地蝰蛇，海伦的继父在被咬的10秒内就已死去了。福尔摩斯快速从死者膝盖上拿起打狗鞭子，将活结甩过去套住那条蛇的脖子，把它扔到保险柜中并随即关上门。

事实已经清楚，海伦的继父暗中养了一条毒蛇，目的就是想通过毒蛇咬死海伦的姐姐。他的房间与海伦姐姐的房间之间有一不被人注意的小洞，继父在洞口系了一条绳，以便蛇能顺绳爬到海伦姐姐的房间。白天他将蛇锁在保险柜中，夜间放出来喂牛奶，后又将蛇从小孔放入海伦姐姐的房间，到天快亮时吹口哨，蛇又爬了回来，他再用打狗鞭的结将蛇放入保险柜。也许之前他已将蛇放入海伦姐姐的房间多次，但这条蛇并没有伤害她，只是那次，海伦的姐姐被一种声音惊醒，她点亮火柴时一下发现了房间里正在爬行的蛇，她将此误认为一种带斑点的带子，由于惊吓过度而死亡。那种金属声其实是关保险柜门的声。而这次，这条蛇由于受到福尔摩斯的抽打，激起了它的本性，便爬回去咬了它见到的第一个人，也就是它的主人。可以说，这正是恶有恶报的结果。

三、奎恩的《高层旅馆杀人案》

女演员哥拉玛在旅馆的最高层906房间惨遭枪杀，她倒在地板上，身边有一把手枪。是自杀吗？不，法医检验后认定是他杀。但奇怪的是，在她死时，房间的门是从里边锁着的，而且窗户也装有铁栏杆，就是连小孩也钻不过去。阳台离地面有30多米，不架梯子是上不来人的，但是，当时还没有这么长的梯子。这样高层的楼房，在地面和附近的楼房都不可能向里边射击，即使能射击，这把手枪是无论如何也不会扔在死者身边的。

警方虽经多日侦查，仍毫无头绪，只好请聋子侦探雷恩来破案。于是雷恩来到旅馆里调查，虽然人们嘲讽聋子破案的可能性，可是出人意料的是，雷恩把旅馆内外查看了一遍后，马上就识破了凶手的犯罪手段。他分析道，手枪在死者身边，人们一定认为这是一起室内枪杀案件，实际上凶手是在窗外射击的。当时，窗户的插销未从里面插上，凶手在窗外开枪打死哥拉玛后，从窗户的铁栏杆空隙间将手枪扔回室内，然后又关上了窗户。这样，人们看到的就是一座高层楼房房门从内紧锁、窗户也已关闭的封闭式现场。至于凶手是如何攀上离地30多米的窗户，雷恩认为他是攀上房顶后将一条绳子的一端系在烟囱上，另一端系在自己的身上，从离窗户仅3米的房顶吊下来的。根据雷恩的推理，警察找到了与这起案件有关系的人，凶手很快被抓获，疑案告破。

四、横沟正史的《本阵杀人案》

11月26日清晨4点，冈山县冈村的柳宅邸发生了一起奇特的杀人案。一柳家的男主人贤藏和他新婚的妻子克子双双被杀死在新婚的洞房中。贤藏的婚礼很简单，女方只有她的叔叔银造参加。新婚的第一个早晨4点多，人们听到新房中有琴声，又听到有人惨叫的声音。院内有3寸厚的雪，没有任何足迹。银造和佣人源七等人来到新房院外，发现院门从里面锁着，源七用斧头砸开了门。他们来到新房前，发现房门和窗户都从里边上了锁，人们接着发现房外石灯笼底下插着一把日本刀。源七又用斧头砸开遮雨窗，大家进入室内，发现贤藏夫妻倒在床上，枕畔和金屏风上都溅满了血。枕畔上有一把少一根琴弦和弦柱的琴，金屏风上有三指血指印。

警方接警后开始侦查此案。调查中发现，在发案的前3天，有人发现一个外地来的三指男人曾打听过柳家，而贤藏在新婚前曾接到"毕生仇敌"的纸条。警方在现场发现了撕碎的纸条，还有在炉中没有完全烧毁的几页贤藏的日记，又在相册中找到写有"毕生仇敌"的一张人像照片，经辨认就是三指男人的照片。虽然发现了这些证据，警方也没有马上破案。银造请来了私人侦探金田一来协助破案。此时，人们在一个砖窑中发现了一具缺少一只手的被烧毁的男尸，金田一在一个埋猫的尸棺中找到了三指手臂。经过调查和现场实验加之逻辑推理，金田一侦破了此案。原来，贤藏在婚前发现克子不是处女，性格孤独而平素又不相信任何人的他非常苦恼，退婚又怕亲属们给柳家留下话柄。于是他决定新婚后杀死克子，自己再自杀。他想到一个周密的杀人方案，完成后就把自己的财产留给二弟隆二、人身保险金5万元留给三弟三郎。那天他发现一个三指男人死在山坡上，后查是因心脏病而死，他便将死尸扛到新房中，独自一人用这个尸体做杀人与自杀的实验，不料此事被三郎发现，爱看侦探小说的三郎帮他设计了一个完美的自杀方案。新婚那夜，他和妻子步入洞房时，将琴也带入室内，他在下半夜用室内的日本刀砍死了克子，用刀在自己身上又砍了几处伤，然后将刀绑在琴弦上，再将琴弦绑在室外另一屋子的水车轴上，使琴弦通过窗户的栏间。黎明时，他听到水车响，知道有人开始舂米了。于是琴弦被拉紧，刀随之移动，刺向贤藏的心脏。其后，刀刃被绑住的琴弦抽出，在屏风上摆荡，紧接着刀击碎了遮雨窗，通过西侧走廊，两条琴弦正布在栏间，而且随着水车的旋转逐渐向外拉去继而顺利滑向窗外，因栏间垫着纸，没有留下刀的痕迹。刀接着穿过石灯笼孔，移向右边厕所的屋顶，此时琴弦柱掉下，琴弦松懈，而外边树上也安置了一把固定的镰刀割断琴弦，刀便落在石灯笼边。水车轴上本来就有很多绳子，多根琴弦也无人注意。经查，那名三指男人确实与此案无关，他原是汽车司机，因车祸到乡下小住几天，为了找到姑妈家，他向一柳家打听路的目标。他死后，贤藏利用他的驾驶证上的照片做了文章，三郎又伪造了贤藏的日记，借以迷惑破案者，使此案更加神奇莫测。最后三郎也被起诉，没等法院判决，他由于战争爆发便去了战场，最后战死在中国。

五、加斯顿·鲁鲁的《黄屋奇案》

深夜，巴黎郊外的橡栗城堡的黄屋中传来悲惨的呼救声，那是过几天就要结婚的玛琪璐小姐的喊声。闻声而来的小姐的父亲斯坦日松和未婚夫达尔扎克及两个仆人来到小姐的房前，发现门窗紧闭着，只好破门而入。到了室内，只见小姐倒在血泊中，已奄奄一息，而室内并不见凶手。黄屋中没有壁炉，更没有凶手可以逃走的暗道，现场留有带血的羊骨，墙上留有血手印，地上还有一条血染的手绢和一支手枪。大侦探拉雷桑和时代报记者鲁雷达比对此案展开了调查。几天后，鲁雷达比意外地发现一个戴假须发的人出现在黄屋，他认定此人就是在谋害小姐的凶手，便招呼斯坦日松、拉雷桑、仆人杰克从四面包围过去，但这个戴假须发的人却不翼而飞。在法庭上拉雷桑指控小姐的未婚夫达尔扎克是杀人犯，而达尔扎克又说不出发案那天夜间的去向。然而，鲁雷达比却站出来，对着拉雷桑说："凶手就是你。"在凶手第二次出现在黄屋时，鲁雷达比就分析了在场的4个人：斯坦日松和杰克与凶手同时出现，只有拉雷桑没在场，而后发现拉雷桑手上有伤；杰克在黄屋门外捡到一个鼻镜，有人证实是拉雷桑的。经深入调查，鲁雷达比发现拉雷桑原来是大骗子巴尔梅耶。10多年前，巴尔梅耶骗取了小姐的爱情，后又抛弃了她。近期，他发现小姐要与人结婚，又想加以阻挠。那天下午5点，巴尔梅耶从窗户潜入黄屋，与不久后回到家中的小姐发生了争执，他用羊骨刺伤小姐时，小姐开枪打伤了他的手，他便逃走了。巴尔梅耶走后，小姐在室内关上门窗。半夜，小姐做了噩梦，一阵惊叫后头撞在桌角便晕了过去。为了不让父亲替她担心，她撒了谎，从而使案情变得扑朔迷离。

六、佩尔·瓦廖迈·肖娃的《反锁的房间》

一个女性持枪抢劫了斯德哥尔摩一家银行9万克朗，并开枪打死一人。同一天，贝格街57号二楼的居民发现楼上有一股难闻的臭味，怀疑是一具腐败的尸体。警方来后，发现房门从里边锁着，只好破门而入，进入室内发现一具已腐烂的男尸，经鉴定，其头部中弹，死亡时间大约是两周前。死者叫斯维德，62岁，港口码头退休工，靠养老金生活。侦探乌尔松和贝克分别侦查这两起案件，乌尔松怀疑抢银行的人是刚从监狱逃出来的惯盗马斯特隆和穆林。一天，警方抓获的一名叫马乌里森的毒贩子提供了上述两人的线索，但当警方到达时，这两人已逃

走。经调查，马乌里森有个情妇叫莫尼塔，她利用与马乌里森幽会的时机偷配了他房间的钥匙。在马乌里森外出时，她潜入他家，发现了一支手枪，于是便戴着假发穿着男式服装抢劫了银行，事后将手枪和假发等藏在马乌里森家的地下室，而马乌里森对此事一无所知。警方搜出了这些物品，认定他就是抢劫银行的人。

此时，贝克在侦察斯维德的命案。斯维德是中弹身亡，他的住所门窗紧闭，没发现手枪，因此可以认定是他杀。但是，他的门窗均从内锁着，凶手杀人后逃出现场的方式让人不可思议。在调查中，贝克查到斯维德几个月前曾被怀疑罹患癌症住了院，曾有一个自称是他侄子的人打过电话询问他的病情。当听说斯维德病情好转时，这个人很不高兴。经查，斯维德的存款达 6 万克朗，而在他退休前，就有人从别处每月给他打入 750 克朗的定额汇款。斯维德在码头时曾干过撬货主箱子偷窃的勾当，然后向上报损耗，由承运方包赔。贝克在查阅码头赔偿单时，从中发现了马乌里森的名字。马乌里森是个毒品贩子，可能是斯维德发现了马乌里森贩毒而对他进行敲诈，每月的定额款是就是马乌里森汇的。于是贝克推断，几个月前，马乌里森得知斯维德得了癌症，很是高兴，不料冒充他的侄子打电话而得知他的病好了，于是感到不妙，便持枪去杀斯维德。他来到斯维德家的窗前隐藏着，趁傍晚斯维德关窗时一枪击中了他，斯维德往后倒时关上了窗户，插销自然落下，从里边关上了窗户。侦察员在窗前的坡处搜查，果然找到了弹壳，由此认定贝克的推断是正确的。在提审中，马乌里森承认了枪杀斯维德的行为，然而法庭审讯时，陪审团却排除了马乌里森的杀人罪，而认定了他的抢劫罪。

七、山村美纱的《舞妓之死》

小君、小雪、小菊 3 名舞妓经考试当选为广告模特，负责广告的长田爱上了女演员麻里而与妻子秋子离婚。一天，小君在拍摄啤酒广告中喝啤酒突然中毒，经抢救脱险，拍摄计划只好因故中止。一天夜里，小雪被人勒死在路上，不久在附近又发现秋子的尸体。目击者说，在这之前曾看到一个与小君长相相似的舞妓与秋子曾在一起散步，小君成了嫌疑犯，而麻里也有杀人的动机。警方对她们两人开始展开调查，小菊和她的男友泽木十分配合。从调查中得知，小君正要和电视台台长的儿子准备结婚，而小君以前也有个关系一直很深的男友，这个人便是长田。长田承认了此事。但不久后，长田却死在一个门窗完全封闭的房间内，房门钥匙掉在室内的地上，桌上放着酒和一包毒药。门窗从里边紧闭，警察砸碎了窗户的玻璃才从中进入室内。经检验，警方认定长田是中毒死亡，但不是自杀而是他杀。那么，凶手是怎样在密室中杀的人呢？小菊和泽木在前往查看现场时，捡到了长田养的小猫，便收养了它。在为小猫挑选项圈时，他们无意中发现了一种专供猫狗等小动物使用的进出房间暗门的磁性项圈,小菊立即明白了密室杀人的方法。警方根据小菊和泽木提供的情况,发现麻里与这只小猫有关,并在她的和服上发现了猫毛,由此认定凶手是麻里。原来,麻里为了出名,先杀死了小雪以抢到广告的拍摄权,后来又打扮成舞妓的样子打死秋子。其后,因长田知道她的底细,便引诱长田说去他的别墅与他同居。在汽车上,她用事先准备的拌有毒药的酒给长田喝下,喜爱喝酒的长田立即死去。然后,她开车来到长田的住处,用长田的钥匙打开房门,先把猫关进会客厅,再把尸体搬进来,在桌子上摆上酒和毒药伪装长田在室内自杀的假象。然后她抱着猫出来,用长田的钥匙锁上房门,再利用猫从小洞内将钥匙又带回房间。之后,她叫出猫,取下项圈,用车载了它一段,便将它扔到车外。

八、乔纳森·拉苇默的《谁是杀妻者》

4月28日,东顿扎维亚大街191号公寓发生一起杀人案,证券公司经理韦斯特兰德的妻子被人枪杀在室内。现场没有手枪,而她家居住在23层楼内,当时房门上着锁,窗户从里边也上着锁。凶案当天上午9点时,做工的佣人来上班时发现房门从里边锁着,呼叫室内也无人应答,于是便找来楼房管理员。正在这时,证券公司经理合伙人鲍鲁斯顿也来了,他是头一天应韦经理妻子的电话今日来韦家的。三人一起撞开门才进入室内,却发现韦经理的妻子头部中弹倒在卧室的地上,而她家的房门钥匙放在室内的桌子上。经查,韦经理近期正与妻子分居,这天半夜有人发现韦经理回到自己妻子住所,还有人曾听到枪声。经法医检验,杀害韦经理妻子的枪是一支韦布雷伊手枪,而韦经理正好有一把这样的手枪,而传讯时却说他的手枪在现在的住处里丢失了。韦经理妻子住的房间仅有两把钥匙,一把在她手中,一把在韦经理手中,出事后韦经理的钥匙仍在身上。在这些证据面前,法院以杀妻罪判处韦斯特兰德死刑,但他一直认为自己是受人陷害的,喊着冤屈。就在韦斯特兰德将被执行死刑的前几天,他愿出一万元酬金买通监狱长要求见几个人,并请了律师辛库鲁斯坦因和大侦探克莱恩对他的案件再度进行调查。

经查证,在妻子被杀的那天,韦经理曾接到女友艾米莉的电话,说路遇其妻子并受到她的威胁。当夜,韦经理便到其妻住处责问她,其后在夜里12点时便回到了住处,当夜妻子被杀。事后,克莱恩找到艾米莉,可她却不知道电话的事,可能是有人冒充了她的声音打的电话。就在韦经理入狱后,克莱恩收到一封匿名信,说有人能证明韦是无辜的,那夜这个人曾见到韦经理从妻子住处出来,妻子送他到门口,然后两人各自分别。然而,就在克莱恩在夜总会找到那名证人时,还没等接上头,这名证人就突然被两名枪手杀死了。经推算,韦经理去他妻

子住处的那天正好是实行夏时制的头一天，韦经理回到他的住处20分钟后才有枪响声，可以认定韦妻死时，他不在现场。在寻觅真相的过程中，克莱恩有一次险些遭到路上一辆轿车上的枪手枪杀，而公司的斯浦雷伊古经理又死于车祸。经调查，如果韦经理被处死，他的表弟沃顿可以继承其一部分财产，他的仆人西蒙兹还可以得10000美元。很快，克莱恩找到了要杀害他的枪手，原来这个人是想为死去的证人复仇。艾米莉住在她叔叔家，克莱恩到此查访后认定那天韦经理所接到的冒名电话是有人窃用了她叔叔家的电话。律师在调查中发现，韦妻保险柜中的8000美元股票是几年前印第安纳银行被强盗抢劫的股票中的一部分。经调查和推理，克莱恩认定凶手在杀死韦妻后有可能将枪扔在芝加哥河中。后经打捞，真的捞到了韦的手枪，但是经检验并不是杀死韦妻的手枪，而是有人偷了韦的手枪来嫁祸陷害他。克莱恩决定从枪店查起，他果真在一家枪店找到类似的枪和购枪人的线索，并在靶场上找到射出的子弹头，经检验弹痕特征，认定此枪正是杀死韦妻的枪支。经枪店老板指认，这个持枪人是鲍鲁斯顿。原来，鲍鲁斯顿想用盗来的股票换韦妻的股票，那天白天韦妻约他来商谈，他便策划了这起杀人后又嫁祸他人的阴谋。这夜，他见韦从其妻的住处离开，便来到韦妻的住处开枪打死了她，并用她的钥匙锁上门走了。第二天上午，当佣人和管理员叫门时，他也赶到了。大家一起将门撞开后，在其他人见到韦妻被害的惊慌之际，他将钥匙偷偷放到桌上，由此出现一种密室杀人的假象。那天的电话确实是艾米莉打的，原来她和鲍鲁斯顿是真正的夫妻。韦斯特兰德在执行死刑前被无罪释放，而鲍鲁斯顿被依法逮捕。

九、程小青的《单恋》

上海青年夏杞生来到杭州的黄家别墅来避暑。一天清早，别墅的老仆人来为他送水时，发现夏杞生住的房子的门和窗户都从内锁着，仆人从窗户观看，发现夏杞生死在床上，胸部流着血，而现场又无任何凶器。此房只有一个门和一扇窗户，铁栓在里边锁得都很牢，房顶及四周的墙也无破损处和出入口。警察到来之后破窗入内，在搜查中发现门内有血滴痕迹，门边有灰脱落，在死者的日记本中发现有一张便条，并有落款。经查，夏杞生是在头一天的半夜里被害的。老仆人在这天半夜就听到这个房子有呼救声，但他以为是自己做噩梦。此后天便下起了大雨。直到第二天早晨凶案发生后，才联想到是真有人在呼救。杭州警方虽经反复侦查却没有线索，探长张宝全不得已找到了私家侦探霍桑。由此，霍桑便开始对此案调查。他调查了死者的来历和过去，根据便条在上海找到了写信人的金业交易所，但没有找到写信人。这时张宝全在杭州又查得在发案前，有一位上海来的男学生曾住在黄家别墅附近的一个旅馆，案发那天深夜曾外出，回来时被雨淋湿,第二天早晨离开旅馆了不知去向。这天清晨,写信人却找到了霍桑,此人叫徐振邦,他在给夏杞生写信时用的是假名。他说夏杞生暗恋着一个叫秦英娥的已有婚约的女中学生,而女方坚决不同意,夏便给她订婚的男方家写信,使男方退了婚。秦英娥决定要对夏进行报复,夏害怕所以躲到杭州来。徐与夏是好友,他发现在夏到杭州后,秦英娥也不知去向,故给夏写了那个便条。正当霍桑调查此案时,秦英娥在报上发了一函,说是她查得夏杞生在杭州后,便女扮男装来到杭州住在别墅附近的旅馆里,在那天夜里持刀杀了夏杞生,她声称是为了给女子们出口恶气。但文中未提及她是怎样在门窗上锁的房间内杀的人。霍桑对此案作了准确的分析和推理。原来,那天半夜,秦英娥去敲夏杞生住的房间的房门,夏没有提防有人来杀他便开门。门刚开一条缝,秦在门外便持刀一下扎在夏的胸部,夏一见是秦来寻仇,故忍着疼痛急忙将刚开一半的门猛力合上,又乘势拉上了铁栓,由于用力过猛而震落了门框边的泥灰,这时被刺的伤口流出血滴在门内。然后,他按着伤口回到床上,不久便死去。

十、陈舜臣的《长安日记》

此部小说包含6篇推理小说,其中有4篇是典型的密室杀人小说,故事都发生在唐代的长安。

第一篇《东方来客》:一个日本使节团来到长安,住在鸿胪寺客馆。翻译曹茂带领使节团人员参观客馆各处,为他们介绍客馆的情况。参观后,他用钥匙打开一位押使的房间,发现门窗均上锁的房间内有一具男尸,他是被人杀死的。护卫人员遥大鲸找到贺望东,请他破获此案。两天后,贺望东经过调查和推理如期侦破了此案。死者叫阿星,是一个放高利贷者,他的仇人很多。尽管如此,贺望东从钥匙入手。此房间只有两把钥匙,一把在曹茂手上,一把备用钥匙在客馆办公室由典客署丞李宜保管,而杀人者正是李宜。原来阿星也住在这个客馆,李宜欠阿星很多高利贷而不能还清,两天前他将阿星引到院中刺死,并藏尸于院中。使节团来后,他怕尸体有味道便在客房点香。使节团到后,他违反礼法将押使叫到他的办公室是为了使客房空出来。在曹茂带领使节团人员参观客馆各处时,李宜从藏尸处将阿星的尸体背到押使的房间的门前,用钥匙打开房门,放进尸体后又锁上了门。然后他又快速回到办公室,并找到一个小官吏与其商谈工作,装成自己一直在办公室的样子。曹茂也被李宜收买,以向使节团介绍情况和回来时迷路的措施来拖延时间,给他制造了作案的机会,从而制造了这起错综复杂的密室杀人案。

第二篇《观灯之夜》:正月十五,人们都到街上去观灯。贺望东和一个少年一起逛西市,遇上了遥大鲸,便一同在街市上观看"围美姬"的技艺表演。他们

先看了飞镖表演,后又看了喷箭表演,就是用嘴将箭吹出去射向一个美女的身边。然而,就在这天夜晚,"围美姬"演艺场的主人曲明其被人杀死在一个门窗都上锁的房内。这夜,曲明其在街上演出完毕后,便回到怀远坊小胡同自己的家中,他的老婆和孩子都已上街看灯去了。当他的老婆回来后,发现门从内锁着,便找武侯铺的官吏砸开后门。大家发现曲明其坐在椅子上,胸部有三处伤口,一处正刺中心脏,由于他身边没有找到凶器,所以被认定为自杀。遥大鲸向贺望东详说了此案,贺望东便认定此案是他杀,而且作案人就是曲明其的三个徒弟之一。经分析,曲明其的伤是用喷箭的方法射入由冰做的箭所形成的,掌握此技能的只有他的徒弟宋卓。然而,此箭是如何射入室的?贺望东发现曲明其的房间有一个一寸左右的门铃孔,箭正是从此处射进的。宋卓作案的目的是因为曲平素一直在虐待本是曲的妾的演员。

第三篇《胡烟姑娘》:社会人焦成认识了贺望东,并经常来往。有一天,焦成把演技场的"胡烟仙人"班子中胡烟仙人的女儿波斯姑娘明珠喊来,让贺教她作诗。后来,他们共同去看胡烟仙人的表演,最精彩的节目是"烟术"。随着笛音,胡烟仙人的指尖上冒出鲜红的烟雾,后来烟雾又变成黄色、蓝色、白色、绿色等。在观看过程中,焦成将一位叫金扫的人介绍给贺望东认识。一个月后,焦成来找贺望东,说明珠失踪了,应该是被她的父亲看管起来了。据说明珠私下里有了男人,正是金扫。贺望东决定和焦成到西市去看看。他俩到了西市演技场,舞台上正有几个胡姬在演奏西域音乐,其中明珠也在里边。音乐毕,明珠开始跳胡旋舞,她发现了坐在前排的贺望东两人,并巧妙地将一个纸团扔到贺望东的膝上,纸团中是一首诗。两天后,金扫在升平坊门窗均锁上的他的房间中躺在床上死去,身上并无任何伤痕。他的弟子砸开门后才进到室内,医生怀疑他是心脏麻痹而死。第三天焦成找到贺望东,告之明珠不是胡烟仙人的女儿,而是他的老婆。但这两个人已在他们的住处被人杀害了。

几年以后,贺望东到洛阳看望一位研究草药叫旧友张峰。张峰告诉他自己正在煮水银,水银蒸汽有毒,如果房间密闭,蒸气密度则变浓,烟可以熏死人。贺望东想到金扫的死,怀疑其是被烟熏死的。他想到明珠扔给他的那首诗,经解字,他发现诗中已告诉了他金扫死亡的秘密。原来是胡烟仙人用一根管子将装有毒烟的羊皮袋子通向金扫住房的烟囱,再用风箱把烟吹到屋里去,使金扫在梦中中毒死亡。因金扫是政治名人,操纵胡烟仙人杀人的幕后者怕事情暴露,事后又将胡烟仙人和明珠杀人灭口。

第六篇《怕见人的姿势》:一个叫申舒的老木匠正在喝酒,掬水楼的老板娘让他到房子的顶篷中为她修复下雨时漏水的篷顶,他听后竟然发火并砸了店中的盘子等物,于是被遥大鲸以酒后闹事关在掬水楼的堆房中。这天,遥大鲸向贺望东讲了 20 年前的一个案件。在一个门窗均锁住的房间里，百工监副监郑庄背上插着一把一尺多长的刀，俯卧在地上死去，明显是他杀的可能性较大。这个房间非常严实，各处又无任何空隙，天花板没有松动，房顶也无任何变化。人们怀疑这事有可能是木匠申舒干的，因为郑庄抢走了他的妻子且害其自杀，但又没有能证明申杀人的任何证据。两年后，这所房子被大火烧毁。

贺望东来到堆房，与申舒交谈，并谈起了 20 年前的案子。申舒认为房间密封得非常严实，就算有人杀了人也无法逃出。在堆房里，贺望东演绎出了这起密室杀人的全部过程：有人敲门，郑庄去开门，进来的人从背后将其刺死，郑庄倒在地上。这个人并没有逃走，而是从室内锁上门窗。那么，杀人者怎么逃离现场呢？他必须爬上房梁，取下一大块天花板，打开天花板后揭开房顶板，再揭开房顶瓦。这样的话，这个作案人就必须携带木匠工具，将取下的天花板重新钉好。在他进入室内前，也要将房顶的瓦先拆下来，从顶篷钻出后再将拆下的瓦放回原处。申舒听着贺望东的推理，低下了头。贺望东告诉他，原来的房子已被烧毁没有了证据，希望他好好工作继续生活。统观此案，贺望东是从申舒不愿让别人看到他钻到天花板中的姿势上而想到此案的原理的。

除此，在众多的侦探小说作家中，很多人都写过密室杀人，如迪克森·卡的作品几乎都是以密室杀人为主题，其中《帽子搜集狂的秘密》、《普雷格竞技场命案》、《普雷格·柯特凶杀案》最为著名；鲁布兰的《虎牙》，瓦泰恩的《金丝雀杀人事件》、《大屋子杀人事件》，史卡雷德的《天使家的凶杀案》等也都是典型的密室杀人案。斋藤荣的《密室迷踪》重点写的就是密室杀人，明正大学工业部教授村冈要太郎死在门窗锁上的房间中，而双手又被人反绑着，房间没有任何破坏的痕迹，十分离奇，最后他的女儿雅子和助手上源侦破了此案。赤川次郎的《"回忆录"人命案》是另一种密室杀人案件，门窗都从里边锁着的活动板房中，正在写作的退休警官大里却突然死亡。原来是有人怕大里揭露一起事件的真相，便与他人制造房子要倒塌的现象，来迫使有心脏病的大里死亡。在房子的一次倾斜中，大里以为房子要倒塌，自己从里边锁上门后心脏病复发而死。克里斯蒂的《罗杰·亚克洛伊命案》也有密室杀人的情节，罗杰死在一个从里边锁着的房间中，背后插着一把匕首，大侦探波洛通过调查和推理侦破了此案，作案人竟是罗杰的好朋友谢波德医生，因为他知道了以前一起谋杀案的真相。横沟正史的《本阵杀人案》在研究密室杀人上费尽心机，也是一部构思精巧的优秀小说。

在一些侦探小说中，有的虽没有将密室杀人作为主要的案件来写，但也将此做为小说中一个情节。如詹姆斯·蔡斯的《神秘的女人》、卢布朗的《七大秘密》中的第一案"日光暗号的秘密"、横沟正史的《名琅庄》等。在此着重提出，美国爱德华·蒂·霍赫的中短篇推理小说《密室谋杀》就包含了一则富于想象力的密室杀人案：上尉利奥波德和前妻莫尼卡在一个门窗皆锁上的密室中谈话，突然莫尼卡中弹身亡。当人们打开门时，上尉的手中正握着枪，但事实上这是上尉的本能反应，他并没开过枪，但上尉却因谋杀前妻而成为嫌疑人。经过上尉和他的部下中尉的推理和调查，最终使案件真相大白。原来这是当过电影演员的莫尼卡为报复上尉而与他人精心制造的一起假案，所谓的枪响后中弹是采取电影中的技巧。然而，在救护车上的莫尼卡被伪装成医生的高级窃贼真的用枪打死，其所用的枪正是他盗换的上尉的枪。尽管这样，上尉和中尉依旧从死者衣服的弹道烧痕上看出了破绽，那名使用假名的盗贼还是被上尉他们找到。瑞典史华菊和华卢的《上锁的房间》是一个本格派的密室杀人案件，从中能看到浓郁的本格派风格。日本海渡英佑的《柏林——一八八八年》以过去的历史人物作为主角侦探从而破解当年所发生的杀人谜案，它不但为海渡英佑带来了第十三届江户川乱步奖得奖作家的殊荣，更为日本推理界开拓了人物本位型历史推理小说的先河。尽管属于历史推理小说，但故事中的密室杀人手法和雪地上的足迹谜团，都不弱于一般传统的本格派名作。日本森村诚一的《高层的死角》也是以密室杀人案件为起点，并以破解不在场证明为终点，再配上他曾任职的酒店为故事舞台，是标准至极的本格派杰作。森村诚一的另一部作品《腐蚀的构造》中，故事里的杀人者从现场消失，实际上是对广义性的密室杀人挑战。日本有栖川有栖的《四十六号密室》是一部以密室为主要谜题的本格推理小说，故事描述了推理作家被发现死于密室状态下的书库之内，而结局的意外更是让人惊叹。

  此外，还有很多关于密室杀人的小说，我们在阅读侦探小说时可以多加注意。运用密室杀人的手法不但使小说引人入胜，更使案件神秘莫测。作家在构思密室杀人的手段上也用尽智慧，如从门上钻孔、从门缝做文章、从窗户上打主意、从研究门锁入手、从房顶上想办法，等等。也有些本意并非密室杀人的意外案件，这在我们现实的案件中也时常存在。所以，密室杀人案件的小说中的杀人方法和现场情景对现实中侦破案件具有参考价值，小说中的有些推理手段和侦破方法也是值得借鉴的。

第三章　构思奇特的作案手段和方法

我们在阅读侦探小说时，能够从中了解一些作案手段及方法，如在杀人案件中，杀人方法多为锐器（多指刀剑）或钝器（多指棍棒石瓦）击打、枪击、电击、爆炸、投毒、水溺、窒息（多指勒掐颈部和用绵物等捂住口鼻）等。但除此之外是否还有别的方法，就需要作者精巧奇妙的构思，而且要合情合理，符合实际。即使套用上述方法，也要在具体实施杀人的手段上各有不同，蕴含着奇妙的构思。

那么怎样来构思呢？我们常见到的密室杀人类小说各有各的方法和手段，所以令读者每读一种这样的小说都感到耳目一新。在这些杀人案件中多次出现密室杀人、作案人不在现场的杀人、现场不留任何痕迹物证的杀人、遥控爆炸装置的杀人等，多是人为的创造和作者的巧妙构思。也有些罪犯依靠一些人的恐惧心理和迷信心理来作案，如装神弄鬼、利用或改变环境从而制造假象来作案、利用化妆术来作案、利用现代的科学来作案等。

柯南·道尔和克里斯蒂的侦探小说中有很多构思奇妙的作案方法。如柯南·道尔的《雷神桥之谜》。小说中讲述了金矿巨头吉布森之妻在园中的雷神桥边被人枪杀，尸体上有家庭女教师邓巴所写的"我于9时到雷神桥"的一张纸条。警方将邓巴作为嫌疑犯，在她的衣柜底下搜出一把放过子弹的手枪，口径与尸体内的子弹一样。尽管邓巴否认杀人，她还是被逮捕了。吉布森找到福尔摩斯，认为邓巴是冤枉的。因为他爱上了邓巴因而疏远了妻子，遭到妻子的妒忌。经查吉布森是个冷酷的人，有人怀疑是他谋杀了自己的妻子，但他有不在现场的证据。经调查，福尔摩斯得知那天上午吉布森的妻子约邓巴晚饭后到桥头有要事商议，并要求她写一张纸条放在花园的日晷上，她照做了。晚上她遭到吉布森的妻子辱骂，逃回自己的房间。福尔摩斯深入调查后发现邓巴和吉布森都不是凶手。于是，福尔摩斯和华生来到雷神桥边做实验，他把一根绳子一端拴在手枪柄上，另一端拴块石头，把石头由石栏上往下垂。他拿来手枪站在出事的地点，手一松，枪被石头下降的重量瞬间拖去撞在石栏上，然后越过石头沉入水中，撞击出的凿痕与原先的一模一样。福尔摩斯明白了，杀人的那把手枪就在水下。人们

果然从水下捞出一把手枪，与邓巴房间的手枪也是一样的。由此这起案件真相大白，这原来是吉布森的妻子生前设下的圈套，她由此自杀然后陷害邓巴。通过这篇小说，我们为柯南·道尔精妙的设计和解谜方法而惊叹，在此，我们也想到日本横沟正史的侦探小说《本陈杀人案》中精妙的作案手段，后者虽属密室杀人，但有相似之处。

在侦探小说中，我除了喜爱柯南·道尔、克里斯蒂、江户川乱步、松本清张、森村诚一、西默农、程小青等的一些作品外，尤其偏爱勒布朗的小说，特别是《布朗探案集》和《角落中的老人》。《布朗探案集》中有篇《羊圈里的手枪》，说的是一个叫杰姆的家境贫寒而孤独的人死在自家院中，在距死者尸体10米远的羊圈中发现了一支手枪，如果是自杀，在死者朝自己头部开枪后无论如何也不可能将枪抛向十几米远的羊圈中，由此警方认定是他杀。细心的布朗神父在羊的嘴巴上发现了一小块不被人注意的纸屑，由此认定杰姆是自杀。原来，贫寒孤独的杰姆早已厌世，在病故的妻子忌日这天，他用纸卷了一条绳子，上面有盐的滋味，羊很爱吃这种滋味。他把纸绳一头拴在枪上，一头放入羊圈内让羊吃，然后开枪自杀。他死后羊一寸寸地吃纸绳，将手枪拉到羊圈中，这样就造成他杀的现象。因当地风俗中自杀是犯罪，死后不能葬在教堂的墓地。布朗没有揭露此事，杰姆被葬在了教堂的墓地，与他妻子在一起。读到此篇，我想到"文革"时有人曾向我讲过，在一个寒冷的冬季，一个人在温暖的室内悬挂于空中自杀，而房门是反锁的，外人不可能进出。那么他是怎么到空中的呢？他脚下只有一滩水渍，却没有任何攀登物。我认为他是脚踏着冰到了空中，而冰由于室内温度高融化掉了。这就是一种特殊的作案方法。

我们再说《角落中的老人》，他经常出现在咖啡馆中，无事时将绳子打结，再打开，却通过推理破了众多的奇案。一天夜里一个警察在街上巡逻时，在邮筒边发现一名可疑的男子，他将这个叫约翰的人带到警局审查。就在这时，咖啡店老板到警局报案，其店中放在银箱里的二百英镑被人顺走，他怀疑是约翰所为，但经过搜查他身上什么也没有。由于没有证据，只好将他放了。店里的人对此案议论纷纷，认为盗贼一定有同伙，而钱被同伙拿走了，但他为什么只偷纸币而不偷硬币呢？坐在咖啡店中的其貌不扬的老头说话了："这个人一定是将偷的钱放进事先准备好的信封中通过邮筒寄回家了，只要盯住他一两天便可水落石出。"按照老人的说法，两天后，警方果然在他家等到送信的邮差，当场查到通过信件寄到他家的赃款，信封中正好是二百英镑。

在克里斯蒂的侦探小说中，也有很多构思精妙的作案方法，如《空中疑案》、《尼罗河上的惨案》、《孤岛奇案》等。她有一篇短篇侦探小说让我非常感兴趣，这就是《生死棋局》。俄国冠军萨瓦朗诺夫与美国人威尔逊在萨瓦朗诺夫家下棋，周围围了很多观众，威尔逊在走一颗棋子时突然倒下。但是，这个身体平素很棒的年轻人并没有心脏病。在一个餐馆中，大侦探波洛和杰普探长谈起了这件事，他们怀疑是有人要谋害萨瓦朗诺夫而下错了毒才使威尔逊死亡，他们决定去一趟太平间。在检查威尔逊尸体时，他们发现威尔逊左手有一小块烫伤，断定他是个左撇子，在他的口袋中找到一枚象牙雕的棋子"象"，据说他在死时正下这枚棋子，是他死后攥在手中有人掰开他的手放入口袋的。于是他们来到萨瓦朗诺夫的住处，男仆伊凡为他们开了门。波洛在萨家精美的地毯上发现一个钉过钉子的洞，而楼下正在装修。他们见到了萨的外甥女和萨本人，了解到一些情况，并巧妙地索取到萨家象棋桌上的另一枚"象"的棋子。经过对棋子的检验终使威尔逊的死因大白，原来他是触电死亡。在威尔逊拿的这枚棋子"象"的中心贯串着一根金属细棒。下象棋的桌子是特制而事先安排好的，只要这只"象"一放上银制的方格格，电流立即通过威尔逊全身，当即毙命。因为他左撇子，所以左手上留下电火炙烧的伤疤。事后这张桌子已被一个仿制的赝品替换。通电的关键是楼下的套房，而现在却在装修。精心制造这起谋杀案的是这个假冒的只会走几步棋的萨瓦朗诺夫和他的帮凶伊凡，目的是要取走这家夫人遗留下来的一笔证券。

美国奎恩的侦探小说《雪夜飞屋》从作案手段和环境上更为奇特，竟然让偌大的黑白房子消失后又复现。隆冬，泰克律师受居住于纽约的凯妮小姐的委托去寻找她失散多年的父亲，而其父亲麦克尔和叔叔哈特是双胞胎。几天后，泰克的助手在布鲁克林找到了她的父亲，父亲让凯妮去接受一大笔遗产。然而，泰克和他的助手带着凯妮，凯妮唱着美国西部歌曲正要见到父亲时，麦克尔的弟媳的哥哥沃尔滋医生说麦克尔因兴奋过度引起脑溢血死了。黄昏，小车在一黑一白的两幢房前停下，医生说黑屋是麦克尔住的，白屋是凯妮的婶婶住的，凯妮走进黑屋向父亲的遗体告别。吃晚饭时，凯妮得知父亲给她留下一盒金块，但不知放在哪里。当夜泰克三人住在由沃尔滋太太事先安排好的屋内。第二天早晨，随着助手的惊叫，泰克发现在一片白茫茫的大雪中那座黑屋消失了，这真是个难解之谜。中午，泰克和他的助手又听到白屋方向传来枪声，沃尔滋说有人在屋后开枪，但雪地上并没有脚印。泰克来到凯妮的房间，发现她正在发高烧。第三天一早凯妮决定回纽约。下午，泰克和他的助手开车送她，路上泰克让凯妮唱西部歌曲，凯妮却说她不会。正在这时眼前出现了一幢白屋和消失的黑屋。警察到来时，泰克揭露了事情真相。原来黑屋从来就没有消失过，泰克从同一扇窗户看到日出日落，这个洞口将他从迷津中引出来，这说明存在着两幢结构相同、方向相反的房屋。沃尔滋在酒中下了安眠药，然后在半夜里用汽车载着他们换了屋子，他这么做是考虑到泰克的助手前几天曾在黑屋见过麦克尔，而他们直接将凯妮带到白屋来，怕遭到追问。于是他们选择让黑屋消失的方法，使别人误认为黑屋已被雪压

塌埋掉，以此来吓走凯妮。可小姐没走，沃尔滋就派人杀了凯妮，让堂妹维亚来冒名顶替，因她们长得非常像。可是，维亚急于要回纽约的意图和一些举止引起了泰克的怀疑，且让她唱西部歌曲而她完全不会，这说明她是假凯妮。沃尔滋原以为麦克尔死后他可以以亲属身份继承财产，不料麦克尔的女儿出现了，于是他在凯妮到来之前杀了麦克尔。他知道金块在黑屋内，但没有找到。然而，凯妮并没有死，而是被沃尔滋派来要杀她的人藏了起来。上车前，泰克让凯妮打开她捧着的母亲的遗像镜框的夹层，里边竟有她父亲留下的50万美元的存折。

埃及的萨里姆为一些青少年写了很多惊险的侦探小说，其中《夜半火车》让人叫绝。"夜半时分，运送黄金的火车正向开罗飞奔，车头车尾都有武装警卫，载金车厢位于列车中部，到达终点这才发现，载金车厢已无踪无影！是奇迹，是魔法，还是盗窃团伙的罪行？"这就是《夜半火车》开头的话。故事的大意是：一列时速每小时90公里的列车晚6点从阿斯旺出发，行程一千多公里，于次日早6点到达开罗。这列车共有7节车厢，中间第四节是装有黄金的车厢，有武装人员警卫。而到开罗时，人们发现中间装有黄金的车厢却失踪了。从正在行驶的列车中间盗走一节车厢简直不可思议，大家对这起案件进行了猜疑。艾哈迈德等年轻人开始对此案进行侦查，他们分析可能是有人在铁道旁铺设了旁轨，边节车厢被设法推到旁轨上了。他们的作案时间在半夜11时至次日4时间，行程约在450公里内，于是在可能发生盗窃列车车厢的区域内，他们展开了调查和搜索。在搜索中，他们发现一条被手枪打死的蛇，而在一个旅馆他们发现了一个文物考察团，其中有一个人带着枪。这个考察团都是法国人，是3个月前来埃及的，侦查小组的成员经深入调查，发现这个考察团是假冒的，实际上是来自埃及的一个盗窃黄金的犯罪团伙。艾哈迈德与同伴接触了这个考察团的团长，以一个同伴失踪为由来试探对方，然而此时侦查小组的一些成员失踪了。在一个寺庙外，艾哈迈德遭到这伙强盗的袭击，但后来这伙人却逃走了。艾哈迈德等人在一个山坡上发现了一个电线线头，经过挖掘发现下面是那节被盗的车厢，这节车厢正是从旁轨上落入这处挖好的地下房间内。为了盗取这节车厢的黄金，罪犯们在离铁道不远的地方挖掘并建造了一间没有屋顶的地下室，侦查组之前发现的电线是一组照明线，它从上一直通到地下的车厢内。打开车门，他们发现被困在里边的侦查组成员。经实验后获证这个团伙是这样作案的：他们选择了合适的地形与位置，巧妙利用了检修时铺设了旁轨，并以发掘文物为招牌在旁轨附近进行挖掘，随之利用掘出的深坑造了一间地下房间，镶上门并用石块和沙土掩埋起来。那天夜间，当火车经过乌格苏尔的铁道检修点时，车速大大减低，强盗们乘机爬上火车，将第三节与第五节车厢之间用钢丝绳系在一起，摘下了第四节车厢的前后两个自动挂钩，然后把它引到旁轨上，接着又引到那间秘密的地下房间内。而第三、五节车厢则仍然被钢丝绳牢牢拴在一起。借用车厢的惯性冲击力,他们通过自行钩又将第五节车厢挂在第三节车厢的挂钩上。这样,列车带着6节车厢,神不知鬼不觉地到了开罗。最后,这个盗窃团伙开着装有黄金的卡车正要逃出国境时,全部被警方抓获。

在众多的侦探小说中,利用装神弄鬼和伪装来破案和作案的故事很多,如美国奎恩的侦探小说《幽灵的悲鸣》中的贝拉兹太太假扮被害者的声音引诱大侦探林格鲁斯来破案的。美国霍尔特的《庄宅鬼影》中说的是医生史密斯用装鬼的方法来作案,最后在阴谋暴露后跳楼自杀的故事。一些化装的效果在一些小说中被充分地利用,如柯南·道尔的小说中就多次有福尔摩斯化装后突然出现在华生面前的情景。德国克雷顿著有侦探小说《莫愁宫名画失窃案》,小说中里的罪犯先在盗取的名画真迹上浮上一层化学隔层剂,然后在隔层剂上画上另一幅不值钱的习作,以改头换面的方式蒙骗人们,最后通过化学处理又可恢复原画的目。波兰艾季格伊的《追捕"带疤人"》中展示了一个多次抢劫作案的案犯利用化装术改变他的真实面目,最后赫沙上士通过推理破了此案。英国克里斯蒂的《四巨头》中的老四精于化装,他频频改头换面来杀人作恶,大侦探波洛几次面临险境凭着机智而化险为夷,最后他从化装后的老四的一个习惯动作上识破了他,使四巨头全部覆灭。

一些侦探小说中多次运用藏于暗盗的方法来作案,美国奎恩的《"黑便士"奇案》便是如此。一个旧邮票商报案说他的一枚由女王签字的"黑便士"邮票被歹徒抢走了,这是一枚价值三万美元的珍宝。奎恩经过调查和推理,认定这个人是报的假案,那枚珍邮并没有被抢,而是用安全胶贴在另一枚珍邮后边。由此,我们想到蓝玛的《珍邮之谜》,当正在拍卖中的《全国山河一片红》四方连卖到四十万时,这枚珍邮竟在拍卖人和众人的面前不翼而飞。经过神探桑楚的推理破案,原来这是事先串通好的,礼仪小姐拿走桌上的饮料瓶时,用瓶底贴走了这组珍邮。这两个小说在作案手段的构思上都可以说是很奇妙的。

在侦探小说中训练动物来作案的手法也有一些,这也许是受爱伦·坡的《莫格街凶杀案》中大猩猩作案的影响和启示。美国迪安·孔茨所著的侦探小说《人兽奇案》中的罪犯和破案者均是动物,福尔摩斯的侦探小说中也有用动物来作案的,如《巴斯克维尔的猎犬》。

日本的一些推理小说中的作案方式上也是很奇特的,如森村诚一的《恶梦的设计者》是采用冒名顶替的方法,西村京太郎的《敦厚的诈骗犯》中为了人寿保险金,五十岚好三郎竟采用多次敲诈的方式,激怒理发师晋吉来杀死他,这种作案方法真是叫绝。英国艾伦·温宁顿著有侦探小说《百万富翁的心脏》,其故事大意是:英国百万富翁安东尼·费尔法克斯的心脏病发作,危在旦夕。著名外科医生活尔特决定移植心脏以挽救他的生命。刚巧有一个带有杰克逊证件的人车祸死亡，医生便将他的心脏移植给了安东尼。杰克逊的遗孀指控医生图财害命，要求掘坟验尸，闹得满城风雨。然而在这时，在安东尼家的别墅附近发现一具无头死尸。警方和一些官员想将此事化小事，但正直的探长经过认真的调查，终于识破了此案的真相。原来安东尼的心脏是他谋杀自己弟弟换来的心脏。最后在事件暴露后，安东尼向他的心脏，也是他弟弟的心脏开了一枪而自杀。被称为车祸而埋入棺内的不是杰克逊，而是他弟弟，那具无头的死者才是杰克逊，这种构思和作案手法是非常奇特的。

  关于构思奇特的作案方法当然还有很多，在此仅举上述几个例子，供读者欣赏。如果想知道更详细的事例或更多的事例，只需多阅读一些侦探小说。

第四章　关于侦探小说的研究（概述）

近年来，一些学者相继发表了关于侦探小说研究的各类文章，一些研究侦探小说的学术理论专著也相继问世。人们有机会或有时间，可以好好地读一番这类文章和书籍，从中了解侦探小说的起源、发展和历史，了解它的派别、代表作家和他们所塑造的侦探形象，以及侦探小说的写作方法、特点、艺术手法等。此章节，仅针对侦探小说的一些现象和相关研究作一番简要的概述，或也叫一种提示，有些分支问题和重点已在分章中或将通过分章的形式单独再进行阐述。其实，第一章所说的何为侦探小说、第二章中国公案小说及第三章世界侦探小说的起源及发展都属侦探小说的研究内容，这里有些地方与前边的有关内容重复，只是作为一种引荐。

一、侦探小说的起源与历史

侦探小说自古有之，我国的公案小说也可以说就是古代的侦探小说，有的比外国早几百年，但不被世界承认是最早的侦探小说，只能说是公案小说。如唐代李公佐的《谢小娥传》、宋代的公案话本《错斩崔宁》与《三现身包龙图断案》、明代的公案小说《包龙图判百家案》等。真正被世界上认为是侦探小说鼻祖的是美国的作家爱伦·坡，他在1841年写出的小说《莫格街凶杀案》被认为是世界上第一篇侦探小说。《莫格街凶杀案》被认定为世界侦探小说的起源，此种写作和推理模式被公认为是以后侦探小说的运用模式。以后，爱伦·坡又写出了《玛丽·罗杰之谜》、《金甲虫》等推理小说。从此，侦探小说首先在欧美得到迅速发展，二战后日本的推理小说也穷追直上，同时在世界其他国家也相继出现一些侦探小说作家。如英国的柯南·道尔、柯林斯、克里斯蒂，美国的柯林斯、奎恩、贾德纳，法国的勒布朗，比利时的西默农，日本的江户川乱步、横沟正史、松本清张、森村诚一，中国的程小青等。很多作家都有自己独特的写作特点，并形成自己的风格。日本侦探小说在世界上一直影响很大，特别在20世纪七八十年代在中国非常流行。根据一些小说的人物特色和破案方式等，一些研究侦探小说的专家及学者将其分成古典派、硬汉派、心理悬念派、惊险派、幽默派、社会派

等。除一些侦探小说作家外，还出现了一些从事科幻侦探小说、纪实侦探小说、少儿侦探小说创作的作家。

自爱伦·坡的第一篇侦探小说发表自今，已有 160 多年的历史。侦探小说以社会为背景，社会的发展变化使小说背景也在变化。一战、二战的出现及战争军事、各国科技与经济的发展使侦探小说的内容丰富多彩，比如间谍小说和科幻侦探小说的出现等。

二、侦探小说的研究文章和专著

一些作家除创作侦探小说外，还注重对侦探小说的研究、分析和探索，并著有专著或发表文章。他们从理论上研究侦探小说的起源、发展、结构、特征，也注重研究侦探小说的种类、派别、写作方法、风格、作者等。如罗贝尔·道尔斯著有《世界推理百科词典》，前苏联侦探小说家阿达莫夫著有《侦探小说与我》。日本有多部侦探小说研究的著作，如伊藤秀雄的《明治侦探小说》、权田万治的《现代推理小说论》、笠井洁的《侦探小说论 I》、《侦探小说论 II》、小酒井不木的《犯罪文学研究》、中岛河太郎的《日本推理小说词典》、江户川乱步的《侦探小说 30 年》等。英国基亭多年来不但创作侦探小说，还专门对其进行重点研究，著有《罪恶与神秘最畅销的 100 本书》、《罪恶故事描述》等。

我国对侦探小说的研究很早，以侦探小说家程小青为首的一批学者早就注意到侦探小说理论研究的重要性，并发表了大量的有关文章和论述，如程小青的《侦探小说多方面》。《侦探世界》创刊于 1923 年 6 月，是我国出现最早的侦探小说专刊，由严独鹤、陆澹庵、程小青、施济群任编辑，是半月刊，共出了 24 期。虽然仅办了一年，却发表了以程小青为首的近二十篇侦探小说理论文章，如程小青的《侦探小说的效用》（《侦探世界》第一期）、《侦探小说的科学》（《侦探世界》第四期）、《侦探小说作法之管见》（《侦探世界》第十一期、第十七期），张碧梧的《侦探小说三大难点》（《侦探世界》第六期），张枕绿的《侦探小说与神怪小说》（《侦探世界》第七期），徐耻痕的《侦探小说琐话》（《侦探世界》第九期），姚赓夔的《侦探小说的效用》（《侦探世界》第十期），范烟桥的《侦探小说琐话》（《侦探世界》第十八期）等。1946 年《新侦探》创刊，程小青等人又在其中发表过文章《论侦探小说》。鲁迅在《中国小说史略》第二十七篇中专门写了一篇论中国公案研究的文章，题为《清之侠义小说及公案》，对我国的一些公案小说进行了简述。

近年来，我国侦探小说研究可以说取得了巨大的成绩。《啄木鸟》杂志曾发表过多篇研究的侦探小说文章。《外国文学》杂志也发表过几篇研究的侦探小说文章，如对日本推理小说的研究、美国间谍小说的研究、美国侦探小说女作家缪勒的介绍等。《俄罗斯文艺》杂志对俄罗斯侦探小说家玛丽尼娜也进行了相关介绍。一些出版的侦探小说的序言多以侦探小说理论研究文章或史话类的文章代序，如 1980 年中国青年出版社出版的《国外惊险小说（1）——七分钟的夜》里施咸荣写的"序"，就是一篇侦探小说的简史。同年花城出版社出版的《外国现代惊险小说选第一集——长眠不醒》里傅惟慈写的"外国惊险小说概述"，着重对侦探小说的派别和间谍小说进行了研究。1999 年鹭江出版社出版的"蓝斗篷"侦探系列中，林焱将一篇题为《侦探与当代英雄》的文章代序，重点研究侦探小说中的侦探人物，论述了侦探的特征和形象。1993 年群众出版社出版的汤保华的侦探小说《蓝十字》中，曾镇南为此书所作的序是一篇长达 20 页的侦探理论文章，题为《评汤保华的侦探小说——兼论侦探小说与大侦探形象的塑造》，文章通过对汤保华侦探小说和创作过程的介绍，对作品的点评与分析，重点谈了汤保华塑造的侦探司徒川的形象和特征，他对司徒川这一人物的塑造给予肯定，有一个段落我认为在评介侦探小说中塑造的侦探形象时很有价值，在这里全部摘录下来以作参考，全文如下："一般地说，侦破小说作为特殊的文学品种，其主要功能并不在于创造那种能概括、含蕴丰富的社会人生内容又具有高度个性的典型人物，而在于尽情地描写、赞叹人类在犯罪与惩罪的对抗性行动中表现出来的能量与智谋。对侦破过程、步骤的曲折而令人信服的叙写，构成侦探小说的主干和灵魂，侦探小说的这一特殊的文学功能，决定了大侦探形象得以树立的基本内容是他在破案过程中表现出的智慧风貌。读者喜爱大侦探，主要不是喜爱他有纯洁的道德感、峻烈的正义感和正确的人生态度，辨识善恶、是非的能力（这一些对一个大侦探形象是不可缺少的，但它们已经先定地存在于这一形象刚出场时的"亮相"或"定格"之中了）。而是喜爱他超出群伦、出人意料的智慧风貌。这样的大侦探形象的艺术真实性，主要地取决于他在一次破案过程中表现出来的观察力和推理力的和理性、可信性。其典型性，也主要地表现为他的智慧风貌的概括、综合侦破领域里人类积累的经验与智慧方面达到的深度、广度，表现为他的智慧风貌体现这种人类经验与智慧在不同的国别、民族和时代的特殊形态时达到的准确度等等。"这不仅是对司徒川这个侦探人物的评介，也是对其他侦探小说中的侦探形象的评介，我也赞成这样的说法。

多年来，世界上专门研究侦探小说的专著很少，虽有前面提到各国作家的作品总量是不多的。在我国 20 世纪 80 年代前，除程小青的《侦探小说多方面》外，几乎没有专门研究侦探小说的专著，近年来却出现了多本研究侦探小说的专著，这是一个可喜的成果。如 1992 年江苏古籍出版社和中华书局（香港）出版的张国风的研究公案小说的专著《公案小说概述》，他在书中认为"公案小说不是侦探小说"，并将公案小说与现代侦探小说作了简要的比较。他认为现代的侦

探小说悬念设在"破"字上,罪犯放在暗处,时隐时现,而将破案者放在明处;古代的公案小说是系在人物的命运上,作者常常把作案者放在明处,该者对于案件的来龙去脉、谁是真正的罪犯一清二楚。1996年警官教育出版社出版的孟犁野著的《中国公案小说艺术发展史》,对中国公案小说做了系统的研究,全书以史记和教科书的方式来介绍中国的公案小说。书中阐述了公案小说发展的历史、特点、背景、形式,介绍了我国公案小说的一些有影响的作品,以及中国公案小说在世界上的影响。这本书是了解和研究中国公案小说比较好的教材,以前虽有一些研究公案小说的文章,还没有这样详细而全面的。1995年上海辞书出版社出版了曹正文的《世界侦探推理小说大观》,将"世界侦探推理小说史话"作为此书的代序。代序中概述了世界侦探推理小说的起源与发展,介绍了欧美、日本等国家侦探小说的发展概况和特点,对一些名家和作品进行了概述和评论。1996年百花文艺出版社出版了黄泽新、宋安娜的《侦探小说学》,从理论上论述了什么是侦探小说及其特征,中国和西方侦探小说的起源、发展与现状等。1998年上海译文出版社出版了曹正文的《世界侦探小说史略》,较为全面系统地对世界侦探小说做了细致的研究,是他的"世界侦探推理小说史话"的深加工。此书对世界侦探小说的起源、发展及一些名家和他的作品进行了详细的介绍,并对这些侦探小说的特点、派别、风格从审美观点和艺术价值上进行了研究,是一本研究世界侦探小说的重要教材。2001年中国青年出版社出版了任翔的《文学的另一道风景——侦探小说史论》,此书从审美的观点对中外侦探小说的作者和作品进行了深入的研究和分析,将重点放在研究中国的侦探小说上,可以说,是一本研究中国侦探小说的专著。除此,作者还对拉丁美洲的侦探小说进行了研究,拉丁美洲各国侦探小说起步较晚,作品也很少,能对这些国家的侦探小说进行挖掘和研究是不容易的,这在其他专著中还没有。英国作家毛姆写了一篇题为《侦探小说的衰亡》的文章,他对侦探小说的现状和未来前景作了全面的论述,他曾说:"侦探小说的推理方法是很简单的。先是某人遭到谋杀,然后进行调查,有几个人遭到怀疑,最后罪犯被查明,终于伏法。"他还提及:"侦探的重要性至少和凶手相等。每一个细心的侦探小说读者都可以列出一张著名侦探名单,不过最著名的当然是福尔摩斯。""侦探有三类。一类是警官,一类是私家侦探,另一类是业余侦探。"他提倡侦探小说应该"严肃",有待推陈出新,否则侦探小说将会衰亡。在侦探小说研究领域还值得一提的是北京的于洪笙老师,他在80年代末至90年代初就在《人民公安报》等报刊上发表了有关侦探小说理论研究的文章,几十年来一直为中国侦探小说的发展积极努力,编辑过多部侦探小说及获奖作品,为推动中国侦探小说的发展作出了很大的贡献。2008年由群众出版社出版了他的侦探小说理论研究专著《重新审视侦探小说》,从多方面对侦探小说进行了新的阐述，是一部很好的解读侦探小说的教科书。姜维枫著有《近现代侦探小说作家程小青研究》，2007年由国家社会科学出版社出版，此书对中国侦探小说的鼻祖程小青全面进行了介绍、评价和研究。

三、关于反侦探小说的探讨

关于反侦探小说，由于作品极少，一直不太被人们重视，也很少有人专门研究反侦探小说。有人认为它是"空想"的侦探小说，不符合传统的侦探小说模式，其作品也是对传统的侦探小说的挑战。人们不太容易接受它的出现，总觉得朦胧感过浓。而有的作品推理不符合实际，有的没有运用逻辑推理，侦破手段与故事发展有些过于直观。

那年我去北京，任翔老师送给我她的一篇论文，题为《后现代主义文学的一朵奇葩——略论"反侦探小说"》。反侦探小说很早就有，但其数量非常少。如我国早期程善之的反侦探小说《偶然》，英国本利特的反侦探小说《特仑特最后一案》等。然而，任翔老师将反侦探小说作为一个新课题来研究。她在论文中提及，"反侦探小说"亦称"形而上学侦探小说"，或"反常规的侦探小说"。它是一种自我意识小说，从本体论的角度出发，含蓄地质询虚构的小说世界及其中人物的存在方式，展示它的多变化、多元化，不论它是真实的、虚构的，或是情理之中的，它试图回答的问题是这是怎样的世界和人将在这个世界上扮演何种角色。任翔列举了意大利埃科的反侦探小说《玫瑰之名》、阿根廷博尔赫斯的反侦探小说《多岔口的花园》、美国奥斯特的反侦探小说《纽约三部曲》等，尤其提到《纽约三部曲》是一部典型的"反逻辑中心主义"的"反侦探小说"。我国近时期也有多篇反侦探小说，如余华的《河边的错误》、苏童的《本案无凶手》等。任翔的论文从一个学术理论的高度谈到反侦探小说的革命、欧美反侦探小说的勃起、中国反侦探小说的萌芽等，得出的结论是：反侦探小说基本上以传统侦探小说的形式出现，却又颠覆了其原有的叙事模式，并获得了质的升华——即体现后现代主义文学特点这一本体意识。

还有一种采用倒叙破案情景、事先说明罪犯身份的小说，被称为"反推理小说"，其创始人是英国的理查德·奥斯丁·弗里曼（1862—1943年），在他的作品中塑造了一个精通法医学的侦探约翰·桑代克的形象，他的破案正是通过"反推理"形式展示的，其主要作品有《红姆指纹》、《歌唱的白骨》、《地狱之眼》、《血色谜情》等。

四、侦探小说的创作模式及其他

有侦探小说的研究领域里，一些学者很注重侦探小说的模式。由于爱伦·坡

的侦探小说的出现，人们最初多依照这种模式来创作侦探小说，后面相继出现的名家柯南·道尔、克里斯蒂等都沿用了这种模式。这种模式也是传统的侦探小说固有的创作和写作模式，有人将其总结为神秘的环境、严密的情节、人与人之间的关系、特定的故事背景。但无论哪种总结或解释，都离不开这样的环节和内容，即案件、侦探、罪犯、推理、破案。案件的复杂奇特、神秘莫测，侦探的精明睿智、博学多才，罪犯的凶残贪婪、狡猾多诈，推理的精妙、合情合理，破案的精彩、结局的出人意料。前面提及的凡迪恩的《探案小说二十条守则》在现代很少有人套用。人们虽以爱伦·坡、柯南·道尔、克里斯蒂的写作方法为模式，但各有特点，也有所创新。

我们在创作侦探小说时要勇于开拓，大胆创作，小说来源于生活，但也要高于生活。同时，在研究侦探小说上要从理性上、理论上多方面的来探讨。既要研究侦探小说的文学性、艺术性，也要研究它的科学性、哲理性和法制性。程小青曾说过："侦探小说在文艺园地中的领域可说是别辟畦町的，它的重心着重在想象、结构、实际的科学知识和方法。一般小说大半诉诸读者的情感，侦探小说却除了情感以外，还含着引起好奇和唤醒理智的使命。"

但是，在侦探小说的创作模式上，现在很多人的写法已打破传统的模式，虽然有的在结构上仍然遵守原有的模式，但在内容上却发生了重大的变化。随着科学技术的发展、通讯信息和交通工具的现代化，犯罪的手段也日益科技化、智能化、流动化，一些传统型破案方法和在当地小范围的排查推理法已不能适应了，所以在破案方法上还需出新，推理也要有新意。

五、侦探小说的真实性与艺术性的结合

在研究侦探小说的过程中，我曾读过英国乔治·哈瑟雷的自传式记实文集《英伦奇案》，书中记录了他从警45年的有关经历和破获的大案。我对这本书前由英国著名作家、出版商尼古拉·本莱特所写的"序言"极感兴趣。他对当今侦探小说的真实性和破案的艰难性做了评述，还提到有些案子并不是用逻辑推理就可以破获的，而要经过非常艰难的努力和长时间的调查，有的甚至要等几年。他提及："20世纪，侦探小说方兴未艾。故事情节日益离奇，距现实日益遥远。我变得挑剔起来，兴趣日减。因为真正的侦查程序成了一些作者追求风格和荒诞的点缀。似乎谁都能写侦探小说，同犯罪毫不沾边的各界高人动起笔来，对于犯罪和侦查几乎是一无所知的清白贞洁的女士竟然也一夜之间成了侦探小说家。他们谁也不了解长期调查的乏味与艰苦，不明白录取与核对成百上千份口供意味着什么，更不清楚侦探为什么要对许多线索进行细致入微的检验和筛选，日常破案中为什么要与科学家密切合作。""从某种意义上来说，侦探们过着双重生活。天天

同罪犯打交道会使他们对犯罪产生一种宿命论和怀疑论的态度。如果在个人生活中也持这种态度，那将是非常有害的。侦探之与众不同，不仅表现在这两重性上，而且由于职业的缘故，他们有超过常人的广泛兴趣和高涨热情。哈瑟雷在许多学科上有着丰富的知识，他熟谙法医学、病理学、弹道学、指纹学、麻醉药品以及伪造的手段。他还热心于语言的掌握，能讲六门外语。他周游世界各地，还研究过历史。""在他的工作中，同样重要的是了解人性。他时常观察和研究车轮痕迹、足迹、血迹、墨迹、烟蒂、布料、时刻表、兑换率、潮汐与水流、风向与天气，以及在调查活动中必须考虑到的数不清的现象。为了正确研究各种人，他也付出了同样的努力。但是他之所以远远胜过彼得·温塞等小说中不可思议的侦探，关键还在于对人类行为的理解，对种种可能性的估计和对弱点的洞察力。要在特定的反常环境下推断出某人可能以什么特殊方式采取什么行动，首先要了解其本能、冲动和动机，然后才能分析现成的线索。如果仅仅拿歇洛克·福尔摩斯作样本，则不足取。在所有虚构的侦探中，恐怕只有他与哈瑟雷有一点共同之处：逻辑推理的本领。福尔摩斯的推理有时候显得荒唐而离题太远，其意义令人怀疑。但是哈瑟雷的推理既现实又充满想象，这是侦探的重要武器。"本莱特是推崇哈瑟雷的，但从这篇序言中，我们也以看到他提出的侦探小说要与现实相符的观点，不能太脱离现实。他本人也非常爱看侦探小说，读过很多名家的作品。但他认为有些侦探小说离生活太远，情节也过于离奇。他认为并非所有的案子都可以靠推理侦破，并不是像福尔摩斯碰到的那么简单，而现实社会中的一些案件远远要比小说中的案件还要复杂。这就需要像哈瑟雷这样现实社会中的全面能手来侦破了。所以，在侦探小说中应该塑造符合现实生活的侦探，重在强调作品的真实性和破案的现实性，以及侦破方法的实际性和可信性。当然，现实中的案件侦破绝不会像有的侦探小说写的那样浪漫，哪怕是一起普通的杀人案，在不知谁是真正的杀人凶手之前，都要经过细致而又艰辛的调查，没有证据单靠推理是不行的。侦探小说因为是一种艺术和一种文学创作，它允许虚构，它要有艺术的描写、浪漫的情调、传奇的色彩，这好比一盆花要有花、有蕾、有枝、有叶，只表现一种总是不完美。推理是侦探小说的一种特征，它应在调查的基础上和一些证据结合起来才是最完美的。我们在研究侦探小说时不妨也看些纪实的侦探文学，就会对比出纪实的与在此基础上虚构加工的作品的区别。我曾读过前苏联、美国及其他国家的一些大案选编，也看过很多作者以纪实手法写的侦探文学作品。如法医方面的书籍有美国马歇尔·豪茨的《"福尔摩斯"在美国》、托马斯·野口的《验尸官》，法国拉阿里和瓦尼埃的《纽约形形色色的死亡》，德国汉斯·普法伊弗尔《死者的语言》等。

　　谈到侦探小说的真实性，这里还要补充几点。什么是真实性？也就是可信

性，是现实中存在的，不是空想、幻想、不可能的。因此故事情节都应该来源于现实，或者说是现实生活的再创作和艺术加工。有些侦探小说的内容本就是根据某个真实案件而写作的，故在探案上更与现实破案方法接近。但小说毕竟是小说，它除了展示真实，以真实的社会和历史为背景外，还要展示艺术，还要有虚构，否则就是一个案件通讯报道或报告文学。读过卡尔作品的人一定会想到他的作品风格，他的小说中常体现出一种"不可能犯罪"，恰恰是这种不可能还真的出现了犯罪，这就是一种创作艺术的体现。

六、侦探小说中的逻辑推理

逻辑推理是构成侦探小说的本基，故侦探小说又称为推理小说，这与小说中运用的推理是分不开的。最初爱伦·坡的《莫格街凶杀案》中最重要的特征就是运用了逻辑推理这一破案方法。以后，大凡写侦探小说的作家都以此为模式，将逻辑推理运用到侦查破案中，这给本身就带有谜一般的故事情节又增加了新的内容。主要手段有分析、判断、推理，从而寻求是否合乎正常的事物规律或常理，寻找因果关系；有的还采用了假说，反过来展开论证，使一起起复杂错综的案件理出头绪，看到真伪，最后使案件真相大白。日本松本清张的小说经常利用一些推理手法，如他的《点与线》、《砂器》等。

要想创作侦探小说，我提倡应该看些逻辑学方面的书，知道什么是假设和模拟，知道推理总的概念和具体的分类，如，什么是直接推理、关系推理、假言推理、二难推理、归纳推理、类比推理、演绎推理等，掌握一些事物的规律。

柯南·道尔和克里斯蒂是世界最著名的侦探小说家，他们的侦探小说中都运用了逻辑推理。柯南·道尔注重现象与历史的研究，注重物证，不放过任何蛛丝马迹。有些事物看似不可思议，但他透过事物的本质经过推理分析，结果往往却出人意料，但又在情理之中。克里斯蒂注重心理分析，特别是从人的特征包括服饰、爱好、举止等方面分析判断，然后进行逻辑推理。她的《东方快车谋杀案》、《尼罗河上的惨案》、《阳光下的罪恶》等小说都运用了心理分析和逻辑推理；她的《空中疑案》和《H庄园的一次午餐》等小说则是从细小事物上发现疑点，从而进行逻辑推理，最后使案件得以破获。

美国奎恩的《希腊棺材之谜》是一部充分运用演绎推理写成的著名侦探小说。故事讲述了一位古董商病故，人们怀疑他未公布的遗嘱在棺材中，但打开棺材时发现其中多了一具尸体，死者是因盗窃刚出狱的博物馆职员。警方怀疑是古董商杀了他，后又认为是他的胞弟杀了他。侦探奎恩运用演绎法发现此案疑点，最后查得副检察长佩珀曾和那名职员合伙盗窃了一幅价值百万的名画，他想独吞卖画巨款而杀了职员。

各国作家创作侦探小说时因运用的逻辑推理不同,写出的小说也各有千秋,有的是从现象上看问题,由此由表及里,深入实质;有的是从细小甚微的事物中发现问题,进行推理。韩国侦探小说家金圣钟的侦探小说写得很好,其中《浮浪的江》认人印象深刻。此小说充分运用了直接推理系推理,侦探是从一些细小甚微的事物上进行推理,其过程是成功的,但由于没有深入实际去挖掘事物本真,使真相被埋没,结果是悲哀的。在此,我将故事大概展示给读者,以便在研究侦探小说时作为参考。

故事从韩国R建设公司常务理事赵东一与女大学生苏姬幽会在咖啡馆开始。晚九点多钟,赵东一目送苏姬回家,然后到电影院看了一场名为《我要活下去》的电影,回到家中已是深夜11点多了。然而,就在这天夜里11点50分左右,苏姬被人杀死在Y洞白花公寓D栋305号她的出租房内。警察署刑警金斗植主侦此案,他从尸检中得知苏姬已怀孕,从而认定苏姬在与男人交往,但是几名男人确定不了。从苏姬的遗物中发现的镶着钻石的戒指、手表等贵重物品上分析,一个平素要靠打工维持学业的穷学生根本没有钱买这些贵重物品,由此更加认定与她交往的男人很有钱。此外,刑警从苏姬的日记中得知,她很爱这个男人。她在日记上没有写出这名男人的名字,只标了C。C48岁,两鬓有霜一样的灰白头发。于是,金斗植来到R建设公司,找出47至49岁的5位嫌疑人。这5人是崔昌万,47岁,管理室次长;车仁植,48岁,总务科科长;赵东一,48岁,常务理事;蔡明九,49岁,现场监督;千民宇,47岁,司机。金斗植对这5人全面调查,在掌握基本情况后对这5人进行推理。崔昌万是最底层的职位,凭他的收入不可能为女人买得起高档的眼镜、钻戒、钢笔和欧米茄手表,但也不排除作案的可能。车仁植一直有病住院,已经是快死的人了,可以排除。赵东一可能性最大,他是富有阶层,有足够的时间玩弄女性,在苏姬被害后已出国,是否是怕调查而逃跑了呢?蔡明九在两个月前就去利岚,对他没有调查的必要了。身为司机的千民宇与漂亮的女大学生恋爱完全不般配,也不合情理。现在只剩下崔昌万和赵东一了。金斗植将这两个人作为重点调查,他发现崔昌万是个瘸子,只能勉强维持生计,这样可怜的男人不太可能女大学生有关系。最后只剩下赵东一了,他才是唯一的嫌疑人。赵东一从国外回来后一下飞机便被金斗植和几名刑警带走。因涉及个人隐私和名誉,赵东一不承认和苏姬认识,更不承认有往来关系和杀人。金斗植让刑警将被害人的照片和赵东一的照片拿到市内各酒店调查。正在此时,有人举报赵东一和苏姬曾到她的咖啡馆幽会。经辨认,其中的男子正是赵东一。后经南洋宾馆前台服务员证实,苏姬在遇害前曾和赵东一住过这个宾馆。由此断定,赵东一是最大的嫌疑犯。更让人吃惊的是,警方在苏姬公寓的垃圾桶中收集到的物证即沾血的刀子、手套、手帕都是赵东一的,现场提取的皮鞋印也和

赵东一的鞋印吻合。在警方的询问下，赵东一默认与苏姬的暧昧关系，也没有否认案件，对于警方的讯问默认了。由此，赵东一被判死刑。

赵东一的妻子梁仁淑受到打击，卧病在床，后住进了医院。然而，与苏姬同样岁数的赵东一的女儿美慧却不相信父亲能杀人，她认为父亲平素连杀鸡都下不了手，怎能如此残忍地杀人。在其男朋友崔明镐的帮助下，她找到金斗植和检察机关去讨说法，但遭到拒绝。于是，美慧开始艰辛而锲而不舍地调查，并也运用了一些推理。她的执著感动了苏姬的弟弟文镐，文镐借给了她苏姬生前的日记。从苏姬的日记中她发现父亲也在写日记，并深爱着苏姬，这样的人怎能一瞬间将心爱的人那样残忍地杀害呢？想到现场的物证，美慧无法理解。崔明镐猜测是否有人在嫁祸赵东一，美慧如梦方醒，认为有人窃取了父亲的东西故意扔在现场。一天晚上，她按父亲那天行动的时间，重复苏姬被害那天晚上父亲走过的足迹。咖啡馆、南洋宾馆、晚9点从宾馆出来到电影院，看完电影是晚10点40分，坐上出租车是晚10点45分。根据法庭的陈述，美慧的父亲独自看完电影后坐出租车到苏姬家大约用了15分钟，这是警察确认的时间。随后，美慧乘出租车去苏姬的公寓。在路上她发现了一个惊人的事情，这段路在施工，他们整整走了半个小时才到这个公寓。如此计算，苏姬被害那天父亲是半夜12点前回到家的，并带有酒气。美慧认为父亲如果在这个时间赶到苏姬的住处杀人，不可能在12点前回到家。这夜，美慧租住了这个公寓的一间房子。赵东一被判死刑后拒绝请律师，也放弃了上诉。美慧得知消息后和母亲抱头痛哭。再经调查，美慧发现苏姬被害的305室对面的306室曾住过一个单身寡妇，在案发后搬走了，她委托中介人为卖出房子。美慧还从医生那里了解到确定死亡时间有两三个小时的误差，如果是这样父亲就更没有时间杀人了。一天夜里，美慧在父亲的房间中找到了他的日记，由此又得到了父亲的一些秘密。为了查清苏姬被害的真相，美慧和崔明镐前往购买306号的房子。但到房产公司签定合同时，美慧发现，306号房子的主人竟然是她的母亲梁仁淑。原来母亲已发现赵东一与苏姬的关系，故暗中在苏姬的对面买了这所房子，那夜发现苏姬独自在家时杀了苏姬。但是，就在美慧找到真正的凶手时，这天早晨赵东一已被执行枪决。事情败露后，梁仁淑向刑警报了警，当金斗植到来时，她已在家中自杀。

这是一部人间的情感悲剧，但在小说中金圣钟一直运用一些推理的手法，将读者的阅读兴趣引向深处。同时让故事情节跌宕起伏，扣人心弦，引人随着他的笔来探密、解谜。这些推理大多是一些细微的事物。比如死者的物品与其生活状态不符，几个嫌疑人的身体状况、作案时间、经济状况等客观条件等，可以说金斗植最初的推理是正确的，但借助现场的一些物证，他犯了主观臆断错误。此案有很多疑点，其中包括在开始对赵东一审讯时他并没有承认是他杀人，就连最后也没有坚定地承认自己杀死苏姬，而多是沉默、不答、点头默许。这些疑点并没有引起金斗植的注意，更没有引起他的重视，所以关于赵东一是否真正到现场杀人的直接证据是没有的，更没有见证人。还有金斗植只主观认定赵东一与苏姬的暧昧关系，以及赵杀苏是怕她生下孩子后暴露他们的关系，所以他没有对此案深刻分析，做更深入的调查。如果略加分析，不难看出此案的疑点，也会发现更多的事缘。读完这部小说，不得不让人们思索，从细微的事物中推理是对的，但要看结果。

所以说，侦探小说的本基是逻辑推理，如果没有逻辑推理，那也不叫侦探小说，仅是一篇纪实案例，现实的侦破工作也是离不开逻辑推理的。关于侦探小说中的逻辑推理作品很多，在此不一一举列。

七、没有侦探的侦探小说

多年来，我收藏了几千种中文版的各国侦探小说，而且在每年都利用一定时间阅读一些侦探小说，可以说，凡侦探小说从内容上看都有发生的案件与固定的侦探，最终使案件真相大白，这也是侦探小说的基本特定模式。但有的侦探小说并不是完全按照这种模式，它虽然查清了一系列涉案或事实真相，却没有侦探，而有的小说只有案件的发生及一个个受害者，虽然案件最后真相大白，却也没有侦探，这就是一种特殊体的侦探小说。下面我简要地介绍两部这样的小说。第一本小说名为《生死不测》，作者是德国的作家乌苏拉·莎克。我的藏本是1992年由上海译文出版社出版的裘明仁译本。其内容也可称为爱情小说，是很好的一部没有侦探的侦探小说。

小说最简要的大意是：

身居美国的玛丽昂突然接到丈夫理查德死在外地的消息，她分析丈夫极大可能是在非洲中部出的事，但她不相信丈夫会死去，于是要去非洲查明丈夫死亡的真相。为了寻找丈夫的线索，玛丽昂去了多个国家和城市，途中遭抢劫、受人骗、物品被盗、帮助她的罗伯特和亨格豪森被杀，但都没有动摇她查明丈夫生死结果的信心。她还曾遭到绑架，逃脱魔掌报警后又遭扣留，朋友马丁也被坏人开枪打伤，他们开车去死亡谷途中又被人抢去车后遗弃于沙地中。她几次化险为夷，同时在沙漠的一堆破衣物中发现了丈夫的笔记本。沿此线索，她找到一个村庄，在那里见到一个似乎疯癫的白发男人，原来这就是她的丈夫，他并没有死，是吸了大麻中毒。事实上，到这里钻探石油的人都得了霍乱而死，幸存的只有理查德一个人。

小说结局还是完美的。从小说看，有谜局，即理查德的死亡之谜，而且案中还有案，时时让人胆战心惊，或者说是惊心动魄，最后一切事情都明了时，我们

也知道了杀害罗伯特和亨格豪森的真正凶手，这不能不说其中的案件已明了。这就是一本侦探小说，但谁是真正的侦探，玛丽昂？是，也不是。虽没有侦探，但一切顺其自然。这在纷杂的侦探推理小说中是少见的，故在此我重点对这部小说进行了讲述。

名家的侦探小说中是否也有没有侦探的侦探小说呢？答案是肯定的。凡阅读侦探小说的人都知道克里斯蒂的作品，她的作品中主要塑造了两个侦探的形象，一是大侦探波洛，二是马普尔小姐。然而在她的小说《孤岛奇案》中却见不到任何侦探，全是一群无头苍蝇一样的受害者，他们一个个死去，互相猜疑，至死也不知谁是凶手。这是一本最值得欣赏而能引起阅读兴趣的没有侦探的侦探小说。故事大意如下：

有8个人同时被小岛的主人用邀请函和电报请到美丽的小岛上，他们是离休法官沃格雷夫、幼儿教师维拉、军人队长隆巴德、布伦特小姐、麦克阿瑟将军、阿姆斯特朗大夫、汽车司机马其顿和前探长布洛尔，快艇将他们送到岛上便离去。然而在岛上他们一直没有见到主人，只有管家夫妇迎接他们。他们住在岛上一所别墅里。这样，8个人外加管家夫妇，这个岛上共住10个人。然而，在走进房间后，维拉发现她的卧室的镜框中有一首诗歌，内容是她小时就知道的：“10个小印第安小男孩，为了吃饭去奔走；噎死一个没法数，10个只剩9个。9个印第安小男孩，深夜寝室真困乏；倒头一睡睡死啦，9个只剩8个……一个小印第安小男孩，归去来兮只一人；悬梁自尽了此生，一个也不剩。”吃过晚饭，大家兴高采烈，他们发现圆桌的瓷盘中有10个小瓷人，就在这时，房内出现一种冷酷无情的声音，声音中宣布了包括罗杰斯夫妇在内10人的罪行。这声音来自播放机中的唱片。不料，就在这天夜里，管家的妻子死了。奇怪的是，桌子中间盘中的10个小瓷人只有8个了。将军、队长、布洛尔搜查了全岛，岛上除了他们现在的9个人，没有其他任何人。他们3人站在制高点上望着大海，没有船只驶来，而风暴要来了，也没有办法发出信号。就在吃午饭时，大夫跑到餐厅告诉大家，麦克阿瑟将军死了，他的后脑勺被袭击而死。岛上没有其他人，谁是凶手成了一个谜，大家互相猜疑着。第二天一早，人们发现桌中间的小瓷人只有6个了。后来，人们在柴房中找到罗杰斯，他的后脑有伤痕，已经死了。随后，人们发现布伦特小姐坐在餐厅的椅子上，面色惊恐已经死亡。大夫检查发现她的脖子右边有一个针眼，是有人给她注射了毒药。见此，法官说："我们5个人中有一个人是凶手。为保证其中4个人的安全，现将所有药物、手枪等危险品都集中保管，对每个人和他的房间进行搜查。"可就在这时，隆巴德发现昨天晚上放在房间抽屉中的左轮手枪不见了，他到处寻找毫无结果。不久，在大家用餐时，他们发现法官不见了。他们来到休息厅，发现法官戴着审判时戴的假发坐在一张椅子上，已经死了。大夫拿下他的假发，发现他的脑门正中有一个弹孔正在滴血，而杀死他的正是那把左轮手枪。大家都在惊恐之中，布洛尔说："现在就剩我们4人了，下一个该是谁呢？"第二天，探长的头部被一块大理石钟座砸碎。傍晚，他们又在海边发现被潮水抛上来的大夫尸体，他是被淹死的。现在岛上只两个人了，维拉认为巴隆德就是杀人凶手。在抬大夫尸体时，维拉偷走了隆巴德口袋中的左轮手枪，隆巴德想骗回手枪，可维拉用枪对着他并开枪打中了他的心脏。现在岛上就剩维拉一个人了，她来到餐厅，发现桌子中间仍然是3个小瓷人，便将两个小瓷人扔出窗外，然后拿着最后一个小瓷人上楼。当她打开自己的房间时，发现卧室的房顶挂着一条绳子，她在惊恐中手中的小瓷人掉地也摔碎了。她感到末日到了，精神失常地将头伸到绳套中，结束了自己。

这座孤岛不可能有人从陆地上游过去，这两天又有风暴，直到风平浪静，有人开船到岛上，发现了10具尸体。苏格兰场刑侦局负责研究孤岛上发生的案件，谁杀死了这些人却是个谜。直到后来，一个渔船在海中网上一个瓶子，里面有一封信，他交给了苏格兰场刑侦局后孤岛奇谜才被解开。原来制造这些杀人案的是法官沃格雷夫。在实施杀人过程中，他以查找凶手的名义，物色了头脑简单的大夫来帮忙，并让他为其保密。他带着假头套，脑门中间贴着红胶泥，装成中弹而死，余下的人都在惊恐猜疑，将他抬到房间床上就没人管了，这样他就自由了。半夜，按事先约定，他将大夫骗到崖上，推入波涛汹涌的大海中。其后便是接连的杀人。在杀了9个人后，他将这些都记录于纸上，装入一个瓶中，然后封好投入大海。最后，他拿着维拉房中的手枪擦去指纹，回到自己的房间，将手枪用活节拴在房门把手上，枪口对准脑门，然后倒在床上隔着手绢扣动扳机。活节开了，手枪脱落到他身子侧面，这次他真正地死了。

八、侦探的悲哀

在众多的侦探小说中，侦探们并不是神，他们的推理并不全是正确的，有的还会走向截然相反的错误道路。也有的虽经努力，却不能使案件真相大白，最后甚至依然不能抓到真正的罪犯，这不得不让侦探们悲哀。我们读过张策的小说《无悔追踪》或看过同名的电视连续剧，一个公安人员为查明一个犯罪嫌疑人经历了坎坷风雨，这一追竟是30年，最后还是嫌疑人一封信说明了真相，其结果让人无可奈何。美国威廉·迪尔著有小说《追凶十八年》，其中著名侦探威廉·迪尔和他的团队艰辛追踪一个嫌疑人18年，最后证实他并不是真正的杀人凶手。前面我谈到英国作家爱德蒙·克莱里休·本特利的中篇侦探小说《特伦特的最后一案》，也是侦探所得其反的结果。这些都是侦探的悲哀。这里再介绍一篇类似的小说，也是让侦探悲叹的结局。这便是瑞士作家杜伦马特的中篇侦探小说《诺言》。

故事从一个警察局局长讲的故事开头,那是九年前的事了。警察局的马泰依中尉是名探长。他平素表情经常是冷酷的,可心却是善良而正义的。

四月末的一天,天正下着大雨。马泰依接到梅根村附近一个酒店打来的电话,一名叫冯·龚登的小商贩在树林中发现一名小女孩被人杀死,她叫葛丽特丽。于是,马泰依放弃去约旦度假,他来到现场,并向小姑娘的母亲许下诺言:"我答应一定要找出杀人的凶手。"然而,马泰依回到村中,发现很多村民包围了警车和检察官。一些不明真相的人认为那个小商贩就是杀人凶手,有人说这期间只有他一人经过树林。大家让警察交出小商贩。马泰依很自若地向大家解释并不是只有一个人经过树林,还有其他村民,同时有人发现树林中有一辆汽车。这样,马泰依说服了村民,并成功地将小商贩带上他的警车回城作证。第二天,局长和马泰依来到梅根村小学调查,得知以前类似案件曾发生过两起,至今也没有破获。回来后他又对小商贩进行审讯,但其并不承认杀人。此时,警官特鲁勒也对小商贩进行了审讯,并说在他的衣服上发现了与小姑娘一样血型的血迹。小商贩说那是他被尸体绊倒沾上的。

因马泰依要去约旦,他的助手汉齐接手此案。第二天早晨,汉齐给局长打了电话说:"小商贩交代是他杀死了小姑娘。"局长询问他细节,他说:"他以后再补上细节,重要的是他承认杀人。"然而,就在当晚,小商贩上吊自杀了。到达机场后,马泰依看到一个班级的儿童在老师在带领下正在参观飞机,他想到那个杀害小姑娘的凶手并没有真正被抓到,还会有更多的儿童被害,他决定不去约旦了,一定要将小葛丽特丽的案件搞个水落石出。他认为那个小商贩是无辜的,于是他找到局长,局长说:"这是不可能的。你自己辞退了职务去约旦赴任,你已经不是我们警察局的人了。"马泰依说:"可我在小姑娘的葬礼上看到那么多儿童,还有机场上的儿童,警察局有责任保护他们。假设杀害葛丽特丽的凶手还没有抓到,还会有更多的儿童受到危险。"由于警察局已没有他的职务和工作,他只好以个人名义开始对小姑娘的案件重新调查,他要完成他许下的诺言。从此他对这起案进行了艰难的调查。

他在路边开了一个加油站,收留了一位妓女和她的女儿,并用妓女的女儿安妮做诱饵,在凶手可能再出现的地方游玩。局长让马泰依去约旦或回警察局,但没有答应。这样,马泰依执著地守候在这里。夏天过去了,秋天到了,安妮上学了。这天,马泰依去接安妮放学回来,发现她在树林的小溪边,手中有个带刺的巧克力,她说是一个魔术师给她的。马泰依感觉那个杀害小姑娘的凶手就要再次出现了。于是,他到城里找到局长,局长派人在树林和小溪边都设了埋伏,但没有结果。以后,局长又去看过马泰依,发现他不但抽烟喝酒,而且情绪越来越消沉了,他只想着那个杀人犯,加油站的生意一落千丈。

就在局长在退休之前，他突然接到天主教一位教士电话，说一位住在医院将要死去的老太太有重要的事要见局长。在医院的病床边，老太太对局长说："我丈夫阿尔伯特是个比我小很多岁数的小伙子，他每个星期都要骑摩托车去苏黎世给我的姐姐家送鸡蛋。那天晚上他送鸡蛋回来，我发现他身上有血迹，问他怎么回事，他说没什么。第二天我看报纸，得知在圣高尔州有人杀死了一个小姑娘，是用剃刀杀死的。我立即想起昨天晚上他到浴室洗过一把剃刀。我问是不是你杀死了小姑娘，他说正是他杀死的，是上天的指示。我发现他有病，他答应该我以后不会再干这事了。可后来，他到小树林中和一个小女孩玩，给她巧克力，又杀死了她。他说这也是上天让干的。我本想让神父和他谈谈，但看到事情已无法挽回，他平时真是个好小伙子，相信他不会再干这事了。后来阿尔伯特开着我原来丈夫留下的一辆旧别克汽车又给我姐姐送鸡蛋，我想他坐在车中不会再干那种事了。有一天车是半夜回来，我发现车上有血迹，我问他是不是又杀死个小姑娘，他说这次是在希伏兹州，这是上天叫他这样办的。这个被杀死的小姑娘叫葛丽特丽。就在他杀死这个小姑娘几个月后，他又有些心神不安，说加油站有个小姑娘，上天让他去找她。我阻止他，他大发雷霆，并带着剃刀开着车走了。十五分钟后，有人送信，说他开车与货车相撞死亡了。当局长将这些事告诉仍在加油站的马泰依时，他穿着修理工的服装正在抽雪茄，他似乎连话都不会听了，变得有些痴呆了。他仍在加油站等着，实现他的诺言。

看完这部小说，我们看到了马泰依是一个充满正义、宁可放弃个人前途也要惩治罪犯的人。实践证明，他的推理判断也是正确的。但他的行为在那个社会不被人理解。虽然他日复一日、年复一年地在等待，但愿望一直没有实现，最后使他变得半疯半痴。这是一个非常成功的侦探小说，艺术性很高。马泰依的情景和命运让我们深思和联想，这是一个侦探的悲哀。他虽然没有像特伦特那样由于推理的错误使案件走向歧途，可他虽然推理正确，却不能抓到罪犯，甚至为此奉献了自己的一切，造成最后凄惨的结局，这难道不是侦探们的悲哀吗？此小说后被改编成电影，名为《发生在光天化日之下》。

九、翻译作品的译者

自有侦探小说以来，我国出版的侦探小说中翻译作品占绝大多数，因此我们不能忽视对一些译本和译者的研究。没有这些翻译作者的辛勤劳动，我们不会看到各国众多的优秀侦探小说，他们的贡献很大。在多年的阅读和研究侦探小说中，我有幸认识了几位侦探小说的译者，其中既有出版社的专业译者，也有业余的译者，有日语、俄语、德语等语种。他们也曾赠送了我多本签名译作，我们成了朋友，有了交流的机会。如北京的杨军，我与他相识恨晚，我们真正见面是在

2011年8月，我有幸参加了在哈尔滨举办的第五届全国侦探推理小说大赛颁奖大会暨中国十五年来侦探推理小发展研讨会。那次我与蓝玛老师见了面，他向我介绍了杨军。通过攀谈，我得知他有10年的军龄，在部队自学日语，转业后在北京一家疾病防控中心工作。1985年发表第一篇日本语翻译短文并获得成功。1988年翻译出版了第一本日本推理小说，即大树春彦的《杀手喋血记》，从此走上翻译日本推理小说的道路，并获得很大成功。杨军（笔名：逸博、篱下、平山、三佳、云海、碧湖等），1953年12月出生于北京市，近年来多以翻译日本推理小说为主，1998年获全国首届侦探小说大赛翻译奖，2001年5月获全国第二届侦探小说大赛翻译奖。现为中国翻译工作者协会、中国通俗文艺研究会、中国法制文艺委员会会员，北京侦探推理文艺协会理事。主要作品有大树春彦的《疯狂的复仇》、《死亡追杀》、《死亡归来》、《凶暴》、《绝望》等，西村寿行的《魔鬼的脚步声》、《男虎女情》等，森村诚一的《黑十字架》、《致命相似》、《死亡坐席》、《恐怖之谷》、《终点站》、《生命的交叉》等，西村京太郎的《列车失踪之谜》、《恐怖桥》（与李重民全译）、《消灭目击者》、《天使的伤痕》、《情断死亡链》、《赌命复仇》、《四百目击者》、《恐怖的星期五》等，夏树静子的《M的悲剧》、《C的悲剧》、《W的悲剧》、《致命的三分钟》（与李重民全译）、《货运人的女人》（与李重民全译）、《量刑》、《来自死亡谷的女人》、《看不见的脸》、《逝去的影子》等，山村美纱的《新干线持劫案》等，笹泽左保的《绝命情缘》、《隐蔽的杀意》、《地狱十五层》，北方谦三的《残照》、《碑铭》，渡边加美的《放荡奴隶》、《惊艳枪手》，井泽元彦的《无面之神》、山本惠三的《豹笼觅踪》等总计几千万字。到目前为止，他已翻译出版日本推理小说60多部，可见是一位勤奋而多产的译者，成绩可嘉。然而，这种翻译劳作也并非易事，付出的辛苦很大，而经济收益并不是很多，但杨军在尽一种责任，图的是一种乐趣，他践行着自己的格言——是播种，总会有收获。

翻译是件苦差事，点灯熬油，并非容易，收入也不是很多。但是，只有通过译者们的付出和奉献，中国读者才能看到各国的侦探推理作品，了解世界侦探文学。现在我们很重视中外的一些原创作家，而对一些翻译作者并不是太留意。我认为译者和原创作者一样重要，没有这些译者的辛勤翻译，我们就不会读到世界各国众多好作品，不会了解各国的经济、风俗、文化、艺术等，对译者的重视和研究不能忽视。

十、侦探小说的阅读与欣赏

侦探小说的内容涉及各国的历史、社会、民俗、法律、制度、经济、生活等多方面内容，在阅读中我们要学习欣赏其故事内容和小说的艺术价值，注重侦探小说背后的文化意义。即使是消遣，也应当有所收获。

1. 了解历史，认识社会。各国的侦探小说作家多以本国的政治、经济、历史为小说背景，读不同国家的侦探小说，可以从中了解到不同时期的历史及社会制度，了解那里的社会和人们。

2. 开阔视野，了解侦探小说名家和好的作品，提高欣赏水平。侦探小说的发展距今已有160多年的历史。我们阅读侦探小说中可以开阔视野，品味小说中的人物和事件，了解作者的思想和他的生平，了解其写作方式和特点，从中发现自己喜欢的名家和好的作品。继而学习他们的艺术语言和精美的构思，鉴赏作品的风格，从而提高欣赏水平。我们可选择一些有影响的代表作去读，通过这些作品了解作者，了解他们作品中的人物和故事内容，感受作者的语言和文学修养，从而提高欣赏水平。

3. 学点逻辑推理，从小说中吸取智慧，增加社会鉴别能力。侦探小说一般讲侦查破案。但大多是通过侦探与犯罪斗争的各种情节展开故事。它以曲折惊险的情节、逻辑严密的推理、层出不穷的悬念以及出人意料的结局来吸引读者。但它有个共性，那就是逻辑推理。不同的侦探针对不同的案件，所使用的逻辑推理绝对不会一样。针对不同的事物，要用不同的思维方式。人们常说某种事物不符合事物发展的规律，或是说这种现象不合理，我们正是运用逻辑推理击破这些不合规格、不合理的现象，解开其中之谜。思维的形式不一样，推理的方法也是不一样的。如果在阅读侦探小说前尝试阅读一下《刑事逻辑学》，有些推理就能更清楚一些。一本侦探小说，其本身的故事中就含有智慧性，我们能从不同的案件上吸取教训，提高社会鉴别能力，遇到此类事情不会受骗，也有相应的处理办法。我们无论从事什么职业，能利用时间读一些侦探小说是有益，如果是公安民警或刑警更应该读一些这样的书，从中可以领略各国各地不同侦探及刑侦人员在同罪犯斗争中的大智大勇、不同的技巧及各国的社会状况。同时它有助于培养人的思维，增强智慧和知识，提高人的分析判断力及应变能力，从而更好地推动工作。经商者也可开拓思路，了解风云莫测的人生和社会，不至于走险路及落入他人的陷阱和圈套。对于普通读者，侦探小说也可以让人体验休闲与刺激，启迪智慧。我认为，一本好的侦探小说总会让人受益，使人从中增加社会经验，培养对是非的辨别能力，从而更好地增强法制意识。

第五章　侦探小说的审美价值与社会效应

　　侦探小说以其构思独特、惊险悬疑的故事情节吸引着众多的读者，小说中体现的是社会现实，它虽然展示了一些犯罪现象，但也传播了一些法制观念。所以，我们在阅读侦探小说时，不要将它作为一种简单的消遣，要从中发现和欣赏其中的美学，也就是它的审美价值，其次还要研究和发现它的社会效应。侦探小说属通俗文学，多年来并没有被众多的文学评论家所重视，但自从爱伦·坡的第一篇侦探小说问世以来，就引起了众多读者的兴趣，由此，侦探小说在世界各国相继出现并得到了发展。从一些侦探小说的盛行度和发行量来看，有相当一批读者喜爱和欢迎侦探小说。

　　侦探小说靠艺术布局、人物形象的塑造来构筑小说的核心，它包含巧妙的设谜和出乎意料的解谜，但是，连接这些谜题与谜底的关系靠什么？是悬念的设置。这是侦探小说中不可缺少的艺术效应，也是侦探小说的风骨，即通过跌宕起伏的悬念来体现小说的审美效应。

一、侦探小说的审美价值

　　谈到侦探小说的审美价值，简要地说，应从 4 个方面来认识。

　　1. 侦探小说的文学性。

　　侦探小说是文学作品，它必须带有文学性，尽管它是通俗文学，也不乏精雕细刻的精品，有出自一些文学家之手的大作。英国杰出的文学家狄更斯在晚年创作的《艾德荣·杜鲁德案件》就是一部侦探小说。日本的松本清张是写侦探小说的高手，被称为日本社会派推理小说的一代宗师，然而他又是一位以纯文学进入文坛的作家。他的作品虽然朴实无华，但有着很好的文学功底。他的小说中多展现社会底层的小人物，虽有犯罪、凶杀，但没有过多的血腥恐惧味道；也有男女之情，但没有色情的痕迹，而是靠严密的推理、曲折的故事情节来吸引和感染读者。我们从《点与线》、《砂器》、《湖底的光芒》、《零的焦点》、《隔墙有耳》等作品中都可领略到他的文笔和纯文学的创作风格。日本有众多的文学家，有的既创作一些社会或历史小说，也写一些侦探小说。如水上勉，他在文学创作上获得过第十五届直木奖、菊池宽奖、谷崎润一郎奖等,他也创作侦探小说,作品有《石子之谜》、《饥饿的海峡》等。西德尼·谢尔顿是美国当代伟大的现实主义作家,他有多部反映社会现实的长篇小说,还有250多部电视剧本、30多种电影剧本和近10部舞台剧本,他的小说成为美国的畅销书,被译成30多种文字,流行于欧美和中国。他的剧本曾获得过奥斯卡奖和托尼奖。然而他也写侦探小说,在我国出版的有《裸面》、《罪恶与爱情》、《有朝一日》等。

此外,在一些文学名著中,也有侦探小说,或者说它们也带有侦探小说的一些特征,如俄国托尔斯泰的《复活》、英国杜穆里埃的《吕贝卡》、法国大仲马的《布拉热洛那子爵》(电影叫《铁面人》)等。在一些侦探小说中,除人物形象的塑造外,还有一些优美而又精彩的语言描写,我们从柯南·道尔、克里斯蒂、松本清张等人的小说中,可以看到明晰、纯朴而又不失幽默机智的语言,有些语言既是讲述故事情节的发展,也是侦探在推理和揭露罪犯时的直言论述,这种论述也是建立在一定调查和观察后才得出的结论,充满着一定的智慧,体现着一种语言艺术。

我们大多喜爱阅读名家的作品,从这些作品中体味他们的写作特点和丰富多彩的故事内容,体味其文学性。然而,有的作家一生并没出名,有的也许就写过一两本侦探小说,但这样的小说也很精彩,并有独到之处。我曾读过德国乌苏拉·莎克的《生死不测》,书名直译为《忘掉我吗,玛丽昂》。它是一本没有直接描写爱情的爱情小说,也是一本没有侦探的侦探小说。书中的故事情节悬念迭起,扣人心弦。女主人公玛丽昂在得知丈夫理查德于非洲溺水而亡的噩耗后,心怀疑虑,便沿着丈夫走过的路线踏上了寻夫的艰难之路,途中几次遭到抢劫、绑架,险被杀害,几经困境,经过多次的较量,最后在友人的帮助下,在一个土著村落终于找到了自己的丈夫,也找回了爱情。小说塑造了一个坚毅勇敢、百折不挠、追求爱情、富有情感的西方现代青年女性形象。作者成功地将爱情与侦探融合在一起,使故事情节引人入胜,人物形象更加鲜明。小说语言质朴无华、流畅通俗。从一些自然风光的描写中我们能够看到欧洲、美洲和亚洲中一些地方的人文地貌,开阔视野。小说中没有侦探,但却是一本比较好的侦探小说。我在阅读这本小说时,不但品味它的故事情节,也欣赏到了它的文学性。日本森村诚一的小说注重人性化,注重情与理与的内涵。例他的《人性的证明》、《野性的证明》、《黑幕》正是体现了这些,我们回味很多,从而进一步了解社会、了解人生、了解人的心理。池井户润写的推理小说很少,但有一本叫《无底深渊》的推理小说却获得了第四十四届江户川乱步奖。他的推理小说多以商业为背景,而《无底深渊》却是他根据亲身经历的真实事件为蓝本创作的,所以这本书自始至终贯穿着作者的情感,所以小说中描写的人与人的关系才如此生动真实,充满着人性。

侦探小说的文学性是多方面的，除从作品本身内容来体现外，也从它的文学创作构思、布局、结构及语言艺术描写来体现。

2. 侦探小说的特有结构。

侦探小说的特有结构是它区别于其他类小说的特点，它是以侦破案件为主线，从而展示人与人的关系、人与社会的关系，它包括历史、社会、家庭、犯罪与揭露犯罪，还有法律、道德、伦理等关系。所以，侦探小说的结构仍是精妙的设谜、严谨的布局、悬疑的内容和惊险的场面，让一种悬念始终牵挂着读者的心，直到真相大白。这种写作手法在一些侦探小说名家的作品中都可看到，如柯南·道尔、克里斯蒂、江户川乱步、横沟正史、松本清张、森村诚一、西默农等的侦探推理小说。

侦探小说中的设谜和解谜都是一种艺术，小说的一切描写过程也都是解谜的过程，谜本身是一种悬念，这种悬念是侦探小说的本质特征。设谜容易，但怎样让设的谜超乎寻常，一开始就充满神秘的色彩和惊人的场景，这需要作者精心的进行艺术创作，将现实变为艺术，在生活中提取创作的素材。不能将一篇小说写成案例或通讯报道，而要体现其艺术的内涵和创造力。如柯南·道尔的《血字研究》从墙上的血字开始，这就是设谜，最后解谜，其中有严谨的逻辑推理进程和一幕幕惊险的场面。克里斯蒂的《东方快车谋杀案》、《尼罗河上的惨案》、《阳光下的罪恶》、《哑证》、《罗杰疑案》等小说中都设了众多的谜，经过侦探波洛精心的调查和严密的推理，最后将谜一个个解开。特别是前文中介绍过的《孤岛疑案》，写得更是叫绝。这部小说充满了悬疑、神秘、惊恐，但情节丰富，人物刻画形象，整个小说呈现的是一种内在的美感。

所以，侦探小说中的悬念、悬疑是其结构中的一个主件。但设置悬念要有广泛的社会共鸣，要有新奇感，要有神秘性和幽深性。因为侦探小说是关于破案的小说，内容中必然涉及凶杀、爆炸、强奸、贩毒、纵火、投毒、追杀、枪战等血腥与暴力情节，这些问题产生了恐怖、神秘、惊险等色彩，有人将这些看成是不文明的，但我们也要看到，侦探小说正是通过对侦探形象的塑造来消灭这些不文明，铲除社会上的毒瘤，还社会一个公正、文明与安宁。美国的托马斯·哈里斯写过多部侦探小说，其中《沉默的羔羊》中有剥人皮的情节，让人看了毛骨悚然，产生恐惧。英国的贝洛克·伦斯的侦探小说《住宿人》以杀人魔杰克为主要人物，杰克以极其凶残的手段来杀人的，如刺喉咙、挖内脏等；日本的岛田壮司也写了关于杰克的侦探小说，名为《开膛党杰克·百年的孤独》。法国的布里吉特·奥贝尔以写恐怖侦探小说著称，在他的小说中有以杀人为乐、而且杀人手段极其残忍毒辣的杀人狂，有杀害多名儿童，取下他们的眼珠、头发头皮、心脏和生殖器的情节，还有肢解人体和碎尸的描写，既恐怖又残暴。韩国的金圣钟的

《七朵玫瑰》，写一个复仇者如何陆续杀了7个人，而最后在他入狱后竟还能杀人。美国的西德尼·谢尔顿的《有朝一日》也写了一个复仇者，她复仇的对象很多，采用的方法也很极端。一些侦探小说中虽然过于烘托血腥的场面，但小说中的悬念一直是引人入胜的。西德尼·谢尔顿的《裸面》一开始就是一桩神秘的凶杀案，而心理医生史蒂文斯被卷入此案后便开始搜寻凶手，竟几次险遭不测，而制造这一系列事件的人，却是他信任的一名警官。

简单地说，侦探小说的结构也是一种独特的文体艺术，它主要表现在：小说是以侦破案件为题材；在众多的人物中必有罪犯和侦探；用悬疑和惊险来展示小说中的情节和场面；让形象思维和逻辑推理相结合成为破案的一种方法；布局的严谨和构思的巧妙为小说增添润色，从而提升小说的审美价值。

3. 侦探小说中的设谜与解谜是一种智慧的展现。

侦探小说设谜与解谜不但是展示作者智慧的过程，也是启迪读者智力的一种引力。当时读者发现小说中第一个谜时，便开始随着小说的故事情节来思索，也就是随着作者塑造的侦探一起走入跌宕起伏的侦查场面，与侦探一起透过一个个假象拨开层层迷雾，不放过任何蛛丝马迹，经过分析判断、思维推理，寻找证据，认定事实，最后与侦探一起解开一个个难解之谜。

侦探小说中的设谜与解谜是依据事实出现的，解谜也是建立在科学基础上的。作案人在作案前或作案时大多事先经过精心策划，在现场往往大做文章，有的使现场不留下任何痕迹和证据，有的通过制造假象、设下陷阱来嫁祸他人，有的制造发案时不在现场的证据等。尽管侦探经过工作可能发现一些蛛丝马迹或发现某种证据，作案人还会设第二个谜、第三个谜，有的继续作案，有的再引发新的事端，最终目的是让侦探难以找到真正的作案者，将他引向歧路。这也是一种心理上的战术，是侦探与罪犯斗智的过程。人们在阅读这种小说时，不免也要启动思维，对自己的智力进行一种开发和启迪。

在众多的侦探小说名家中，有的不但有着文学才华，而且博学多才，如柯南·道尔对医学非常精通，所以他让福尔摩斯的助手是名医生，这与他曾有过的医生经历有关；克里斯蒂对心理学和毒药学很有研究，所以在她的小说中有多部涉及毒药或下毒作案，在她塑造的大侦探波洛的破案过程中，很多手法是运用心理学。松本清张对社会学很有研究，所以他的小说中多为社会各个层面的犯罪，作案人也来自不同背景。作者能设出超出寻常的谜，又能一一解开，正是他们的智慧和知识的体现。

4. 经典的侦探小说被拍成电影和电视剧。

一些经典的侦探小说在世界上产生着很大的影响，有的被改编成电影剧本搬上银幕，有的被改编成电视剧或戏剧。如柯南·道尔、克里斯蒂、西默农、勒布

朗、横沟正史、松本清张、森村诚一、西村寿行、夏树静子、仁木悦子、内田康夫、阿达莫夫、程小青、文亦奇等众多名家的作品都曾被搬上银幕。

在我们常见的侦探影片中，柯南·道尔和克里斯蒂的作品最多，如柯南·道尔的《血字研究》、《四签名》、《巴斯克维尔的猎犬》、《恐怖谷》等。在我国放映得比较早和影响大的是克里斯蒂的作品，如《东方快车谋杀案》、《尼罗河上的惨案》、《阳光下的罪恶》、《孤岛奇案》、《空中奇案》、《罗杰疑案》等。西默农至少有五十多部侦探小说被改编成电影。在我国引进的外国侦探影片中，日本的影片占了一定的比例，如根据松本清张同名小说改编的电影《雾之旗》、《砂器》；根据森村诚一的小说《人性的证明》改编的电影《人证》和根据同名小说改编的电影《青春的证明》、《野性的证明》；根据西村寿行的小说《涉过愤怒的河》改编的电影《追捕》等；根据横沟正史同名小说改编的电影《八墓村》、《犬神氏家族》等；根据夏树静子同名小说改编的电影《W的悲剧》、《风之门》、《青春的悬崖》等；根据仁木悦子的小说《猫知道》改编的电影《只有猫知道》；根据水上勉同名小说改编的电影《饥饿的海峡》；根据内田康夫推理小说改编的电影达三十多部，如《本冈坊杀人事件》、《天河传说杀人事件》、《幸福的手书》等。在外国侦探片中，美国电影有很多，如根据托马斯·哈里斯同名小说改编的电影《沉默的羔羊》、根据约翰·鲍尔同名小说改编的电影《炎热的夜晚》、根据哈梅特同名小说改编的电影《马尔他之鹰》等，近年来哈梅特的侦探小说又被改编成侦探系列电影。此外，还有根据英国弗雷德里克·福赛斯同名小说改编的政治间谍与侦探的电影《豺狼的日子》、《敖尔萨档案》、《战争猛犬》，由世界著名悬念大师希区柯克导演、根据英国达夫妮·杜穆里埃的小说《吕贝卡》改编的电影《蝴蝶梦》，根据前苏联阿达莫夫的同名小说改编的电影《形形色色的案件》，根据前苏联赛依宁的《军事秘密》改编的电影《锄奸记》，根据英国基亭同名小说改编的电影《完美的谋杀》，根据瑞典亨宁·曼凯尔同名小说改编的电影《错误的轨迹》、根据勒布朗小说改编的电影《侠盗亚森·罗宾》、《神探维克多》、《八次奇遇》等近十部。西班牙作家门多萨的小说带有侦探小说的特征，虽说不是完全的侦探小说，但也涉及了设谜、谋杀与破案，根据他的同名小说改编的电影《萨博尔塔事件真相》就是一例。美国作家布洛克的多部作品被改编成电影，如《恶梦蜜月》、《八百万种死法》、《雅贼》等。根据法国弗雷德·瓦加斯侦探小说改编的电影《急往迟返》和根据美国丹·布朗同名小说改编的电影《达·芬奇密码》都曾有很好的票房。

在我国的侦探片中，很多也是根据小说改编的，如根据陆石、文达的小说《双铃马蹄表》改编的电影《国庆十点钟》；根据白桦的短篇小说《一个无铃的马帮》改编的电影《神秘的旅伴》，还有根据他的小说《山间铃响马帮来》由他编剧的电影《山间铃响马帮来》；根据闵国库同名小说改编的电影《风云岛》；根据黎汝清长篇小说《海岛女民兵》改编的电影《海霞》；根据王亚平同名小说改编的电影《神圣的使命》等。电影《雾都茫茫》也是取材于"文革"手抄本的《一双绣花鞋》。

在众多侦探影片中，有一些是间谍片，如根据英国约翰·伯肯同名小说改编的由希区柯克导演的电影《三十九级台阶》；根据英国杰克·希金斯同名小说改编的电影《鹰从天降》（小说名也叫《黑鹰行动》）；根据英国福莱特同名间谍小说改的电影《针眼》；根据前苏联格里戈里·阿达莫夫的小说《两个海洋的秘密》改编的电影《海底擒谍》；根据前苏联布良采夫同名小说改编的电影《匪巢覆灭记》、《如履薄冰》等；根据我国吕铮的小说《战斗在敌人的心脏里》改编的电影《保密局的枪声》；根据埃及萨利赫·马尔西同名小说改编的电影《走向深渊》等。英国约翰·勒卡雷的作品有近20部，如《寒风孤谍》、《伦敦谍影》、《危险角色》等，大多数被拍成电影。此外，在20世纪六七十年代风靡欧美影坛的系列影片《007》是根据英国作家伊恩·弗莱明的同名间谍小说改编，共有近20部电影，詹姆斯·邦德的名字全球皆知。

此外，还有很多侦探小说被改编成电视连续剧。如根据肖太士、黄宣林、欧阳德合著的同名中篇侦探小说改编的电视剧《蔷薇花案件》，根据应泽民执笔的同名小说改编的电视剧《A·P案件》，根据海岩小说改编的多部电视剧，根据冯华的同名小说改编的电视剧《花非花、雾非雾》，根据张宝瑞同名小说改编的电视剧《一只绣花鞋》或《梅花档案》等。在国外，由一些侦探小说改编的电视剧也很多，如1957年美国影视界就将加德纳的作品改编成电视连续剧《佩里·梅森》，一连放映达8年之久。

将侦探小说改编成电影或电视剧是对小说的精华提炼，是原材料的再加工，是美的升华。我们从众多的侦探影片和电视剧中，能看到一个个真实的人物形象，以及他们简洁明快、有力幽默的语言，也进一步体味到侦探小说中的审美价值。有些影视剧的改编要比原著更完美，如我们看到的日本电影《追捕》要比原著《涉过愤怒的河》精练多了，而且结局的处理也比原著中杜丘仍在逃亡中要好，是一个非常圆满的结局。

二、侦探小说的社会效应

侦探小说中多宣扬一种惩恶扬善的思想，其中多为正义战胜邪恶，犯罪者最终都被发现和受到法律的惩罚，小说虽以侦破案件为主，但也反映了一些法制思想，人们能够从中看到社会的力量、法律的力量和正义，从而受到法制教育，提高辨别是非、认识社会的能力，这就是侦探小说的社会效应。此外，一些间谍小

说能让人们时刻提高警惕,看到社会的复杂性和一些应注意的潜在问题,从而珍惜美好的生活,更加热爱祖国。程小青曾说过:"侦探小说是一种化装的科学教科书,凡是科学上的观察、集证、演绎、归纳和判断等等方法,侦探小说可以说应有尽有。侦探小说虽然不贡献什么天文、物理、生物等等物质科学,但它却在潜移默化中,暗示科学的方法。我认为在现今的时代,科学方法是我们一般人应付任何事物的工具,并不限于纯粹的科学家才需用得着。侦探小说中的侦探,自然个个都是精密的观察力。我们读得多了,若能耳濡目染,我们的观察力自然也可以增进。"从侦探小说中学到观察力,也是一种社会效应的表现。

在一些侦探小说作家中,有的人很注重小说的法制性,如前苏联的别祖格洛夫,他的小说既可以说成是侦探小说,也可以说成是法制小说。他的小说中注重对人民的法制教育,如道德与犯罪、罪与非罪、社会犯罪的根源、法制与特权、罪行与对策等,提倡惩恶扬善,培养人们的正义感、责任感、道德观。他的小说中多塑造一个秉公执法、刚正不阿、办案不拘一格而又通情达理的侦察人员。如他的侦探小说《意外的证据》、《柳暗花明》、《谁的错》、《怪人?情人……》、《侦察员的良心》、《捕蛇者》、《检察官札记》、《要案侦察员》,记实性中篇侦探小说集《当今奇案》等。所以说,侦探小说的法制性能够在社会上产生一定效应。

侦探小说的警世立人意识。侦探小说中必然有各种犯罪的描述,故事中必然有犯罪者。通过小说可以直观看到这些人为什么去犯罪。有的是为了财,有的是为了情,有的是为了仕途,有的是为了政治目的等等,他们自认为作案手段高明,然而"魔高一尺,道高一丈",最终都得受到惩罚。所以,侦探小说中的故事也是在警世人们时刻要想到法律,想到道德和未来的人生,这正是一种社会效应。

有的侦探小说还在研究犯罪的心理、犯罪的动机和犯罪的原因,借此剖析社会和人生,剖析人与社会、人与人之间的关系。还有通过的对罪犯的改造和教育感化,让一些人认识到正确的人生,从而坚定信念,鼓起勇气,走好人生的每一步。此外,小说中展示出的一种人性的思想也是一种社会效应,如对弱者的帮助,对受害者的同情和爱护,对情与理的处理,通过现实而又生动的故事感染读者,体现一种人道主义的关怀。

从我国的一些侦探小说特别是近时期的侦探小说来看,多数与现实的社会紧密相连,以时代为背景反映在发展经济、改革开放中出现的一些犯罪现象,如走私、贩毒、诈骗、抢劫、杀人、爆炸等严重的犯罪。一些犯罪者想方设法逃避侦查,个别腐败官员充当了他们的保护伞,还有的官员参与犯罪、雇凶杀人、以权抗法等等。这些现象是人们深恶痛绝的,反腐败、打击严重的犯罪、扫除社会丑恶现象成为人们关心的大事。所以,一部与现实生活紧密相关的侦探小说在社会上产生的效应是很大的。此外，我们还会从小说中看到伦理道德及人性的体现。森村诚一有很多部小说被拍成电影，但最有影响的是《人性的证明》，它讲述了八杉恭子为了保护自己的名誉和社会地位，泯灭良心和伦理，不但残忍地杀死了自己的亲生儿子，还杀死了证人。正像任翔在她的《侦探小说史论》说的那样："作者是站在社会文化思考和人性挖掘的立场，把当代犯罪问题与工业文明所带来的潜在危机联系起来，就更深地意识到了人的犯罪与生存处境的关系。""于是犯罪与侦破的故事演绎成人性隐蔽事件，非人格化的法律由它的代理人生动形象地表达了人类的良知与本真的呼唤。"在众多的侦探小说中，我曾读过文亦奇的十几部侦探小说，其中《血手观音》、《死亡之吻》等多部小说里都展示了伦理道德和人性这一主题。还有日本横沟正史的《狱门岛》等，韩国金圣钟的《七朵玫瑰》、《浮浪的江》等，也体现了一些这样的观点。

但从社会上一些犯罪情况看，有些罪犯也在读侦探小说，并从中学了一些作案技巧和反侦查能力。这是个别现象，少之甚少，侦探小说总体对社会还是有益的。其次，一些作家在写侦探小说时也要注意写作手法，不应过多展示暴力犯罪，不应渲染过于恐惧、血腥、残暴的情景，不要暴露公安部门的科技侦查手段和过于具体的侦探破案方法。小说必然是小说，它不同于通讯报道，虽有写实，还要有艺术夸张。我们在创作侦探小说时应考虑它的社会效应，写出有警示意义和教育意义、在社会有一定影响的好作品。

所以，一部好的侦探小说定会让人有所收获，它让人联想到法律，想到警察，想到人间的正义，这种社会效应是不可低估的。有些事情会让人去思索，探索罪犯与人生之间的关系，学会运用法律武器保护自己。特别是对青少年，一些优秀的侦探小说一直起着启蒙教育作用，既有吸引力，又开发青少年的思维能力，教会他们怎样才能培养勇敢、智慧、正义的品质。一些罪犯虽然犯了罪，但后来有的进行了忏悔，其教训给人们敲响了警钟，对构建和谐社会也是有意义的。

第六章 侦探小说协会和侦探小说奖

为了推动侦探小说的发展和繁荣侦探小说的创作、研究，一些国家相继成立了侦探小说作家协会。为鼓励侦探小说作者的积极性，国际上一些国家设立了各种侦探小说奖。这里简要地向大家介绍一些协会组织及奖项。

一、侦探小说协会及相关组织

1. 福尔摩斯迷组织——贝克街小分队。1934年初在美国成立，由美国作家克里斯托弗·莫利发起，第一次成员聚会在纽约，每年1月6日为庆祝日。成员是一些福尔摩斯迷，多是一些作家和学者。这是最早的侦探小说协会组织。这样的组织在世界各国共有200多个。

2. 英国福尔摩斯研究会。成立20世纪30年代中期，于二战期间解散。1951年在伦敦又重新成立，并推出了福尔摩斯特展，有很多英国福尔摩斯迷加入。1951年7月17日在维多利亚和艾尔伯特博物馆举行了第一次会议。1952年5月出版《福尔摩斯杂志》，半个世纪之后，这本半年刊杂志还在发行。

3. 英国侦探小说协会。20世纪50年代初期在英国伦敦成立，主要从事侦探小说研究和组织侦探小说颁奖等活动。

4. 英国犯罪作家协会。成立于1953年，由英国作家约翰·克雷西创办，主要从事犯罪小说、侦探小说等研究和颁奖活动。

5. 美国的侦探小说作家协会。成立于1946年，主要组织一些有关侦探小说的研究、学术交流及写作活动，并设了相关奖项。此外，美国还有私人侦探作家协会、罪案小说作家协会、美国罪案小说姐妹会等。

6. 日本推理作家协会。成立于1947年，前身为日本推理作家俱乐部，1963年改为日本推理作家协会。

7. 韩国推理文学馆。1992年在韩国釜山由金圣钟创建，陈列着各国的著名侦探小说，还陈列着113名世界文坛知名作家的照片。

8. 韩国的推理作家协会。成立于1983年2月8日，协会负责主办韩国推理文学奖（分大奖、新锐奖）。每年8月还开办推理作家与读者交流的"夏季推理小说学校"。2002年创刊《推理季刊》，每年初夏出版会员作品集、短篇集等等。

9. 国际侦探小说读者协会。它是一个向所有侦探小说读者、粉丝、评论家、编辑、出版商以及作者开放的组织。由珍妮特·A. 鲁道夫创建于美国加州伯克利。该会每年出版4期《侦探小说读者杂志》季刊，还创设了世界知名的侦探小说奖项——麦卡维提奖。

10. 北京侦探推理文艺协会。它成立于2004年，是经北京市民政局批准成立的民间社团组织，会长是著名作家苏叔阳，常务副会长兼秘书长于洪笙教授为长期研究侦探推理文艺的专家。协会现在会员200余名，主要从事侦探小说及理论、侦探类影视剧等创作研究及评奖颁奖，以及与各国侦探推理组织及作家交流，推动中国侦探推理文艺的发展。它的前身是1992年成立的中国通俗文艺研究会法制文艺委员会。

此外，2001年《北京法制报》成立了侦探世界俱乐部。

11. 国际犯罪作家协会。1986年，前苏联和古巴等国的犯罪文学作家提议成立国际犯罪作家协会。1987年，国际犯罪作家协会第一届大会在前苏联的雅尔塔召开，第一任主席是前苏联作家朱立安·谢苗诺夫。它是一个组织结构比较松散的非政府组织，有成员国19个，主要是欧美国家，正式成员2000多人。这个协会基本每年召开一次大会。1999年10月16日至20日，第十二届大会在保加利亚的瓦尔纳举行，来自英国、德国、丹麦、西班牙、比利时、荷兰、保加利亚等国家的几十名从事侦探、推理等与犯罪问题有关的文学创作的作家出席了大会，我国推理小说作家何家弘教授作为中国首次派出的代表参加了这次大会。

此外，还有美国独立侦探小说书商协会、美国犯罪作家联盟、历史侦探小说欣赏研究会、左岸犯罪小说大会、美国私人侦探作家协会等。

二、侦探小说奖项

在这里，我简要地向大家介绍世界各国一些关于侦探推理小说的主要奖项，此类奖项在世界范围内特别是美英德日等国数目非常庞大，有些只能介绍奖项名目，不一一做解释。尽管侦探小说奖项很多，被认为是官方奖项的在西方只有两种，即埃德加奖和匕首奖，其他多是民间组织奖项。

1. 埃德加奖。

被誉为"侦探小说中的奥斯卡奖"，也称爱伦·坡奖，由美国侦探作家协会（MWA）所颁发，以侦探小说创始人埃德加·爱伦·坡命名。埃德加奖称得上是历史上最悠久、影响力最大的侦探小说奖项，获奖者可以获得一尊埃德加·爱伦·坡像（大乌鸦奖除外，获奖者获颁一座乌鸦像）。一些奖项现在已经取消，比如最佳外语片奖、最佳广播剧奖等。

2. 匕首奖。

由英国犯罪作家协会（CWA）主办，它颁发的一系列奖项统称为"匕首奖"。每个奖项都由 CWA 指定的独立委员会判定，入选作品需以英语在英国发行。

3. 夏姆斯奖。

由美国私人侦探作家协会主办，授予最佳的私人侦探类型小说。1982 年开始颁发。

4. 安东尼奖。

世界最著名的侦探小说奖项之一。由美国布彻大会（即世界推理迷大会，世界上最大的也是最具影响力的推理迷盛会）与会者选出提名者和获奖者。1986 年开始颁发。奖项以安东尼·布彻命名，他是知名的作家、评论家以及侦探小说爱好者。每届大会的委员会自己设计奖品给获奖者。除设立侦探小说奖项外，还包括理论、出版物、影视剧等奖项。

5. 阿加莎奖。

世界最著名的侦探小说奖项之一。由美国"恶毒的家人"大会出席者投票选举，授予过去一年最佳传统侦探小说类作品，通常是舒适推理类型作品。以阿加莎·克里斯蒂的名字命名，1988 年首次颁发，奖品是一个茶壶。

6. 麦卡维提奖。

由设在美国的国际侦探小说读者协会会员提名并投票选出。麦卡维提出自 T. S. 艾略特的诗集《老负鼠讲讲世上的猫》，是一只带有神秘色彩的猫。获奖者会得到一本证书及一只被喂饱了的猫。1987 年首次颁发。包括最佳长篇、最佳处女作、最佳短篇、最佳评论、传记等奖项。

7. 钻石匕首奖。

由英国犯罪作家协会颁发，授予在这一领域有突出贡献的人。1986 年首次颁发，钻石匕首价值 30000 英镑，每年只在授奖仪式上露一次面，获奖作家无权保存钻石匕首，但会得到一枚钻石匕首胸针或者袖口别针。

8. 历史匕首奖。

由英国犯罪作家协会（CWA）颁发。提名作品必须是历史推理小说。历史匕首奖金为 3000 英镑加上一把装饰性的匕首。1999 年首次颁发。

9. 伊恩·弗莱明钢匕首奖。

该奖项颁发给惊悚、冒险或间谍小说。由伊恩·弗莱明出版公司赞助，英国犯罪作家协会（CWA）授予。2002 年首次颁发，奖品是 2000 英镑及一个钢制匕首。

10. 纪念匕首奖。

由英国犯罪作家协会（CWA）颁发。从 1973 年开始，授予最佳的在英国出版的长篇犯罪小说处女作，并且作者以前没有出版过任何种类的长篇小说。它以作家 John Creasey 命名，他是英国犯罪作家协会的创始人之一。获奖者能得到由 Chivers 出版社赞助的 750 英镑。

11. 法国警察局长奖。

法国侦探小说最高奖，1948 年设立。有两个奖项，即法国奖和国外奖，前者授给法国国内侦探小说，后者授给翻译成法语的国外侦探小说。

12. 德里克·默多克奖。

由加拿大犯罪作家协会（CWC）颁发给公认的对犯罪小说有突出贡献的人。以评论家、CWC 创始人之一德里克·默多克命名。1985 年开始颁发，前身是 1984 年的协会主席奖。

13. 本年线索奖。

由芬兰侦探小说协会颁发给最佳犯罪小说或和此领域相关的有成就的人。

14. 达维特奖。

由澳大利亚犯罪姐妹协会颁发，授予上一年一位澳大利亚女性作家出版的最佳犯罪小说。以澳大利亚第一个犯罪小说作家埃伦·达维特命名。

15. 荣誉格洛塞奖。

由德语侦探故事作家联盟颁发。格劳泽奖授予年度最佳小说，荣誉格洛塞是终身成就奖。1987 年首次颁发，获奖者可得到 10000 马克。1999 年设立汉斯约里·马丁奖，奖励该年度最优秀的德语儿童及青少年侦探故事，奖金为 2500 欧元。

16. 玻璃钥匙奖。

由丹麦斯坎迪纳维亚犯罪作家协会颁发，授予上一年斯坎迪纳维亚的最佳侦探小说。奖品是名副其实的玻璃钥匙。1997 至 1998 年举办过两届。

17. 黄金套索奖。

由荷兰犯罪作家协会 1986 年设立，颁发给荷兰最佳长篇侦探小说。得主由一个独立的委员会选出。

18. 马丁·贝克奖。

由瑞典犯罪和神秘小说学会授予，有两个奖项：最佳瑞典犯罪小说及最佳外语译介小说。以作家马伊·舍瓦尔夫妇创造的警察侦探命名。

19. 韩国推理文学大奖。

由韩国的推理作家协会举办，1983 年举行第一届颁奖，1986 年举行第二届，以后每四年举办一次颁奖。

20. 江户川乱步奖。

简称"乱步奖",设立于1954年,是主办方日本侦探作家俱乐部(后更名为日本推理作家协会)用江户川乱步捐献的基金以奖励推理小说创作而创设的文学奖,是日本推理小说界历史最悠久也最具知名度的新人奖。起初受奖标准是为了表彰对推理小说出版具有贡献的个人或团体。正奖为江户川乱步像,副奖为1000万日元奖金。同时,获奖作品由讲谈社出版。从1992年的第三十八届开始,富士电视台作为赞助商之一加入奖赏后援,因此获奖作品很快电视剧化,或者被摄制成电影。作为正奖的人像,第四十八届之前是"福尔摩斯像",不过从第四十九届开始改为更有本土特色和纪念意义的"江户川乱步像"。获得该奖的重要作品有《猫知道》(仁木悦子)、《湿濡的心》(多岐川恭)、《枯草之根》(陈舜臣)、《幻影之城》(户川昌子)、《天使的伤痕》(西村京太郎)、《柏林1888》(海渡英祐)、《阿基米德借刀杀人》(小峰元)、《蝴蝶们如今……》(日下圭介)、《属于我们的时代》(栗本薰)、《猿丸幻视行》(井泽元彦)、《放学后》(东野圭吾)、《剑道杀人事件》(鸟羽亮)、《恐怖分子的阳伞》(藤原伊织)、《虚线的恶意》(野泽尚)、《13级台阶》(高野和明)、《天使之刃》(药丸岳)等。

21. 日本推理作家协会奖。

日本推理作家协会的前身为日本侦探作家俱乐部,成立于1947年。由于社团法人化,在1963年由原先的同好团体变更为由职业作家组成的日本推理作家协会,奖名也改为日本推理作家协会奖,而更名前后的纪录则合并计算。首届在1948年举办,当时设有长篇奖、短篇奖及新人奖三项,不过新人奖也仅此一届,直到目前为止都未再设立新人奖项。从1952年的第五届起不再分项,直到1976年的第二十九届才再度分项,目前分为长篇或连作短篇集、短篇、评论及其他等3项,并规定不限类别,同一人不得重复得奖。目前的选评方式是由多名推理小说评论研究者担任预选委员,分别选出4到5部最终入围作品,再由数名推理作家担任决选评审。获得该奖的重要作品有《本阵杀人事件》(横沟正史)、《不连续杀人事件》(坂口安吾)、《能面杀人事件》(高木彬光)、《憎恶的化石》(鲇川哲也)、《影子的告发》(土屋隆夫)、《蒸发》(夏树静子)、《日本沉没》(小松左京)、《失控的玩具》(泡坂妻夫)、《大诱拐》(天藤真)、《终点站杀人事件》(西村京太郎)、《爱丽丝国的杀人》(辻真先)、《卡迪斯红星》(逢坂刚)、《钟表馆的幽灵》(绫辻行人)、《龙眠》(宫部美幸)、《魍魉之匣》(京极夏彦)、《秘密》(东野圭吾)、《永远是孩子》(天童荒太)、《推理歌剧》(山田正纪)、《樱的圈套》(歌野晶午)、《死神的精确度》(伊坂幸太郎)、《玻璃之锤》(贵志佑介)、《赤朽叶家的传说》(樱庭一树)等。

22. 日本推理文学大奖。

由光文社后援设置的奖项,于1998年创立,正奖是一尊象征故事能手的山鲁佐德雕像,副奖是300万日元。奖励的对象是对日本推理文学具有卓越贡献的小说家与评论家,至今已举办11届,历届得奖者分别为:佐野洋、中岛河太郎、笹泽左保、山田风太郎、土屋隆夫、都筑道夫、森村诚一、西村京太郎、赤川次郎、夏树静子、内田康夫等。

23. 日本推理文学大奖新人奖。

为光文社后援设置的新人奖项,于1998年创立,正奖是山鲁佐德雕像,副奖是五百万日元,至今已举办11届。

24. 马耳他之鹰奖。

由日本马耳他之鹰协会(The Maltese Falcon Society)颁发,主要对象为硬汉派作品。1983年首次颁发。获奖作品由会员选出,除奖状外另有一座"鹰"雕像。

25. 中国侦探推理小说大赛奖。

由北京侦探推理文艺协会主办。1998年11月,我国首届侦探小说(宏业杯)大赛在人民大会堂举行了隆重的颁奖仪式。它系统地回顾了新中国以来中国侦探小说的成就和经验,引起了社会的广泛关注。这次大奖赛评出白桦所作的《无铃马帮》等24件作品为佳作奖;尹一之所作的《蜜月》等17件作品为提名奖;朱恩涛、杨子所作的《鱼孽》为新作特别题材奖;新作奖一等奖空缺,蓝玛所作的《天堂并不遥远》等3个二等奖;海男所作的《镜子的故事》等15个三等奖;船甲翻译的《前线附近的车站》等16个翻译奖;程小青、朱恩涛获杰出贡献奖;群众出版社和《啄木鸟》等13家杂志社获得伯乐奖;广东宏业集团获得纪念奖。

2001年,我国举办了第二届侦探小说大赛。在这次大赛中,蓝玛的《凝视黑夜》和林佛儿的《美人卷珠帘》获最佳长篇小说奖;郑炳南的《不招人忌是庸才》和魏秋星的《雾雨中的鸽子》获最佳中篇小说奖;尹曙生的《魂断夫差河》和青谷彦的《神经杀手》获最佳短篇小说奖;王振清的《坠向深渊》等9件作品获优秀奖;乔岸的《目击证人》获新作奖;于东辉的《金田二之神秘网络世界》获新人奖;杨军译的《W的悲剧》获译作奖;于庆航的《谍海生涯》等13件作品获提名奖;安徽少儿出版社出版的《当代少年推理小说》获最佳丛书奖。

2004年,我国举办第三届全国侦探推理小说大赛,郑炳南的《谋杀方程式》获最佳长篇小说奖;彭祖贻的《平安夜的枪声》获最佳中篇小说奖;叶开的《我看见以在空中飞翔》获最佳短篇小说奖;麦戈的《不谋而合》和金东的《愚人节的礼物》获最佳微型小说奖;蓝玛的《十年谜案》获最佳人物奖;李惠泉的《黑

白布局》获最佳情节奖；吴谁的《三十四只新皮鞋》获最佳构思奖；郑学华的《风铃之声》获最佳推理奖；杨老黑的《午夜追魂》获最佳悬疑奖；老松的《青花瓷瓶》获最佳语言奖；韩青辰的《守口如瓶》获最佳新作奖；钟源的《被窃的答题簿》获最佳新人奖；魏秋星的《天堂之约》等8人的作品获优秀奖；钟基泽的《百鬼庄的收藏品》等9人的作品获提名奖；华夏出版社出版的《约瑟芬·铁伊推理文集》获最佳译作丛书奖。

2007年举办第四届全国侦探推理小说大赛，蓝玛的《凝视黑夜》、林佛儿的《美人卷珠帘》获最佳长篇小说奖；郑炳南的《不招人忌是庸才》；魏秋星的《雾雨中的鸽子》获最佳中篇小说奖；尹曙生的《魂断夫差桥》、谷青彦的《神经杀手》获最佳短篇小说奖；王振清的《坠向深渊》等多人9部作品获优秀奖；乔岸的《目击证人》获新作奖；于东辉的《金田二之神秘网络世界》获新人奖；杨军所译的日本夏树静子的推理小说《W的悲剧》获译作奖；于庆航的《谍海生涯》等多人的12部作品获提名奖；安徽少年儿童出版社出版的《当代少儿侦探推理小说》获最佳丛书奖。

2011年，举办第五届全国侦探推理小说大赛，武和平的《预备警官》获最佳长篇小说奖；周浩晖的《生死翡翠湖》获最佳中篇小说奖；水天一色的《这样的人》获最佳短篇小说奖、最佳微型小说奖；蓝玛的《无脸人》获最佳人物奖；郑颖的《鱼水错》获最佳情节奖；胡玥《作局》、何家弘的《血之罪》获最佳推理奖；厉渐高的《孤岛》获最佳悬疑奖；郑炳南的《人生何处不风流》获最佳语言奖；宛如的《食人蝶事件》获最佳新作奖；纪富强的《八月之旅》获最佳新人奖；陈佩斯的《古宅》、张策与周燕妮的《最后的99天》、鲁坚与王建武的《死亡迷局》获最佳编剧奖、最佳翻译奖；杨老黑的《地器之谜》和群众出版社出版的《2010中国侦探推理小说精选》获最佳图书奖；吕铮的《混乱之神》等多人的12部作品获优秀奖；楚宏志的《证据》等12部作品获提名奖；燕历的《血舌》等14部作品获入围奖。

除上述奖项外，在美国还设有马里奖、切斯特·海姆斯侦探小说奖、德林格手枪奖、迪莉斯奖、麦卡维提奖、玛丽·希金斯·克拉克奖、埃伦·内尔奖、哈米特奖、埃勒里·奎因、阿加莎奖、尼罗·伍尔芙奖、希罗多德奖、罗伯特纪念奖、左岸奖、尼禄·沃尔夫奖、沙莫斯奖、大师奖等。在英国设有歇洛克奖。在加拿大设有阿瑟·埃利斯奖。在澳大利亚设有血色短剑奖、奈德·凯利奖。在德国设有德国惊悚片奖、马洛奖。在丹麦设有帕勒·罗森克兰茨奖。在日本设有专业奖和非专业奖两项，专业奖有梅菲斯特奖、本格推理小说大奖、鲇川哲也奖、横沟正史推理大奖、松本清张奖、大薮春彦奖、ALL读物推理小说新人奖、"这本推理小说了不起！"大奖、三得利推理大奖、新潮推理俱乐部奖、日本冒险小说协会大奖、小说推理新人奖、Mysteries（谜）！新人奖、创元推理评论奖、日本推理悬疑小说大奖、角川小说奖、北区内田康夫推理文学奖、岛田庄司选蔷薇之城福山推理文学新人奖等；非专业奖有直木奖、山本周五郎奖、柴田炼三郎奖、日本全国书店大奖、日本幻想小说大奖、恐怖悬疑小说大奖、吉川英治文学奖、吉川英治文学新人奖、柴田炼三郎奖等。我国近些年也设了多种关于侦探小说的其他奖项，如为鼓励人们的推理兴趣，推动侦探小说的发展，《啄木鸟》杂志在2002年举办了"21世纪啄木鸟侦探俱乐部"活动，对参与此活动的人员给以评奖，其中有最佳侦探奖、优秀侦探奖、侦探助理奖等。我国还举办过多届东方侦探推理小说大奖赛以及各杂志社等组织开展的各类侦探推理小说大赛奖项。

上述这些奖项获奖的作品必须与侦探推理有关。而且，有些奖项不限国籍。如世界著名的侦探小说作家阿加莎·克里斯蒂就曾获得过爱伦·坡侦探小说大奖。英国的迪克·弗朗西斯曾于1969年和1980年2次获得过爱伦·坡侦破小说大奖，1980年他还获得过"金剑奖"，其主要作品有《面具》、《独臂神探》、《烟雾》等。英国的J.J.马立克也获得过爱伦·坡奖，他获奖的作品是《吉迪恩烈火》。此外英国的亚当·霍尔也获得过此殊荣，其主要作品是《奎勒备忘录》。获此奖的还有瑞典的玛依·帅瓦尔，其主要作品是《警官之死》；荷兰的尼古拉·弗里村，其主要作品是《雨国之王》。在爱伦·坡大奖获奖者中，美国人占绝大多数，如L.R.赖特，他的主要作品是《嫌疑犯》；托尼·希勒曼，其主要作品是《亡灵的舞厅》；里克·博耶，其主要作品是《浅滩迷船》；大卫·汉德勒《霍格探案》系列；派翠西亚·海史密斯，其主要作品是《瑞普利先生》和《双面门神》；迈克尔·康奈利在获得爱·伦坡处女作奖后，又获得爱·伦坡大奖，其主要作品有《血型拼图》、《犯罪一线》；劳伦斯·卜洛克是3届爱·伦坡奖得主，1994年获爱·伦坡奖终身大师奖，其主要作品有《在死亡之中》、《死亡的渴望》、《谋杀与创造之时》等；玛格丽特·米勒1955年出版的《视野中的野兽》和1983年出版的《女鬼》先后两次获奖；约翰·狄克逊·卡尔曾两度获得爱伦·坡大奖，其主要作品有《夜间行走》、《三口棺材》、《铁网笼谜题》等。爱伦·坡奖在美国以爱伦·坡的超级半身塑像授予当年最佳侦探小说的作者。2004年，日本女作家桐野夏生以《OUT》首度入围爱伦·坡大奖。

在美国的众多奖项中，主要有爱伦·坡奖、美国侦探小说奖也叫侦探文学奖、安托尼奖、金匕首奖、沙莫斯奖、马刺奖等。其中沙莫斯奖是由美国私家侦探作家协会主办的，马刺奖是由美国西部作家协会主办的，有众多的侦探小说作家获得过这些奖项，如霍恩斯比、汉德勒、科迪因、皮卡德、巴尔、乔治、埃斯大林特曼、巴恩斯等。有的作家曾获得侦探小说终身奖，如玛西亚·缪勒在1993年荣获美国私家侦探小说作协会颁发的终身成就奖。美国的帕特丽尔·康

微尔的作品多次在美国获奖,其法医侦探小说《失落的指纹》获英国侦探作家协会金匕首奖。在奖项上,美国还设有马卡维蒂奖,这是属于世界范围内的侦探小说奖,由国际侦探小说读者协会主办,提名并投票选出上一年度的最佳侦探小说。

英国设有歇洛克奖、阿加莎奖,主要是奖励英国的优秀侦探小说的作者。此外还有银匕首奖、钻石匕首奖、历史匕首奖、伊恩·弗莱明钢匕首奖、纪念匕首奖、匕首奖等。

法国历来重视侦探小说的创作,官方和民间都有多种奖项,用来鼓励侦探小说的创作,提高侦探小说的质量。如法国侦探小说"警察局奖",也叫奥尔费路奖。这是在1946年由法国警察局主办的长期奖项,其设有评委,年年奖励当年最出色的一部侦探小说,但必须是用法语创作而且没有出版过的。获奖者可得到5000法郎。几十年来,获奖者有专业作家,也有教授、医生、驻外大使,还有一部分是警察。此外还有法国侦探小说文学大奖,这项奖也奖励世界其他国家的优秀侦探小说的作者。法国还设立过最佳侦探小说奖,2002年法国的弗雷德·瓦尔加就获得了此殊荣。

1985年开始,德国设了一年一度的"德国侦探小说奖"。此奖由波鸿侦探小说档案馆组织,由批评家、书商、文学家、理论家组成评委。它分为两种奖,一种是用德语写成的原版德语国家优秀侦探小说的"德语侦探小说奖",另一种是在德国首次出版、译成德语的外国优秀侦探小说的"世界侦探小说奖"。德国侦探小说奖也授给外国侦探小说作者。前面说的法国作家弗雷德·瓦尔加就获得过此奖。此外,德国还举办过葛劳赛侦探小说大奖,此奖项是德国权威性的文学奖。

在众多的侦探小说奖项中,日本的侦探小说奖是最多的。如1948年开始的日本侦探作家协会奖,到现在已举办了50多届。它不但选出中长篇推理小说,而且还选一些短篇小说和评论。日本的名家江户川乱步、横沟正史、松本清张、森村诚一、西村京太郎、仁木悦子、高木彬光、水上勉、佐野洋、三好彻、星新一等都获得过此奖。1955年日本设立了江户川乱步奖,每年选一部最优秀的推理小说,由于注重质量,也曾空缺。1962年,日本《大众读物》设了推理小说新人奖,每年选出一部至两部优秀的推理小说,奖励其作者。1979年,日本设立了推理小说新人奖,每年选出一部最佳推理小说。1981年,日本设立了横沟正史奖,每年选出一部最佳推理小说,有时也有空缺。1983年,日本设了推理杂志大奖,每年选出一篇优秀推理小说。1988年,日本设立了日本推理俱乐部奖。1990年又设立了鲇川哲也奖,此后又设立了直木奖等,在此不一一列举。

附录 关于侦探小说的收藏

自 1841 年美国作家爱伦·坡发表了被世界读者公认的第一篇侦探小说《莫格街凶杀案》以来，侦探小说的历史发展到今天已有 170 多年的历史。侦探小说一问世，便受到世界各国读者的热烈欢迎。以至在世界上出现一大批侦探小说名家，如英国的柯南·道尔、阿加莎·克里斯蒂、柯林斯，美国的奎恩、昌德勒、哈梅特、加德纳，法国的勒布朗，瑞士的杜仑马特，比利时的西默农，日本的江户川乱步、横沟正史、松本清张、森村诚一、西村京太郎、赤川次郎、夏树静子，前苏联及俄罗斯的阿达莫夫、玛丽尼娜，韩国的金圣钟、中国的程小青等。

侦探小说以惊险神秘的故事情节吸引人，自出现以来一直受众多的读者所喜爱。一些人在阅读侦探小说的同时，也有意收藏了一些侦探小说，国内外都有众多的侦探小说收藏者。尤其是在我国注重收藏民清版及 50 年代的反特侦探小说的人特别多。笔者由于从小就喜爱侦探小说，并有意无意地保留了一些侦探小说，从 90 年代初开始，可以说正式开始收藏侦探小说，至今已收藏了中文版的中外侦探小说 6000 多册。世界各国名家作品都有，最早版的侦探小说是 20 世纪初的《福尔摩斯探案》单行本，及 1919 年由商务印书馆翻译出版的外国侦探小说《贼博士》等，还有民国时的《大侦探》、《红皮书》等和一些侦探小说杂志。50 年代至 60 年代初的反特惊险小说我几乎全有，"文革"期间至 90 年代前的侦探小说也基本全有。后来出版的侦探小说中，我将一些佳作或名家作品全部收藏，其他作家仅收藏代表作或部分经典之作。

自有书刊以来，就有众多的收藏者。根据个人的爱好和需求，有人收藏文史资料，有人收藏医学书籍，有人收藏各国文学书籍，也有人专门收藏连环画和杂志创刊号等。从众多的书籍收藏门类来看，侦探小说可以算是一个门类。

侦探小说由于内容的特定性以及法制性（即社会教育性）、逻辑推理性、哲理性、趣味性，加之故事内容惊险曲折，使其书有着研究性和收藏性。它包含历史、哲学、医学、社会学等各个方面的知识，属于通俗文学。早期的侦探小说文本已成为珍贵的物品，有的已成为文物。所以，收藏侦探小说也是收藏文化知识。

一、侦探小说的五个阶段

收藏侦探小说既是件容易的事，也是件难事。容易的是，现在全国各大书店都有近期出版的各种侦探小说，有的书店还设有侦探小说专柜，随时可去购买。难的是，书店中的侦探小说品种有限，最多的也就几十种，要想将以前出版的侦探小说在书店集齐是不可能的，这就给收藏侦探小说制造了一个相当大的难度。那么，怎样才能收集到更多的侦探小说呢？在此，我想先将我国原创和译作的侦探小说按出版发行年限分成5个阶段，这样会使收藏的思路更加清晰。

一是清末到民国时期出版的侦探小说。这期间多为程小青、陆澹安、俞天愤、张碧梧、孙了红等人创作的侦探小说及大量翻译的国外侦探小说。如程小青等人翻译选编的侦探小说集《福尔摩斯探案》系列、《亚森·罗宾探案》系列、《世界名家侦探小说集》、《斐洛凡士探案》系列、《陈查理探案》系列，秦瘦鸥编译的《华雷斯侦探小说集》和《侦探小说精选》，许席珍编译的《世界著名侦探小说丛书》等。后三种由上海春江书局或三民图书公司发行，每辑10本。此外还有程小青的《霍桑探案》系列、孙了红的《侠盗鲁平》系列、陆澹安的《李飞探案集》、俞天愤的《中国新探案》、吕侠的《中国女侦探》等。仅程小青的侦探小说就有多家出版社出版，共有多种版本，有的一套6册，有的12册，有的30册。这些书最早出版于1907年，但大多是二三十年代由世界书局、大东书局、清华书局、正气书局、商务印书馆、上海文华美术图书、大众书局等出版发行的。民国期间，侦探小说的出版发行可以说是一个较旺盛时期，这期间系列性的丛书较多，多为一套十本或十几本。单行本也不少，仅商务印书馆和小说林社就出了百余种单行本。其次是三民图书公司、春明书店，还有世界书局、中华书局、三星书局、广益书局、文明书局等，特别是世界书局出了多种成套的侦探小说。详见此书第四章有关书目。

二是20世纪50年代至"文革"前的反特侦探小说。这期间我国出版了200余种以反特为内容的小说，其中前苏联反特侦探小说占三分之一左右。但这些书多为中篇或短篇小说集，如中国的陆石和文达的《双铃马蹄表》、王火的《后方的战线》、白桦的《猎人的姑娘》、李月润等的《秃鹰崖擒匪记》、沈君默的《荣军除奸记》等；前苏联米哈依洛夫的《冒名顶替》、沃依洛夫的《大铁箱》、亚莱菲也夫的《打靶场的秘密》、费奥罗多夫的《坐标没有暴露》、布良采夫的《雪地追踪》、马特维也夫的《绿锁链》等，长篇不过20多部。

三是"文革"期间出版发行的侦探小说。这段时间可定为1966年到1976年。这期间我国出版的侦探小说极少，其中的内容多是反特或带有阶级斗争的痕迹。如龚成的《红石口》、闵国库的《风云岛》、李良杰和俞云泉的《较量》、尚弓的《斗熊》等，数量虽少，但由于历史原因也要分成一个时期。

四是"文革"结束到 20 世纪末。这一段时间我国无论是从翻译外国侦探小说还是原创侦探小说，可以说是一个高潮，这期间共有几千种侦探小说出版。如英国柯南·道尔的《福尔摩斯探案全集》最初由群众出版以 5 本出版，后又分成上、中、下 3 册出版。群众出版社出版的程小青的《霍桑探案集》共计 13 册，吉林文史出版的《霍桑探案集》共计 10 册。这期间，我国翻译出版外国的侦探小说可以说又到了一个鼎盛时期，如美国、英国、德国、法国、比利时、日本、韩国、荷兰、澳大利亚、瑞士、泰国等几十个国家的作品。文化的解放使我国也出现了一大批侦探小说作家，他们相继出版了众多的作品，如王亚平、蓝玛、冯华、翼浦、彭祖贻、曹正文、徐本夫、陈杰等。特别是 20 世纪 70 年代末到 90 年代初，我国侦探小说的出版发行达到一个空前的顶峰。后期由于言情和武侠小说的冲击，逐渐有些滑落。但在这一时期，我国出版的侦探小说数量依旧最多，这是史无前例的。

五是进入 21 世纪以来出版发行的侦探小说。这期间还是翻译作品占主流，原创作品一直很少，每年最多出几十种。如 2004 年，我国总计出版侦探小说 188 种，其中翻译作品 123 种，本土原创 24 种，儿童侦探类 36 种。近年来，侦探小说出版的种类在增加，但外国翻译作品仍占主流，中国原创还是极少。

二、公案小说和间谍小说的收藏

另外，根据侦探小说的分类，我们也需要考虑到公案小说和间谍小说。公案小说基本难于我国，它是侦探小说的前辈。我国的公案小说多为话本或章回小说，明清时期较为鼎盛，但现在要找到那时出版的书籍是相当难的，而且价格也非常贵，但我们可以收集一些建国后再版的公案小说，这种小说大约有百种以上。如《包公图判百家公案》、《海公大红袍全传》、《包公案》、《海公案》、《于公案》、《施公案》、《彭公案》、《刘公案》、《李公案》、《狄公案》、《林公案》、《荆公案》、《新民公案》、《清风闸》、《九命奇冤》等。

间谍小说实质上也属侦探小说的范畴，但由于其内容特殊而多将它单列出去。我们在收藏侦探小说时不能落下间谍小说。如英国约翰·勒卡雷的《寒风谍影》、特德·奥尔布里的《雪球》、杰克·希金斯的《鹰从天降》、肯·福莱特的《针眼》，美国欧文·华莱士的《R 秘密》，德国孔萨利克的《谍网恋情》，前苏联的谢苗诺夫的《莫斯科谍影》、奥瓦洛夫的《一颗铜纽扣》等。50 年代我国出版和翻译的惊险小说中有很多当属间谍小说。

三、侦探小说杂志的收藏

侦探小说杂志的收藏也是一个丰富的领域，主要可以分为两类。第一类是民国期间的侦探小说杂志及刊发侦探小说的杂志，如 1923 年由程小青等人主编的《侦探世界》半月刊，共出 24 期；1946 年由孙了红等人主编的《大侦探》月刊，共出 36 期；1946 年由孙了红等人主编的《蓝皮书》，主要以发表恐怖和侦探小说为主，共出 26 期；1946 年由程小青主编的《新侦探》，共出 17 期；1949 年 1 月由郑焰、龙骧任主编，程小青、孙了红任顾问的《红皮书》，共出 4 期。此外，刊载侦探小说的杂志还有《小说林》、《红杂志》、《红玫瑰》、《礼拜六》、《小说月报》、《小说新报》、《小说丛报》、《小说海》、《半月》等几十种。第二类是新中国的侦探小说杂志，相对于第一类，专门发表侦探小说的杂志极少，最早散见于各种杂志上偶尔有一篇两篇，后来创刊于 1980 年的《啄木鸟》杂志每期大多发表一些侦探小说。直到 80 年代才创刊了《侦破小说》、《侦破小说选》、《隐蔽战线》等，以刊发推理、侦探小说为主，但最多的仅出了几期，还有《侦探小说精选》、《外国侦探小说选》等，有的仅出一期。一些公安文学杂志或警刊也发表侦探小说，如《蓝盾》、《金盾》、《警坛风云》、《辽宁公安》等。在 80 年代，全国各种文学杂志大多都有侦探小说发表，有的还出了专刊。各种故事杂志也发表了大量的侦探故事，近来又有《侦探推理》、《大侦探》、《探案经典》等专门发表侦探故事的杂志，深受读者欢迎。《中国故事》、《今古传奇》等杂志也着重发表一些侦探小说，我们在收藏时可以注意寻找。

四、怎样收藏侦探小说

那么收藏哪些侦探小说比较好？如果从收藏价值上当然是越早期的越好，如民国及五六十年代的侦探反特小说，但无论收藏早期的或是现在的，品相一定要好。要收藏一版一印的作品，同样由多家出版社出版或再版的同一书名、同一内容的侦探小说，要选择一本时间排在最前面出版的书籍收藏；同一作家出版的多种作品能全部收藏到更好，如不能全收藏到，选择他写得最好最有名的作品收藏。收藏也要从易到难，积少成多，最后成为系列。

收藏侦探小说并非容易之事，既要有充足的精力，还要有一定的经济投入。越是出版年代久远的侦探小说越难寻觅，而它的价格越昂贵。虽然侦探小说在我国出现时间相对较短，但有些仍是物以稀为贵，卖主不会轻易贱卖，它虽不比唐宋刻本价格惊人，但有些全套或珍稀本书籍也在千元或几千元，包括民国早期的侦探小说杂志，全套的也要几千元或几百元，甚至如此，在一些古旧书店或旧书摊上也很难寻。一旦遇到早期或珍贵的侦探小说，不论是单行本还是成套中的一本，尽量要买下来，因为只有这样一本本去寻找，才能逐步积累，特别是珍稀本的收藏。但要将早期或民国期间的成套侦探小说配齐全，那是极其难的事，有些即使有钱也是买不到的，有些由于年代久远或历史原因，早已绝迹了。早期能保留下来的侦探小说原本必然越来越少，所以价格也越来越贵，如一些清末的珍稀本，有的都要几百元或几千元，而且非常稀少。民国侦探小说品相好的都要几百元，品相好出版量少的名家作品则要千元以上，一些民国期间侦探类期刊的创刊号都在几百至千余元，如品相好的《大侦探》创刊号现在要价在1000元左右，而《大侦探》期刊单册现在也要百元左右。20世纪50年代的一些珍稀本需要几十元或几百元，如尾山的《第四者》、赵洪波的《没有结束的战斗》、高歌的《孤坟鬼影》价格都在300元左右。20世纪50年代出版的《福尔摩斯探案》全本品相好也在300元至500元间。而一些珍稀本，如中国的《碎骨命案》，前苏联的《深入虎穴》、《真相大白》、《狼獾防区的秘密》等十几种都在几十元至几百元间。20世纪50年代一些孤本和珍稀本反特侦探小说也可卖到千元以上，如《一具无名尸体的秘密》网上售价从最初的1000元涨到2000元。

那么，我们现在开始收藏侦探小说，应该从何处开始呢？依我之见，还是根据我们现在所处的环境和自己的经济条件量力而行。最初还得从第五阶段至第三阶段开始收集。因为这阶段的小说很多，容易寻找，书价并不高，花销也少些。此后，根据自己的经济条件，逐渐向之前的几个阶段发展。因为以前的书相对难寻，存世也少，价格也较贵。一些在书店是找不到的，只有在旧书摊、特价书店以及亲属朋友家中去寻找。再有就是通过一些书商、旧书店等联系邮购或寻找。在旧书摊，一本80年代以来出版发行的侦探小说，一般在1元至5元间，价格比书店要低很多。收藏侦探小说，必须日积月累，持之以恒，休息时或外出时多跑跑书店、旧书摊，只有用心，总会找到你所需要的侦探小说。

在收藏侦探小说时自建收藏目录，可按作家国籍分类，也可按上述五个阶段和年限分类，公案小说、间谍小说、侦探小说杂志要单列为一个目录。当收藏到一定数量时，可将这些书再建成立一个完整的目录，不但要写书名、作者及国别，翻译作品要有译者，还要标明出版年限、出版社、版本等。并参考一些书目，扩大收藏范围。避免重复购书，但不同版本的同一书种要注重收藏。如柯林斯的《月亮宝石》在1980年1月最初由上海译文出版社出版，同年4月群众出版社也出版了此书。书的封面不同，两本书的译者不同。此外，同名书也要注重收藏，如1979年辽宁人民出版社出版了前苏联作家阿达莫夫的侦探小说《圈套》，1981年群众出版社出版了法国作家安娜·玛里埃尔的侦探小说《圈套》，尽管书名相同，两本书的内容却是不同的。但同一出版社的再版书，如果没有新的内容和创意，只收藏一版一印便可，重复收藏没有意义。如有关福尔摩斯的作

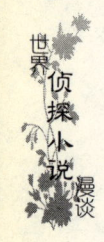

品在我国最早译成中文连载于《时务报》为1896年,而成书在1899年,有《新译包探案》、《呵尔唔斯缉案被戕》等。后来有商务印书馆出版的《歇洛克奇案出场》。其全集最早由中华书局出版,书名为《福尔摩斯探案全集》,主体是文言文,共44篇12册,1927年程小青又将这部书翻译成白话文,书名为《福尔摩斯探案大全集》,共13册,由上海世界书局出版。上海三星书局也出了《福尔摩斯新探案大全集》十几册。那时,由于柯南·道尔还在世,正在对此系列小说进行创作,所以所谓全集并不全。还有一些书局或图书社出了大量柯南·道尔的作品。1979年至1981年,《福尔摩斯探案集》最初由群众出版社出版发行了5本,五十年又出了3本,即《巴斯克维尔的猎犬》、《四签名》、《血字研究》,20世纪70年代末至80年代初出了5卷,含60多篇侦探小说。此类作品至今又有多家出版社出版不同封面、不同版本、不同形式的类似书。有成年版,也有儿童版。如果你要收藏,能找到以前的更好,找不到就选择群众出版社最初出版的5本全集或后来出版的上中下3本全集即可。后此书又出了6本续集,作者是其他多名作者,但仍在塑造福尔摩斯这个主角,也可以将它收藏。如果能将建国前有关福尔摩斯侦探小说全部搜集到当然最好,但这是不容易的,而且花销也非常大,只好量力而行。

还有一种收侦探小说的方法是选择作者收藏,如收藏一些名家的作品或他的代表作,这样从近些年的作品搜集便可以,而且花销并不大。个别的也可按国别收藏,如专门收藏中国作者的侦探小说,或美国、英国、德国、法国、日本等国的侦探小说。也可专门收藏间谍小说或公案小说,这要从自己的爱好和兴趣出发。

在收藏侦探小说的同时,如对侦探类连环画、侦探类相关资料、侦探类历史画片图片感兴趣的也可一并收藏。如果有精力或感兴趣,还可逐步对各国侦探小说进行研究,这样会更丰富业余生活和收藏侦探小说的乐趣。可以选择性收藏些关于侦探小说理论的书籍,从而开阔视野,了解更多的侦探小说历史和知识。

后　记

　　这本书的初稿完成于2003年5月，事后我将目录介绍给北京的几位朋友，征求了他们的意见。原本想将凡迪恩的20条守则单独列为一章来论述，几位朋友认为不必如此，并对此有过争议，故在此我将凡迪恩的守则列出，在上编第一章中作了简要的论述。初稿中本还包含两章，即"奇特神秘的死亡设计"和"对一些破案方法的研究与借鉴"，后来想到看过侦探小说的读者对此都有直接的了解，不必单独来介绍，故在修改书稿时删掉了。还有一种想法，即介绍"侦探小说中的专业知识"，后来觉得在有关章节中提一下就可以了。另有第四章本未纳入写作计划，我想第三章对中国侦探小说的发展概况已有了阐述，不必再写有关书目，加之资料有限，也不能囊括全部。这些书目本是自己留用的，想到很多人也许需要使用这个书目，因在我国出版的侦探理论书中，还没有人列出清末至民国全部侦探小说的明细表；还有第五章五六十年代期间的肃反反特小说目录，作为一种漫谈，我想让更多的侦探小说爱好者和研究者多了解这方面的发展情况，故均列上了，包括几种侦探小说杂志的介绍。在编辑此书目时，花费的精力较其他章节反而更多，除本人所存的大部分资料，还找了多种其他途径的资料，包括一些清代民国书目，也曾去过国家图书馆以及广州、东莞、铁岭等地图书馆查阅一些资料，但没有找到一个完整的书目，只好一本本地汇集摘录。在编写第四章中，曾得到昌图县原政协副主席、原统战部部长、作家学者姜立夫的支持，在此一表感谢。

　　目前，国内外关于侦探小说理论研究的书籍并不多，我国到目前仅出过几本此类书籍，有的是公案小说发展史，有的是侦探小说发展史及概论，这些书对侦探小说论述得都很细。所以我在写此书时，尽量不去重复他人的理论，但想到有些内容是阅读侦探小说的读者应具备的知识，在故此仅做了简要的重复，如侦探小说的一些名家、小说塑造的侦探形象、中国公案小说及侦探小说的发展史和状况等。关于中国公案小说的艺术史及发展史，在孟犁野的专著中已全面而又详细地做了介绍，我在写公案小说章节中，对其历史只进行了简要的介绍，而在他的专著中未提及的内容，我便多补充了一些；关于各国侦探小说的历史和现状，我

在第三章中综合地写了一些，也是既简明又概括；关于我国侦探小说的一代大师程小青，如果要详细介绍他的有关情况就需几万字，恐怕要分为两个章节，在此就不细致介绍了。因曹正文、黄泽新、宋安娜、任翔、姜维枫等老师近几年出版的一些侦探理论专著中都有过详细的介绍，在此我只在介绍侦探小说的一些名家时进行了简单的概括。我在为创作此书而立意时，格外看中先前那些书中没有的知识，尽管有些知识比较粗浅，也不免在此提及一些，以便帮助读者了解更多侦探小说的知识和理论，从而有利于人们更好地阅读和欣赏世界侦探小说。

此书稿截至2007年总计20章，第二十章是"侦探小说的阅读与欣赏"，近期我在修改书稿时，认为这篇小稿不必全稿收录，故将一些提示性的内容列到"关于侦探小说的研究"章节之中，在此说明。

我研究关侦探小说的理论，本是想为自己积累一些资料，原并无心成书。后来记得多了，自己分分类，不想竟有这么多的内容。于是，在2002年，我便开始重点整理这些资料。本在一年内就已完成了此书稿，但总觉得不圆满，故将书稿放在电脑中，一放就是多年。直到后来有一次"五一"放长假，我又想到此书稿，觉得还是应当将此修改一下，如能成书出版，也算是自己对广大喜爱侦探小说的作者和读者的一点贡献。由于本人水平有限，加之研究的条件、环境和资料有限，我目前只能达到这个深度。虽是一些简要的知识，但都是大家应该了解的基本常识。由于工作的原因，我能静下来研究和写作的时间太少了，有时连双休日也不属于自己，想写点东西只有几次有限的放长假时间和每日的深夜。有时还要利用回老家的机遇或在单位值班值宿，才能安心地创作一番。

这部作品中的有关章节和一些有关侦探小说研究的理论文章，近年来我曾在《人民公安报》、《北京法制报》、《辽宁法制报》、《辽宁警刊》、《藏书报》、《上海新书报》、《中国收藏》等报纸杂志上发表过，在出版此书时又做了一些修改。多年来，在创作侦探小说和研究侦探小说的理论中，我参考了一些书籍和资料，包括网络信息等，在此向这些书籍及资料的作者表示感谢。此书稿在编写中曾得到原中国人民公安大学教授、侦探小说理论研究专家、现任北京侦探推理文艺协会常务副会长兼秘书长于洪笙老师，中国人民公安大学杨益平老师，北京郝一星老师，国家知识产权出版社蔡虹、刘雅溪等老师的帮助和支持，在此一并感谢。

因资料和本人水平有限，书稿还有不足之处，敬请广大作者、学者和读者批评指正。在此，谨将此书献给热爱侦探小说及侦探类文学的广大读者和从事、支持侦探文学的人们。

2013年10月1日